ハヤカワ・ミステリ

IVY POCHODA

女たちが死んだ街で

THESE WOMEN

アイヴィ・ポコーダ
高山真由美訳

TOKYO
HAYAKAWA
BOOKS

A HAYAKAWA
POCKET MYSTERY BOOK

装幀／水戸部 功

歯に衣着せぬフェミニストで、女性の性と生殖に関する健康《リプロダクティブ・ヘルス》の分野における先駆者で、通りで働く女たちの理解者でもあったフェリシア・スチュアートの思い出に。それから、マット・スチュアートにも。

……いかに生き延びるか、いかにやり通すか？
いつでも女たちに聞け。

——セシュー・フォスター「テイラーの疑問」

女たちが死んだ街で

登場人物

オーフィーリア・ジェフリーズ………15年前の事件の生き残り
ドリアン・ウィリアムズ………………R&Cフィッシュ・スタンドの店主
リーシャ・ウィリアムズ………………ドリアンの娘
ジュリアナ・ヴァーガス………………ストリップクラブの店員
キャサリン・シムズ……………………ウェスタン・アヴェニューの娼婦
ジェシカ・シムズ………………………キャサリンの娘
エズメラルダ・ペリー…………………サウスウェスト署の刑事
マレラ・コルウィン……………………パフォーマンス・アーティスト
アネケ・コルウィン……………………マレラの母親
ロジャー・コルウィン…………………マレラの父親

フィーリア、一九九九年

　ねえ。カーテンをあけて、あんたの顔を見せてよ。この暗がりじゃ、あんたが息をする音しか聞こえやしない。吸って、吐いて、吸って、吐いて、そのへんの機械みたいにさ。ビービー音をたてるろくでもないやつ。そんな機械ならここにあるだけでたくさんだよ。患者の代わりに息をしたり。心臓を動かしたり。いまいましい血を巡らしたり。ビーッ、ビーッ。吸って、吐いて。吸って、吐いて。この部屋で聞こえるのはそんな音ばかり。

　カーテンをあけてくれないんだね。具合が悪くてあけられないって？　あたしなんかひどくボコボコだよ。だけどべつに恥ずかしくない。顔を見せるのもかまわない。あんたは――まあ、プライバシーを侵害するつもりはないけどさ。いいよ、カーテンなんかしめたままにしておきなよ。暗がりに座っていればいい。吸って、吐いて。吸って、吐いて。ビーッ、ビーッ。

　窓をあけるよ。ここは死のにおいがするね、ここの人たちはあたしたちを生かそうとしてるはずなのに。まったくね、ほら、あれじゃない？　皮肉。それ。それだよ。窓をあけるよ。あたしが煙草を吸っても気にしないでもらいたいね。あんたがひどい肺病かなんかじゃないことを祈るよ。ほんとに。まあ、煙草一本の副流煙くらいじゃ、これ以上悪くなんかなりゃしないよ。もうとっくにこんなところにいるくらいなんだから。

　あんたは黙って座ってるだけなんだね。ひとこともしゃべらない。あたしにばっかりしゃべらせて。あたしにだけ自分のことをべらべらしゃべらせてさ。あんたがどうしたのか、どうしてここで寝てるはめになったのか、話してくれるつもりはないんだね。あたしの話をただ聞いていたいってわけだ。まったく、とんだ覗き見野郎だね。

暗いところでやることの話だよ。

なんのことかはわかるよね？　どれくらい知ってる？　通りのことは？　ねえ？　ほんとうになにもいわないね。

あそこでやってるのはきついゲームだよ。ルールがある。しなきゃならないことと、しちゃいけないことがある。プレーするには誰でも金を払わなきゃならない。あたしだってそうだよ、上のやつに金を払わなきゃならない。腕任せ、運任せのゲームだ。

自分が立ってる街角で誰かが車のスピードを落としてくれれば運がいい、っていうのはよくいわれることだね。窓から車内に身を乗りだせればラッキー。車に乗せてもらえればラッキー――北へ向かってウェスタン・アヴェニューの外れの汚い路地に入るか、南へ向かってジェファーソン・パークの細い道に入るか。ホテルに入れればもっとラッキー。無事に戻ってこられればさらに運がいい。

あたしは運がいい。通りを知ってる。すくなくともそう思ってた。いわせてもらえば――勤勉じゃないと駄目なんだよ。大した言葉だろ。口にするだけでも大変だ。だけど知っておくと役に立つ。勤勉。また妊娠したら、子供の名前にしようと思ってるよ――勤勉《ディリジェント》なってね。ディリジェント・ジェフリーズ。

だけど仕事中じゃなくても勤勉でなきゃならないなんて知るもんかね。六十五番通りの〈ミラクル・マート〉に、ヘネシーの五分の一ガロン壜と、ポールモールを何パックか買いに行ったときのことだよ。働いてたわけじゃない。ただ街角で煙草に火をつけて、気楽にしてたんだ。だって、このときだけは涼しかったからさ。まったくね、奇跡じゃないか。涼しい昼間、涼しい夜。風が木立を抜けていくんだよ、どんなふうだかわかる？　こう、木を踊らせるみたいにしてさ。いいものだよ。

　なにがあったか知りたい？　サウス・セントラルはさ、見苦しい、とっ散らかってるってみんないうけど。一歩さがってよく見たことはある？　ほんとにじっくり眺めるんだ。とんでもなくいい場所だよ。こぎれいな家が並んでて。庭があってさ、家の正面にも、裏にも。ゆったりしてる。まあ、自分が戸建てに住んでるわけじゃないけどね。あたしがいるのはアパートメントだけど、まわりの家はどれも——すごくいい。つい目が行ってしまう。木も植わってる。木を注意して見たことはある？　ピンクの花を咲かせたやつとか、紫の花を咲かせたやつとか。どれもおなじだと思ってるんだろ。もっと注意を払ったほうがいいよ。

　そう、そんなことを考えてるんだよ、煙草に火をつけながら〈ミラクル・マート〉の壁にもたれてるときは。あの店を知ってる？　あそこで働いてる男は日本から来たんだ。あたしはといえばリトルロックの外れ出身で、男はあたしに品物を売って、あたしは買物をして、いつも二人であれやこれやと感じよく話をする。あのときもそんなことがあったすぐあとに外へ出て煙草に火をつけて、それで思ったんだよ、サウス・ロサンジェルスはなんていい場所なんだろうって。人間を全部無視すれば。すくなくとも大半を無視すれば。こぎれいな家とか、私道の車とか、木とか、庭とか、外で遊んでる子供たちを眺めていれば。横目で見ただけでアメリカン・ドリームそのものが目に飛びこんでくる。

　どうして男たちは見るだけでわかるんだろうね？　不思議に思ったことはない？　どうしてだろう？　だってさ、ウェスタン・アヴェニューにいるハイヒールの女、短いスカートを穿いて上着のボタンをぐっと下まではずしてる女は、あたしだけじゃないのに。あたしがいて、あたしみたいな女たちがいて、みんなおなじような恰好をしてるのに。それが当たりまえだからさ。だけど男たちにはわかるんだよ。

ミラクル・マートのそばのあの角は知ってる？　暗いんだ。だからあそこでは仕事をしない。誰が誰だか、なにがなんだか見えやしないからね。だけどそもそも仕事中じゃないんだよ？　だから関係ない。とにかく、車が近づいてきてもあたしは注意を払わない。なんで払わなきゃならない？　煙草を吸いながら、パーティーで酔った女の子たちみたいにゆらゆら、ゆらゆら踊ってる木を見あげてるだけのときに。

それで、窓があくんだ。よう、ねえさん、とかなんとか声をかけられる。あたしはただうなずいて煙草を吸いつづける。仕事中じゃないから。あたしが働いてることを確認するために見張ってるやつはいないから。

だけどしばらくしてまたいわれる。なあ、ねえさんよ。話し方にちょっとクセがある。あたしは深く考えない。木に気を取られながら、なんだってみんないつも立ちあがってこの街から出ていきたい、みたいなことばっかりいうんだろうと思ってるから。なんでそんなことがしたいんだろうって。リトルロックに行ったことがある？　ヒューストンは？　ロスにあるものを楽しみなよ。海にでも行くといい。それか、時間があるときにはただ座って、木や花なんかを眺めるだけでもいい。まさにあたしはそうしてたんだ、なあ、ねえさんよ、って声がまた聞こえて、それで物思いからパッと抜けだしたときに。

なあに、とあたしはいう。

なにを飲んでるんだ？　あたしはそいつのほうを見ない。アイコンタクトを避けたいから。こっちが興味を持ってる、あたしのほうから引っかけようとしてると思ってもらいたくないから。だからあたしはヘネシーを一口飲んで、空を見あげる。

だけど車はまだそこにいて、いつでも逃げられるようにするためかどうかは知らないけど、エンジンを吹かしてる。男に見つめられているのを感じても、あたしは目を向けない。だって、ねえ。だって。

なあ、そんなもの、ほんとは飲みたくないんだろ。

今度はあたしも注意を払う。この男が、そのへんの男たちがいうようなクソみたいな戯言《たわごと》を口にしないから――〝よう、買うかどうか決めるまえにそのケツを見せろよ〟とか〝金を払う価値があるかどうか、ちょっと味見させろよ〟とか〝おれにはタダで乗っていいぜ〟とか〝そっちこそ金を払えよ〟とか、そういうことをいわないから。そいつはあたしに礼儀正しく話しかけてる。ちゃんとした人間を相手にするように。

その手の酒を飲んでもただ酔っぱらうだけだよ。そんなふうにいう。それを聞いてあたしは笑う、だって大事なのはそこじゃない？

そうだね、とあたしはいう。酔っぱらわなかったら騙された気分だよ。

そうすると男はこういう。南アフリカのワインは飲んだことあるか？

アフリカにもワインがあるの？　とあたしはいう。変なジョークかなにかにちがいないと思って。シマウマとキリンとワインがどうした、みたいな。だけど男のほうを見ると、車の窓からカップを差しだしてる。

ここだよ、いまいましくもあたしが手を抜いたのは。勤勉でいることっていう、いつも自分でいってるアドバイスを守らなかったのは。

ちょっと待って。灰皿がほしい。水もすこし飲みたい。あんたのところに水はある？　それとも、このボタンを押さなきゃならない？　煙草のにおいがするだろうけど、かまうもんかね。この部屋全体に死のにおいとか、もっといやなにおいがするんだから。

くそ。やっと行ったね。あの女、自分が外国人だからあたしよりマシだとか、反対にあたしより悪いとか、そんなふうに思ってるのかね？　どう思う？　しかも煙草を取りあげやがった。盗んだ、っていうほうが近いね。どこか熱帯に住んでたんなら、なんでこんなところに来たのかね？　どうして？

リトルロックならわかるよ。リトルロックに行ったことがあるなら、あんたにもわかるはずだよ。なんであたしがあそこを出たのか。ロスでどんな仕事に就こうが、あそこでの暮らしよりはマシだから。あたしの仕事が、なんていうんだっけ、ホワイトカラー？　それじゃないのはいいのかって？　襟《カラー》なんかないもんね。襟どころか、シャツだって着ない。ズボンも穿かない。だからなに？　すくなくともここはリトルロックじゃない。あんたはあたしの仕事が気に食わないかもしれないし、理解できないかもしれないね。だけどすくなくとも外にいられるんだよ。歩いて、通りを選んで、いろんなものを取りこむことができる――花のにおいを嗅いだり。このへんの大半の人より贅沢してるともいえる。みんな立ち止まってにおいを嗅いだりしないからね。窓をしめたまま、車で通り過ぎるだけ。あたしはにおいを吸いこむんだよ。

あのときにしてたのもそれだった。あの男がろくでもない南アフリカのワインのことで話しかけてきて、そんな酒を飲んでも酔っぱらって二日酔いになるだけだ、おれの酒を飲んでみないかっていって窓越しにカップを差しだしたとき。あのときは突然、それもいいじゃないかと思ってね。で、車に近づいて、カップを受けとるんだよ。そんなにおいしくはない。あたしがふだん飲んでる安酒よりマシだけど、目を見張るほどのものじゃない。それから、ものがぼやけはじめるんだ。

男はこんなふうにいう。ドライブに行かないか？

あんたはまちがった思いこみをしてる、とあたしは男に説明する。あたしはいま、仕事中じゃない。今夜はオフなんだって。そう、あたしだって休みくらい取るんだよ。一週間に七日働けなんて誰にもいわせない。フリーランスではないけどね——そんなのは危なすぎる。あたしは能なしにだけは生まれつかなかったんだ。

ああ、くそ。だけどこの話で一番大事なのはここだよ。勤勉さとか、都会で身を守る知恵についてしゃべりながら、あたしはなにをしたか？　まちがいをおかしたんだ。

車に乗って例のワインを飲みほすと、男がまたカップを満たす。頭のなかがぐるぐる回ってるんだ、ルイジアナで川に飛びこんだときみたいに。泥混じりの水でなんにも見えなくて、水面に浮上することもできなくて、上にあるものといったら茶色く濁って渦巻く水だけだったときみたいに。そんなふうに感じられたんだ。だから男のことをちゃんと見なかった。

たぶん白人？　ラテン系？　黒人じゃない。それは確かだよ。賭けなきゃならないっていうなら白人に賭ける。

秘訣を教えようか。あたしたちがお互いにいいあってる秘訣。よく聞いて。特徴的なポイントを探すんだよ。この男にはタトゥーがあるか、とか。顎ひげを生やしてるなら、どんな顎ひげか？　訛りはあるか？　目が泳いでいるか？　クスリでハイになってるように見えるか？　ビクビクしているか？　そういうところを見ておくんだよ、なにかクソみたいなことが起こったときのために。いったん逃げて、あとからその男を特定しなきゃならないときのために。理由はなんであれ。

あたしもそういうことを全部やっておくべきだった。ほんとうに。だけどしばらくすると、男なんてみんなおなじになってくる。みんな怒りっぽい、欲情した、汗っかきの安っぽい下衆野郎になる。ことが終わった瞬間にこっちを車から蹴りだすような。で、大事なのはね、さっきからずっといってるように——あんたがちゃんと聞いてるならね……だいたい、あんた起きてるの？――あたしは仕事中じゃなかったんだ。あたしはにおいを吸いこんで、酒を飲んでた。空でラインダンスをしてるみたいな、テキサス・ツーステップを踊ってるみたいなヤシの木のことを考えてた。

座席の背にもたれたのを覚えてる。もっとよく外を見ようと、窓をあけたのを覚えてる。男が窓をしめろといったのを覚えてる。窓をあけるのが好きじゃないんだって。自分が笑ったのを覚えてる。だって涼しい夜に窓をあけたくない人なんている？　そうしたら引っぱたかれた。一瞬、あんたにそんなことする権利なんかないんだよ、あたしは仕事中じゃないんだから、と思った。それが、目のまえが暗転する直前に考えていたことだった。

さっきルイジアナの川のことをいったの、覚えてる？　あれはこういう話なんだ。あたしは十歳だった。すくなくともあたしの記憶ではそう。ルイジアナ州ニューイベリアのいとこの家へ遊びに行ったんだ。いとこたちはまさに田舎の子供で、田舎の子供がやるような悪さばっかりしてた。あるとき誰かのおじさんがつくってた密造酒を盗んだんだよ。まだ昼どきだったのに、おかまいなし。それからあたしたちは川へ行った。向こうじゃバイユーって呼ぶんだけどさ。いとこたちが回してきた甕から二、三口も飲んだんだろうね、犬が溺れてるぞっていわれたとき信じちゃったんだから。いとこたちが指差す、ゆっくり流れる茶色い泥水の向こうを見ると、確かに流れのなかでなにかが動いている。あっちへこっちへ。浮いたり沈んだり。ぐるぐる回ったり。溺れてる。あたしはそう思った。いとこたちは溺れてる犬のことをしゃべりながら土手に立っているだけでなにもしない。こんなふうにいってる。フィーリア、ずいぶん心配そうだな、だったら飛びこめよ。そのあいだも目のまえのそれはずっとぐるぐる回ってる。そうだ、おまえが助けてやれよ。

次の瞬間、あたしは蹴るようにしてサンダルを脱いで、体の脇で腕を上下に振ってから、できるだけ犬の近くめがけて土手から飛びこんだ。水が頭の上まで来たよ、溶けたアイスクリームみたいにドロドロの水が。太陽らしきものは見えるから、どっちが上かはわかるんだけど、どうしたらそっちへ行けるかがわからない。ほら、走ってるんだけど一センチも進めない、みたいな夢を見たことはある？　あの水のなかにいるのはそんな感じだった。空気がないからもっと悪いんだけどね。しかも頭の上の太陽がどんどん、どんどん遠くなって、ルーニー・テューンズのアニメの最後みたいに小さい明かりの点になった。

　犬は水のなかであたしの上にいる。回転してる。でも手が届かない。なにもできない。いまいましいドロドロの水が鼻から口に入る。そしてあったかいミルクシェイクみたいに喉を伝っておりる。犬は回りながら離れていって、あたしは下へ下へと沈む。あたしには助けられない、そう思いながら目をとじて沈んでいく。

　溺れはしなかった。もちろんそんなことはわかるよね。だから馬鹿みたいな話なんだけどさ。いとこの一人が飛びこむと、あたしの腕をつかんで土手まで引っぱりあげたんだ。あたしは仰向けに寝そべって喘ぎながら、長く会わなかった友達みたいな太陽を見あげた。ボートが一隻、ガタガタと通り過ぎた。ディーゼルの排気ガスを吐く、よくある小エビ捕りの舟で、水をかき回しながら、波を立てながら進んでいった。いとこはあたしを置いてみんなのところへ駆け戻るんだけど、あたしは疲れていて動けない。通りすがりのボートが立てた波に打たれながら、そこに寝そべったままでいると、突然体の上になにかが乗ってきた。冷たくて固い毛が生えてて、川の水で膨らんだもの。クソいまいましいなにかの死体。犬だ、とあたしは思う。だけど犬みたいな感触じゃない。人間の皮膚みたいだ——膨張してじっとりした皮膚。鳥肌が立っていてチクチクする。あたしは胸が痛くて悲鳴もあげられない。死体がしっかり乗っかってあたしを圧迫してるから。滅茶苦茶に重くて、トゲみたいな毛が肌をこする。あたしはそいつの下からなんとか這いだして、ごろりと横を向く。目のまえにいるのは死んだブタだ。どんよりした目と青白い鼻が、あたしの顔からすぐのところにあってね。いや、ほんとに。

なんで十歳のときにあたしの身に起こったこんなこと――いとこが仕掛けた悪ふざけ――についてずっとしゃべっているのかって？　なんでかっていうとね。あの車のなかで引っぱたかれたあと、バイユーの土手に戻ったみたいだったからだよ。頭が混乱して、くたびれてて、体の上にあの腐れブタがいて。だけど今回のブタは死んでない。嚙みついて、鼻を鳴らして、あたしじゃない誰かを相手にしているみたいにずーっとしゃべってる。どこかほかの場所でこのブタを怒らせるようなことをした、誰かほかの女を相手にしているみたいに。

あたしはブタの皮膚が触れるのを感じてる。死んだブタのにおいもする。

それからまた現実に戻る。車が動いてるのがわかる。次に意識がはっきりするのは、いままでに一度も感じたことのないような痛みがあるからだ。鋭い、混じりけのない痛み。ガラスみたいな。きれい、といってもいい。昔の温度計のなかで動く水銀みたい。痛みがこんなにきれいなものだなんて知らなかった。あんまりきれいで、息が止まる。文字どおり。喉を横に一直線。だから悲鳴をあげられない、声を出そうとすると血の泡が喉から首の下へ伝うのがわかるから。

それからなにかが顔にかかる。そのせいで息をするのがさらに苦しくなる。世界がさらに遠くなる。霧がかかる、マリファナの煙が立ちこめてるみたいに。あたしはぐるぐる、ぐるぐる回転する、水のなかのあのブタのように。ただ、体の下の地面は固い。泥とごみとガラスがあるのを感じる。仰向けに寝そべって、まっすぐに月を見あげる。顔にかかって息を吸えなくしてるものを通して見るから、月はぼやけている。そんなふうになっても、あたしはヤシの木を探してる、ヤシの木を思いだそうとしてる。だってヤシの木が見つかれば……

第一部　ドリアン、二〇一四年

第一章

放課後になると少女たちがやってくる。何歳だろう？　十五？　十六？　十七？　ドリアンにはもう見分けがつかない。少女たちは小さなフィッシュ・スタンドになだれこみ、床にボルトで固定されたスツールに座ってくるくる回ったり、カウンターの上に身を投げだしたりする。制服のスカートを巻きあげてあるので、太腿があらわになり、お尻まで出そうなほど。下着を縁どるレースがちらりと見える。ブラウスのボタンをはずしてあったり、ポロシャツをぐいと引きさげてあったりするので、ブラや胸も見えている。

なにかべつの――

ねえ、あたしにもちょうだい――

それ取って――

食べ物を待つあいだ、次から次へと声をかぶせるようにしてしゃべり合う。

少女たちは騒々しく、演じるようにして、思春期の自分たちの姿をひけらかす。

ドリアンは油の温度をチェックし、具材から水が出ず、カリッと揚がるような高温であることを確認する。

少女たちはだんだんと苛立ってくる。世界が自分たちとおなじスピードで動かないから。すぐに侮辱と口汚い罵り言葉の応酬がはじまる。

ビッチ。淫売。ヤリマン。

ドリアンはアイスティーと、ソーダと、ダブルのフライドポテトを出す。

少女たちの声がもつれ、絡まりあいながら大きくなる。

この女が先週なにしたか教えてあげる。

絶対やめて。

このビッチはね――

誰をビッチ呼ばわりしてるんだよ、このビッチ。

あのね、このビッチってばラモーンの家に行ったんだよ。

それ以上ひとこともいうなよ？

なんでよ、自慢なんでしょ。ちがうなんていわせない。ちがうならなんで家に帰ったとたんにわたしとマリアに詳しいメッセージを送ったのよ？

ドリアンは次の一回分のフライから油を振り落とす。

あたしの注文、まだ？

なんでこんなに遅えんだよ。

ドリアンは発泡スチロールの容器にフライドポテトをあける。

こいつ、フェラしたんだよ。

ドリアンは、溝に引っかけ損ねてフライバスケットを落とす。油が前腕に飛び散る。

少女たちは声をたてて笑っている。お互いをつねったりしながら、安全で健全な子供時代をあとにしたことを祝福しあっている。

ドリアンは向きを変え、厨房を出て、食べ物を手にカウンターへ近づく。

口をあけて目をとじればいいだけだよ。大したことない。なんてことないよ。

ドリアンはフライドポテトを落とす。カウンターの向こうへ手を伸ばし、しゃべっていた少女の前腕をつかむ。「リーシャ！」

少女たちのあいだに沈黙が降りる。無敵の状態が中断される。

「手を離して」

ドリアンはしっかりつかんでいる。「リーシャ」パニックで脆くなった声でドリアンはいう。

「離せっていってんだろ」

「リーシャ」ドリアンはそう呼びながら、そんないい方はやめてといわんばかりに少女の手首を揺する。「リーシャって誰よ？」

ドリアンは自分の腕に手がかかるのを感じる。現在が過去に手を伸ばしてくる。「ドリアン」店の手伝いのウィリーがドリアンの横にいる。ウィリーの声は穏やかだが断固としている。「ドリアン」

ドリアンはしっかりと握っている。自分の子を現実に連れ戻そうとするかのように。

「このババアに手を離せっていってよ」

ババア。リーシャが母親をババアと呼んだことは一度もなかった。

ドリアンは手を離す。ウィリーはドリアンを厨房へ連れ戻す。

「おちついて。気を楽に、楽にして」まるでドリアンが苛立った犬かなにかのように、ウィリーはいう。

少女たちは食べ物を半分ほど残したまま、散り散りに出ていく。店の入口のゲートが少女たちの背後でしまる。通りに繰りだす少女たちが自分を嘲る声がドリアンの耳に届く。

十五年経ってもリーシャが死んだ事実は変わらない。だが過去からの呼び声はさまざまなかたちでつづく。ドリアンは心をおちつけようとこめかみに手を当て、現実と想像を振り分ける。なにもかもが、いまもまだもつれたままだ。

第二章

夕方の混雑が終わる。ドリアンは残り物をいくらかフライヤーに入れ、ラジオの音量をあげる。モーツァルトやベートーヴェンなど、誰にでもすぐわかる有名曲を流すクラシックの局に合わせてある。ここはロサンジェルスなので、ジョン・ウィリアムズやハンス・ジマーも流れてくる。

フライヤーがパチパチ音をたてる。ドリアンはフライバスケットを揺する。ウェスタン・アヴェニューと三十一番ストリートの角で三十年近く魚のフライを出すフィッシュ・スタンドをやっているのだから、揚げ物にはもううんざりしていてもおかしくないが、自分のところの食べ物を胃に収められないようでは客に出すことなどできはしない。ドリアンはほんのすこし多めに塩を振りかける。次いでホットソースに手を伸ばす。

店の客たちは、ジェファーソン・パークの南端で魚のフライの店をやっているのが白人の女だということを気にするのも、口に出すのも、覚えておくのさえ、ずっと昔にやめていた。東海岸でリッキーと出会って大陸の反対側に連れてこられるまで、ドリアンはコラードグリーンやナマズを食べたことがなかったが、それを知っている客がいたとしても、そんなことはきれいさっぱり彼らの頭から消え去っていた。リッキーが亡くなるまで自分でコーンブレッドを焼いたこともオクラを揚げたことも一度もなかったと、以前ドリアンが話したとしても、客たちはそれを忘れることにしたのだ。

「待って」

誰かがキッチンの窓を覆う格子をたたいている。

「待ってっていってるでしょ。魚にホットソースをかけるのは好きじゃないって、何回いったらわかるのよ?」

キャシーだ。ドリアンのよく知る声――ウェスタン・アヴェニューのあちこちで聞かれる、ざらついた、歌うような話し声。

どっちみち客なんか取りたくなかったんだ。

小さすぎて暗いなかじゃ見つからないんじゃない。

金を払う気はあるの、それともこっちの時間を無駄にしてるだけ?

ドリアンは店の裏口のドアをあける。

キャシーは路地に立っている。背が低く、全体的に小柄で、必要のないものはなんでも捨ててきたかのようだ。デニムのミニスカートにフェイクファーのボマージャケットを合わせ、ピンヒールのショートブーツを履いている。顔の色は薄く、ブリーチしたカーリーボブのせいで顔がより白く見える。あたしのひいおばあちゃんはプランテーションの持ち主にレイプされたんだ、とキャシーは以前ドリアンに話したことがあった。それでこの黄色い肌が手に入ったってわけ。そういって、半ブロック先にいても聞こえそうなけたたましい笑い声をたてた。キャシーの話がほんとうかどうか、ドリアンはわざわざ計算したりはしなかった。

ドリアンがキャシーの口から聞いたことはほかにもたくさんある。ウェスタン・アヴェニューで働くほかの女たちから聞いたことも。

半分は仕事で、半分は襲われてるようなもの。あえていうならね。

生のソーセージで喉が詰まるほどいやなこともないよ。

風が弱くても傘をさしていられなかったよ。

ずぶ濡れで三十秒のやっつけ仕事、それでも仕事は仕事。

爬虫類館みたいなにおいなの。いってる意味はわかるでしょ。

まだまだある。人生について。男について。不快さや、ドラッグや、抗生物質について。夜ごとのぶつかり合いとこすり合いについて。

通りの女たちに食事を出すようになって十三年ともなると、ドリアンが女たちの言葉にショックを受けることはほとんどない。しかし女たちは試そうとする。ゲームをしようとする。いままでに集めてきた情報で、深夜にセックス談義をする視聴者参加番組に出られそう、とドリアンは思う。毛色の変わった解剖学講義だってできる。

ドリアンは足で押さえてドアをあけたままにする。

「入る？」

「待って」キャシーはしゃがみこんで、大型のごみ容器から出たドロドロの流れに体を近づけ、なにかに手を伸ばす。立ちあがったキャシーの目に涙が浮かんでいるのがドリアンにも見える。

キャシーは死んだハチドリを持っている。コスタハチドリだ——紫色の頭頂部がごみ容器から漏れた水に濡れて、てらてら光っている。

ドリアンが両手をカップのかたちにすると、キャシーはそのなかに鳥を落とす。ありえないほど軽い。魂がなくなると存在自体がほとんどなくなるかのようだ。

「クソみたいな世界じゃない？　美しさだって呪いでしかない。子供たちにもいつもそういってるんだ」キャシーはそういい、涙を拭《ぬぐ》う。

わたしも娘のリーシャにおなじことをいうべきだった、とドリアンは思う。しかしリーシャは十八の誕生日を迎えるまえにその教訓を学んだ。

ほら、まただ——真っ黒な憤怒のひらめき。内臓へのパンチ。首を絞める手。

「食事を出してくれるの、くれないの？」キャシーがいう。

ドリアンはドアをあけて押さえ、脇へどく。

二人いるとキッチンが狭い。ドリアンはカウンターに体を押しつけ、キャシーはすり抜けるようにしてそこを通り、切り身のフライが入った容器を窓のそばの一番端の席まで持っていく。キャシーは手で食べる。タルタルソースにどっぷりつけてからフライを口へ運び、指からソースを舐めとる。

ドリアンは頭上のラックからプルマン社の食パン型を出す。そのなかに死んだ鳥を入れ、オーブンの温度を確認する。九十度前後。食パン型をすべりこませ、ジャーキーを乾燥させるときのように、ほんのすこし温度をあげる。

「うわ、なにやってんの」キャシーがいう。

「こうやって取っておくの」

「取っておく」キャシーはいう。「それはいいね。いま、いくつあるの？」

冷蔵庫の上に靴箱が二つあり、完璧な保存状態の死んだ鳥が脱脂綿に包《くる》んでしまってある。

「二十八」ドリアンはいう。

「マジで。このあたりの鳥にはなりたくないね」キャシーは魚を一口齧ってからつづける。「この状況をなんとかしようとは思わないの？」

「この状況って？」

「誰かがあんたを潰そうとしてるんだよ。それでメッセージを送ってるの。まちがいなくカルテルだね。死んだ鳥なんて。ああ、これと似たことを女がべつの女にするのを見たことがある。縄張りから追い払うために。ヒモはもっとえげつないことをする」

「わたしは誰かの縄張りを侵害してるわけじゃないし」ドリアンはいう。

「そうみたいね」といいながら、キャシーはフライの次の一片をすばやくたいらげる。それからラジオのほうへ頭を傾ける。「なに聴いてんの？」

「クラシック」

「替えていい？」キャシーはラジオに向かい、ロサンジェルスにある全米公共ラジオ《NPR》のべつの支局、看板番組〈すべてを考慮してみると《オール・シングズ・コンシダード》〉をすこしの遅れで流している局に合わせる。

イディラ・ホロウェイがしゃべっている。息子についての評決がいい渡されて以来――彼女の息子は白昼堂々、至近距離から射殺されたにもかかわらず、すべての警官が無罪――この女はノンストップでしゃべり、放送電波を怒りで満たしている。そんなふうに怒りを発散させることの無意味さについては一つ二ついいたいことがある、とドリアンは思う。そんなことをしてもなにも達成できはしない。叫びや怒りは自分をより深い穴へ埋め、孤立させるだけ。人は憐れみ、まるで深い悲しみが伝染するものであるかのように恐れるだけだ、といってやりたい。

「この女は怒ってるね」キャシーはいう。「ひどく怒ってる」

「自分なら怒らないと思うの？」

「ふん、誰かがあたしの子供を殺したら、そんなクソ野郎どもはお返しに皆殺しだよ。恥ずかしいことなんかありゃしない。むしろなにもしないことのほうが恥ずかしい」

　ときどき、ドリアンはイディラ・ホロウェイのような女でいっぱいの街を想像する。ホロウェイのような女たち。無益な、狙いの定まらない怒りのあふれる街。国。大陸。ぞっとするような空想だが、とにかく頭に浮かぶ。そしてものすごく窮屈に感じる。息が詰まりそうになるのだ、どこを向いてもそばに嘆き悲しむ母親がいると。

「ジャーメインのための裁きを下す方法は一つしかない」キャシーはいう。「ストリートの法だよ。目には目を。うちの娘のジェシカにはこんなふうにいってるんだ――トラブルに足を突っこむな、頭を低くしてろ、クソみたいな事態が降ってきても自分でなんとかするしかないんだから、ってね。まあね、ほんとうに厄介なことになったら、あたしが出ていってあの子のためにかたをつけるなんてこともあるかもしれない。どっちもそれは望んでないけど」キャシーは見逃した魚がないかと容器をさらう。「あの子のためにも、ほかの人間のためにもしないよ、誰かを守って自分が墓に行くなんてことは」

しかしキャシーがここにいるのは、毎晩のようにウェスタン・アヴェニューをぶらぶら歩いているからだ。体を張って、危険なことが起こるのを阻止しようとして。ドリアンにいわせれば、子供たちを守るにしてはずいぶん奇妙な方法だ。だが、選択は選択だ。使える手段を多くは持たない者もいる。

もしかしたら自分は最初からリーシャの運命を決めてしまっていたのかもしれない、とドリアンは思う。黒人のリッキーを子供の父親に選んだことが最初のまちがいだったのかもしれない。ロードアイランド州の小さな町で育ったドリアンには、肌の色による呪縛が理解できていなかった。

ラジオではいまもイディラが激怒し、警官たちを、弁護士を、司法システムを大声で罵っている。それでなにかが変わるわけでもないのに。

キャシーはフライを食べ終え、発泡スチロールの容器をくしゃっと潰す。赤くてぴかぴかの巨大なハンドバッグからコンパクトを引っぱりだしてメイクを直す。

「どう？」目を細くして唇をすぼめ、ドリアンの全身を吸いこんでしまいそうな顔をしながら、キャシーはいう。

「いいんじゃない」ドリアンはいう。「悪くない」

「悪くないってどういう意味よ？　悪くないなら、男があたしのまえに列をなして、家賃を払えたり、息子の誕生日にバウンスハウスを買ってやったりできるようになるわけ？」

このゲームのルールはドリアンにもわかっている。

「大胆不敵でセクシーなビッチに見えるってことよ、

キャシー」

キャシーはぴしゃりとコンパクトをとじる。「だと思った」それからブリーチした短いカールの髪を指で梳き、バッグを肩にかける。ふと店の裏口で足を止める。「鳥のことはどうするの？　誰かがハチドリを殺すような場所で安心して食事なんてできないんだけど」

「どうするって、例えば？」ドリアンは尋ねる。

「すくなくともジャーメインなんとかって子の母親は大騒ぎしてる。いいたいことを人に聞かせてる」

「死んだ鳥のことで大騒ぎしろっていうの？」

「あたしならそうする」そういってキャシーはいなくなる。ウェスタン・アヴェニューで自分のゲームをするために、きらめくブロンドとかん高く固い笑い声で夜を照らすために出かけていく。

ニュース番組ではようやく話題が変わる――ロサンジェルス‐サンフランシスコ間の超特急の運行予定について。ドリアンは息を吐き、イディラ・ホロウェイの声を聴くたびに体のなかで膨れあがる緊張の固まりを外へ出す。

フライヤーのなかを覗きこみ、油を見てあとどれくらい使ってから捨てるか確認する。

親愛なるイディラ、怒りについて話すのがむずかしいことはわたしにもわかってる、怒りはそれ自体が話すから。だけどあなたにも最後にはわかるでしょう。わたしもあなたみたいな状態で十五年を過ごして、誰かに向かって叫んだり、肉切り包丁を自分の手に押しつけたり、壁を殴ったりしたくならない日なんて一日もなかった。心に受けた傷に加えて、体にもいくつも傷をつけておけばよかったと思う。だけどそんなことに意味はない。時が経てば忘れられる。それが人の常だから。騒ぐのをやめて。じゃないとあなたはそれだけの人になる。騒音。迷惑。問題。あなたは狙いの定まらない激しい怒り、それ以外のなにものでもない。

ドリアンは口に手を当てる。空っぽのキッチンで、いったい誰に向かってしゃべっているのだろう？ どうして過去はおとなしくしていてくれないんだろう？ オーブンを切り、明かりを消して戸締りをしてから、いつもの不器用な祈りを口にする。キャシーやほかの女たちに食事を出すことで、彼女たちがウェスタン・アヴェニューで安全に過ごす助けになりますように。

大通りのこのあたりが狩りの場だったのは、そんなに昔のことではない。十五年まえ、十三人の若い女が周辺の路地で死体となって見つかった。喉を切り裂かれ、バッグは頭上に放りだされていた。娼婦たちだ、と警察はいった。娼婦たちだ、と新聞もそのままくり返した。

リーシャは娼婦ではなかったが、何人かの娼婦とおなじ方法で殺されたことで、どういう人間だったか決めつけられた。たとえ母親がどんなに声をあげても。大騒ぎをしても。

ドリアンだって、声をあげなかったわけではない。かなりあげた。サウスウェスト署には何度も出入りしたし、パーカーセンターと呼ばれるロサンジェルス市警本部ビルまで行きもした。地元の新聞社にも出向いた――〈フリー・ウィークリー〉と〈ロサンジェルス・タイムズ〉。

耳を傾ける者はいなかった。

それどころか、ほかの被害者の母親たちが口を出してきた。あの娘が半分白人だからって、なにかちがうとでも？ 母親たちはそれを知りたがった。

黒人だろうと、白人だろうと、死はおかまいなしだ。死だけがこの世で差別をしない。母親たちの一人がそういっていた。

十三人の女が死んだ。十五年が経った。ドリアンの勘定によれば――ドリアンの勘定はたいてい正確だ――ロサンジェルスではこの十五年のあいだ、ほかに三人の連続殺人犯が逮捕され、裁判にかけられ、刑務所に入れられた。しかしウェスタン・アヴェニュー沿いの女たちを殺した罪で逮捕された者は一人もいなかった。

警察にとっては運がよかった——リーシャの死後、殺人が止まったからだ。つねになにかが爆発しそうな気配を漂わせている街で、古い事件を再捜査する必要はない。寝た子を起こすな、というわけだ。

ドリアンは窓の横棒の隙間からなかを覗き、すべてがいつもどおりであることを確かめる。街のなかでは相変わらず風が吹き荒れ、ごみを巻きあげたり、木々を揺さぶったり、ヤシの葉をくるくる散らしたりしている。縁石のほうへ踏みだしてバスの時間を確認すると、歩いて帰ったほうが早そうだとわかる。

街の空気は夕方のラッシュの音であふれている——誰もがスマートフォンに気を取られているせいで車の流れはさらに遅くなり、息切れしながら進むバスが道を渋滞させる。頭上の騒音もある。ウェストアダムズ地区上空を低く飛ぶ飛行機や、毎晩のダイジェスト版のために他人の不幸の物語を追い求める地元テレビ局の取材ヘリから、騒音が降ってくる。

まだ時間が早いので、女たちの大半は目立たずにいる。バスが半ブロック先に停車する。ドリアンはバスを追わない。歩くのも体にいいだろう、キッチンの重たい空気を肺から追いだせるし、衣服にまとわりつく油のにおいもいくらか消えるかもしれない。

バスはアイドリングしながら、車椅子が降車できるようにスロープをおろしている。バスのうしろにいる車の運転手たちがクラクションを鳴らす。ドリアンはドアがしまるまえにバス停に到着する。バスの運転手は障害者用のスロープをあげようとして装置をいじっている。ドリアンはバッグのなかに手を伸ばし、運賃支払いのためのTAPカードを探す。ウェスタン・アヴェニューの南行きの車線からタイヤの軋る音が、次いで強力なエンジンの唸りが聞こえる。ドリアンが顔をあげると、黒い車——黒いスモークガラスの窓に、きらめくクロームのホイールカバーがついた太いタイヤー——が渋滞の隙間を縫うようにして進み、通りの向かいの縁石で停まるのが目に入る。途方もない量の白い煙を排出しているあいだに助手席側のドアがひらく。女が一人、車を降りる。

「乗るんですか？」バスの運転手がドリアンに向かって声を張りあげている。「お客さん、乗るんですか？」

乗客が窓をたたく。「ちょっと、早く乗ってよ」

ドリアンは通りの向こうの女から目が離せない。車から降りてきたのがリーシャだから。汚《けが》れなく美しい十七歳、しかも生きている。根もとからカールのかかった金色の髪が高い位置でポニーテールに結われ、肩先で揺れている。

「早く乗んなさいよ！」

バスのドアがしまる音がドリアンの耳に入る。バスはほんの一メートルほど進み、信号で停まる。

「リーシャ」馬鹿げたこととわかりながらも、ドリアンは呼びかける。「リーシャ」

それから通りへ身を躍らせる。両サイドから来る車をジグザグによけ、怒ったようなクラクションや急ブレーキのコーラスを引き起こしながら。「リーシャ」

通りのまんなかに達したところで、ドリアンは正気に返る。もちろん、あれはリーシャじゃない——ジュリアナだ。リーシャが死んだ夜にベビーシッターとして面倒を見ていた少女がこんなにもリーシャと似ていることには、いまも驚かされる。ドリアンはジュリアナを見つめる。ジュリアナは降りたばかりの車の助手席側の窓からなかへ身を乗りだしている。そして運転手の言葉に声をたてて笑い、歩道のほうへさがる。

邪魔だどけよババア。

道路からどきやがれ。

両方の車線から車が近づき、ドリアンは身動きが取れなくなる。運転手はみなクラクションを鳴らす。風が東から吹きつける。

　ドリアンは安全な場所へ急ぐ。だが、ジュリアナはとっくに歩き去っている。

「ジュリアナ」ドリアンはうしろから呼びかける。

「ジュリアナ」

　反応はない。

「ジュリアナ」ドリアンはもう一度呼びかけてみる。けれどもドリアンの声は、黒い車がエンジンを吹かして急発進する音に掻き消される。車は渋滞を縫って走り去る。ジュリアナが背を向けて離れていこうとするのを見て、ドリアンは自分のまちがいに気づく。「ジュジュビー」今度はそう呼びかける。ドリアンは睨むように目を細くして、暗い通りからジュリアナの姿を見分けようとするが、結局見失ってしまう。

　ドリアンは南行きの車線のバス停にもたれる。二番のバスが近づいてくる。バスが停まると、ドリアンはバンパーを蹴る。痛みが脚を駆けのぼる。「なんだっていうんですか、お客さん？」運転手があいたドアから呼びかける。

「あなたこそなによ？」

　答えとして残されるのは排気ガスだけだ。

第三章

ドリアンは北に向かって歩きつづけ、独立経営の店舗が不規則に並ぶエリアを通りすぎる――〈マーティンの釣具屋〉、〈クラウン＆グローリー美容室〉、〈女王の美容雑貨〉、理髪店、給水所が二つ、ペンテコステ派の教会が三つ、それにコインランドリー。どれもウェスタン・アヴェニューを埋め尽くす小規模ショッピングセンターの隙間で生き延びている。お買い得携帯電話の店とか、ピザ・チェーンやドーナツ・チェーンの模倣店なんかにお金を落とす顧客はそんなにいないとふつうは思うかもしれない。しかしこの街には――とりわけフリーウェイ一〇号線の南には――雑にコピーされたおなじような店舗への貪欲な消費欲求があるらしい。

ドリアンの家まではおよそ一キロ半。最後の上り坂のおかげで一〇号線を取り巻く地区には〈ハイツ〉という称号が与えられている。ウェスタン・ハイツ。アーリントン・ハイツ。ハーヴァード・ハイツ。キニー・ハイツ。坂を上るにしたがって家が大きくなる。アダムズ・ブールヴァード沿いに並ぶ風変わりな豪邸の数々はいうまでもないが、ほかにも三百から四百五十平方メートルほどのクラフツマン様式、ヴィクトリア朝様式、ボザール様式の建物が並ぶ。

ウェスタン・アヴェニューのような商業地区だけを見ていると、近隣の昔の面影を偲ぶのはむずかしい。ウェストアダムズ地区を構成する各々のエリアは、かつては誰もが住みたいと思う高級住宅街だった。ロサンジェルスで非白人の自宅所有に関する制限が撤廃され、市の中心がもっと北や西へ移るまえの話だ。ひとたび黒人が住みはじめ、街の中心で高級住宅街の住人としての権利を主張するようになると、都市計画の担当者たちは繁華街とビーチを結びつけるフリーウェイ一〇号線をどこに配置するか、躊躇なく決めた。ウェストアダムズ地区のまんなかを通すことにして、地区内の一部をほかの部分から見えないように隠し、熱帯雨林を切りひらくかのごとく家々を取り壊して百五十メートル幅の溝を穿ったのである。結果として、いや、あとから考えればわかりきったことだが、ロサンジェルスで最も美しいいくつかの家の裏庭に、渋滞の津波が――赤と白のライトでできた空気の悪い海が――押し寄せることになった。

　こうして残った家々を見るとドリアンは不安になる。街がどれほどすばやく人に背を向けるかを思いださせるからだ。

　ドリアンは地域振興の支援者ではない。人々がウェストアダムズ地区に住みたがらない理由が理解できるからだ。たいていの人は、〈ブースト・モバイル〉や〈クリケット・モバイル〉や〈ヤンのドーナッツ〉のような店舗に囲まれた生活を自分のものとして想像できない。かつては美しい住居だったものが切り分けられて賃貸住宅となり、ウサギ小屋のような部屋に多すぎる数の住人が詰めこまれている、そんな建物の隣では暮らしたがらない。新築同然の平屋建て住宅や、寝室の六つあるだだっ広い豪邸を手に入れるチャンスがあっても、それが一〇号線脇の好ましくない側だった場合には目もくれない、というのもよくわかる。

　それでも、この地区はいずれ浮上するのではないか、ここはロサンジェルス最後のお値打ちエリアなのではないか、しっかりした家を買って実体のあるコミュニティの一員になれる最後の場所なのではないか、といった話が持ちあがることは年々増えている。だがその話を、ウェスタン・アヴェニューとアダムズ・ブールヴァードの角にある〈ムーン・パイ・ピッツァ〉の正面で殺された男に聞かせてみるがいい。あるいはウェスタン・アヴェニュー沿いのピコ・ブールヴァードそばにある〈ルピーオズ〉で撃たれたバーテンダーに、あるいは住宅街でカーレースを繰り広げる若者たち——彼らが運転する、筋肉増強剤を打ったかのようなニッサン——に轢かれた迷子のネコたちに、その話を聞かせてみるがいい。

一〇号線に到達するころには息がかなりあがっている。ドリアンはフリーウェイを渡るまえにいったん足を止める。東行きの侵入車線と、女たちの持ち場の通りに挟まれた三角地帯に、誰かが保育園をひらいていた。金網の隙間から覗きこむと、鉢植えの植物が見える。一メートル四方を囲う格子を越えてフェンスまで蔓を伸ばし、フリーウェイの排気ガスで枯れそうになっているものもある。ミルクブッシュやほかの多肉植物、サボテン、低木、バラ、それに鳥の寄ってきそうなカリフォルニア固有の植物——フウロソウ、セージ、アスター——もある。一〇号線脇のぞっとするようなこの区画にフィンチやハチドリやスズメが群れる様子が、ドリアンの頭にパッと浮かぶ。

大気がさらさらと動き、ドリアンは突風が来るものと身構える。しかし顔をあげると、緑色のオウムの群れが空を駆けているのが見える。オウムたちの荒々しいさえずりは、なにものにも縛られない賑やかなメロディとなって交通の騒音を突き抜ける。群れが一つになって急降下し、すぐにまた上昇する様子を——最後の残光のなか、色とりどりの嵐が、ある一点に向かって集まるさまを——ドリアンは首を伸ばして見つめる。最初に家のそばでオウムの大群を見つけてからというもの、この群れを店か自宅におびき寄せられたらいいのにとドリアンは思っている。しかしオウムの動きには見てわかるようなパターンがない。何日もたてつづけに姿を現して空や木々を引っ掻きまわし、ヤシの葉を揺らしながら騒々しくさえずったかと思ったら、気がつけばその騒ぎはどこかべつの場所に移っている。

でたらめな行動か、あるいはパニック反応のようにも見える。一羽が行くと、ほかの鳥たちもついていく。それでいて群れには秩序がある――螺旋状に飛んだり、舞いあがったり、回転したりする生き物が一団となって空へ向かうには手順がある。考えなしの集団行動ではなく、緻密なコミュニケーションの結果なのだ。個々の鳥が、すくなくとも身近にいる七羽に反応して速度と動きを合わせ、調整し、角度や進路や方向を真似る。群れ全体が優雅に揃って動けるように。

ドリアンは群れが南へ飛んでいくのを見守る。オウムたちはそこで一本のヤシの木をねぐらと決め、姿を消すのだろう。オウムのあとにはいつもカラスが現れる。ちがう種類のエネルギーを持ちこんでくる。騒々しい威嚇。ドリアンはカラスがやってくるまえにその場をあとにする。

ラッシュアワーで、フリーウェイの流れは八車線ともほぼ止まっている。頭上では風が唸り、動けない車を追い越していく。東に目を向けると、手当たり次第に建てられた市内の超高層ビルが、反対方向へ消えつつあるかすんだ夕陽に照らされて灰色や紫色の染みになっている。高架橋の防護フェンスには、宣伝ポスター――蛍光色の紙に黒の太文字――が何枚か貼ってある。〝住居現金買取〟。〝あなたのお住まいをすばやく買い取ります〟。それから、アイヴィ・クイーンとアルカンヘルのプロモーションライブのポスターが二枚。ほかには排気ガスの染みついた記念品がある――プラスティックの造花でできた汚らしい十字架と、ラミネート加工の施された退色気味の写真と、汚れてくたびれたテディベア。この高架上か、あるいは下のフリーウェイで死んだ若い女のために供えられたものだ。

ウェスタン・アヴェニュー沿いのこの辺りの雰囲気が暗いのは否定しようがない。小規模モールには、中華料理屋とドーナツ屋が合体した店や、安売りのランジェリーショップ、壊れたATM、盗難車を解体して部品を売るチョップショップ、タイヤ店、それに病弱な動物のいるペットショップがある。ドリアンは、ワシントン・ブールヴァードを、次いでヴェニス・ブールヴァードを渡る。ケンブリッジ・ストリートに到達したところで東を見やると、自宅が見える。リッキーとその両親から相続した、寝室の五つあるクラフツマン様式の辛子色の建物だ。一ブロック先、オックスフォード・アヴェニューとの角に建っている。ドリアン、リッキー、リーシャとともに上の世代も住める家族向けの家。

そこに独りで住んでいる。

一度立ち止まってから、ウェスタン・アヴェニューをそのまま北へ向かう。埃っぽい部屋や手放せないがらくたを――怒りにまかせて壊したものの残骸とか、この世を去った、あるいは去ることを余儀なくされた者全員にまつわる色褪せた思い出の品なんかを――まえにしたときに避けられない寂寥感から、距離を置きたい。

北へ二ブロック行くとバーがある。〈ルピーオズ〉。近所の安酒場。べたつく床と安い酒、おまけにトイレの鍵が壊れている店だ。一年まえにバーテンダーが殺されたあの店。彼女は別れた恋人にドア口《ぐち》から撃たれた。いまではどっしりした体格の警備員がいる。

ドリアンが聞いたところによれば、オーナーは店の名前を〈ハーヴァード・ヤード〉に変えるつもりらしい。ハーヴァード・ハイツに暮らす周辺住民への目配せのようなものだが、この界隈にはしっくりこない。したり顔で口にされたジョークのような名前だ。

バーでは、ドリアンははぐれ者だ。大酒呑みのラテン男でもなければ、コリアタウンでのライブや夜遊びへ向かう途中に寄った若者でもないから。ほかの常連客も放っておいてくれる。

ぐらぐらするスツールに腰をおろす。バーテンダーの女は短く切ったTシャツを着て、そのシャツを平らなおなかの上で結んでいる。ドリアンはセヴン・セヴンを注文する。シーグラム・セヴンとセヴンアップでつくるそのカクテルは、薄っぺらいプラスティックカップに入って出てくる。音響システムからラテンヒップホップが大音量で流れている。店内にはタコスの脂とビールのにおいが漂っている。壁にあいた取り出し口からバーに食べ物を出すレストランのにおいだ。

カップに口をつけるまえに舌をカクテルの甘さに慣らそうと、ストローで小さく一口飲む。バーにはほとんど客がいない。中年の男が二人、ビリヤードをしている。あとは若い女が何人か、ジュークボックスのそばに集まっている。女たちは気楽な間柄らしく、腰をぶつけあったりしながら髪を揺らしている。

ドアがひらき、女が戸口に立っているのが見える。ジュリアナの名前が口をついて出そうになる。ジュリアナならもっと明るく燃えたって見えるはず、〈ルピーオズ〉の柱頭板の天井や汚いリノリウムよりはるか上を飛んで見えるはずだとよくわかっているのに。それでもドリアンの頭はジュリアナのことを考えはじめる。ジュリアナを捕まえ、道を踏み外すのを阻止して、彼女を待っているはずの悪しき運命を阻むチャンスはあるはずだ。

女が店に入ってくると、ドリアンにもよく見える。ジュリアナとは似ても似つかない。思いこみが仕掛けてくるゲームだ。まえにも一通り経験した。

フロアを横切ってカウンターへやってきた女からは煙草のにおいがする。染みついた古いにおいと、吸ったばかりの煙草の新しいにおい。女はなにか茶色い飲み物が半分だけ入ったグラスのまえに座り、一息に飲み干す。

そして空《から》になったグラスを振ってから、ドリアンを見やり、次いでじっと見つめる。

ドリアンは女を一瞥する。彼女もフィッシュ・スタンドの裏口に現れ、食べるものをねだってから通りへ戻っていく女たちの一人なのだろうか、と思う。

「あんた誰？」

ドリアンは顔を背ける。見知らぬ他人ともめてもつまらない。

「誰かって訊いてるんだけど？」女は襟の深くくれたブラウスを着ており、そのせいで喉の下を走る大きな傷——黒っぽい紫色のみみず腫れ——が見えている。

「なに見てんだよ？」

「なんにも」ドリアンはいう。

「そうだよ、なんでもない」バーテンダーが新しい飲み物を女のほうへすべらせる。女はドリアンから目を離さずに、それを一口飲む。「あたしがここに来るってどうしてわかった？　つけてた？　ずっとあとをつけて来たの？　あたしがあんたに気づかないとでも？」女の髪は短く刈りこまれ、オイルで撫でつけてある。

「さあ、どうだか」ドリアンはいう。「わたしはあなたを知らないから」

女の視線の激しさが不安を掻きたてる。女がなにかを確信していることだけは、はっきりとわかる。

ドリアンは新しい一杯を手にしていたが、これはどうも楽しめそうにない。

「ちょっと？　なにをジロジロ見てるわけ？」

ドリアンはセヴン・セヴンを二口で飲み干して、現金を引っぱりだす。そしてドアを出る。

足早に南へ進む。風が追いかけてきて、空き缶や紙皿がうしろから足にまとわりつく。ウェスタン・アヴェニュー沿いのヤシの木々が、風のせいでありえない角度に曲がる。

「今度は逃げるの？　長いことずっとあたしをつけてたくせに逃げるってわけ」

ドリアンは歩く速度をあげる。

「あんたが住んでる場所を見つけてやる」

ドリアンはケンブリッジ・ストリートの角で立ち止

まり、肩越しにうしろを見て、女をどれくらい引き離せたか確認する。女は一ブロック離れた十五番ストリートのあたりにいる。念のため、ドリアンは自分の住むブロックを通り過ぎ、ヴェニス・ブールヴァードで左に曲がってからホバート・ブールヴァードに入って北へ引き返す。

　自宅まえの通りには誰もいないが、珍しいことではない。どこかの脇道を車が一台、急ブレーキを踏んだりスリップしたりしながら猛スピードで走っていく。電話線に絡みつく風が、ノコギリで金属を切っているような音をたてる。

　ドリアンは自宅のゲートをあける。ポーチの明かりが灯り、ごちゃごちゃに生い茂ったブーゲンビリアと、その地帯へ侵攻中の蔓を照らす。ドリアンはハンドバッグのなかを掻きまわす。心臓が早鐘のように打つ。最後の飲み物がかなり効いている。鍵を取り落とし、しゃがんで拾う。ふと正面ポーチを見ると、ミルクブッシュの鉢植えのそばでハチドリが三羽死んでいる。

第四章

〈ルピーオズ〉から逃げかえった翌朝、ドリアンはリーシャに起こされる。リーシャはキングサイズのベッドの足のほうに座っている。ジーンズを穿いて白いTシャツを着ているが、これはドリアンが最後に見た夜の服装だ。ジーンズはほんのすこしぴっちりしすぎていたけれど、ドリアンは文句をいわなかった。当時一部の少女が着はじめていたものに比べたらはるかにましだったから。男性ものの下着みたいに見えるへそ出しのシャツとか、尾骶骨をかろうじて覆う高さしかないズボンとか。おなかとお尻が出せて、公然猥褻罪で捕まらない程度に恥骨をチラ見せできる服装ならなんでもいい、というような子もいた。

ここにいるリーシャは、いまも当時の服を着たまま、一方の脚にもう一方の脚を重ね、うしろで組んだ両手に頭をもたせかけて顔をベッドの頭のほう、ドリアンのほうへ向けている。ドリアンは枕を一つ放って追い払おうとする。この幽霊のような幻にそばにいてほしくはない。消えてくれればいいのにと思いながら目をこする。だが、リーシャは生きていたときとおなじくらい、死んだあとも頑固だ。十五年経つのにずっとおなじ調子でいる。

「あっちへ行って」ドリアンはいう。口にできる言葉はこれが精一杯だ。幽霊をはっきり拒絶する。しかし幽霊もしぶとい。ドリアンはよほど気をつけていないと判断力が鈍ってしまう。過去はあえてふり返ったときだけ見るように、絶えず努めている。

指の隙間から覗くと、リーシャは髪を編んでいる。小さかったころドリアンがしてあげたのとおなじように、ぼさぼさのオレンジ色の巻き毛を太いおさげにまとめている。

リーシャに話しかければ、思い出に浸りたい気持ちは満たされる。だがリーシャがそこにいると認めるのは危険な滑落、取り返しのつかない転落のはじまりだ。

ドリアンは寝返りを打って、ベッドのリッキーの側にある枕に顔を押しつける。二十まで数える。それからもう一度数える、今度は百まで。その後、顔をあげるとリーシャはいなくなっている。

身を起こして明かりをつける。最初に目につくのは、化粧ダンスの上の三羽の鳥だ。

外はまだ暗い。サンタ・アナ山地からの風が窓を揺らす。東部にいたときとおなじく、冬の太陽は七時近くまで顔を出さないが、空におなじような厳寒の脅威はない。クローゼットで靴箱を見つけ、くたびれた靴下を詰めて、鳥を箱のなかに入れる。

キッチンへ行ってきのうのコーヒーを温め、鳥たちのために固くなったスコーンを裏庭に撒いて、ネコやオポッサムにプランターの野菜を齧られていないか確認する。それから、まだいっぱいの鳥の餌台にさらに種子を入れる。

餌台に集まってくるのは妙な集団だ。ムクドリモドキやムシクイ、フィンチといった、ドリアンが来てほしいと思う鳥ばかりでなく、通りでクズのような餌をついばむにはあまりにも怠惰な――あるいはお上品な――ハトや、海への進路を外れたカモメまでやってくる。

オウムの気配がないかどうか、ドリアンは空を見る。ふつうは冬、それも午後遅い時間か夕方に姿を見せることが多いのだが、ときには朝にやってくることもある。ドリアンの庭に降り立つことはなく、上空を通り過ぎるだけで、オウムが止まるのは通り一本向こうにそびえるヤシの並木だ。

暗い空のどこかから鳥の歌声が聞こえる。オウムの鳴き声ではなく、チー、チーとくり返すスミレミドリツバメの夜明けの歌だ。朝陽が差しはじめると歌がやむことを知っているので、ドリアンは目をとじて耳を傾ける。だがきょうの歌はそれより早く終わってしまう。頭上から唸りが聞こえる。低空を行く飛行機がたてる金属音。バサバサと飛び立った鳥たちは空をぐんぐん昇っていき、暗いなかへ吸いこまれる。ドリアンのそばに残るのは、ゆっくり目覚める街の朝の音と、風がぴゅうぴゅう鳴る音だけだ。

フェンス沿いをこっそりやってくるネコの影が目につく。ドリアンが見ていると、ネコは足を止め、餌台を注視する。飛行機が鳥たちを追い払ってしまったので、狩りは不振に終わるが、ネコは立ち去らない。ドリアンは改めてネコの視線の先を追う。ネコは餌台を見ていたわけではなく、デザートセージの繁みの下にあるものを見ている。

ドリアンは待つ。ネコも待つ。

草の鳴る音、身動きする音、羽ばたき、さえずりなど、なにかネコが狩ろうとしているもののしるしがないかと耳を澄ます。

そのとき、ネコが飛びかかる。ひとつながりのすばやい動作でフェンスを離れ、繁みの下へもぐる。その後一秒も経たないうちになにかをくわえて出てくる。ドリアンは、なにごとかと隣人が窓辺に出てきそうな悲鳴をあげて跳びあがる。ネコは獲物を取り落とし、早朝の灰色の暗がりへ消えていく。まるで最初からいなかったかのように。

ドリアンはしゃがみこんでネコの獲物を拾う。アメリカカケス。ずっとまえに死んだらしく、すでに硬直している。だが以前は命があったものとして実感できる。鳥を手のひらに乗せて、繁みの下を覗く。カケスがもう一羽いる。空き壜のように倒れている。

死んだ二羽のカケスのために、ドリアンは膝をつく。すすり泣きが喉もとにこみあげる。ほかの鳥とちがって、ほかの動物ともちがって、アメリカカケスは自分の過去を思いだせるのだ。人間とおなじく、カケスには思い出がある。ドリアンは二羽のカケスを家のなかへ持ちこみ、ハチドリと一緒に靴箱のなかに並べて、靴箱を買物袋に入れる。

　親愛なるイディラ、誰もあなたの話を聞かないことがわかっても、あなただけは自分の頭のなかに響くこだまに耳を傾けなければならないでしょう。時間とともに歪んでいく記憶のビックリハウスがあなたを怖がらせるでしょう。あなたに自分の子供を思いださせるようなこと、あなたを眠れなくさせるようなことならいくらだって羅列できる。例えば、死んだ鳥もそう。だけどそういう物事はあなたの注意を喚起する。怒りの無意味さについての警告になる。なぜなら最後にはあなただけが残るから。いつだってあなただけ。毒や怒りを世のなかに撒き散らすのはエネルギーの無駄でしかない。見返りはなにもないのだから。片道切符なのだから。あなたがどんなに怒りを注いだところで、返ってくるのはさらなる怒りだけ。あとにはなにも残らない。

　空がやわらかく明け初める。土曜日なので、ウェスタン・アヴェニューの交通量はすくない。女たちはまだ通りにいて、突風に逆らうようにコートを強く体に巻きつける。お堅い時間になるまえに最後の客を引っかけようと必死に働く者もいれば、すでにヒモに集合をかけられた者もいる。

　フィッシュ・スタンドまでは徒歩二十分。キッチンにしまってあった鳥の箱を手にすると、今度はそこから二十五分かけてサウスウェスト署まで歩く。十年ほどまえ、ドリアンはこの管区の常連で有名人だったので、自分が到着すると刑事たちがどうでもいい用事で忙しそうにしはじめることに慣れていた。

　無視されるのにも慣れてしまった。しかしとにかく口をひらきはした。しつこく、怒りの滲む声で。あまりの怒りの強さに、自分でも怖気づいた。まるで誰かべつの人の声のようだった。署内の淀んだ空気のなかでリーシャの名を口にするのがたまらなくいやだった。冷たい蛍光灯の明かりの下、無線に入る雑音の合間、やかましく電話が鳴る合間に娘に関する記憶を呼び起こすなどまっぴらだった。

土曜の早朝の署内はだいたい想像どおりのありさまだ。前夜の影響が残っている。怒っている人、酔っぱらった人、道に迷った人、凶暴な人、不当な扱いを受けた人、正気をなくした人でいっぱいだ。ドリアンは受付で手続きをする。届けを出しておきたい。誰かが店の裏で、そして今度は自宅の裏で、鳥を毒殺していると。

受付の巡査部長はドリアンをざっと見て、頭がおかしい様子がないか探る。それから奥にいる誰かを呼びだす。

待っているあいだ、ドリアンは靴箱を指でトントンとたたく。二十分かかってようやくデスクの向こうのドアがひらく。「運がいいな」巡査部長は奥から出てきた人物にそういう。「毒殺事件に当たるなんて」

ドリアンが顔をあげると、背の低い女性刑事がいる。明らかにラテン系のようだが、黒髪をブロンドに染めていて、そのせいで肌まで青白く見える。「わたしの担当じゃない」刑事はいう。「売春の係なんだから。覚えてる?」

「やるのか、やらないのか?」

刑事はそれには答えずに、ドリアンのためにドアをあけて押さえ、ついてくるよう促す。

「だが、あんまり興奮しないことだ」巡査部長はつけ加える。「ただの鳥だから」

そんなそぶりは見せないが、ドリアンは警察署の一階を余すところなく熟知している——すべての机、すべての取調室を知っている。どの取調室にも入ったことがある。何度も話を聞いてもらい、深刻に受けとめてもらい、慰められ、甘やかされ、帰るようにいわれ、外に連れだされたのだから。

プロに任せてください。

われわれの捜査が三流だというんですか。

実際、お嬢さんのことをどれくらいちゃんとわかっていたんですか？

デスクのこちら側でいくらか時間を過ごせば、子供たちが親からなにを隠したがるか、たいていのことはわかるようになりますよ。

だから、実際お嬢さんのことをどれくらいちゃんとわかっていたのかとお訊きしたんです。

　背の低い刑事に連れていかれたのは、ドリアンにもなじみないフロアの隅——二つのファイリングキャビネットのあいだに机が詰めこまれた場所だ。署内のほかの動きからは離れている。

　ドリアンは腰をおろし、靴箱を膝の上に乗せる。刑事はまだ口をひらかない。昨夜のメイクが顔に残っている。職場で一日を過ごしたあとの落ちかけたメイク。ドリアンが見たところ、髪も染め直す必要がある。根もとから一センチほど色が変わり、顔のまわりで溝のようになっている。こんなふうにメンテナンスが必要になることは明らかなので、ドリアン自身は髪が白くなるのを放置している。

　しかしこの刑事はちがう。異なる肌の色の人間に似あう髪とメイクで別人になろうとしているらしい。警官なのに。ドリアンの経験では、警官がほかの人間になろうとすることはない。警官はただ警官であろうとする。

　ドリアンはデスクを見やってネームプレートを読む。

E・ペリー刑事。

　ドリアンのまえに座っているこの女は、ぜんぜんペリーらしくない。

「刑事さん、Eはなんの頭文字？」

　女はまるでドリアンがいることに初めて気がついた

かのように顔をあげる。「エズメラルダ。あなたは？」

　相手がなにを訊いているのかわかるまでにすこし時間がかかる。「ドリアン・パークハースト」

　ペリー刑事はガムを取りだし、包装紙を剝がして口に放りこむ。目は仕事用コンピューターの画面から離さずにいる。「それで、鳥ね」一瞬の間のあと、ペリー刑事はいう。すごい勢いでキーボードをたたき、ドリアンと目を合わせようとはしない。

　ドリアンは靴箱をデスクに置く。「ハチドリ三十一羽と、アメリカカケスが二羽」

　ペリー刑事から促されることもないまま、ドリアンは話しはじめる。フィッシュ・スタンドの裏で見つけた鳥のこと。それから、自宅の庭で見つけた鳥のことも。「標的にされているんだと思う」

　ドリアンが驚いたことに、ペリー刑事は全部書き留めている。刑事の指は、大きな音をたてるキーボードの上を猛スピードで動いている。カチャカチャと文字を打ったり、バックスペースキーをたたいたり。

　ドリアンはこれを、話をつづけるための合図と受け取る。そしてさらに詳しく話す。アメリカカケスの優秀な頭脳について説明する。カケスがほかの鳥の考えていることを知る方法とか。餌を隠すことがあるのだが、それはほかの鳥から盗んだ場合だけであることとか。ハチドリのすぐれた飛行術についても話す。

　ペリー刑事の指がキーボードの上で止まる。パチン、パチンと鳴っていたガムの音もやむ。「ドリアン・ウィリアムズでしょ？」

　さっきは確かに旧姓を名乗ったはずだ。「パークハースト」

「だけどあなたはドリアン・ウィリアムズでしょう」刑事はそういって、初めてドリアンと目を合わせる。「ここに書いてある」コンピューターの画面をトントンとたたく。「簡単な身元確認よ」

「なぜそんなことをするの？」

「なぜやらないと思うの？」ペリー刑事はいい、タイピングを再開する。「衛生条例違反ね。業務用の厨房に死んだ動物を置いておくのは衛生条例違反」刑事はキーボードの操作にいったん区切りをつけ、画面を睨む。「なぜ犯人は十三人の犠牲者を出したあとに殺しをやめたんだと思う？ 神を見いだしたとか？ あるいはほかの贖罪の手段を見つけた？」

一瞬、自分は刑事の言葉を聞きまちがえたのではないかとドリアンは思う。「なんですって？」

ペリー刑事は画面から目を離さない。

この二十四時間というもの、リーシャの死に振りまわされてばかりいる。そのうえここでまたこれだ、求めてもいないのに。ドリアンは首を横に振り、現在にしがみつこうとする。心の平静を保とうとする。「鳥のことで来たんですけど」ドリアンはいう。

「鳥？」

ドリアンは靴箱を掲げる。「三十一羽のハチドリと二羽のカケス」

刑事は一方の目の端をこする。「鳥がどうしたっていうの？」

もう一度最初から全部話す気力があるかどうか、ドリアンには自信がない。

「誰かが毒を盛ってるの？ そういってた？」

「そう」ドリアンは話をくり返さなくて済むことに安堵する。

ペリー刑事はガムをパチンと割る。「あの男が捕まらなかったのには理由がある」

「どの男？」ドリアンはいう。ここでまたこれとは。

「当時、例の女たちを殺した男」

例の女たち。ドリアンは息を深く吸ってからいう。

「リーシャはほかの女たちとおなじじゃなかった」

ペリー刑事は画面のほうへ身を乗りだす。「問題は誰が彼女を殺したかであって、彼女が誰だったかじゃない」

「どっちも問題よ」

「なぜ？」

「リーシャはまちがいだったから。ほかの女たちとおなじじゃないっていったでしょ。犯人はまちがえてあの子を殺した。だからそこでやめた」

ペリー刑事はコンピューターから目をあげる。「誰かにそういわれたの？」

「いいえ」ドリアンはいう。「それが唯一、理にかなった説明というだけ」

「あなたにとってはね」

ドリアンは視線を揺るがさず保とうとするが、刑事のほうが目を逸らす。ほかの誰にとって理にかなっていればいいっていうの？　わたし以外の誰にとって？　ほかの誰が気にするの？

「娘さんを殺した人間について考えたことはある？」

ドリアンは答えようとして口をひらくが、ペリー刑事がそれを遮っていう。「殺人者じゃなくて、人間としてってことよ。どんな仕事をしているか、とか。ふだんどんなふうに過ごしているか？　ハンバーグが好きか、タコスが好きか？　野球とか、アメリカン・フットボールとか、サッカーを見るか？　運転してる車はセダンか？　体調はいいか？　コーヒーに砂糖は入れるか？　ビールを飲むか、もっと強い酒を飲むか？　ラジオを聴くか？　電子メールアドレスは？　リサイクルはするか？　どこのスーパーマーケットで買物をするか？」刑事はいったん口をつぐみ、安っぽいブロンドの髪を軽く整えてからつづける。「それとも、犯人について考えるときには顔のない悪の化身を思い浮かべるの？　あなたからなにかを盗んで逃げおおせた黒幕みたいな？　分析官やら心理学者やらの悪夢がかたちになったようなソシオパスとか？　犯人を見つけられない彼ら自身の欠陥を併せ持ったような？」

「犯人のことを考えるのはもう何年もまえにやめた」

ドリアンはいう。「犯人がどんな人間かは問題じゃない。わたしにとっては。明らかに、ロサンジェルス警察にとっても。大事なのはリーシャだけ」そして大事なのは過去がおとなしくしていることだけ。過去が毎日のように現実に乱入してこないことだけ。しかしここ数日、それが不可能になってきている。過去がドリアンを捕まえにきたかのように。ドリアンの頭が繊細な現実を払いのけてしまう恐れがある。

「この犯人は、おなじバスに乗りあわせてもわからないような男でしょうね」刑事は画面に目を戻す。まだガムを乱暴に嚙んでいる。「男のしそうなこと。男のものの考え方というか。敵にも自分と同等であってもらいたがる。当時、あなたが話をした刑事たちもみんな男だったでしょ?」

ドリアンは数えきれない事情聴取や、サウスウェスト署への終わりのない訴え、不満、行き詰まりを思いだしたくはない。「ええ。みんな男。リーシャがほかの人たちとちがってたことなんか、誰一人気にも留めなかった」

「あなたはさっきから何回もそういってる」

「リーシャはあの犯人の最後の被害者だった。ほかの女とちがうことが重要だったはず」

「鳥を取っておいてるのね」ペリー刑事はいう。

突然の話題の転換に、ドリアンは驚く。

ペリー刑事は一番上の箱を鉛筆でトントンとたたいて促す。「そのなかに」

「ええ」すばやく現実に戻りながら、ドリアンはいう。「箱のなかに取ってある」

刑事は自分の机の上にある三十三羽の死んだ鳥について、妙なところがあるとは思っていないようだ。もう一度鉛筆で箱をたたいてから、視線を画面に戻す。

「ハチドリとカケス?」

「そのとおり」ドリアンはくり返す。「大半はフィッシュ・スタンドにあったものだけど、いまは自宅にまで置かれてる。誰かがメッセージを送ろうとしているんだと思う」

「その誰かは、なぜあなたにメッセージを送りたいの？」

ドリアンは答えを探す。

「置いていって」ペリー刑事はガムを吐きだし、新しいガムの包みを剝く。立ちあがって靴箱に手を伸ばし、机の一番下の引出しをあけて靴箱をなかにしまう。ドリアンは乱暴に引出しのしまる音を予期して顔をしかめるが、刑事は慎重に引出しを戻す。「なにかあったら連絡します」と刑事はいう。ドリアンに向かって手を差しだしたりはしない。目を合わせもしない。すでに椅子にもどり、画面に夢中になっている。

ドリアンは署内を見まわす。

親愛なるイディラ、経験から知っていることをいわせてもらうと、あなたが大声で叫びつづけても、誰も耳を貸さない。聞かないようにするのが彼らの仕事だから。聞いてしまえばあなたが重要だということになるけれど、あなたは重要じゃない。あなたはただ厄介なだけの問題で、いずれは立ち去ると思われてる。わたしはそうだった。立ち去った。姿を消した。彼らがなにもしないことを受けいれられなかったから。そっけなく拒絶されること、わたしの怒りに怒りで反応されることを受けいれられなかったから。わたしは娘の死という問題の上に、さらに問題を重ねるだけの存在になった。だから黙った。それはむずかしい、不可能だと思うでしょう。慣れることなど決してないと思うでしょう。でも慣れる。激しい怒りを持ちつづけると消耗するから。事件が終わるとき、自分自身のためにもなにかしら残しておく必要があるから。

ドリアンは咳ばらいをしていう。「結局、おなじことのくり返しなのね。わたしの話を耳には入れるけど、ちゃんとは聞かない」思ったより大きな声が出る。

「この場は簡単にやり過ごして、襲撃が終わること、嵐が去ることを祈るだけ。なにかをするはめにならなきゃいいと思いながら」ドリアンは立ちあがる。「誰だろうとこの鳥を殺してるやつがただやめるのを、あるいはなにかべつのことで捕まるのを待ちながら。でなければ、わたしが死んだ鳥のことを気にするのをやめて、あなたが仕事をしなくても大丈夫、となればなおいい」ドリアンは金属製の机に一方の手をたたきつける。

ペリー刑事は顔をあげる。どこかべつの場所から帰ってきたばかりのような、妙な顔つきをしている。

「あなたの話は聞いた。リーシャは娼婦ではなかった」と刑事はいう。

ドリアンは相手を凝視する。しかし刑事はもうコンピューターの画面に戻り、額にしわを寄せている。ドリアンが立ち去るときにも、顔をあげもしない。

勤務交替の時間だ——警官たちの出入りが激しい。無線がパチパチ鳴っている。誰かがポットにコーヒーを落としているが、すでに焦げたようなにおいがしている。サウスウェストでは、昨夜はよくない夜だったようだ。〝レイトショウ〟を担当した何人かの警官は、まだ仕事を終わらせようとしている最中だ。目が血走り、顔がむくんでいる。巡査部長のデスクに出られるドアをあけようとしたところで、ドリアンは自分の名前を耳にする。あるいは、耳にしたような気がする。

「ドリアン・ウィリアムズ？」

ドリアンはふり返る。自分が目にしているものを認識するまでにすこし時間がかかる。この二十四時間で二回めのことだが、リーシャが目のまえにいる。幽霊になって戻ってきたわけではなく、生身で。天地がひっくり返ったような気分になり、ドリアンは手近の机をつかんで体を支える。

「ドリアン、大丈夫？」

ジュリアナがまたそこにいる。ドリアンのまんまえに。ドリアンが受付デスクの内側でへたりこみそうになっているあいだも、ジュリアナの長いオレンジの髪――リーシャの髪――が肩先で揺れている。

「ジュリアナ？」

ジュリアナは昨夜とおなじ服を着ている。ぴったりしたハイウェストの黒いジーンズに、伸縮自在の青緑色のクロップトップ、街なかを一ブロック歩くのも大変そうな靴。膝の上にはいかにも燃えやすそうな素材でできた、ぴかぴかのピンクのボマージャケットが置かれている。

「早起きなんだね」ジュリアナは陽気に歌うような、すこし舌足らずなしゃべりかたをする。

「あなたは遅くまで起きてるのね」

「好きにしていいなら、もう何時間もまえに家に帰ってベッドのなかにいたはずなんだけど。ふわふわのパジャマとか着て」ジュリアナはいう。「ちょっとテレビも見たりして。熱いココアでも入れてね。だけどあの馬鹿野郎《ペンデホ》にはちがう計画があった」

ジュリアナは、コーヒーのカップを二つ持って部屋を横切ってくる刑事を示す。まだすこしハイだ。目をまん丸くしたり、言葉の区切りごとに頭をひょいと動かす様子から、それがはっきりわかる。

「わたしなら、ここに一晩じゅう置いといても一人で楽しむだけだと思われたみたい」

「で、そうしてるの？」ドリアンは尋ねる。

ジュリアナは大きな笑みを浮かべる。その顔があまりにもきれいなので、ドリアンはジュリアナを引っぱたきたくなる。自分を粗末にしすぎているから――髪を染めたり、マンガみたいなメイクをしたり、滑稽な服装をしたり。「ほかになにをしてるように見えるっていうのよ？」その質問には挑発するような響きがある。ジュリアナは何度か頭をうなずかせながら、ドリアンが食ってかかるのを待っている。

コーヒーを持った刑事がデスクに到着する。

ジュリアナはカップを受け取る。ピンク地に小さな紫色の花を散らしたネイルが一列に並ぶ。極小のゴールドのリングが人差し指の爪の先からぶらさがっている。両腕にタトゥーが入っている――割れたハート、星座、スペイン語の単語がいくつか、名前がいくつか、それにバラが一輪。

「砂糖が三つも入ってるなんて、そんなもの好きになれると思う？」ジュリアナは尋ねる。

「ぼくがつくったものを好きになってもらうしかない」刑事はそういってから、ドリアンに気づく。「こちらは友達なのかい？」

「すごく古い付き合いだよ」ジュリアナはいう。

刑事はドリアンに顔を向ける。「この子を連れて帰るつもりでここへ？」

「彼女がここにいることさえ知らなかったのに？」ドリアンはいう。

「ほかの友達と一緒に七十七番ストリートで一晩過ごすはめにならなくて、この娘はラッキーでしたよ」刑事はいう。

七十七番ストリートならドリアンも知っている。独自の留置場のない警察署――女性用の留置場のないサウスウェスト署みたいなところ――からあふれでた人々を受けとめる場所だ。

「それはどういう友達なの？」ドリアンは尋ねる。

ジュリアナは首を横に振りながら、ゆっくりと、いやな笑い声をたてる。「駄目駄目、母親ぶるのはやめて。わたしに誰かの助けが必要とか、あなたの助けが必要だなんて思わないで。なにを考えてるかわかるわ、なんて思うのはやめて。ほんのちょっとコカイン《イェヨ》をやっただけ。自分を見失わないために。一晩じゅう地面に足をつけて立っていられるように」

訊きたくはないが、ドリアンは思わず訊いてしまう。

「どうして立っている必要があるの？」

「だってパーティーにいたんだもん」ジュリアナはパ

チリと指を鳴らし、頭を左右に振る。「羽目を外したかったの。踊りたかった。そうするのにちょっと助けが必要なこともあるでしょ。音楽が弾んで聞こえるように」

「ちょうど半グラムより若干すくないくらいの助けだった」刑事がいう。「あとすこしでも多ければ、留置場のお友達のところに仲間入りだった」

「どうしてわたしの友達は逮捕して、パーティーにいたほかの酔っぱらいビッチは一人も逮捕しなかったのよ？　USCの女子学生クラブに入ってるあのラテン女たちだってよろよろしてたのに、あんたはただ気をつけて帰れよっていっただけ。タクシーなんかも呼んでやったりしてね。わたしや友達を引きずっていくので忙しくなかったら、きっと警護でもつけてやったんでしょうよ」

「きみときみの友達はわれわれの監視レーダーに引っかかっているからな」刑事はいう。

「わたしたちが、パーティーのやり方を知ってるふしだらなビッチだから？」

「まあ、そんなところだ」

「なによ、刑事さん、わたしたちはただのバーの女で、楽しんでいただけなのに。まえに確かめたときには、それは犯罪じゃなかったけど」

「バーの女ね」刑事はいう。

「わたしが生活費を稼ぐ方法になにか問題でも？」

「問題があるのはわかってるんだろう」

「今度〈ファスト・ラビット〉に来てみなよ。最初の一杯は店のおごりだから」ジュリアナはいう。

刑事はコーヒーを吹いて冷ましながら、ドリアンをちらりと見やる。「連れて帰ってもいいですよ、もしそうしたければ。じゃないと、素面になるまでここにいることになる」

「だったらベビーシッターを呼んでよ」

「帰りたいのか、帰りたくないのか？」刑事はいう。

ジュリアナはなにか居残るだけの価値のあることを探すかのように部屋を見まわし、首を横に振る。「新しい一日を無駄に過ごしたくない」

ジュリアナは立ちあがり、これ見よがしにジャケットを着て、髪を持ちあげ、結び直す。刑事は一枚の紙切れを手渡す。「出頭するのを忘れないように。公判日を逃すと、こんな軽罪でも厄介なことになるぞ」

「デートってわけね」ジュリアナは刑事に向かって投げキスをする。

そしてドリアンのそばをぶらぶらと通り過ぎ、ドアを出ていく。

外に出ると、ドリアンはまぶしさに慣れるまで数回まばたきをしなければならない。

ジュリアナはハンドバッグからサングラスを出し、その後もバッグのなかを引っ掻きまわしつづける。

「いまじゃ喫煙も犯罪みたいね」そういって、警察署のまえの階段にバッグの中身を出す。「ニューポートのパックを取られた」

「犯罪じゃないけど、悪い習慣だから」

ジュリアナはしゃがみこんで、ハンドバッグの中身をもとに戻す。「なかで散々な目にあったのに、まだお説教が必要だとでも？」それからファスナーをしめて、バッグを勢いよく肩に掛ける。しかし立ちあがりはしない。立とうとして疲れてしまったように見える。立つ代わりに頭を膝に乗せる。減らず口も毒も消えてしまったようだ。

ドリアンは隣に腰をおろし、ジュリアナの背中に手を置く。目をとじて、自分の手の下にあるのはジュリアナではなくリーシャの背中だと想像することを、つかのま自分に許す。

ジュリアナから深夜のにおいがする——汗がベビーパウダーや香水、煙草、酒と混じりあったにおい。即効性のドラッグを使い過ぎている人の毛穴から漏れる、妙に甘ったるい、人工甘味料のような独特のにおい。

ジュリアナが咳をすると、肺がぜいぜい音をたてるのがドリアンの手に感じられる。リーシャが放課後に連れてきて、古いおもちゃを引っぱりだしているあいだカーペットの上に座らせておいたあの小さな女の子に、いったいなにがあったのだろう？　リーシャが傷だらけの人形や、縁の欠けたティーセットや、〈こげ、こげ、こぶね〉が流れる手巻き式のテレビを出してあげたあの小さな女の子に。リーシャとドリアンが長年一緒に遊んだゲームや歌を全部教えてあげたあの子供に、いったいなにがあったのだろう？　ハードに遊びまわるこのジュジュビーのなかのどこかに、メイクやタトゥーの奥に隠れてしまったのだ——ある夏の日の午後、公園で独りで遊んでいるのを見つけたあと、リーシャがほとんどただ同然でベビーシッターを引きうけたあの小さな女の子は。

ジュリアナはまた咳をして、かすかに身をまえに乗りだす。

ドリアンはとにかく背中を撫でつづける。きのうの夜を、そしてきのうよりまえのすべての夜を、ジュリアナからこすり落とそうとするかのように。

「ジュリアナ」

ジュリアナは、ドリアンの手を払いのけるようにして立ちあがる。「新しい煙草を買いにいかなくちゃ。あと、シャワーを浴びて、ダイエットコークが飲みたい」

「朝食はどう？」

第五章

〈ジャックズ・ファミリー・キッチン〉はウェスタン・アヴェニュー沿いにある。警察署からすぐのところだ。ジュリアナは生意気そうな、自信たっぷりの態度で、髪を振り払いながらレストランまでの短い道のりを闊歩する。しかしテーブルについてサングラスを外すと、彼女が疲れた目をしていることにドリアンは気づく。白目が赤くなり、目の下に隈ができている。

ドリアンはそんなに空腹ではないが、ジュリアナを元気づけたい思いでたくさん注文する。卵、チキンソーセージ、スコーン、サーモンコロッケ、鳥の手羽。ウェイトレスはドリアンにコーヒーを、ジュリアナには水を持ってくる。

ジュリアナはレストランをざっと見まわし、知っている人や、興味を持てそうな相手が誰もいないことを見て取る。「いまも警察に入り浸ってるの？」

「ジュリアナ、あなたはきれいなんだから、もっと用心深くならないと駄目」

ジュリアナはあきれたようにぐるりと目をまわす。

「勘弁してよ」

「最後に誰かから用心しろといわれたのはいつ？」ドリアンはいう。

「わたしが用心してないなんて誰がいってるの？」わずかに残っていた威勢のよさがジュリアナの声から消える。ただただ疲れているように聞こえる。「子供をなくしたのはわたしじゃないし」この子はいまの自分の言葉を恥じているんじゃないかとドリアンは想像するが、ジュリアナは叱ってみなさいよといわんばかりにドリアンを睨みつける。

親愛なるイディラ。

「え、なに？」

声に出ていたのだろうか、とドリアンは思う。

親愛なるイディラ、人はあなたが不注意だったというでしょう。あなたがすでに最悪の経験をしたからという理由で、人はあなたが最も傷つく言葉を口にするでしょう。人はあなたがそれをうまく扱える、それを聞く必要がある、と思う。あんなことを乗り越えたのだから、あなたは充分にタフなはずだ、あるいはもっとタフになる必要がある、つらい真実を耳にする必要がある、と思う。だけどあなたにできることはなにもない。ただ聞くだけ。そして無視する。顔をそむけて、拒絶する。

「いまはどこに住んでるの？」ドリアンは尋ねる。

「あなたに関係ないでしょ？」

「家に帰ることはあるの？」

「あんな家、クソだよ。店のそば、四十七番通り沿いに、友達とわたしで使える部屋がある。だけど人の出入りが激しくて。女が多すぎる。だからあちこち動きまわってる。家にも行くよ、ほんとに知りたいならいっておくけど。でも縛られるのはいやなの」

ほんの一瞬、ドリアンはジュリアナの態度を羨ましく思う。ドリアンの特徴をなにか一つ挙げるとすれば、それは縛られていることだから。フィッシュ・スタンドに縛られ、リーシャの思い出に縛られている。食事を出さなきゃならないウェスタン・アヴェニューの女たちにも縛られている。

「わかるわ」ドリアンはいう。

しかしドリアンは〈ファスト・ラビット〉を知ってもいる。ウェスタン・アヴェニュー沿いの〈スヌーティ・フォックス〉や〈マスタング・モーテル〉のすこし先にあるカクテルバーで、運がよければ客が取れる。バーの奥に、カクテル・ウェイトレスたちがチップをたっぷり稼げるべつの部屋があると噂されている。

「いろんな支払いとか、家賃とか、そういうくだらないことに縛られるには、人生は短すぎるでしょ」

人生がほんとうにどれほど短くなりうるかなどジュリアナは知らないのだとドリアンは確信する。いや、もし知っていても気にも留めていないのだろう。ある日、仕事に出かけるために着替え、髪を梳かし、きっちりカールを巻いて、口紅を塗り、誰がピンクのホルタートップを着るかで女友達と口げんかをする。ある日、毎週のベビーシッターの仕事に出かけようとドアを出る。そして次に気がついたときには路地裏に横たわっている。あるいはもっと悪いことが起こっている。

「短すぎる」ドリアンはいう。「確かに」

ドリアンの言葉の意味がわかったとしても、ジュリアナはそれを顔に出さない。

食べ物が出てくる。皿が多くてテーブルに乗りきらない。ドリアンは食事に取りかかる。自分でつくるものをべつにすれば揚げ物に食欲はわかないのだが。ジュリアナは皿をつつく程度に、空腹ではあるが胃が痛いような様子で食べる。サーモンコロッケを一口齧り、すぐにそれを押しやる。

「どうかした？」ドリアンが尋ねる。

「あなたが出すものとは比べものにならない。ドリアンの魚はウェスタン・アヴェニューで一番だよ。みんな知ってる」

「そう？」ジュリアナが最後に店に来たのはいつだったか、ドリアンは思いだせない。

「みんなに話してるよ、カウンターの向こうが見えないくらい小さかったころから、わたしはあの店に通ってるんだって」

「それなら、どうして来なくなっちゃったの？」

「いまの生活のせい。すごく忙しいから」ジュリアナは店内を見まわしていう。「煙草がほしいんだけど」

ドリアンは反対しようと口をひらきかける。

「わたしがほしいっていったのは煙草であって、お説教じゃない」ジュリアナはハンドバッグを引き寄せて、ウェスタン・アヴェニューへ出ていく。ドリアンが見ると、ジュリアナは通りのあちこちを眺めまわしている。角にガソリンスタンドとコンビニがある。だが、ジュリアナは動かない。待っている。

ドリアンは会計の合図をして、ろくに計算もせずに四十ドル置く。

ジュリアナは、通りかかった中年の男を呼び止める。二人のやりとりはドリアンにも想像がつく。ジュリアナがちょっとした戯れを口にして煙草と火をねだり、つかのま男の気分をよくさせてから見送るのだ。その後、心穏やかに煙草を吸う。

ウェイトレスがドリアンのそばに来る。「お釣りは要ります？」

ジュリアナは縁石のほうへ寄って煙草を吸う。風が巻き毛を持ちあげ、髪が頭のうしろでケープのようになびく。遠くから眺めると、昨夜の疲れは見えない。

「お釣りは要りますか？」

ドリアンはうなずいて、曖昧に手を振る。

「どっちよ？」ウェイトレスは立ち去る。

車が一台、ジュリアナのそばでスピードを落とす。窓がひらく。ジュリアナは煙草を投げ捨てる。

「はい、どうぞ」ウェイトレスが一ドル札の束と小銭の山を手に戻ってくる。「大きいお札を切らしてて。これで一ドル札もおしまい。細かくてすみませんね」ウェイトレスはそういって、レシートと釣銭の載ったトレーをテーブルに置く。小銭の一部がドリアンの膝にこぼれ、次いで床に落ちて跳ねる。拾おうとして身を屈める途中で、ウェイトレスとぶつかる。

ドリアンは小銭を集めて身を起こす。車とジュリアナは消えている。

一度は捕まえたのに、失ってしまった。ドリアンはテーブルを離れて通りへ急ぎ、南を見やる。一台のセダンがスピードをあげて走り去る。遠すぎて型も、年式も、ナンバープレートも読み取れない。ウェスタン

・アヴェニューにはドリアンと風だけが残される。

第六章

週末には大きなパーティーがたくさんある。お誕生会、十五歳を迎えた少女たちのお祝い《キンセアニェーラ》、出産前の母親のためのベイビー・シャワー、家族の集まり、教会へ行ったあとの食事、手抜きの夕食。つまりドリアンは一日じゅう、具材に衣をつけて揚げたり焼いたりのくり返しに没頭できる。そうしているとジュリアナのことを考えずに済む。ある瞬間には確かにそこにいて、もらった煙草を吸いながら、信じがたいようなヒールで歩道をふらついていたのに、次の瞬間には通りすがりの車に——ずっとその車を待っていたかのように——すっと乗りこんで消えてしまったジュリアナのことを。

キッチンは慰めであり、隠れ場所でもある。ランチの注文が入りはじめるころには、フライヤーの油は泡立っている。揚げるにもリズムがある——衣に浸けて、揺すって、揚げる。衣のつき方が完璧で、油の温度もちょうどいいときには、鶏や魚がくるくる回りながら表面に浮いてくる。ドリアンは細部に夢中になる。魚はからりと揚がったときかすかにカーブするように切り、鶏はどのかけらもゴールデンブラウンの衣をまとうように揚げ、エビはもとのかたちを保ったまま衣をまぶす。

六時になると、週末に店を手伝ってくれるウィリーがキッチンに顔を出す。「大口の注文を届ける時間だよ」

このフィッシュ・スタンドが営業をはじめてからほぼずっと、すくなくともドリアンが店を切り盛りするようになってからはずっと、長年つづいているサイコロゲームの集まりのために、土曜日になると必ず注文が入る。ディナー二十食分。エビ、ナマズ、タラ、カレイ、それに鶏と、付け合わせ各種。付け合わせはポテトフライ以外で。ポテトフライが配達に不向きなのは誰もが知っているから。

ウィリーが首を傾げていう。「忘れてたの？」

答える代わりに、ドリアンは発泡スチロールの容器を二十個おろす。

ウィリーはドア枠をトントンとたたく。「ちょっと遅れますって連絡しておくよ」

「しなくていい」ドリアンはいう。

そして懸命に立ち働く。魚のフライを早く済ませために、油のなかに多めに入れてしまいたい誘惑に駆られるが、一切れでも余分に入れれば切り身がお互いにくっついてパン粉の衣が剝《は》がれ、ぐちゃぐちゃになることはよくわかっている。最後には剝がれた衣と魚の切り身でフライヤーがいっぱいになり、油の温度も落ちるので、すべて掻きだして油を取り替え、最初からやり直すはめになるのだ。だからわざとゆっくり作業する。四つのフライヤーで、一度につくるのは一つにつき一食分。揚げ物は熱いうちのほうがおいしいことは誰でも知っているが、二十年近く、サイコロゲームの集まりから配達について苦情が出たことはない。

二十食分を用意するには三十分ほどかかる。付け合わせをまとめて大きな容器に盛りつけるのはウィリーが手伝ってくれる。その後、ウィリーが配達に使っているカートに二人で全部積みこむ。

大急ぎの調理が終わると、一日じゅう脇へ押しやっていた不安が戻ってくる。ドリアンは神経過敏になっている。なにかしなければ、なんとかしてけさの出来事まで逆戻りして、ジュリアナが姿を消すのを放置するのではなく、追いかけなければと思う。あの子をテーブルにつかせたまま、煙草を吸うのを禁じることができればもっといい。ドリアンは食べ物でいっぱいのカートを見おろす。

「わたしが持っていく」ドリアンはいう。

ウィリーは一方の眉をあげていう。「なんでまた？」

「わたしが行く」ドリアンはカートをつかむ。「住所は？」

「この注文が何年つづいてると思ってるんだい？」ウィリーはいう。「住所も知らないなんて」

「わたしはいつも調理するだけで、配達しないもの」

ウィリーは油染みのついたレシートの裏にメモする。ドリアンはその走り書きを睨むようにして見る。「二十九番プレイス？」

「シマロン・ストリートとセント・アンドルーズ・プレイスのあいだ」

「ストリートじゃなくてプレイスなのね？」

「この十七年のあいだ配達をしてきたのは誰だと思っているのかな？」ウィリーはカートに積まれた容器を見おろす。

「だけど、ほんとうにプレイスなのね？」ドリアンは再度尋ねる。

「そう」ウィリーはいう。「プレイス」

ドリアンはウィリーを見つめる。ウィリーを信用していないからではなく、自分を信用していないから。またもや過去が突入してきて、ドリアンを不安定にさせているからだ。

「ドリアン？　ドリアン？」

シマロンとセント・アンドルーズのあいだの二十九番プレイス沿いは、ジュリアナの家のあるブロックだ。リーシャがベビーシッターとして通った家。リーシャの生きている姿が最後に目撃された場所。

ウィリーがドリアンの腕を揺さぶっている。「ドリアン、どこへ行っちゃったんだい？」

ジュリアナ。ジュジュビーに生まれ変わったジュリアナ。見知らぬ車の運転手にみすみす連れ去られてしまった。ジュリアナはドリアンよりあの男を選んだ。安全より危険を。既知より未知を。すべてドリアンの見ているまえで起こったことだった。

「やっぱりぼくが行こうか」ウィリーがいう。

「わたしが行く」ドリアンはカートをつかむ。「ただ、揚げたてのほうがおいしいのにって思っていただけ」完璧に揚げたはずの魚が、すでにしんなりしはじめているのが感じられる。

「文句はいわれないよ。だけどまだぐずぐずしてるならいわれるかも」ウィリーはゲートをあけ、ドリアンがカートを押して出られるように押さえる。

「どうしていままで配達用のバイクを買わなかったのかしら」ドリアンが尋ねる。

「今度はバイクに乗りたいっていうの？」ウィリーはゲートを離し、しまるに任せる。

カートを押しながらウェスタン・アヴェニューを三十一番ストリートの角まで進むあいだ、これが初めてではないが、ドリアンは考える。ジュリアナがぬいぐるみのうしろに隠れていた小さな女の子から、夜空に高く明るくはぜる爆竹へと変身したことは、リーシャの死となにか関係があるのだろうか。ジュリアナがなにをしているか、ドリアンは正確なところを知っているわけではなかった。噂を聞いただけだった。ジュリアナのことを訊いてまわり、何年かまえにはジュリアナの両親の住む家のドアをノックしたことさえあった。父親のアーマンドに「あの子は街なかへ行っちまったよ」といわれただけだったけれど。

それですべて説明がつくかのように。

二十九番プレイスへと曲がるころには、辺りは暗くなりかけている。明かりがつくと急に冷えこむ。ロサンジェルスに住んで三十五年になるのに、冬の南カリフォルニアにおける一日の気温の落差——お昼どきには二十八度、夕食のころには十二度——にはまだ慣れない。街が決心をつけられずにいるかのようだ。

ウェスタン・アヴェニューから一ブロック離れるだけでちがう世界になる。通り沿いに色とりどりのクラフツマン様式の家が並ぶ住宅街が、夕陽の名残りに背中を押されるようにして影に呑まれかけている。近づいてよく見ると、人々が重視するものの変化がわかる。家族用の新しい車が何台か——シルバーのSUVやミニバンが多い。耐乾性の植物を植えて整えられたばかりの庭は、流行と必要性の両方を満たした結果だ。新しい塗装や、補修されたレンガのポーチも目につく。

ジェファーソン・パーク地区が荒れているわけではない。ここの人々は、歴史的基準に則って家を修復するようなお金はないかもしれないが、だいたいにおいて家はきちんと手入れされている。

ブロックの端からは、ジュリアナが育った赤い家が見える。木のない前庭がクリーム色に塗られた電動の鉄製フェンスに囲まれているせいで、よけいに目立っている。

ドリアンは歩く速度を落としてそこを通る。暴動よりまえからこの地区に住んでいる家庭の多くがそうだが、ジュリアナの両親もいまでも窓に鉄格子をつけ、玄関のまえに金属のゲートを設置している。新しく来た人々にとっては醜悪に見えるにちがいない。鉄格子はおそらく趣味の悪さや治安の悪さの表れのように思えるだろう。しかし最近になってやってきた人々は、ロドニー・キング事件のあとにウェスタン・アヴェニューを破壊し尽くしたカオスのただなかにはいなかった。火事や銃声がおさまったあとに根をおろした不信や疑念を経験したわけでもなかった。そういう人たちは、平屋建ての多く並ぶこのコミュニティが第三次中東戦争にも似た状況にあったことなど想像もできないだろう。一見閑静な住宅街に、かつては怒濤のごとくギャングが押し寄せて活動していたものだが、いまも残るその傷痕すらたいして目に入らないだろう。

　ドリアンは赤い家のまえで足を止める。羽目板や窓枠のペンキが剝がれかけ、クリスマス用の電飾が軒下から垂れている。両脇の家とちがって、庭が手入れされていない。石畳の私道にフォード・ピントが停まっていて、その奥にもう一台、丸裸にされたような車がある。錆びたツールや車の部品、自動車関連の雑誌が地面に散らばっている。折りたたみ椅子が三脚、木の箱を囲むようにして半円形に並べられ、箱のまわりにはビールの缶が散らかっている。

　風が強くなっていた——サンタ・アナ山地からの吹きおろしがまたはじまって、今週ずっと荒れており、空き缶を歩道に吹き飛ばしたり、雑誌のページをめくったりしている。ドリアンは首を伸ばして、格子の向こうの暗い窓のなかに動きがないか見ようとする。

　誰かがブロックの向こうから近づいてくる——軽く引きずるような足音がする。ドリアンはゲートから離れて待つが、誰も来ない。懸命に耳を澄ましてもなにも聞こえない。

　頭上でヤシの木が軋む。

突然、近くの庭から騒音が聞こえる。男の一団がスペイン語で冗談をいい合っている。

「ジュリアナ？」

ラジオの音量があがり、通りじゅうに昔のソウル・ミュージックが流れる。

「ジュリアナ？」

褪せた赤の家と隣家のあいだで、もつれたツタと繁みががさごそ動く。ドリアンの息が止まる。

「ジュジュビー？」

ネコが一匹、でこぼこの歩道に飛びだして、通りを駆けていく。

心臓が飛びでるのを抑えるかのように、ドリアンは胸に手を当てる。「やだ」

年のせいかもしれない。独りで過ごした時間が長すぎるせいで、びくびくしやすくなっているのかもしれない。この家になにか、ドリアンの神経を逆撫でするものがいまもまだあるのかもしれない。あるいは、ほんとうに落ちはじめてしまったのかもしれない――精神が落下の一途をたどりはじめてしまったのかもしれない。

カートをぐいと押して歩道の裂け目を乗り越える。隣の家に着いたときには、さっきの音楽は我慢できる程度まで音量がさがっている。

ぐるりとポーチを巡らした家が角地に建っている。よく手入れされ、羽目板のダークグリーンのペンキも塗りたてのようだ。軒やトリムはセージグリーンで、窓枠の赤がアクセントになっている。ポーチの柱に使われている硬質レンガの状態もよい。もしかしたら以前は窓に格子が取りつけてあったのかもしれないが、いまはない。

ドリアンはゲートをあけ、カートをガタガタさせながら階段を昇って、ドアをノックする。家の裏からパーティーの物音がする。スペイン語と英語の波が音楽と混じりあっている。応答はない。ドアは硬材で、小さな窓があり、その窓から暗い廊下が見える。大きなピクチャーウィンドウのほうを確かめると、分厚いカーテンに覆われている。ドリアンはもう一度ノックする。

カーテンが動き、女が外を見る。白人でドリアンと同年代、ほっそりした、上品な顔立ちをしている。しかし目にどこか尊大なところがある。女は顔をしかめる。カーテンが戻る。

ドリアンはまたノックする。

「裏よ。裏へ回って」

そういう決まりなら、ウィリーはどうしてそういわなかったのだろう？

ドリアンはもう一度ノックする。ドアがパッとひらく。

「お食事を届けにきました」ドリアンはいう。

「そのようね」

ジェファーソン・パーク地区に白人の女が二人——どちらも昔からの住人だ。しかしドリアンの記憶では、会ったことはない。女が着ているのは完璧に糊のきいた看護師の制服だ。

「わたしはドリアン」

「食べ物は裏へお願い」

「家のなかを抜けられると、ずっと楽なんですけど」

「もっと楽だったらいいのにと思うことはたくさんある」女はいう。

カートをガタガタさせながら階段を降り、その後私道から裏へ回るなど、ドリアンはまったくやる気になれない。「お食事が冷めますよ」

女はドアをあけたまま押さえる。「そんなにいうなら。いつもは外から裏へ回ってもらうんだけど」

「お名前を聞いてませんけど」ドリアンはいう。

「その必要があるとは思わなかったから。アネケよ」

ドリアンはそっとカートを押して戸口から入る。室内は新品同様だ。造りつけの高級家具があり、照明器具も最初から備わっていたもののように見える。

家具はアーツ&クラフツ運動のころのミッションスタイルの複製、あるいはもしかしたら本物かもしれない。

ドリアンが廊下をキッチンへと向かうあいだ、アネケはカートに目を向ける。

「昔、看護師になる勉強をしたことがある」ドリアンはいう。

「誰にでもできる仕事じゃない」

「また看護学校に戻ろうとしたんだけど、夫が亡くなって、フィッシュ・スタンドを引き継ぐことになったの」

「看護について学ぶべきは、適切な世話を望まない人が大勢いるってことくらいよ」

「だったら、調理をつづけることにしたのは運がよかったのね」

「誰にとって?」アネケはいう。

ドリアンはカートごと立ち止まり、そのせいでアネケがぶつかる。ドリアンがアネケのほうを向き、二人は積み重ねられた発泡スチロールの箱を挟んで向きあう。アネケはみるみるうちにしかめ面《つら》になる。すっぱいものを舐めてしまったかのように目を細くする。

「なにか問題でも?」ドリアンはいう。

「わたしは家のなかをいつもきれいにしている」アネケが答える。「知らない人を通すことはあまりないの」

「わたしは知らない人じゃない。食事を配達してるだけ。あなたから電話をもらって」

「わたしが電話したわけじゃない。夫がしたの。次回は外から裏へ回ってちょうだい」

ドリアンは引きつづきキッチンへ向かう。廊下を進む途中に垣間見たダイニングやリビングとおなじく、キッチンもぴかぴかだ。個性はほとんどない。

ドリアンは、外へ出たくてたまらない気持ちで庭へ通じるドアをあける。

「いわせてもらえば」ドリアンが戸口を通してカートを外へ出そうとしていると、アネケがいう。「運なんてものはないのよ。あるのは責任だけ」

「覚えておく」ドリアンはいう。

「あなた、自分がなにか重要なことをしてると思ってるんでしょ？　近隣のために調理をして、コミュニティの助けになっているって」

「思ってない」ドリアンはいう。「毎日なんとかやりすごしているだけ」

カートをキッチンからぐいと押しだし、ポーチの階段を庭へと降りる。降りたところにしばらく立っていると、ようやく誰かに気づいてもらえる。

人種が入り交じっている――白人も、黒人も、ラテン系もいる。男ばかり。ドリアンと同年輩の男もいれば、三十代もいる。十代を抜けだしたばかりの者もいる。壜ビールの入った洗い桶が、空いたテーブルの隣に置いてある。テーブルは食べ物を並べるためのものにちがいない。大型ラジカセのせいで、大声を出さないと話が聞こえない。ボトルを回している人もいれば、サイコロを放っている人もいる。

「よう！　食べ物はこっち」若い男の一人がドリアンに合図をする。「こっちまで運んで」

ドリアンがテーブルまでカートを引きずっていくあいだ、ゲームが中断する。半分ほど進んだところで男がドリアンからカートを引き取る。白人で、黒い顎ひげを生やしており、髪は白髪交じり。男はドリアンをじっと見る。一方の目がもう一方より小さい。どこかで会ったことがある、とドリアンは思う。あるいは、とくにどこということもない場所で見かけただけかもしれない。自分たち二人――ジェファーソン・パーク地区に圧倒的に黒人が多かったころからの白人住民で、お互いに礼儀正しく接しているだけの顔見知り――は、店で出くわしたらただ挨拶だけを交わすような、決まって天気の話題を口にするような、大きすぎる変化には抵抗するような、そんなタイプだ。「ロジャーね？」ドリアンはカートを放しながらいう。長年のあいだ注文票で名前を見ていながら、いまにいたるまで顔を想像したことさえなかった。

「そのとおり」ロジャーはカートをカタカタと押して庭を進みながらいう。「いつもの彼は、きょうは自分の仕事を女性に任せたんですね」ロジャーの話し方には妙な堅苦しさがある。

「わたしが調理をして、ウィリーが配達をする。きょうは交替しただけ」

「あの人が調理したんですか？」

　ドリアンは思わず声をたてて笑う。ウィリーにもいざとなればできるだろう——だがこの量の注文には圧倒されてしまうだろう。「わたしがつくって、配達もしたの」ドリアンはそういいながら、庭の端に設置された折りたたみ式のテーブルに容器を降ろしはじめる。

「キッチンから出てきてすぐのほうがおいしいんだけど」ドリアンはいう。いわずにはいられない。店で出す食べ物にはそれなりに自負がある。わざわざ世間に向けて喧伝するつもりはなかったが、実際、自分はいい仕事をしているのだ。

　ロジャーはドリアンの肩に手を置いていう。「いままで何年もずっと、苦情はなかったでしょう？　しかしまあ、車での配達を考えてもいい頃合いかもしれませんね」

「そうね」ロジャーの手を振り払おうとしながら、ドリアンはいう。庭を見まわし、次いで家の二階を見あげる。二階の窓のカーテンが、さっと引かれる。

　ドリアンとアネケの目が合う。

「また来てくださいよ」ロジャーがいう。「古参同士ですからね」

　ドリアンはまだ、ロジャーの肩の向こうにある窓を見ている。ロジャーがドリアンの視線を追う。アネケがうしろへさがる。

「妻です」ロジャーはいう。「妻は賭けごとが嫌いで」

「まあ、それは彼女の問題だから」ドリアンはいう。

「わたしのことも嫌いみたい」

「いろいろな経験をしてきたもので、人あたりがきついんです」ロジャーはそういってサイコロを差しだす。「振ってみませんか？ 勝ちの目が出たら、いま場にある賭け金は全部持っていっていいですよ」

　場を見ると、一ドル札と五ドル札でだいたい四十ドルほど置いてある。ドリアンはサイコロを受けとる。リッキーもサイコロゲームをやっていた——軍隊で覚えた遊びだった。「もらっていくわ」ドリアンはそういいながらサイコロを振って放る。ばらばらの目で八が出る。

　ロジャーはドリアンの肩に手を置いていう。「この次はツキが回ってきますよ」

第七章

　月曜日の店じまいのあと、ドリアンは〈ファスト・ラビット〉に電話をかけてジュジュビーを呼びだしてもらいたいと頼む。電話に出た女は店内の音楽に負けじと声を張りあげる。ここにジュジュビーはいない。

「最後に店で見たのはいつ？」

　え、なに？ なんていったの？

「ジュジュビーのこと——あの子が最後にそこで働いたのはいつ？」

　だからいってるでしょ、ここにジュジュビーなんていない。

「だったらジュリアナは？」

　ジュリアナもジュジュビーもいない。

「いまいないの？　それともずっと？」ドリアンは尋ねる。

こっちまで来て、探してみなよ。

ドリアンは電話を切る。もしかしたら今夜は休みなのかもしれない。もしかしたら辞めたのかもしれない。もしかしたらそもそもここで働いたことなどなかったのかもしれない。

火曜日の仕事が終わるとドリアンは車に乗りこみ、ウェスタン・アヴェニューを一〇号線との交差点から七十七番ストリートまで南へ走って、引き返す。そうやって行ったり来たりして、街の中心部を四度まわる。

水曜日はのろのろと過ぎる。ランチの注文は四人分だけ。早く閉店準備の時間にならないかと、何度も時計を確認する。

木曜日、ジュリアナの姿はまだ見えない。まあ、どこを探せばいいかわかっているわけではないけれど。閉店の直前に、キャシーが裏のドア口に現れる。キャシーはエビと魚のフライのプレートを受けとる。

「なんで突然、そんなにジュリアナのことを気にしてるの？」キャシーはビニールのレインコートの下に、丈の長いタンクトップみたいに見えるワンピースを着ている。ブラジャーはなし。髪はブリーチしなおしたようで、トウモロコシの毛の色になっている。「あのビッチはお高くとまってるんだよ。昔から知ってるけどさ」

「わたしも知ってる」ドリアンはいう。

「そうなの？　あんたが？」

「子供のころ、ここでよく食事をしてた」

「まったく、世間は狭いねえ」キャシーはいう。「で、なに、あの娘にお金でも貸してるの？」

「そういうわけじゃないんだけど」

キャシーは、ドリアンが注いだアイスティーのカップに手を伸ばす。「うわ。これでもかってくらい甘いね」

ドリアンはキャシーに見られているのを感じる。

「ジュジュビーの身になにかごたごたが起こったと思ってるんだね」

ごたごた。キャシーがはっきりした言葉でいえない——それを現実にしたくない、危険を招き寄せたくない——というのもおかしなものだ。

「自分でもどう思ってるかわからない」ドリアンはいう。

「あのね」キャシーはいう。「ジュリアナはたぶん男を見つけて、どこかにしけこんでるんだよ。きっと金持ちを見つけたんだね。それで何日か休んでるんだ。いわせてもらえば、ときどきはそういうことが必要なんだよ。ものすごく必要なんだ。新しい居場所、新しい男。なにも考えずにいる時間がね。いってる意味はわかるでしょ」キャシーは首を横に振ってつづける。「力も湧いてくる。そういうことをするとね。実際、あたしに必要なのもそれ。街からちょっと離れたところに——アップランドかサン・ペドロ辺りに——大きくて古い家を持ってるような男を探して、何日か街を離れる。で、いくらかお金を稼いで、よく睡眠を取る。誰かほかの人間じゃなくて、自分自身の面倒を見るの」キャシーは空《から》になったカップをひょいと置く。

「きっと何日かしたら〈ファスト・ラビット〉に現れるよ。ポケットをいっぱいにして、たっぷり眠ったあの娘がね」キャシーは空のカップにまた手を伸ばす。

「ところで、もう一杯もらえる？」

ドリアンは四ガロンの容器からカップにアイスティーを注いで、キャシーがハンドバッグからリキュールを——サザン・コンフォートの半パイント壜を——取りだすのを見守る。キャシーはそれをほんのすこしアイスティーに垂らす。「通りでの仕事のために一杯」そういって、キャシーは一口飲む。「外でなにが起こるか心配しはじめたらキリがないよ」

「ジュリアナはほかの人たちとちがうから」

　キャシーは鼻を鳴らし、ストローを吹いて泡をたてる。「どの女だって、自分はちがうと思ってる」

　外で誰かがクラクションを鳴らしている。

　キャシーは睨むように目を細くして、キッチンの正面の窓から外を見る。「仕事に遅れそう」

「そこまで送っていくわ」ドリアンはいう。

　二人で正面から出る。ドリアンは外からゲートに鍵をかける。それからウェスタン・アヴェニューを南へ向かう。

　フィッシュ・スタンドを離れれば離れるほど、キャシーはヘビが脱皮するように変化する。いや、どんどん太いヘビになる。夜闇に向けて油断なく身構えるにつれ、声が固く、冷たくなる。まちがった場所に立っている女を睨みつけ、なに見てるんだよと車の運転手を威嚇する。通行人を横目で睨みながら歩道を踏みつけるようにして歩く。

　三十七番通りで、キャシーはドリアンのほうを向く。

「ずっとあたしについてくるつもり？」

「わたしもこっちに向かっているだけ」

「ジュリアナか誰かみたいに、あたしにも見張りが必要だと思ってるの？」

「キャシー、わたしはただこっちに歩いてるだけ」

「あたしたちに食事を出してるからって、自分を聖人みたいに思ってるんでしょ。勘弁してよ」

「キャシー――」ドリアンは口をひらきかける。

「これはあたしの仕事なんだから勝手にやらせてもらうよ。あんたには関係ない。なんの関係もない」キャシーは急にふり向いて一方の手でドリアンの胸を押し、その場に押さえつけるようにしてから、勢いよく離れていく。

　ドリアンはキャシーが通りを渡るのを見送ってから、試しに南へ向かってみる。

　空はピンクのリボンが数本かかったようになっている。ヤシの木々が揺れている。風はやまない。

北行きのバスが二本通り過ぎる。ドリアンは乗らずに南へ向かいつづける。行き先を意識せずに歩いているうちに、気づくと〈ファスト・ラビット〉のまえにいる。

七時半。ほんとうに行動を起こすには、おそらく早すぎる。ドリアンはうしろへさがって待つ。思ったより頻繁にドアがひらく。一人客の男。二人連れやグループ。威勢よく入っていく者もいれば、こそこそドアをくぐる者もいる。

ドリアンはブロックを一周し、屋台でタコスを買う。それからようやく〈ファスト・ラビット〉のドアへ向かう。

警備員は、強そうというよりは太っている。しかしそれでも揉めたくはない。「どうぞいい夜を」警備員はそういって、あけたドアを押さえてくれる。

なかは暗く、ピンクとブルーのストロボライトや、くすんだミラーボールに照らされている。小さなダンスフロアがあり、黒塗りのカウンターがある。ドリアンは薄暗い照明に目が慣れるのを待ってから、ビニール張りのスツールに腰をおろす。

バーテンダーは中年の女を初めて見たような目つきでドリアンを見る。三十を過ぎた女は存在しないも同然といわんばかり。「飲み物は？」

「人を探しているんだけど」

「相手の男はそれを知ってるのかな？」

「女よ」

バーテンダーは眉をあげる。

「セヴン・セヴンをお願い」ドリアンはいう。

飲み物は、〈ルピーオズ〉とまったくおなじようなカップに入って出てくる。ドリアンはストローで飲みながら、ダンスフロアの向こう端のドアがひらくのを見やる。男が一人、大股で出てきて室内を見まわし、出入口へ向かう。そのすこしあとにジュリアナと同年代の女が現れる。ライオンのたてがみのようなぼさぼさの髪とハート形の顔をしている。眉はマジックペンで描いたみたいに見える。

　女はカウンターの席に着く。両方の胸から皮膚を剝ぎとろうとするかのようなトラの爪のタトゥーを入れている。「ああもう。ずいぶん混んでるじゃない、まだ夜ともいえない時間なのに。夜中になるころには太腿がすり切れちゃう」

　バーテンダーは女のために緑色の飲み物を注ぐ。科学の実験に出てきそうな緑色だ。「仕事にありつけることに文句があるのか？」

「ここでこうしてるのも仕事のうち」女はそういってから、ドリアンのほうをちらりと見る。「新顔？」

「人を探してるんだってさ」バーテンダーがいう。

「ここにはいないよ」女はドリアンにウィンクをする。「おごってくれる？」

「え、なに？」

「そこに座る人はたいてい飲み物をおごってくれるから」

「かまわないけど」ドリアンはいう。

「緊張してるの？　この店は初めて？」女はスツールをずらしてそばに寄ってくる。女の香水のにおいと、なにかべつの――たぶん誰かべつの人間の、はっきりしない、麝香のようなにおいがする。「ねえ、いいでしょ、飲み物をおごって」

「もう飲んでるじゃない」ドリアンはいう。

「ちょっと、お姉さん、ゲームのやり方を知らないのね」

　ドリアンは自分のカクテルを一口飲む。「ゲームをしてるわけじゃないもの」

　女は手をドリアンの太腿に走らせる。「だったらそのスツールから降りてよ」バーテンダーがパチリと指を鳴らし、女の注意をカウンターの反対端に向ける。若い男が二人、モーターショウの試乗車を見るような目で女を品定めしている。女はスツールを降り、二人のほうへ向かう。ドリアンが見ていると、女は二人のあいだに割りこみ、器用にも一度に二人の注意を引きつける。

「女は働かなきゃならない」バーテンダーがいう。

裏口の扉が回転ドアのようにひっきりなしに動く。女と男が一緒に入っていく。男が先に出てくる。それから女。ドリアンはドアから目を離さずに、ジュリアナが現れないかと見守る。

「ちょっと、お姉さん、まだその席をふさいでるの？」

トラの爪のタトゥーを入れた女が戻ってくる。「あたしのほうはいい夜になりそう。まだ夜ともいえないけどね。だから店のおごりで一杯どうぞ。ラモンもきっと見逃してくれる」女はバーテンダーにウィンクをする。「ねえ」女はドリアンの腰に腕を回しながらいう。「最後にちょっといいことしたのはいつ？」

何年もまえ。何十年もまえ。想像を絶するほど昔。

「あそこにクモの巣が張っちゃってるんじゃない」女がいう。「体をほぐしてくれる人が必要だと思う」女はドリアンに回した腕に力をこめる。「ねえ、なにかしゃべってよ。なにを待ってるの？」

半分抱きしめられたようになって、ドリアンは体が緊張するのを感じる。身を固くすることで女とのあいだに距離が取れるとでもいうように。「なにかを待ってるわけじゃない」

「嘘いわないで。誰だってなにかを待ってる」女はドリアンの耳に息を吹きかけるようにしていう。「ねえってば、話してよ。なにを話してもいいから」

「わたしはべつに――」ドリアンはいいかける。だが、そこで女のいうとおりだと気づく。ドリアンはずっと待っている。なにか――自分を解放してくれるなにかを待っている。

女は手をドリアンの顎に添えて顔をぐるりと動かし、二人の顔と顔が向きあうようにする。「あたしのいうとおりでしょ」女の声は赤ん坊を相手にするように柔らかく、欺瞞的で、薄氷のようにつるつるすべる。「あたしは自分が正しいってわかってる。あなたが求めるものを、あなたよりよくわかってる」

女の口がドリアンの口をふさぐ。押しつけられた唇は湿り、舌は——筋肉でできている。

なにが起こったのか、すこしの間のあとにようやくドリアンにもわかる。ドリアンはすぐに跳びのき、スツールから外れて床に落ちる。

「出ていって」女がいう。「ここにはあんたが興味を持つようなものなんかない」

第八章

金曜日の夜——ドリアンの店の裏口に、女たちは誰も現れない。土曜日もおなじ。まるで誰かが警告を発したかのようだ。

〈ファスト・ラビット〉での出来事から二日経ったいまも、ドリアンは女のキスの感触を思いだせる。女のにおいも。とくに長く残っているのは味だ——塩気と、リキュールの甘さ。だがほかにもある。女の言葉だ。

なにを待ってるの？

ドリアンはまた紅茶を飲みくだし、女の名残りと女の言葉を消そうとする。しかしいっこうに消えない。

フィッシュ・スタンドの客はすくない。

時計が五時を指すと、ウィリーがキッチンにやってくる。

「わかってる」ドリアンはいう。「大口の注文の時間ね」

ドリアンが発泡スチロールの容器を二十個おろしていると、正面入口のドアがひらく。

ウィリーの声が聞こえる。「アネケ、でしょう? ロジャーのために料理を取りにきたんですか?」

「いいえ」返事はそっけない。

ドリアンはキッチンの窓からロジャーの妻を覗く。

「ドリアンに話がある」

ドリアンはひょいと顔を出す。アネケは店に入ることに耐えられないかのように、ドア口に立っている。

「なにか?」

「もういいと伝えにきたのよ。ロジャーの注文をキャンセルしにきたの。夫のゲームにあなたの食べ物は要らなくなった」

ドリアンはため息をついてエプロンを外す。「電話でよかったのに」

「はっきりさせたかったから」アネケの目の端がぴくぴく引きつっている。「これからもうずっと要らないってことを」

「揚げ物は配達に向かないって、いつもいってたのよ。だけどあなたたちはもう十年以上、それを気にせずにきたのに」

「好みは変わる」アネケは独特のアクセントで歯切れのよいぶっきらぼうな話し方をするが、ドリアンにはそれがどこのアクセントかわからない。

ドリアンはキッチンへ入ってフライヤーのスイッチを切る。客席へ戻ると、アネケがまだそこにいる。

「まだほかになにか?」ドリアンはいう。

アネケは首を伸ばし、キッチンを、そして裏口のドアの向こうを覗きこみながらいう。「健康上有害よ。あの女たち。裏で食事をするあの人たち。みんな知ってる」

「そうなの？」ドリアンは尋ねる。

「いま知らないとしても、すぐ知ることになる。この近隣をきれいにしようとしてる人たちがいるから」

「きっとそうなんでしょうね」ドリアンは視線を受けとめ、アネケのまぶたがいきり立ったチョウのようにぱたぱたするのを見る。最後にはアネケのほうが向きを変える。「別れの挨拶はなし？」ドリアンは尋ねる。

返事のないまま、ドアがしまる。

ドリアンは両手をカウンターに置く。「クソ女」

「帰っていいよ」ウィリーがいう。「ここを出たほうがいい。ぼくが掃除しておくから」

ドリアンは反論しない。ここで女たちを待っていても意味がない。彼女たちのうちの誰かとすれちがったら、いつでも歓迎するからと請けあえばいい。

風がまた強くなり、乾燥したヤシの葉がバリバリ、ガサガサと大きな音をたてながら通りに落ちる。空き缶や空き壜がウェスタン・アヴェニューを転がっていく。そして風が引き起こすべつの出来事の一因ともなる——吹きすさぶ危険な強風は乾燥した丘陵に火花を送りこみ、注意を怠れば山火事になる。

日が沈むまであと半時間はあるだろう、それだけあれば充分だ、とドリアンは思う。ノルマンディー・アヴェニューからワシントン・ブールヴァードへ急げば、日のあるうちにローズデール墓地へ行ける。

ウェスタン・アヴェニューにはあまり人出がない。交通量が乏しく、路上の女たちもすくない。砂漠からの風がやまないせいかもしれないし、女たちのいやがる寒さのせいかもしれない。それにしても通りは空っぽで、歩いているのはドリアンくらいだ。二十八番ストリートとの角で、ワシントン・ブールヴァードへ向かうバスに乗る。そこからは東へ十分歩けばいい。

墓地を囲む通りについてはいつも残念に思う——泥だらけで、ごみが散らかり、コショウボクのつぼみと犬の糞で汚れているうえに、いまではたいてい行き場のないホームレスの人々が居ついている。

しかし墓地にいると心地がいい。十五年経っても、ワシントン・ブールヴァードからのゆるやかな上り坂を歩いて娘の場所を見つけるたびに驚きがある。墓地は乾燥した夏のあいだも手入れの行き届いた芝生で覆われている。中央の芝地をぐるりと囲む広い車道にはヤシの木が列をなし、日陰と隠れ場所を——街からの逃げ場を——差しだしている。

アメリカ＝スペイン戦争の兵士たちに捧げられた、おなじかたちの墓石がいくつも並ぶ列があり、等身大の天使の像が凝った装飾の墓石を覗きこんだり、そびえる円柱のてっぺんに立ったりしている。ピラミッドのかたちをした霊廟が二つあり、オベリスクと新古典派の建造物の入り交じった場所もある。よく見ると、ロサンジェルスの街を切り拓いた人々の名前が読みとれる——スローソン家、グラッセル家、バーバンク家、バニング家。昔はよくこのあたりをぶらぶらしたものだが、いまはまっすぐリーシャの墓へ向かう。ドリアンが望んだよりもヴェニス・ブールヴァードに近いけれど、それでも通りの騒音からは守られた場所だ。

墓地には人けがない。ふだんから決して人出が多いことはなく、墓参りをするごく少数の人々は、どちらかというと慎ましい墓に花や食べ物を供えるためにやってくる。ときにはお気に入りの局に合わせたラジオを置く人もいる。リーシャの墓石はこの区画から通路一本を隔てたところにある——とくに目立つところのない、新旧入り交じったつややかな墓石が並ぶエリアだ。

太陽は沈んだが、空はまだ明るい菫色だ。突風が墓地を吹き抜ける。陶器の割れる音と、お供え物がばらまかれるような音が聞こえる。

それからほかの音も聞こえる。「それを返して！」

管理人として見覚えのある男が、管理事務所へ急いでいる。男は腕に、プラスティックの花瓶に入ったカーネーションと、テディベア二つと、風船一つを抱えている。

「返してよ！」

ドリアンが脇へ寄ったちょうどそのとき、ドリアンと同年代の痩せぎすの黒人女性がうしろから管理人に飛びかかる。

「それはわたしのものだから。返して」

管理人は首を横に振る。「運がよかったな、勤務時間が終わり間近だから警察を呼ぶのも面倒だ」

女はさっと管理人のまえへ回って、行く手を遮る。顔は尖り、肌は薄く、いくつか傷痕がある――薬物依存の名残りだ。「娘の墓に必要だと思うものを供えるのが、いまじゃ犯罪だっていうの？　あんたがしてることのほうがよっぽど犯罪、というより神への冒瀆みたいに思えるけど。わたしは神が命じることをしているだけ。死者に敬意を表してるだけよ」

管理人は腕に抱えたものを落とさないようにしようと持ちなおす。「娘がここに埋葬されているなら好きなものを置いていっていい。だがあんたがやっているのは器物損壊だ。他人の区画になにかを放置するのは許されない。あんたは――」

「ほら、それだって冒瀆よ。死者に、わたしの愛する死者に敬意を払うことを禁じるなんて、神に対する罪のように思える。もっといえば、誰かが文句をいうのも聞いたことがないし。誰か文句をいってくる人がいるの？」女は頭をのけぞらせ、口を大きくひらく。「ここの死者たちに、わたしがお墓の上にお供えをしていくことに反対するかどうか訊いてみる？　むしろ喜んでるんじゃない？」女はふり返って、通路に立っているドリアンに目を留める。「家族がここにいるの？」

「ええ」ドリアンはいう。

「それは恵まれてるわね。わたしがどうしなきゃいけなかったかわかる？　娘を火葬しなきゃならなかったの。枯れたクリスマスツリーかなにかみたいに娘を燃やさなきゃならなかった、ここの土は裕福な人たちのために取っておかなきゃならないからという、ただそれだけの理由で。わたしがどんなに信心深くても関係ない。神にこの身を再び委ねようが、たとえ子供を取りあげられても神を愛すると表明しようが関係ない」女は声を落としてドリアンのほうへ寄る。「だけど娘には最善の扱いを受けるだけの価値がある。ここに埋葬されて、石の天使たちに見守られるに値する。だからあの子の遺灰をすぐそこの牧草地に撒いたの、頭が木のなかにあるあの女の像、天の見張り役の立っているお墓のすぐそばに」

　ドリアンもそこはよく知っている。ゆるやかな丘陵を完璧に見晴らせる場所だ。しかし個人所有の区画であり、張りだしたオークの枝に覆われた小さな聖域になってもいる。女がまた興奮しはじめるまえに、ドリアンはリーシャの区画へ急ぐ。

　風が波になって押し寄せる。最初に頭上の木々に絡まり、それから地面に降りてくる。きょう供えられたものが墓石にぶつかりながら通路へ転がりでたせいで、墓地はずいぶん散らかっている。ドリアンはリーシャの場所を見つけ、ひざまずく。リーシャになにをいったらいいのか、リーシャのお墓のまえでなにをしたらいいのか、確信を持てたことは一度もない。それどころか、そもそも娘のことを考えるとなると、墓石のそばに座っているときが一番むずかしい。リーシャとこの場所にほんとうのつながりはない。つまり、ここにリーシャの思い出は一つもない。だからドリアンの思考はキャシーへ、ジュリアナへ、墓地の壁の向こうにあるカミソリの刃の上を渡るような生活へと漂っていく。

　自動車用通路をはさんだ向こうに大きな牧草地がある。管理人を非難している女が、娘の遺灰を撒いたといっている場所だ。その牧草地を威圧するようにどっしりとした墓が立っていて、ドリアンの記憶ではラドックという名の人物がそこを所有している——四本の短いコリント式石柱の上に段状に積まれた石に、その名前が彫ってある。段の上にはべつの台が載っており、そこに並んだゴシックアーチが三番めの台を支えている。てっぺんには花冠を手にした女の像があって、像の頭部は張りだしたオークのせいで一部隠れている。

　夕暮れどきの最後の明かりのなかで、牧草地を支配しているラドックの天使を見つめる。石柱の影に動きがある。

　ドリアンは牧草地のほうへ道を渡り、さっきの怒れる女がスプレー缶を振っているところをちょうど目撃する。薄れつつある明かりのなかでも、すでに大理石に書かれた文字が読みとれる。「**ジャズミン・フリーモ**——」

　ドリアンが見ていると、女はフリーモントという名前を書き終える。

　ジャズミンの母親はふり向いてドリアンを見やる。

「なにか問題でも？」女は首を傾げ、ドリアンが挑みかかるのを待っている。「ここにお参りに来る人なんか誰もいない。だから自分の場所を主張したの。で、それについてあんたはなにをするつもり？」

「なにも」ドリアンはいう。

　女は一歩さがり、それからドリアンに視線を向ける。

「なにも？　娘が殺されただけで充分ひどいのに、あんたやあの管理人にこそこそ嗅ぎまわられるなんてまっぴら」

「わたしの娘も殺されたの」

「だから賞でも寄こせっていうの？」

「もらってもなにかがよくなるわけじゃない」

「わたしがよくなることを期待してるように見える？　神かほかの誰かがこの重荷をわたしの肩からおろしてくれると期待してるように？　苦痛をやわらげるために祈ることはあるけれど、わたしは馬鹿じゃない。この世は暴力に満ちているんだから、それが自分に触れてこないことを期待するなんて気が狂ってる」女は塗料のスプレー缶を片づける。「娘のことではベストを尽くした。ほかの人に協力してほしいと思っても、誰も協力なんかしてくれないから」

　頭上でうるさくガサガサと音がする。二人ともちらりと見あげ、緑色のオウムが騒々しい歌声を発しながら空中を急降下するところを目にする。ちょっとした儀礼飛行だ――近くの木に止まったり、そこをねぐらにしたりするわけではない。鳥たちがいなくなったあとも、ドリアンは首を伸ばして行方を追おうとする。

「馬鹿な鳥」ジャズミンの母親はいう。「世界じゅうどこへだって行けるのに、ここにいるなんて。わたしが選べるならハワイかメキシコに行く」

「もしかしたらここが好きなのかも」ドリアンはいう。「もしかしたらただ思慮分別がないだけかも。世界のほうが自分たちのために変わってくれることを、ここがもっといい場所になることを期待してるのかも。あるいは、どうでもいいのかも」女はばかばかしさにかぶりを振る。そしてハンドバッグから煙草を取りだす。

　ドリアンは両手を揉みあわせる。イディラ・ホロウェイがラジオに出てくるたびに感じる胸苦しさをいまも感じている――べつの母親の深い悲しみで窒息しそうになる感覚。また思いださせられること、また過去からの手が喉もとへ這いあがってくることは、あってはならないのに。

「大丈夫？」女が尋ねる。

　ドリアンは答えない。大丈夫ではないからだ。大丈夫になることなど絶対にない。

　女はひざまずき、新しく書いたばかりの娘の名前に唇を押し当てる。「いい子ね、神のお恵みがありますように」

　ヘッドライトが丘を登ってくる。管理人がゴルフカートに乗って帰るところだ。管理人の姿が見えるまえに、ジャズミンの母親は急いで反対方向へ姿を消す。ドリアンも暗がりへすべりこみながら、女がいなくなるのを見守る。

　ドリアンは息を吐き、手足を振って、ほかの誰かの悲しみにとじこめられた状態から自由になろうとする。しかし今回は記憶を完全に消すことはしない。ふり返って、墓、死者、自分を取り巻く暴力と悲劇の跡をすべて受けいれようとする。馬鹿なのは自分だった。過去に肩をたたかれるたびに見て見ぬふりをしてきた。リーシャのために物事を正そうとしてはみたが失敗した、だからもう終わった、やり尽くしたと思ってきた。

　しかしいまもまだつづいている。ずっと。自分にとっても、子供を失ったほかのすべての母親にとっても。救済を、解放されるのを期待すること――それこそほんとうの狂気だ。暴力はあらゆる場所に存在するのだから。まえにもうしろにも手を伸ばしてくるのだから。

　親愛なるイディラ、わたしのためになにかしてほしい。できるかぎり大声で叫びつづけてほしい、なぜなら悲劇はあらゆる場所に存在するから。この明けない夜に対して声を張りあげてほしい。あなたに闇を照らしてほしい。悲劇を根もとから掘り返して、さらしてほしい。それはそこにあるから。どこにでもあるから。暴力はわたしたちのまわりじゅう、いたるところに存在する。

　ドリアンは家へ向かう。ワシントン・ブールヴァードを西へ歩いてウェスタン・アヴェニューに出たら、南へ折れて一〇号線を渡り、ジェファーソン・パーク地区へ入る。もし風がやめば、あしたオウムが戻ってくるかもしれない。家の木立をおどけた歌で満たし、鮮やかな緑の花火となって空へ飛び立つ姿を見せてくれるかもしれない。風は猛烈だが、すくなくとも背後で吹いている。ドリアンは家に向かう背中を押され、急かされながら坂を下る。

　このままフィッシュ・スタンドまでウェスタン・ア

ヴェニューを歩きつづけるつもりでジェファーソン・パーク地区の最初の何軒かを通り過ぎる。店に寄って残り物を回収し、在庫を確認してから帰宅しようと思っている。二十七番プレイスの直前で、通りの東側が騒がしいことに気づく――サイレンは鳴らさずにライトをつけた警察車輌数台と救急車一台が見える。心を奪われたように覗きこむ人影に覚えがあり、ドリアンは通りを渡る。

犯罪現場のテープが張られている。

なにかが――誰かが――よじれた姿で、ぴくりとも動かず、地面の上に倒れている。

ドリアンは空き地の入口をふさいだテープに近づく。土の上の遺体は回転する赤い光を、くるくる回ってどこへも行かない赤い光を浴びている。

見たくはないが、見てしまう。見ずにはいられない。ドリアンはぞんざいに投げだされた女を見る。喉が掻き切られ、顔はビニール袋で覆われている。リーシャとおなじだ。まったくおなじ。

ドリアンは悲鳴をあげる。声がかれるまで叫ぶ。誰かに手を引かれてその場を離れ、心臓の鼓動がおちついて、荒れくるう思考がおさまり、必要とする言葉が見つかるまで、悲鳴は止まらない。

フィーリア、一九九九年

ドアをあけに降りてきてくれないの？　ドアくらいあけてくれたっていいんじゃない？　ねえちょっと——ああ、ありがとう。荷物はないよ。どっかのクソ野郎がまっすぐ向かってきてあたしを殺そうってときに、荷物をバッグに詰める暇があったとでも？　ちょっと待って、そのナイフが仕事をやりおおせなかったときのためにネグリジェが要るから、とか？　洗面用具やなんかを荷づくりできたとでも思う？

ああ、お金ならあるよ。支払いもできないのにタクシーを呼ぶわけないだろ？

おちつけだって？　充分おちついてしゃべってるだろうに。あたしは喉を切り裂かれたんだよ？　そのときあんたはどうしてたっていうのさ？

十日間。それだけの期間。もっと長くかかると思うだろ？　だけどもう帰っていいって、退院しろっていうんだよ。車椅子の一つも使って運んでくれることさえなかった。ただあたしの血まみれの服を、このビニール袋に入れて寄こしただけ。

州間高速一〇五号線に乗って、それから一一〇号線に入って。ＥＴＣがついてなくたって知るもんかね。サウス・ロサンジェルスじゅうをノロノロ走りたい気分じゃないんだよ。

窓をあけたほうがいい？　煙草を吸ってもかまわないよね？

娘のオーロラが一つだけ正しいことをしたんだ。見舞いに来て、ニューポートを何箱か置いていった。あの娘は悪い人間じゃない。怠惰なだけ。自分のケツの穴に頭を突っこんでるみたいに、まわりが全然見えてないもんだから、母親が病院にいることもすぐ忘れちまう。だけどすくなくとも煙草は充分持ってきてくれた。もしかしたら今夜あたり、なにもなかったみたいにあたしのアパートに現れるかもね。ヤッホー、どう元気、とかなんとか。ねえ、お金ない？　とか、きょう泊まってもいいでしょ？　とか。

まあ、すくなくとも働いてはいる。本人はそういってる。

ほかに見舞い客は警察だけだった。

刑事が二人。安っぽいスーツなんか着てさ。マーム、なにがあったか話してもらえますか？

なにがあったように見えるっていうのさ？

マーム、写真を見て、このなかに見分けのつく人物がいるかどうか確認してもらえますか？

そういって黒人の男たちの写真を渡されたよ。

一つはっきりいえるのは、犯人は黒人じゃなかったってこと。刑事たちは、こいつ血と一緒に脳みそまで喉から流れ出ちまったんじゃないか、みたいな顔であたしを見るんだ。

ほんとうに？　もう一度見てください。

ほんとうかって？　あたしの頭が確かかって？　この男が耳から耳まで切り裂いたのは、あたしじゃなくてあんたたちなのかい、馬鹿たれが。

ミセス・ジェフリーズ、あなたはセックスワーカーですか？

この質問には笑ったね。ミセス・なんとかで通してる娼婦がどれだけいるっていうの？

セックスワーカー。あたしは最高に白人のレディらしい声でいってやったよ。その質問は、正確にはどういう意味なの？

刑事たちはまたお互いに目を見交わして、それからこっちを見るんだ。で、一人が咳ばらいしてこういうんだよ、まるで初めて本番を頼みにきた男みたいにね。

ミセス・ジェフリーズ、あなたは売春婦ですか？

またミセス・ジェフリーズとかいうんだ。あんなに死ぬほどくたびれてなかったら、体じゅうの筋肉が痛んだりしてなかったら、あの刑事を引っぱたいてやったのに。ミセス・ジェフリーズは売春婦じゃないんだよ。訊くんだったらプーキーのことを訊いてみな。だったら話はべつだ。

だけどそうはいわないよ。代わりにこういうんだ。それがいったいなんだっていうんだよ？　あたしにわかっているかぎり、問題はあたしがこうして耳から耳まで切り裂かれてベッドに寝てるってことだけだ。あたしは会計士かもしれない。メキシコの大統領かもしれない。クレオパトラだっておかしくないけど、そんなことはどうだっていいだろうに。

そこが重要なんです。連中はそういうんだけどね。

理由は訊かなかった。

ちょっと、気をつけてよ。道路のデコボコを全部踏まなきゃ気が済まないの？　また全身刺されてるみたいだよ。一一〇号線があたしの首の縫い目の上を走ってるみたい。

ひどい傷痕になるだろうね――クソいまいましい、醜いネックレスだ。

待って？　なんだって？　あたしがシートに灰を落としたんじゃないかって？　いや、あんたのシートに灰なんか落としやしないよ。なにいってんだよ、革でもないのにさ。それから、高速道路のどまんなかでスピードを落とすのはやめてくれない？

ニュースは聞かないの？　ラジオに夢中になったりは？　交通情報も聞かないの？　あんたもニュースで流れる事件の一つになりたいわけ？　一一〇号線でタクシーが追突、乗客の女性がシートに煙草の灰を落としたことが原因、って？

いまどこ？　マンチェスター・スクエア？　次の出口でおりて。ウェスタン・アヴェニューに向かって。西へ向かうんだよ。そんなことは知ってるって？　だったらあたしのいうことは気にしないで。

　でもウェスタン・アヴェニューに入ってからどこへ向かうかは知りたいでしょ？　それはいってもいいよね？　六十二番ストリートの角へお願い。

　お巡りなんかクソだよ。ク・ソ。あたしを守ってくれるわけじゃないし、なにをしてくれるわけでもない。車で家まで送ってくれさえしなかった。まったくね――もしかしたら、あのくそったれがあたしを待ってるかもしれないのに。家の外に腰かけてたりしてね。仕事をやり遂げるつもりで。

　ちょっと待って。待ってっていってんだよ。スピードを落としてくれって意味。右へ曲がって。右へ曲がれってば。ウェスタン・アヴェニューをまっすぐって、さっき自分でいったのはわかってる。だけど右へ曲がってほしいんだよ。一方通行だって知ったこっちゃない。

　まったく。

　どうしたのかって？　どうしたのか知りたい？　じゃあ話そうか。

　そこなんだよ、あれが起こったのは。まさにそこ。あのコンビニのまえ。そこで――だから曲がってくれっていったんだ。

　この信号はいつになったら変わるんだよ？　あたしに事件を思いだせっていうの？

　あいつの車がちょうどそこ、その駐車場の端に停まった。フリーペーパーのスタンドのすぐうしろに。あたしはそこで自分のことだけ考えながら煙草を吸うのが好きなんだよ。

　あとはまっすぐ行っていい。もう見ちゃったからね。それでもね。あたしがなにを考えてたか教えようか？信用に値するものなんかこの世に一つもないってことだよ。それが真実。一つもない。それが一番悲しいところだ。

　あと三ブロック。右側の白いアパートメントだよ。生け垣っていうのか、呼び方なんてなんだっていいけど、そのすぐうしろ。悪い住みかじゃないよ。もっと悪い場所だってある。家は家だよ。自分がつくったとおりになる。

ここだ。あの白い配達用のバンが停まってるすぐ向こう。

ちょっと、いい？　もうすこし先まで行ってもらいたいんだけど。

そんな目で見るんじゃないよ。料金ならちゃんと払うよ。

もうちょっとウェスタン・アヴェニューをまっすぐ行ってもらおうかね。それとも、ウェスタン・アヴェニューから外れるか。どこだっていい。ここじゃなければ。いまはね。

第二部　ジュリアナ、二〇一四年

第一章

カシャッ。

キャシーがいる。詰め物の飛びだした汚らしいレザーのソファに座っている。うしろにもたれ、世界を招きいれるかのように両腕を突きだし、ソファを玉座に変えている。キャシーがいる、いまより五歳若く、肌もきれいで、髪にもつやがあり、赤のTバックがちらりと見えそうなほど短いスカートを穿いている。キャシーがいる――一方の手に煙草を、もう一方の手にヘネシーかなにかの入ったグラスを持っている。キャシーがいる、ヤマネコの目と、ヘビの口をして。キャシーがいる、五百万画素の写真のなかに、凍りついた時間のなかに、完璧に保存されて。

最初にジュリアナを街なかへ連れていき、オリンピック・ブールヴァードの外れのバーや違法クラブを見せてまわったのは、怒れるケイジャンのキャシーだった。そしてある男に紹介された。その男は、ジュリアナがモデルになれるくらいきれいだといい、おれがきみをサウス・ロサンジェルスのシンディ・クロフォードにしてやるよと約束した（男は知らなかったし、ジュリアナもいわなかったが、ジュリアナはカメラで撮られるより撮るほうが好きだった）。ジュリアナが最初の仕事――〈サムズ・ホフブロイ〉での給仕――に就くのを手助けしたのもキャシーだった。まあ、その店はビアホールではなくストリップクラブだったのだけど。踊り子としてやってみろ、ステージに立ってみろとけしかけたのもキャシーだった。ジュリアナをジュジュビーに変えたのはキャシーだった。

ジュジュビーというのはいい名前だ、ハイになっているときには。すばやくいうのにいいし、クラブのフロアで離れたところから呼ぶにもいい。響きが頭のなかに残るところもいい。膝の上で踊ってやるだけでは満足しない男に告げるにもいい。ほんとうの自分から逃れることのできるいい名前だ――ジュリアナならしないはずのことができる名前だ。

　ジュリアナが〈サムズ・ホフブロイ〉で踊りはじめて何年かすると、キャシーはもっときつい仕事に乗りだした。バーではなく、通りで運試しをした。自分の習慣、自分の子供たち、それからどこかに収監されている兄と、その兄の子供たちのために、もっと現金が必要だといっていた。それでキャシーとジュリアナはべつべつの道を行くことになった。

　二十七番プレイス沿いの空き地でキャシーが死んだという知らせがウェスタン・アヴェニューじゅうに流れてから丸一日が経っていた。ココから電話がかかってきたとき、ジュリアナは〈ファスト・ラビット〉に出勤するための支度をしていた。ココはレイナから聞き、レイナはマリソルから聞き、マリソルはサンドラから聞いたのだが、サンドラの母親は二十七番プレイスから一ブロックの〈ムーン・パイ・ピッツァ〉で働いているので、情報にまちがいはないはずだった。キャシーは喉を切り裂かれ、窒息させられ、放置されていた。その知らせは腹部へのパンチのようだった――あまりにも強く、速くて、ジュリアナはソファにへたり込んだ。一日が過ぎてもまだアパートメントから出られずにいた。

　一睡もしないうちにまた夜が来た。その夜は非公式のお通夜としてはじまった。集まったのはココやほかの女たち――ジュリアナがサウスウェスト署に行きついてドリアンの手に落ちた夜に、七十七番ストリートにいた女たちだ（ちなみに、よりによってあの瞬間になぜドリアンが現れたのかは解けない謎だ。あの女には妙に勘のいいところがある――それは認める）。女たちはアパートメントを埋め尽くした。何人かは以前にも泊まったことがあった。留置場入りを免れたんだからコカイン《イェヨ》はジュリアナのおごりだとみんながいい、ほどなくラケルがクスリを持ってやってきた。午前二時になり、午前四時になり、その後、女たちの大半は家に帰るかベッドに入るかした。ジュリアナだけが起きたままでいた。

　ずいぶんまえに昇った太陽が、いまはもう沈んでいた。丸一日がテレビのまえで過ぎた。強風のせいでマルホランド・ドライヴ沿いで起こった火事が、丘陵を下ってコーエンガ・パスまで燃え広がっていた。通勤に四〇五号線を使う人々は火のトンネルを抜けなければならなかった――空は煙で黒く、丘は溶岩のような赤だった。テレビには火星かどこかのような――宇宙人襲来のような――画像が映っていた。ジュリアナは自分がまだトリップしているのだと思った。

　昼になるとココが自室から出てきた――ブリーチした髪がハート形の顔のまわりで乱れ、母親ライオンみたいな見かけになっている。ジュリアナがソファに座り、最後の小袋を破いているのを見て、ココはチッチッと音をたてた。ジュリアナがあまり好きではなかったカトリック系の学校の教師がたてるような音だった。

「かなりこたえてるみたいだね。最後にキャシーと話をしたのさえ、いつだかわからないっていうのに？」

　すくなくとも一年まえだった。もっとまえかもしれない。けれどもジュリアナはそれをココにはいわなかった。クスリを手放して、否応なく酔いつぶれるようなものを飲むのは気が進まないのだが、そのほんとうの理由を話すこともしなかった。

　キャシーの遺体を実際に見たわけでもないのに、ごみにまみれてよじれ、膨張して、青くなっているイメージが頭から離れなかった。眠ったら夢に見そうだった。四〇五号線の火のトンネルをどんなに長く眺めていたところで、そのイメージは消えそうになかった。しかしなにに苦しめられているのか白状はせず、いまいくらお金を持っているかとココに尋ねた。いまからラケルに電話して、夜通し起きていたいからクスリをもっと持ってきて、というつもりだったから。

ココはくしゃくしゃの二十ドル札を何枚か見つけ、ラケルにエクスタシーも持ってくるように伝えてとジュリアナにいった。これから〈ファスト・ラビット〉の奥の部屋で働くつもりなら、誰の手がどこにあるかとか、自分の口が、体のほかの部分がなにをしているかが一晩じゅうあんまり気にならないくらいハイになっておく必要が絶対にあった。

ラケルの配達があってから何時間か経っており、ジュリアナはただもう立ちあがって、身ぎれいにして、どこかへ出かけたいと思っている。しかし夕方が過ぎてもまだ動けずに、キャシーの死によってソファに釘づけにされている。

ハンドバッグをぐいとひらいて、またもやスマートフォンを引っぱりだす――最新モデル、ほかの女たちの道楽を超える道楽だ。新しい電話が発売されるたび、ジュリアナはなんとかお金を見つける。そうまでさせるのはカメラだ――より多い画素数、より高い彩度、完璧でない世界に向けられる完璧な目。

ジュリアナは写真をスクロールする。長いピンクの爪がコツコツとガラスに当たる。

何枚セルフィー撮ったら気が済むのよ、と女たちはジュリアナをからかう。インスタグラムで有名人にでもなろうっていうの？ 誰かがあんたから安いメイベリンの化粧品を買うとでも？ ジュリアナは訂正しない。すこしまえに、みんなを騙して邪魔させないようにする方法を学んだ。自分の写真を撮っているふりをしながら、実際にはレンズを周囲に向ける。本来のやり方でカメラを使うだけ――外を見るのだ、なかではなく。

最初は細い長方形のうしろに隠れることが目的だった。けれどもすぐに、自分が撮っている写真を見ることを覚えた。毎晩、前日に誰を、どこで、なぜ撮ったのか分析した。女たちのお互いに対する見せかけ――乱暴なしゃべり方や、重ねづけしたメイク――の奥を見抜くために写真を使った。

　年を遡って、時間を巻き戻すかのようにスクロールする。しわも小じわも消えていく。しるしを残した男たちをすべて削除しながら、十年分近い深夜を消していく。そしてもう一枚見つける。

「くそったれキャシー」

　またキャシーがそこにいる。今度は〈チャベリータ・タコス〉で――ウェスタン・アヴェニューを歩いて一〇号線を越えたあたりにある二十四時間営業の店で――明るい色のプラスティックのテーブルについている。銀色のボタンの三つついた、丈の短い黒のホルタートップを着ている。髪はボブで、ブリーチしていて、ちょっと傷んで見える。頭をうしろに傾けているので口に焦点が合い、鼻と目はブレている。ちょうど一口分の煙が唇から出てきたところで、魂のように顔のまわりを漂っている。左肩の向こうに男が見える。男はキャシーの笑い声につられて食べ物から顔をあげたようだった。

　画面をまたスワイプする。べつの写真が出てくる。今度の写真はキャシーがほとんどカメラから顔をそむけているせいで、右側の顔の輪郭だけが見えている。さっきの男をからかっているのか、あるいは文句をいっているのか――ジュリアナは思いだせない。いや、この夜のことをほとんど覚えていない。二人で〈チャベリータ・タコス〉に行ってなにをしたのか、この次になにがあったのか。

「くそったれキャシー」ジュリアナはまたそう口にする。

「怒れるケイジャン」

　ココが自分の作業から顔をあげる。ジュリアナが見ると、ココはエクスタシーの小袋を破いて、あとで使うときのために小分けにして巻紙に包んでいる。「あの人はケイジャンじゃなかったよ。ルイジアナ出身じゃなくて、正真正銘のテキサス人だった。あの人の義母の家に行ったことあるけど、イングルウッドのどこかだったかな、五世代くらいずっとご自慢のバーベキューを食べてるって感じだったよ。ケイジャンは黒く焦がしたスパイスで食べるでしょ、ＢＢＱじゃなくて」ココは小さく丸めた紙の包みを手のひらで転がしてから、ブレスミントの空き缶に落としこむ。「きょうは仕事に行くでしょ？」ココはそう訊きながら、ブレスミントの缶をハンドバッグの秘密の仕切りに入れる。ドラッグや余分の現金を隠しておく場所だ。「だってもう一回シフトを逃したら、ローテーションから外されるよ」

　きょうも仕事をさぼるなら、今週はこれで二回めだった。一回めはドリアンを〈ジャックズ・ファミリー・キッチン〉においてけぼりにした晩だった。通りかかった最初の男の車に乗って仕事に行くふりをしたが、その後、男をうまくいいくるめて、自分はそのへんを走りまわりたいだけなのだと知らせた。そうやって、ドリアンに会うといつも呼び起こされるリーシャの記憶を振りきれるまで走った。もしそれで男に味見させてやらなければならないなら、そうするつもりだった。運よくそういうことにはならなかった。ジュリアナはヴァーモント・ハーバーにある男のアパートメントに泊まり、働いているはずの時間を眠って過ごした。

　最初はドリアンで、今度はキャシー。まるで世界がジュリアナをあの日に、警官たちが現れてベビーシッターのことをあれこれ訊いてきた日に引き戻したがっているみたいだ。どんな服を着ていたか、何時に家を出たか、誰と一緒だったか、彼女はどこへ行ったと思うか。わたしのことをベッドに寝かせました、とジュリアナは警察に話した。いつもとおなじだった。両親がいやがるヒップホップの局を聞かせてくれて、有料チャンネルのシネマックスでR指定の映画を見せてくれたあと、彼女はジュリアナをベッドに入れた。ベッドに入れて、ドア口から投げキスをして――ぐっすり眠ってね、プリンセス、といった。で、それから？　警察は知りたがった。そのときだった、刑事の一人が愚かにもジュリアナに写真を見せてしまったのは。パートナーが彼の手をはたいて伏せたときには遅かった。ぴたりと顔を覆ったビニール袋の下にあるリーシャの死んだ目を、水中にいたかのように膨張した体を、青白くひび割れた唇を、首についた鬱血の跡を、ジュリアナは見てしまった。

　ココは、今夜はどんな見かけにしようか決めかね、鏡に向かって顔をしかめている。

「飲み物を出すだけのウェイトレスに戻るのもいいかも」ジュリアナはいう。

　ココは弓形の眉をあげていう。「なにいってんの」

　ジュリアナが戯言《たわごと》を口にしているだけなのは二人ともわかっている。最低賃金に、〈ファスト・ラビット〉のほんとうのサービスのために金を取っておきたい男たちがテーブルに置くしみったれたチップを足しただけでは、バーの奥の部屋で働いて稼げる金額とは比べものにならない。男たちの膝の上で踊ったところでまだ追いつかない。

「わたしには必要ないもの」ジュリアナはいう。

「お金が？　どうしてお金が要らないの？」

「家賃を払わなくてもいられる場所がいくつかあるから」

　ココは信じられない、というように唇を引き結び、首を横に振ると、ドレッサーに立てかけた汚れた鏡のほうへ身を乗りだしてメイクをはじめる。

「なによ？」ジュリアナはいう。方法ならいくつかある。デリックかドムのところへ戻ってもいい。しばらくのあいだ二人の家に泊まるのだ。しかしそれがつづくのは、ジュリアナも生活費を稼ぐべきだと男たちが気づくまでだろう。どうやって稼ぐことになるかはわかっている。〝デート〟を何回かして、その後〈ファスト・ラビット〉か、似たような店に戻るのは避けられないはずだ。

それから、もちろん、実家に帰ることもできる。何人かの女たちとちがい、ジュリアナは後に引き返せない状況なわけでも、家から放りだされたわけでもないし、最初から家族がいないわけでもない。ジュリアナには実家がある――そう遠くない場所に。自分の寝室もあるし、望めば夕食のテーブルにつくこともできる。

ジュリアナは長い小指の爪を小袋に浸し、爪ですくった半月形の白い粉を吸う――まるでなにもしなかったように見える、手慣れたすばやい動きだ。ドラッグは鈍い、満足感のないパンチにしかならない。徹夜のパーティーのあと、酔って体が疲れきり、コカインを吸っても自分がどれほどボロボロか、眠っておけばよかったとどんなに後悔するかを思い知らされるだけのときとおなじ。鋭く息を吸いこんで、効きめを強めようとする。二回めを吸わなくて済むように。

ジュリアナは爪で腿をトントンとたたき、爪先で床を鳴らす。家《ホーム》。家《ホーム》。家《ホーム》。

「ホーム」ジュリアナはいう。

「え、なに？」ココが尋ねる。

「なにも《ナーダ》。なんでもない」ジュリアナはそういって、腿をたたく爪にさらに力を入れ、床を鳴らす足の動きを速める。

「ジュジュビー？」ココがいう。「そのクスリを吸いつづけるつもりなら、引きつったみたいにバタバタ動くのをやめてよ。じゃないと、クスリより先にあたしがあんたを殺すことになる」

ジュリアナは小袋をひらき、また小指の爪を浸す。そしてもう一度すばやく吸いこむと、小袋をブラのなかに戻す。実家に帰っちゃいけない理由がある？　こんなクソみたいな生活をつづける必要はない。もっとハイになろうとするのも、仕事で脱ぐだけのために服を着るのも、なにかもっとましなものが見つかるまでこんな馬鹿げたことを——こういうすべてを——ちゃんとやっているふりをするのも、もうたくさんだ。

「いまからそんなにハイでいると、仕事のまえに切れちゃうよ」ココは電話で時間を確認する。「電池切れまであと八時間です、みたいに」

ジュリアナはトントンたたくのをやめようと、爪を手のひらへ折りこむ。「たぶんね。どうでもいいけど」

ココは眉毛を抜いたところにマンガみたいな眉を描いている。「なにがどうでもいいのよ？　まだキャシーのことにこだわってるわけじゃないよね？」

ジュリアナは携帯を持ちあげ、顔のまえに構える。

カシャッ。ココが鏡のほうへ身を乗りだし、首を傾げているところを捉える。〝あたしにちょっかいを出すんじゃないよ〟みたいな表情をつくりながら自分の手仕事をほれぼれと眺めていたココが、カメラの音にぱっとふり向いて、ジュリアナにしかめっ面を向ける。ジュリアナはとっくに電話をしまっている。

ジュリアナのハンドバッグはソファの上で口をあけている。ティッシュペーパーやローション、薬、自分をよりきれいに、もしくはすこしでも疲れていないように見せるための道具、状況によって気分をよりよく、あるいはより悪くさせるもの。そんなものが詰めこまれてあふれている。雑誌の切り抜きも入っている。先週〈プランド・ペアレントフッド〉（女性の性と出産に関する啓蒙活動をおこない、医療サービスを提供している非営利組織）の待合室で読んだロサンジェルス誌から破りとったものだ。ジュリアナはそれを出して広げる。

「ラリー・サルタンって人、知ってる？」

ココはそれについてほんとうにちゃんと考えているような顔をする。「キモい紫の車に乗って〈イージー

・タイム〉に入り浸ってる男？」
「ちがう」ジュリアナはいう。

「あのろくでなしもどっかの王様《サルタン》みたいに見えるけど」

ジュリアナは手に持った記事を見る。女の写真を載せた記事。一目でポルノ女優とわかる女で、撮影の合間らしい。安っぽいサテンのローブを着て、プラットフォームヒールの白い靴を履いている。ジュリアナや仲間の女たちにも履きこなせないほどのハイヒールだ。汚らしい水たまりから遠ざかるように歩いている。女のうしろには、あばら骨や節々が浮きでて見える、ごつごつしたボクサー犬が四頭いて、四頭ともまるで祈るかのように頭を垂れている。「ボクサー犬、ミッション・ヒルにて。ラリー・サルタン」

ジュリアナは記事の切り抜きをココに差しだす。

「この写真をどう思う？」

ココは鏡から顔をそむけ、目を細くして狭い部屋の向こうから見る。

「そのビッチは乱交パーティーに出る支度をしてるところだと思う」

ビッチ。乱交パーティー。人を貶めるのに技術など要らない。

「だけどこの写真はどう思う？」

「べつに、どうとも」ココはいう。「アートっぽい感じはしない」

ジュリアナは記事をたたんでしまう。だったら、なんでこれが美術館にかかってるのよ？　とはいわない。実際に口にした言葉はこうだ。「今夜はどんなにお金を積まれても、最低ラインの小金持ちとヤる気になんてなれない」

ココはブレスミントの缶を探してハンドバッグを引っ掻きまわす。「お砂糖を小さじ一杯あげようか？」

ジュリアナは手を振ってその申し出を払いのける。

「来月の家賃を払わないつもりでしょ」

「どんなつもりでいるかなんて余計なお世話」ココはアイブロウペンシルでジュリアナのブラのストラップを指す。「そのクスリのせいで頭がイカレてるんじゃない」

ジュリアナはブラのカップのなかの小袋をぽんぽんとたたき、汗でべたついた肌に袋がくっつくのを感じる。「クスリのせいじゃない」

「だったらなに？」ココは鏡のほうへぐっと身を乗りだす。顔の上にまだ顔を描いている。

だったらなにって、なによ？　とジュリアナは問いたい。わたしたちがやってるようなことをやりながら、目にしているようなことを見ながら、正気を保てる人間なんている？　なにもかもどうでもいいようなふりをするためにパーティーをしたり。あのＵＳＣの女子学生クラブの女たち——自分たちはどこに行っても、なにをしても許されるみたいなわがもの顔で、サウス・セントラルのホームパーティーに転がりこんできたあの女たち——と自分たちのあいだにちがいなんかないようなふりをしたり。

「キャシーってどんな人だったと思う？」

「最後に確かめたときは正真正銘の街娼だったよ。あんたやあたしは、もっとお上品にやってるでしょ」とココはいう。

街娼。街角のビッチ。コカインと引き換えにヤる娼婦。名前。ランク。区別。客にとって、自分のほうがマシだ、自分のほうが上だと思えるような言葉ならなんでも呼び名になる。

客に訊いてみるといい、ジュジュビーとココはダンサーだ——ストリップ・ダンサー、あなただけのダンサー、手をズボンのなかに差しこんで気分をよくさせてくれるダンサー。二人はそれだ。裏通りの女たちとはちがう——どんな行為でも許す女たち、なんでもする女たちとはちがう。あの二人には節度がある。すくなくとも自分ではそういっている。

ココはソファまで歩き、ジュリアナの手を取る。

「シャワーを浴びなよ。そうしたらメイクをしてあげる。きれいなきれいなジュジュビーにしてあげるから」

ジュリアナは引っぱられるに任せて立ちあがり、バスルームに連れていかれ、なかに押しこまれる。シャワーから水を出すが、それがお湯になっていくあいだ、ドアはあけたままにしておく。ココはまた鏡に向かっている。音楽をかけて幅の広い腰を揺らし、メイクの仕上げをしながら、丸々としたお尻をひょいと突きだしたりする。唇はできあがっている——実際の唇の倍近い、マンガチックな弓形だ。首を傾げ、またもやお得意のセクシーなギャング風のふくれっ面をつくり、きょうの鎧の強度を試す。そして次の瞬間には脱力した顔になる。眉と口がさがり、頬が垂れる。疲労と怒りとストレスが噴きだす。ココは目をとじ、しばらくそのままでいる——隠れて休んでいる。ジュリアナはカメラを引っぱりだす。

カシャッ。

第二章

一晩眠らなかっただけなら、そう悪くない。もっとひどいことだってあった。一晩なら——逃げ道を探せる。自分を疲労の外に置き、意識を切り離して乗りきることができる。ドラッグも助けになる。みんなやっていることだ——自分を二つに分裂させるというのは。〈ファスト・ラビット〉の音楽も助けになる。音楽がうるさければしゃべる内容はあまり問題にならず、どんな態度でしゃべるか、しゃべっているときどう見えるかのほうが重要になる。きょうは月曜日で、店は空《す》いているが、常連が多い。ジュリアナにも見覚えのある顔がいくつかある。ジュリアナはそれなりにがんばっている。客とアイコンタクトをするように、それでいて客の邪魔にならないように。目のまえに餌をぶらさげたりはしない。ジュリアナは男たちを自分のところへ来るように仕向け、望みをいわせるタイプなのだ。しかしきょうはそれがうまくいかず、一人で座ったまま緑色のサワーをマドラーでずっとぐるぐる掻きまわしている。いいエネルギーが出てないよ——ココにそういわれる。元気を出さなければ。ココがブレスミントの缶を引っぱりだす。「リフレッシュする？」

ジュリアナは緑色の飲み物を指差す。「これで大丈夫」そういって電話を取りだし、飲み物さえいらないかのように忙しく電話をいじる。

男が一人、フロアの隅にいる。裏口のそばの高くなった席に一人で座っている。大柄で、肌の色は明るく、口ひげを生やしており、髪は薄くなりかかっている。男は胸のまえで腕を組んでいる。酔ったせいか、もともとなのか、荒っぽい目つきでずっとジュリアナを見つめている。空腹なようにも立腹しているようにも見える――世界はおれに借りがある、とでもいわんばかりだ。

「あんたの友達、誰？」ココがいう。

ジュリアナは肩越しに見やっていう。「わたしの友達じゃない」

「意地が悪いだけじゃなくて、選り好みまでするようになったのね」

「来たきゃ来るでしょ」ジュリアナがそういうと、ココは飲み物をおごってくれる誰かを探しにさっさと離れていく。ジュリアナは電話を引っぱりだして、男に背を向ける。

昨夜の女たちのスナップを探しながら写真をスクロールする。マリソルがソファに大の字になっていた。ココが煙草の灰をシンクに落としていると、サンドラがうしろからココの腰をつかんでくねくね動かした。サンドラがスマートフォンで歌を探していた。ラケルがドア口に現れた。ジュリアナは夜を巻き戻す。女たちが素面になり、アパートメントの部屋がきれいになり、夜の時間が浅くなって、パーティーの開始まえに戻る。

部屋の向こうから男に見られているのを感じる。

髪を振り払い、肩を丸め、頭をぐっと電話のほうへさげる。

トントントンとタップして、キャシーがまだ生きていた一週間まえに戻る。タップして、タップして、パーティーと人々とウェスタン・アヴェニューを巡る一週間を流す。タップ、またタップ。するとスクリーンのまんなかに撮った覚えのない写真が現れる――〈ジャックズ・ファミリー・キッチン〉の窓に縁どられたドリアンだ。

あのときジュリアナは煙草を吸いに通りへ出ていた。それがドリアンを苛立たせるのはわかっていたが、べつにあの女の所有物というわけじゃない。とにかくなにか神経を鎮めるもの、食べたくもなかった食べ物の味を消すものがジュリアナには必要だった。

　ふり返ると、ドリアンに見られているのがわかった。ドリアンは切望のこもった例の表情、ジュリアナが我慢できないあの顔をしていた。ジュリアナがリーシャであってくれればいい、リーシャのふりをしてもらいたい、すくなくともいまのジュリアナではなく、時のなかで凍りついたかのように、世話することのできる小さな女の子でいてもらいたいと思っている顔。ドリアンは一瞬で顔をそむけ、ジュリアナはスマートフォンを取りだした。カシャッ。横顔のドリアンは汚れた窓ガラスの向こうでかすかにぼやけている。朝食を食べる孤独な女。

　ジュリアナは画面の写真を見つめる。この写真を撮ってから、じっくり見るのはこれが初めてだ。ドリアンの顔がこの向きだと、切望や落胆が見えない。問いかけや無言の要求も聞こえない。

　リーシャとおなじく、ドリアンもきれいだったにちがいない。リーシャとちがって、それを自覚したことはなかっただろうとジュリアナは思う。しかしリーシャのほうは、自分がきれいなことを確かに自覚していた。ベビーシッターのリーシャが街角の商店街に行くとき、ジュリアナは一緒について歩くのが好きだった。男たちが車から声をかけてきたり、地元の住人たちがポーチから口笛を吹いてきたりするのを聞きながら歩いた。精肉店の男がお代はいらないよとリーシャにいったり、頼んだもの以外のおまけをつけてきたりするときには、恥ずかしそうな、それでいて誇らしげな笑みを顔に浮かべながらリーシャの隣に立った。リーシャの輝きの一部が自分にも乗り移るような気がした――偽物のディズニーのTシャツを着てゴムのサンダルを履いた自分も、リーシャとひとまとまりになれるような気がした。

　ジュリアナのまぶたがパタパタと動く。顔ががくんと下を向く。つかのま音楽が消え、明かりが静止して、ジュリアナもジュジュビーも過去に吸いこまれ、ウェスタン・アヴェニューでリーシャの隣に立つ。男が三人、改造したセダンから身を乗りだして、リーシャに乗れといっている。リーシャがジュリアナから身を引こうとする。ジュリアナはリーシャが手を離そうとするのを感じて——

「大丈夫か？」

　バーテンダーが手首をつかみ、ジュリアナをバーに引き戻す。

「大丈夫どころか、金塊みたいにピカピカよ」ジュリアナはそういってカウンターのスツールをおりる。

バーテンダーはしっかりしろといいたげな目つきでジュリアナを見る。だからこそお手洗いに向かっているのだ——意識を現在に引き戻し、なんとか動きつづけられるようにしてくれる景気づけのために。

　ジュリアナが動くと全員の目が向けられる。〈ファスト・ラビット〉のまんなかを歩いているとなれば、人の注意を逸らす方法も、隠れる方法もない。トイレに入り、ドアをしめる。小袋とキーをハンドバッグから取りだす。一山吸う。二山めも。それから幸運を祈ってもう一山。鏡のほうへ身を乗りだし、鼻の穴をチェックする。鼻腔の奥でアンモニアが炸裂するように深く吸いこむ。目を大きく見ひらいて見返してくる女を見つめる。えらくきれいじゃない、それがわたし、とジュリアナは思う。

　メイクを確認する——唇、目もと。ほんのすこし頬に日焼けの色をたすと、頬骨がぐっと高く見える。唇をすぼめ、鏡に向かって投げキスをする。髪を払い、ゆるく乱す。その後、ジュジュビーがトイレのドアの鍵をあける。うしろにジュリアナを残して。

〈ファスト・ラビット〉はジュリアナのステージだ——ショウはジュリアナそのものだ。ほかの女たちが必死でがんばろうが関係ない。ココもあのえらそうな態度もクソ食らえ。ジュジュビーみたいに人目を惹く女はほかにいない。バーに戻ると、くるりとまわってカウンターにもたれ、フロアに立ち向かい、視線を客の上へ飛ばす——こっちへ来て、ほしいものを手に入れなよ、その勇気があるならね。

すぐに勇者が現れる。三十いくつかの男がカルロスと名乗り、こういう。いままでどこに隠れていた？　ジュジュビーはウィンクをして、指で男の顎を撫でおろす。

あなただけのために出てきたの。

カルロスはバーテンダーに合図を送り、ジュジュビーは奥の部屋を指差す。ドリンクは持っていくでしょう？

そんなふうにして、カルロスを案内しながらフロアを横切る。カルロスは手をジュジュビーの腰に置き、ジュジュビーが二人分の飲み物を運ぶ。

いつもどおり、ディーンがドア口でガードをしている。ディーンはカルロスに客の権利を読みあげる——奥の部屋でできるのは、レディがしていいということだけ。それからジュジュビーに向かって、三番の部屋が空いていると告げる。

カルロスをルーム３へ連れていき、カーテンをあけてアパートのトイレと大差ない大きさのスペースを見せる。カルロスを椅子へ押しやり、ドリンクを一口飲むのを待ってから仕事にかかる。じつのところ——男たちはいつだってすべてをほしがる。自覚していない場合でも。だから導き、教えて、財布をより大きくあけさせなければならない。

踊ってくれ、お嬢さん。

壁につまみがついていて、それで音楽のボリュームをあげられる。ジュジュビーはやかましいほど音量をあげる。話をするのにカルロスの耳に唇を押しつけなければならないほど。

どう、気に入った？

反応を待つ必要はない。すでに火がついている。男が胸に手を伸ばしてくるが、ジュジュビーは男の顔のまえで指を振ってみせる。そんなに急がないで。

ジュジュビーは音楽のなかへ消える。音楽を大きなベロアのブランケットのように体に巻きつける、なかで身をよじることができるように。カルロスにまたがり、膝の上で跳ねる。めいっぱい充電したような無敵の気分で、自分が主導権を握っていると感じる。

もうショーツしか残っていない——ブルーでレースのついたやつ。服がないのは気分がいい、腕や脚や引きしまったおなかをさらしながら動くのは。ジュジュビーになるって最高じゃない？

カルロスのベルトを外すのはジュジュビー。

カルロスのズボンのジッパーに手を伸ばすのはジュジュビー。

カルロスの財布を取りだして、このための余分の料金を払わせるのはジュジュビー。

カルロスが椅子のなかで果てるまで口と手を駆使するのはジュジュビー。

しっかりしてね、夜はこれからで、わたしにはまだ仕事があるんだからとカルロスに話すのはジュジュビー。

颯爽とバーへ戻り、その途中でガードマンのディーンにチップを払うのはジュジュビー。

バーのいつもの席につき、またフロアに向きあうのはジュジュビー。ここへ来て、わたしを捕まえて。

この場所はジュジュビーのものだ。ここにいる全員がジュジュビーのものだ、奥の高くなった席にいまも一人で座り、まるで彼女が浮気でもしたかのように睨みつけてくるあの男を除いて。ジュジュビーは薄ら笑いを浮かべてみせ、追い払うように手を振る。あんたなんかいらない。

男はさらに険しい目で睨みつけてくるだけだ。目が怒りで燃えている。

ジュジュビーは親指で人差し指と中指の腹をこする。

お金さえあればいいのよ、ベイビー。

べつの男が近づいてくる——若く、安っぽいコロンを頭からかぶったよう。タクシーみたいなにおいがする。まあ、もっとひどいやつだっているし、と思いながらジュジュビーは声をかける。「ずいぶんいいにおいじゃない？」

明らかに、こういうことが初めてなのだ。仲間たちがフロアの向こうから声援を送ってくる。若者はお金の話をしたいらしいのだが、物事はそういう手順では進まない。取引は奥の部屋でするものだ。ジュジュビーは男の手を取る。「大丈夫、なんとかなるから」

しかし二人がバーを出ようとすると、若者の肩に手がかかり、ぐいとうしろに引き戻される。「座ってな、坊や《ミニート》」

ずっと高いところに座っていた男が若者とジュジュビーのあいだに割って入る。そばで見ると、男の一方の目が泳いでいるのがわかる。

「こいつじゃきみをどうしたらいいかわからないんじゃないか」男はいう。

ジュジュビーが異を唱えるまえに、若者はすでにこそこそ仲間のところへ戻りかけている。

「行こう」男がいう。「ショウが見たい」

「飲み物を買って」とジュリアナはいい、それから男を奥の部屋へ連れていく。

ディーンがジュジュビーと新しい客のためにドアをあけて押さえてくれる。「調子があがってきたみたいだな」

男は低く唸り、ディーンを押しのけるようにして通り過ぎる。先導されるのはいやなようだ。ジュジュビーは男のうしろについて、カーテンで仕切られた部屋の一つに入る。

男は椅子に座る。「踊れ」

ジュジュビーは音楽のボリュームをあげる。コカインの効きめが切れそうだ——まだ効いてはいるが、所詮一時的なものであることが意識にのぼる瞬間に来ている。ドラッグが永遠に支えてくれるわけじゃないと気づくのは恐ろしい。小さく一吸いするべきなのだがもう遅い。男がじっと見ていて、動きはじめなければならないのが自分でもわかっているから。

それで、ジュジュビーはそうする。前回とおなじ、型どおりの動きだが、今回はまさにそんなふうに感じる——型どおり。一つ一つの動きをなんとかやってのけ、それなりに見せる。男は自分の膝をポンポンとたたき、座れという。

しかしそれは手順とちがう。ここはジュジュビーの部屋であり、ジュジュビーのルールで動く。ジュジュビーの果たすべき仕事として。

「座れよ、ベイビー」

ジュジュビーは頭を左右に振り、ゲームを取り戻そうとする。主導権を握ろうとする。

「お高くとまってんのか?」

ジュジュビーはウィンクをして、指を振る。

「お遊びはやめろ」

男はジュジュビーの腕に手を伸ばし、手首をつかむ。力は入っていない。

ジュジュビーは肌の上の男の手を凝視する。

明かりが消える。音楽が聞こえなくなる。〈ファスト・ラビット〉が薄れていく。キャシーの顔が見える、刑事がうっかり見せた写真のリーシャみたいに膨張して袋をかぶせられた顔が。実家の近くの駐車場にいるキャシーが見える——たたきのめされ、放置されている。地面に横たわっている姿が見える、体がよじれている。

キャシーがもがくのが感じられるようだ。昔はリーシャがもがくのが感じられると思ったものだが、それとまったくおなじだった。男がつかみかかってきて、押さえつけられ、なんだかわからないものを首に巻かれて絞め殺されるのを感じる。ビニール袋が顔を覆うのを感じる。

キャシーが嚙みつき、蹴り、爪を立てるのを感じる。生々しく見苦しい必死さを、どうあっても逃げなければという死に物狂いの衝動を感じる。

「なにやってんだ、ジュジュビー」ジュリアナは目をあける。ディーンが彼女の腰を抱え、廊下に引っぱりだしていた。手を見ると、爪がいくつか割れている。

「動くなよ」

ディーンは部屋のカーテンを全開にする。荒っぽい目をした男は奥の壁に押しつけられている。顔と腕に引っ搔き傷がある。

「その女はイカレてる。おれが触りもしないのに――――」

ディーンが一方の手をあげる。しかし男はつかえつかえしゃべりつづける。ジュリアナがいかに仕事をしようとしなかったか、いかに手抜きをしたか。それからいきなり襲いかかってきて、売女《プータ》そのものの態度でおれに爪を立てやがったんだ、と。

ディーンはジュジュビーのほうを向いていう。「ジュー、そっちの言い分は？」

「そいつがわたしをキャシーみたいにしようとしたの。あいつがキャシーにしたことを、わたしにしようとした。そいつが――」声がヒステリックになっているのが自分でもわかる。体から抜けだして隣に立ち、この現場を横から見ているような気分だ。それから突然クスリが切れ、意識が体のなかに戻る。

「男がなにをしたって？」ディーンが尋ねる。「誰に？」

「なにも」ジュリアナは答える。「なんでもない」こいつらはみんなおなじだ。みんな、おなじ。

「なんでもないってのはどういう意味だ？」ディーンは声にはっきりと警告をこめていう。

ジュリアナは肩をすくめる。誰が手をどこに置こうが、それがどういう意味だろうが、なにが問題なのだ？　こいつらはみんなブタだ。強姦者で殺人者でクソだ。汚らしい手に、汚らしい心。こいつらの性欲。汗と息。におい。こいつらの――

　ジュリアナは立ちあがり、男に唾を吐きかける。

　ディーンがジュリアナの腕をぐいと引く。「出ろ。いますぐ」

　ジュリアナはハンドバッグをたぐり寄せる。中身が床にこぼれると、全部掻き集めてなかに戻す。スマートフォン以外は。電話だけは持ちあげて構え、まだプライベートルームで縮こまっている男に――怒りで固まった男の顔に――向ける。

　カシャッ。

第三章

　ジュリアナは、ディーンに放りだされる。くるくる回りながら〈ファスト・ラビット〉から飛びだし、ウェスタン・アヴェニューで転ぶまえになんとか体勢を立て直す。

　通りにはまったく人けがない。煙と灰のにおいがする。ジュリアナはスマートフォンを確認する。午前一時近い。商売をしているのは〈ファスト・ラビット〉か、通りの女たちが仕事に使う、二軒あるモーテルのうちの一軒くらいのものだ。しかしそのどちらもジュリアナには用がない――ウェスタン・アヴェニュー沿いのこの界隈にいつづける理由はなにもない。家へ帰る時間だ。ココやマリソルやほかの女たちが現金でポケットを重くして帰り、パーティーがひらかれるはずのアパートメントではなく、二十九番プレイス沿いにある実家へ。

チップは全部置いてきた。警備員か女たちの一人に頼んで回収してきてもらおうかとほんの一瞬考える。だがあの店のにおい——他人のセックスや飢えから生じる悪臭を、芳香つきの消毒スプレーでごまかそうとしている——を思うと胃がでんぐり返る。タクシーを呼ぶお金もないので歩く。

小袋を取りだして残りを一息で吸いこみ、それから北へ向かう。

二十ブロック。ほんの三キロほど。コカインが体内を巡っている状態なら、すばやく歩きとおせるだろう。丘陵の火事から立ちのぼった煙が空気中に垂れこめている。

白のハイヒールにタイトなジーンズ、ピンクのホルタートップという恰好がここでどう見えるかはジュリアナにもわかっている。ときどき通り過ぎる車がなぜスピードを落とすかはわかっている。

マーティン・ルーサー・キング・ブールヴァードに近づくと、三時間までの〝休憩〟を利用する車が〈スヌーティ・フォックス・モーター・イン〉を出入りしている。ジュリアナはまえを見据えたまま、その動きを見ないようにする。

角の縁石沿いに、車が一台停まる。グレーのホンダ・アコードで、窓はスモークガラス。信号が変わる。ジュリアナは通りを渡るが、車は停まったままだ。

ようやく自宅のあるエリアの端までたどり着く。〈ジャックズ・ファミリー・キッチン〉——ジュリアナがドリアンを置き去りにした場所——からもそう遠くない。歩きながら、下唇を強く嚙む。どういう神経であんなことをしたのかと思うと恥ずかしい。

キャシーとおなじ地区で仕事をしているわけではないが、ジュリアナもおなじルールでゲームをしている。

危険について考えすぎれば、仕事に出かけることも仕事をこなすこともできなくなる。ハイヒールのストラップを留めることも、通りに出ることもできなくなる。

危険とはほかの人々の身に降りかかるものだ。

危険が訪れるのはその存在を認めたときだ。

ホンダがまた現れる。ジュリアナの横を這うようにのろのろ運転でついてくる。すばやい一瞥を送り、興味がないことを示す。わたしはあんたが思ってるような女じゃない、と知らせる。ハンドルのまえにいる男が誰であれ、そいつはジュリアナをちがう種類の女と勘ちがいしているのだろう。

次の角に着くと信号が赤で、東西方向へ走る車が何台かいるので、ジュリアナは足を止めるしかない。すぐ横にホンダがいるのが感じとれる。払いのけるように手を振る。通りを渡ると、車はついてこない。

一握りの女たちが通りに立っている。そばを通るジュリアナと目を合わせ、いやな目で睨みつけてくる。ジュリアナは、どうぞ自由に自分の持ち場に立って、とはいわない。獲物はあんたたちに任せるからと、わざわざいったりはしない。しかし女たちがそこにいるのはうれしい——またジュリアナをつけはじめているホンダの運転手の気を散らすものが増えるから。

肩越しにちらりと見る。例の車はヘッドライトを点滅させる。それから停まっていた場所を離れ、スピードをあげてジュリアナのそばを通り過ぎ、タイヤを軋らせて四十番ストリートに曲がる。

手を唇に走らせる。唇は噛んだせいで腫れている。このクソみたいな状況と縁が切れたのはいいことだ。あした——あるいはこれからずっと——あそこでの仕事がないのはいいことだ。

足が痛くなりはじめている。このヒールを履いて歩くのは一キロ半が限度だ。ペースを落とし、足を引きずって歩く。食べていけなくなった女がまた一人、徒歩で家路をたどっている。

すでに十ブロックほど歩いただろうか、子供のころから見知った目印のあるエリアを抜ける――シャッターのおりたサロン、エルサルバドル料理店、小さな商店街。空き店舗のドア口で立ち止まって足を休める。指を靴と踵のあいだに差しこみ、べたべたする靴の裏地から肌を引きはがす。

靴の調整が終わる。踵に触れると水膨れができ、血が滴っているのがわかる。ジュリアナはドア口を離れる。車が一台、ウェスタン・アヴェニューを南へ向かう。

ジュリアナが通りへ出ると、ライトがつき、コンクリートにゴムがこすれる音がする。左を向くと車のヘッドライトが迫ってくる。ジュリアナは身を守るために慌てて縁石の内側へ飛びのく。しかし車はそこで停まらず、歩道の上までジュリアナを追いかけ、あるドアへと追い詰める。

ヘッドライトのせいで目が見えない。エンジンが唸っている。ドアのあく音がする。ジュリアナが目のそばに手でひさしをつくって見ると、男が出てくる――逆光で影にしか見えない。

コカインのせいですでに鼓動を速めていた心臓が、いまや胸のなかでクイックステップを踏み、喉もとまでせりあがってきそうだ。まるで首を絞められているように感じる。

「このクソ女」

ジュリアナは身をすくませる。罠にはまるだけだとわかっているのに、ドア口の奥へと体が動く。

「売女《プータ》」

両手で頭を覆う。コカインのいかにも合成薬品らしい味が喉にこみあげ、吐きそうになる。

「脳なしの売春婦め」

影のなかから男の顔が現れると心臓の鼓動が激しくなる。荒っぽい目、一方が泳いだ目と、ジュリアナが男の頬に残した血の筋が見て取れる。〈ファスト・ラビット〉にいたあの男が、頭上に腕をあげる。なにか黒くて丸いものを手にしている。撃が額に当たるまえに目をとじる時間はあった。ジュリアナは回りながら暗闇へ落ちていく。

第四章

カシャッ。

フラッシュに驚いたジュリアナの顔が見つめ返してくる——さんざん噛んだ唇に、光彩の黒が押し寄せて瞳孔の小さくなった目。右目の上にひどい切り傷があり、これから腫れそうだ。まつげから血を拭い、目を細くして睨むように画面を見る。そこには粗野で獰猛な女が見える——ジュリアナでなく、ジュジュビーでもない、見たことのない誰か。中身を全部掻きだされてしまった人。倒れこんだ歩道でついたのだろう、額の傷に泥がついているのが見える。感染していなければラッキーだ。ジュリアナは画像をスワイプして、時計の表示を見る。ジュリアナの計算では、地面に倒れてから十分が過ぎている。

両親の家にたどり着くのに十五分かかる。ウェスタン・アヴェニューを離れ、街灯やある程度交通量のある安全地帯を離れて細い路地を歩く。グラマーシー・プレイスにもシマロン・ストリートにも誰もおらず、よろよろと歩く姿を見られることも、人けのないブロックで顔を隠している様子を不審に思われることもない。

二十九番プレイスに着くと、モクレンの木がつくる天蓋の下に立って通りの反対側から家を眺める。暗い窓を覗きこみ、誰かが起きている気配がないか探る。姿を見られずに建物に入り、こっそり階段を昇ってバスルームでシャワーを浴び、家族と顔を合わせることなくベッドに入りたいと思う。

なぜなら見たらわかるから。においでもわかるからだ。何回体を洗おうと、どれだけ時間が過ぎようと、すべての男のしるしが残り、指紋が残り、すべての男が刻みつけられているからだ。せめてきれいに、ごしごし洗って、うわべを取り繕うしかない。それが、ジュリアナがいまやらなければならないことだ。

キャシーにはその贅沢は許されなかった。汚いまま放置された。路地でついた汚れだけでなく、客たちからついた汚れもそのまま。死んだ娼婦なのだ、死んだ母親でも、死んだ女でもなく。侮蔑は殺人より悪いともいえる。

ジュリアナは待つ。窓を覗きこんで、母親がキッチンにいないか、父親が居間のテレビのまえで居眠りしていないか、ヘクターが昔からの恋人のイゾベルと一緒に裏口でマリファナを吸っていないか、もう一度確認する。

ブロックの先から金属が擦《す》れる音が聞こえてくる。車が道路のひび割れに勢いよく突っこんで、底が擦《す》れる音。車はかん高い音をたてながらジュリアナのそばを過ぎ、一時停止の標識を走りすぎる直前にキーッと音をたてて停まる——鼻先が半分くらい交差点に入っている。それからバックしはじめ、不安定な線を描きながらふらふらとさがり、ジュリアナの家のまえで停まる。スピーカーからの低音と残響で車体が揺れている。

助手席側のドアがひらき、大柄な男がよろめき出てくる——やわらかく丸い線の横顔が、ダッシュボードの淡い明かりのなかでシルエットを描く。男はよろよろと後部座席へ向かい、ぐいとドアをあける。何人かの体が折り重なるようにして座席に沈みこんでいる。長い夜の残骸だ。

男は車のなかに手を伸ばし、誰かを引っぱりだす——アーマンドだ。

ジュリアナの父親がぐらぐらしながら立ちあがる。車のなかで動きがある——女が二人起きだして、スペイン語と英語の混じりあったおしゃべりをはじめる。一人は運転手のシートをたたき、もう一人はひらいたドアから半分落ちかかっている。

アーマンドはなんとかしっかり立とうとするが、うまくいかず、大柄な男の助けを借りて車を回り、家の門を入る。しかしジュリアナは父親ではなく、後部座席の女二人を見ている。二人ともふっくらしており、くびれがすっかりなくなっている。ジュリアナから近いほうにいる女はとても短いスカートを穿いていて、タトゥーが腿の上のほうまでのたくっているのが見える。女はストラップつきハイヒールを履いた足をドアから出してぶらぶらさせながら煙草に火をつける。

これが現実だ。ある日には、自分はきれいで強烈で、まだ主導権を握っていると思えている——男たちが自分を欲するのは単純にほしいからであって、そこそこの値段で手に入るからではない。しかし次の瞬間には太って使い古しのようになり、クソみたいなタウンカーの後部座席に寝そべって、ジュリアナの父親のような男、あるいはもっといやな男と街なかを走りまわることになるのだ。仕事があって家族がいるから、あるいはどこかべつの場所に安定したなにかがあるからという理由で、自分のほうがこういう女たちよりましな人間だと思っているような、女たちに対してなにか権利があると思っているような男たち。充分に金があって飲み物を、あるいはディナーをおごってやるのだから、自分には女たちを好きにする権利があると思っているような男たち。

　ジュリアナには自分がこれからどうなるかが見える。すこしのあいだまともになって、いままでやったことのない仕事に就くのだが、うまく稼げず、手もとにはなにも残らない。そうこうするうちに友達の一人からパーティーに誘われて、次の瞬間には昔の仲間のところへ逆戻りし、夜明かしをして、ハードな生活を送るのだ。すぐに副業をはじめるだろう、チップを稼げるような仕事を。最後には日陰のゲームをすることになる。街娼になるつもりはない、それは絶対にしない。だがモーテルでのパーティーに——夜明けが忍び寄るころにはただ騒ぐのが好きなだけの女と支払いを受ける女の区別が曖昧になるような場所に——招かれるたぐいの人間になるのだ。

　挙げ句の果てにはゲームのおいしい部分が自分を通り過ぎていくようになる。年を取り、容色も衰え、長年摂取しつづけた甘い酒と安っぽい食事のせいでふっくら太ってしまう。通りで働くつもりはまったくないが、楽しいときを過ごすためにジュリアナの父親のような男たちに頼るようになる。すぐにそういう男たちを待つように、必要とするようになり、そういう男たちから電話が来るのを望むようになる。

　錆びた蝶番のたてる音につづいて、家の門がバタンとしまるのが聞こえてくる。車の後部座席の女が足から煙草の灰を払い落とす。女の頭はシートにだらしなくもたれている。「ここ、いったいどこなのよ？」

　運転手は手を振るだけで女の問いを受け流す。

ほどなく、アーマンドを家まで引きずっていった大柄な男が戻る。「ケツを車のなかに戻せ」女の足を蹴りながら男はいう。「ケツ《コリタ》を動かせ」

女は男に向かって煙草を放る。男が助手席に戻ると、男の重みで車体が沈みこむ。ドアがバタンとしまり、車は走り去る。残されたジュリアナは、玄関ステップで酔いつぶれている父親を凝視する。父親は十字架にかけられたかのように腕を広げている。

　ジュリアナは門をあけ、父親の横に座る。「パパ？　パパ？」

　アーマンドは安っぽい車の芳香剤と、もっと安っぽい酒のにおいがする。それにほかのにおいもする――〈サムズ・ホフブロイ〉や〈ファスト・ラビット〉の更衣室のにおい、ジュリアナがココやほかの女たちとシェアしているアパートメントのにおい。汗と女ものの香水のにおい。ジュリアナの胃がせりあがる。

「パパ？」

　アーマンドはわずかに身動きし、なにかぶつぶつとつぶやいて、ジュリアナのいるほうに手を振る。

「パパ、こんな外で寝てちゃ駄目、ブロックじゅうから丸見えだよ」

「なんだって、誰が――」

「食事をする場所でクソをするなって、誰も教えてくれなかったの？」

　反応がない。

「パパってば！」ジュリアナは父親のあばら骨の上の脂肪がついた場所に指を突き立て、割れてぎざぎざになった爪をひねりながらシャツに沈める。

　アーマンドは唸り、寝返りを打って逃れようとする。

　しかしこれはジュリアナの得意分野だ――荒っぽい客、酔っぱらった客、部屋から出ようとしない客、近くに寄りすぎる客、帰ろうとする客、強引にほしいものを手に入れようとする客。ジュリアナはハイヒールを脇へ放り、父親の頭より上の段に裸足で立つ。次いでしゃがみこみ、手を父親の脇の下にもぞもぞと入れる。

玄関へ向かって父親の体を二段引きずりあげる。自分の鍵を使ってドアをあけ、父親をなかに転がす。

大仕事のうえ、ドラッグの影響もあって脈が速まり、息が切れる。アーマンドの脚を蹴とばして家のなかに入れ、ドアをしめる。額にかいた汗のせいで傷がチクチク痛む。

アーマンドは何階か上から転がり落ちたかのように大の字になって倒れ、ピクリともしない。ジュリアナは父親にシャワーを浴びさせて、夜の名残りを消し、ほかの女たちのにおいを消し、ソファに寝かせてブランケットをたくしこんで、母親を守りたいと思う――きっとこんなことは百も承知だろうけれど。しかしあまりにも手がかかりすぎるし、父親にそこまでしてやることもない。ジュリアナは枕と小さなブランケットをソファから取ってくる。

しゃがんで父親の頭の下に枕を押しこみ、大きな図体にブランケットをかける。それから体の横を蹴っていう。「通りに放っておけばよかった」

家のなかをこっそり歩き、自室のまえを通り過ぎる。ヘクターの部屋のドアがほんのすこしあいているのを、もっと大きくあける。ヘクターとイゾベルは部屋の大半を占領するキングサイズのベッドで眠っている。

ヘクターは仰向けに横たわり、腕と脚が床へ垂れさがっている。ヘクターの腹部が白い肌着の下で上下するのを見て、太ったな、とジュリアナは思う。イゾベルはうつぶせで眠っている。ヘクターのトランクスを穿いて、大きなTシャツを着ている。体がヘクターに覆いかぶさっていて、一方の腕がヘクターの腰のあたりに乗り、黒く長い髪はうしろに広がっている。

ジュリアナは爪先立ちで部屋に入り、ベッドのヘクター側に近づく。ナイトテーブルの引出しをすこしずつあけ、マリファナの入った缶がないかと手探りする。

頭上をヘリコプターが通り過ぎ、サーチライトが闇を裂く。

ヘリコプターは小さな円を刻んでいる――サーチライトが一分間隔でジュリアナの家の上を回り、ローターが夜気をたたく音が上下する。ジュリアナは手にマリファナを隠し、引出しをしめる。

ドア口でまた足を止め、ヘクターとイゾベルを眺める。眠る二人の体をライトがかすめていく――イゾベルのなめらかで傷のない肌を、汚《けが》れない両腕を、顎の先を、繊細な指を、ふくらはぎのやわらかな曲線を、撫でていく。

まったく、奇跡ね、とジュリアナは思う。外のカオスに――警察に追われている人間にも、大気を嚙み砕くローターの暴力的な騒音にも――こんなにも無頓着に眠っていられるなんて。誰かの隣で安らかに、快適に、まわりじゅうに無関心なまま眠っていられるなんて、ほんとうにびっくり。

ジュリアナはスマートフォンを取りだす。

カシャッ。

第五章

マリファナにノックアウトされたにちがいない。ジュリアナは丸一日眠り、夜になってから起きだして冷蔵庫にあったものを食べ、さらにマリファナを吸って、また意識をなくしたように眠った。三十六時間近く経ってからやっとほんとうに起きだす。三十分かけてシャワーを浴びる。肌が痛くなるまで体をごしごしこすって、ほとんどお湯が出なくなるころようやく出る。ヘクターの古いトランクスとタンクトップを見つける。高校生のときに着ていたものだが、当時はなかったカーブが体についたいまとなってはどちらもきつい。

アーマンドはキッチンテーブルのまえに座り、肉の《チュ》切り《レタ》身と豆を食べている。アルヴァの得意料理で、空港のレンタカー代理店でマネージャーを務めるいま、つくるとすればこればかりだ。

うしろでテレビがついている——サンタバーバラからハリウッドヒルズまで燃え広がった火事についての特別番組だ。火の粉と灰が雪のように街の上空を舞い、南へは一〇号線付近まで飛んで小さな火事を引き起こしている。

「気分はどう、パパ？」

アーマンドは皿から顔をあげ、大きな黒い目でジュリアナを捉えて探るように見る。「それはなんだ《ケ・エス》？　尋問か？」

「父親に質問をしたらいけないの？」

「いい質問ならしてもいい」

「ただパパの気分がどうか知りたかっただけ」眠りすぎたせいでジュリアナの頭には霞がかかり、長時間ベッドにいたため手足が思いどおりに動かない。

「二日もたてつづけに眠っていたのはおれじゃない

ぞ」父親の視線はジュリアナの顔に留まっている。評価し、判断するかのように――ジュリアナを買おうとするかのように。

「そんなにジロジロ見ないでよ」

「娘を見たらいけないのか？　おれの娘はすごくきれいだってみんながいうんだが。自分で見て確かめたらいけないのか？」

ジュリアナはコーヒーポットを出し、ガラスのポットの底にこびりついたかさぶたのような茶色い汚れをぎざぎざの爪で引っ搔く。それからシンクへ運び、水を出して、ゴシゴシ洗いはじめる。

「で、ここに住むことにしたのか？」

「ここはわたしの家じゃないの？」

アーマンドは炒めなおしてドロドロになった豆のあいだからチュレタを一切れ引っぱりだし、口に押しこむ。「おまえの仕事についちゃ近所じゅうが知ってるぞ」

近所の人たちがすべてを知っているとは思えないが、まあ、〈ファスト・ラビット〉は地元の店だし、父親には一緒に遊びまわる仲間もいることだし、確かなところはわからない。「どうしてきょうは仕事に行ってないの？」

アーマンドはフォークで時計を指し示す。午後四時だ。給料の安い税理士の仕事をとっくに終えて帰ってきたのだ。

「今夜は出かけるの、パパ？」

アーマンドはフォークを落として皿を押しやる。誰か片づけてくれといわんばかりに。「それはどういう意味だ？」

「なにか予定があるのかって訊いてるだけでしょ」

「あるさ、だがおまえとちがって、おれは楽しみを享受する側だ、提供する側じゃなく」

驚くほどすばやい一つづきの動きで、ジュリアナはテーブルの向かいに手を伸ばし、皿をアーマンドに向かってフリスビーのように放る。アーマンドは一方へひょいと顔をよけ、椅子ごとひっくり返る。皿が床に落ちて砕ける。

アーマンドは起きあがりながら声をたてて笑う。

ドアにノックがある。

「片づけておけよ」アーマンドは床を指差す。「散らかってると母さんがいやがるからな」そういうと、これから仕事に出かけるかのようにポリエステルのワイシャツを撫でつけ、髪を軽く整える。そして玄関のドアをあけ、暴動よけのゲートの向こうを覗く。「なにかね？」

ジュリアナには残りは聞こえない。しかし次の瞬間には父親が外のゲートを大きくあける。娘がそこに下着姿で立っていることを気にも留めずに。

ドア口に女がいる。子供と見まちがえるほど身長が低い。しかしスーツが身分を明かしている。

「ロサンジェルス警察《LAPD》だ」アーマンドはそういい、ソファに座って足を投げだす。「面倒なことになってるようだな」

ジュリアナは胸のまえで腕を組み、午後の遅い時間にまだパジャマ姿でいる事実をごまかそうとする。

「ペリー刑事です」女はバッジを掲げながらいう。

「ペリー？」アーマンドがいう。「ぜんぜんペリーらしく見えないな、セニョーラ・LAPD」

「ジュリアナ、外で話しましょう」刑事はいう。

噂がどんなふうに巡るか、ジュリアナは知っている。物事がどんなふうに誇張され、人々がどんなに好き勝手に情報を交換するか。〈ファスト・ラビット〉で掃除でもしていた人間がジュリアナのことを刑事の耳に吹きこむのは簡単だ——奥の部屋で男をたぶらかしていたとか、ドラッグを持っていたとか、暴力を振るったとか。ジュリアナについてあることないこと吹きこむのはなんでもないことだ。

父親にじっと見られているのを——父親が喜び勇ん

で批判しようと待ちかまえているのを——感じる。

「もしなんなら、セーターでも着てきて」刑事はいう。

ジュリアナはヘクターの部屋に駆けこみ、〈レイカーズ〉のトレーナーをひっつかむ。だぶだぶで腿のまんなかまで届き、トランクスが全部隠れる。刑事はポーチに立っている。

小柄な女だ。ジュリアナとおなじく、黒い髪を染めている。しかし安っぽい仕上がりだ、おそらくドラッグストアで買えるような箱入りの染料を使っているのだろう。箱には明るい肌をしたラテン系のレディの写真でも使われているのだろう。ジュリアナはカラーリングには大枚をはたいている。ひと月おきに二百ドル。巻き毛を明るくして炎のようなオレンジ色にするために、クールな外見を保つために、それだけかけている。

「煙草吸うけど」ジュリアナはそういいながらプラスティックの椅子の一つに腰をおろし、膝を胸に引き寄せる。煙草に火をつけ、深く吸いこむ。刑事がガムを噛んでいることに気づく。ものすごくハイになっているかのように顎を動かしている。「煙草、やめたの?」

ペリー刑事はジュリアナにぽかんとした顔を向ける。

ジュリアナは煙草で刑事の顎を指し示す。

「吸ったことはない」ペリー刑事はそういって、スーツのポケットからスマートフォンを取りだし、画面をタップする。

刑事の爪は丸くきちんと切りそろえられ、自然な色に塗ってある。スーツには汚れがない。靴は黒のローヒールで、歩きまわるのに、あるいは、なんであれ刑事が一日じゅうしなければならないことをするのに妥当な選択だ。前髪さえきっちりそろっている——なにがあっても動じないたぐいの人を思わせる、真面目な髪型だ。

ジュリアナはトレーナーを下に引っぱる。自分のだらしない恰好がいままでよりも気にかかる。「ヘファスト・ラビット〉のこと？」ジュリアナはいう。「でもあれはわたしのせいじゃないよ。誰がなにをいったか知らないけど——」

ペリー刑事は電話をしまい、いまの言葉など一つも聞いていなかったとはっきりわかる目つきでジュリアナを一瞥する。「キャサリン・シムズ」刑事はいう。「知ってるでしょう」

質問のようには聞こえない。しかしジュリアナはキャサリン・シムズという名に覚えがない。「知らない」

「友達だったでしょう」ペリー刑事は話しかけるときにまっすぐジュリアナを見ない。なにか紙切れに走り書きしたものをちらちら見ている。まるで一度に二つの場所にいるかのようだ。ジュリアナは仕事の一部でしかないのだろう。

「キャサリンって名前の知り合いはいない」

「ジュリアナ、仕事はなにをしているの？」刑事はなにかちがうことを考えているように見える。コンロをつけっぱなしにしてきたとか、どこに車を停めたか忘れたとか、べつの約束をすっぽかしてしまったとか、そんなようなことを。

「なにも」ジュリアナはいう。それがほんとうのことだから。すくなくともいまは。無職。踊りもなし。特別サービスもなし。

「だけど以前は働いていたでしょう」

しゃべるときに目を合わせない刑事の態度に、ジュリアナはいらつきはじめる。「そうだね」

「それで、キャサリン・シムズだけど」

「いったでしょ。キャサリンなんて人は知らない。知ってるのはココとか、マリソルとか、プリンセス、イェシーナ、ルビー——」

「キャサリン・シムズ。キャシー」

くそったれキャシー。十年以上の付き合いだったのに、ジュリアナはキャシーの姓を知らなかった。

「キャシー・シムズを知ってるでしょう」またもや、質問ではない。刑事がジュリアナの家のポーチに現れたのは、すでに知っていることをジュリアナにしゃべらせるためのように見える。

「誰に聞いたの？　ドリアン？」

「ドリアン？」その名前が刑事の注意を引き、刑事は初めてジュリアナと目を合わせる。

「きっとドリアンでしょ。あのおせっかいおばさん」

「その顔」ペリー刑事は初めてジュリアナに気がついたかのように、まるでいま会ったばかりのようにいう。

「顔をどうしたの？」

　ジュリアナは目の上の傷にぱっと手を当てる。「なんでもない。くだらないことだよ」

「興味深い」ペリー刑事はいう。

「ほんとうに〈ファスト・ラビット〉のことで来たんじゃないの？」

「〈ファスト・ラビット〉？」刑事は初めて聞いたように店の名前をくり返す。「そこがあなたの働いている場所？」

「いったでしょ、ちがうって」相手がすでに知っているのでなければ、ジュリアナは話すつもりはない。刑事には勝手に仕事をしてもらおう。自分で調べればいい。

「キャシーが働いていた場所？」

「まさか」

「キャシーは通りで働いていた」

「もう知ってるんじゃない」

「それで、キャシーが死んだことをあなたももう知っている」

「みんな知ってる。みんな全部知ってる」

「それならわたしの仕事が簡単になる」

　ジュリアナは煙を吐きだし、煙草をポーチのコンクリートに押しつけて消す。「キャシーについてなにが知りたいの？」

「死んだ女性はほかにもいた」刑事はいう。「十五年まえに」

「ちょっと、このくそトラブルはリーシャと関係があるの？」

「くそトラブル。興味深いフレーズね。〝このくそトラブル〟ってなんのこと？」ペリー刑事は小さなメモ帳とペンを取りだす。ジュリアナの答えをほんとうに書き留めようとしているみたいに。刑事はポーチにあるもう一つのプラスティックの椅子に腰をおろす。

「わかってるでしょ。あなたとわたしがここにいて、あなたが質問してること」

「いまのところ、キャシーを知っていたかどうかしか訊いてないけど」

「キャシーなら知ってた」ジュリアナはいう。「仲がよかった。このあいだ、わたしのパートナーがあなたについての報告を書いていたのを見た。その後、キャシーのソーシャルメディアであなたの写真を見つけた」

「きっとすごく古い写真だね」

「じゃあ、友達だったのね」

「自分の質問に自分で答えてるみたいに聞こえるけど。でも、そう、友達だった」死んだ人について嘘をいうつもりはない。保身のためにキャシーへの敬意を捨てるつもりはない。キャシーはいい友達だった、ものすごくいい友達だった。

　ペリー刑事はペンをカチカチいわせ、ガムをパチンと鳴らす。「どうやって知り合ったの？」

「一緒に働いてた。キャシーが仕事を紹介してくれた」

　ペンがカチカチ鳴る。ガムがパチンと弾ける。刑事はつづきを待っている。

「〈サムズ・ホフブロイ〉で踊る仕事だった」これはいったいどういう冗談よ？　とジュリアナは思う。ポーチでパジャマのまま、スーツやらなにやらきちんとした身なりの刑事の隣に座っているなんて。もしかしたらジュリアナが高校を卒業する別世界があったのかもしれない。そこではジュリアナはパーティーに行くようになったりせず、キャシーが目をつけるような女にもならなかった。キャシーからゲームに参加したがっている女と見なされなかった。もしかしたらスーツを着たレディになれるような世界があったのかもしれない。平日の夜はワイン一杯とテイクアウトの食事かなにかでやり過ごし、週末はクソまっとうな世界の行事に参加するのだ——ディナーとか、映画とか、公園で開催されるフリーのライブとか。

「あなたとキャシーが一緒に出かけるようになったのはいつ？」

「わたしが十四のとき」

「リーシャ・ウィリアムズのあとね」

「それとどういう関係があるのよ？」

「キャシーは家まで来た？」

「ときどきは」もちろんキャシーはやってきた。いつだってスピードの出る車に乗ってきて、家のまえで轟音をたてて停まった。ジュリアナが家のなかから見ていると、キャシーは運転手の膝の上に身を乗りだしてクラクションを鳴らすのだ。ブロックじゅうの全員が——アーマンドも含め——出てきて彼女の乗り物を目にするまで。キャシーと出かけることに父親が反対しなかった理由の半分は車にあった、とジュリアナは思っている。カマロやコルヴェット。車高を低くした改造車。エルカミーノのこともあった。

ペリー刑事はなにかをメモする。「最後に会ったのはいつ？」

ジュリアナは髪をうしろへ引っ張り、ひねっててっぺんでお団子にまとめる。「もう何年も会ってなかった。キャシーとわたしはべつの道を歩いてたの」ジュリアナはまた煙草を引きだすが、火はつけない。この刑事が自分自身や同類の女たちをどう思っているかはだいたい想像がつく。見ればわかる——ブリーチした髪でほんとうの姿を隠している。スーツも、白人用のメイクもそう。べつの人間のふりをしようとしているのだ。

ペリー刑事は週に何人くらいジュリアナのような女たちに出くわすのだろう？　ゲームの一部を担っている女たち——ダンサー、ストリッパー、売春婦、娼婦、売女——に。そのうちの何人に質問をし、何人を逮捕し、何人を釈放するのだろう？　何人を見捨てるのだろう、小さなメモ帳のページをめくるときに。

「リーシャが死んだとき、あなたは何歳だった？」

また話が戻って、ジュリアナは驚く。「え、なに？」

「十一歳。あなたは十一歳だった」

「そんなところ」

「生きているリーシャを最後に見たのはあなた？」

ジュリアナはちらりと横を見やる。隣人の冷たい白人女、痩せぎすで飢えた齧歯類みたいに萎びた女が、角地の家の前庭で水やりをしている——水しぶきがアーチを描いて歩道へ飛び、散り際に虹をつくっている。ジュリアナは隣人が花に水をやるのを眺める。植物のくせに手がかかりすぎるとでも思っているかのような、愛情の感じられない動きだ。

「みんなはそういってた」

「二人は知り合いだったの？」

「キャシーとリーシャ？　あなたもいってたじゃない、わたしは十一歳だった。なににについても、なんにもわからなかった」

キャシーについて話していると、キャシーを小さくしてしまう気がする。刑事がこうあってほしいと思う型にキャシーをはめてしまう。客を取って生活していた街娼、売春婦、売女。ジュリアナはそんなふうに話すつもりはない。なぜなら、お金のためにしていたことだけがキャシーのすべてではないからだ。キャシーはいつでもほかのダンサーたちがタクシーで帰宅できるだけのお金があるかどうか気にかけ、ビーチやテーマパークへの日帰りの遠足を——女たちが自分の姿から目を逸らすために必要なあらゆることを——計画した人だった。馬鹿みたいな映画が大好きで、シネコンに忍びこんで丸一日過ごすことをみんなに教えた女だった。

「どんな人だった？」ペリー刑事が尋ねる。

「キャシーが？」

「リーシャ」

「ものすごくきれいだった」

ペリー刑事もジュリアナの視線を追い、ホースから水が降りそそぐのを眺める。「あれはハニーサックル」刑事はいう。「ハニーサックルとハックルベリーね。ハチドリを引きつけたくて植えるの。ハチドリは一分間に五千回以上羽ばたくって知ってた？」刑事はいったん口をつぐみ、鳥を視界に呼びだそうとするかのように目を細くする。「手で払うだけで殺せる」刑事は胸ポケットから薄い革財布を取りだし、ジュリアナに名刺を渡す。「いつでも電話して。キャシーかリーシャのことでなにかあれば」

ジュリアナは名刺を受けとり、ヘクターのトレーナーのポケットに入れる。電話をかけることなどありえない。ジュリアナのような女たちがペリー刑事のような人々に電話をする理由は一つしかないからだ。交換条件。取引。情報をあげるから、今度捕まったとき大目に見てね。

ジュリアナは煙草に火をつけ、刑事が階段を降りていくのを見送る。ペリー刑事はゲートをあけるが、それから向きを変えて引き返す。

「あなたはダンサーなんでしょう」

ジュリアナは口をひらいてちがうといいかける。

「ひとまずダンサーってことにしておいて。あなたのダンスを見る男たちのどこに興味を引かれる？」

「どういう意味？」

「男たちのことで、記憶に残るようなことはある？」

ジュリアナは煙草の先端の燃えるサクランボを見つめる。「ない。ただの負け犬の群れだよ」

刑事はメモ帳を出して走り書きをしている。

「あなたは彼らに大きな力を与えてる」メモから目をあげずに刑事はいう。

「あっちが勝手にそう思っているだけ」

ペリー刑事はいったん視線をあげ、次いでもう一つなにか書きこんでからメモ帳をジャケットにしまう。それ以上なにもいわずに刑事はまたゲートをあける。

通りのほんの少し先の道路標識に、自転車がチェーンでつないである。刑事がチェーンのロックを外し、うしろの荷台付近に取りつけてあったヘルメットのロックも外してから自転車に乗るのを、ジュリアナは見送る。

「気をつけてね」ジュリアナは声をかける。

家のなかのどこかでスマートフォンが鳴っている。見なくてもわかる、たぶんココかラケルが、一体全体どこにいるのか、なにをしているのか、どうしたのかと訊きたくてかけてきたのだろう。いまごろは、〈ファスト・ラビット〉でのジュリアナのショウに関するゴシップが広まり、話が誇張されて、ジュリアナは野蛮で暴力的なクラック常用者だとか、タガの外れた薄汚い売女だとかいわれているのだろう。番号を変えるべきだし、新しい電話を手に入れるべきだ。それがジュリアナのやるべきことだ。もうこれも、彼らとの関係も、店にまつわるほかのことも、すべて終わったのだから。ココや店のほかの連中、それに休みの夜に〝デート〟しようといってくるやつらとの関係ももう終わり。ああいう男たちは、イングルウッドとかワッツの近くにある、自分が高級だと思うレストランにジュリアナを連れていき、食事代を払い、ジュリアナを家に連れ帰ってもとを取るのだ。しかしジュリアナは本物の高級レストランがどういうところか知っている。本物の高級レストランならメニューがビニール袋のページに入っていたりしないし、水がカフェテリアで使うようなカップに入って出てくることもない。料理の半分は揚げ物だなんてこともなければ、ワインが紙パックや水差しから注がれることもないし、テーブルクロスが防水だったりもしない。こんなのはつまらない取引だと、ジュリアナにもわかっている。

ジュリアナは家に入り、アーマンドのそばを通り過ぎる。父親はサッカーの中央アメリカ・トーナメントを見るためにテレビのまえに陣取っている。「警察のレディはなんだって？」

「わたしが知りもしないようなことを訊かれただけ」

「あの刑事、娼婦みたいだったな」

ジュリアナの電話がまた鳴っている――レゲトンの着信メロディを聞くと以前は調子があがったのに、いまはいらいらするだけだ。欠けた爪を見る――エクステンションでも値の張るジェルネイルだったのに、〈ファスト・ラビット〉で台無しにしてしまった。あの刑事みたいに、もっと地味なものに変えてもいいかもしれない。あの着信音も変えてもいいかもしれない。

「なんでロサンジェルス警察に追われてるんだ、とはいわせるなよ」アーマンドがいう。

ジュリアナは両手をトレーナーのポケットに突っこむ。「いわせないよ」

ヘクターの部屋へ行き、ナイトテーブルの引出しをあけて、もっとマリファナがないかと探す。しかしもうなくなったか、新しい隠し場所に移したようだ。引出しをカタカタいわせながら手で探り、兄が巻いた馬鹿げて大きなマリファナ煙草のかけらを見つける。長さは三センチ足らずだが、幅が太い。寝室の窓をあけ、先端に火をつけて、隣家のドアを眺める。

庭の大部分を隠す大きな生け垣がある。その生け垣の上に家が見え、塗りたての赤いペンキと完璧な羽目板が目につく――ところどころ欠けたりひび割れたりしているジュリアナの両親の家とは大ちがいだ。ジュリアナは生け垣に向かって煙を吹きかける。煙で垣根を分けて、隣家の人々のこぎれいな生活を覗こうとでもいうように。

生け垣の向こう端に誰かがいる。コンクリートを歩く足音と、ホースで植物に水をやる音が聞こえる。隣家では植物さえきちんと面倒を見てもらえる。

マリファナ煙草の吸いさしには、三回吸うくらいの長さしかない。窓台にフィルターを押しつけて消し、吸殻を放る。

「そろそろ自分で吸う分くらい自分で買ってきてもいいんじゃないか？」

突然ヘクターの声がして、ジュリアナはビクッとする。

「もうないよ」ジュリアナはナイトテーブルのてっぺんを軽くたたきながらいう。

「誰のせいだよ？」

ジュリアナは肩をすくめる。「マリファナはどこで買ってるの？　医療用マリファナを買えるカードを持ってるの？」

「カードなんかガリ勉野郎の持ち物だ。おれはピーターって名前の男を使ってる」

「ピーター？　白人男から買ってるの？」

「だからなんだよ？　そいつはメディカル・グレードの葉っぱを持ってるんだよ。とにかく、調剤薬局で買うマリファナはバカ高いんだからな」

「すこし買ってこようか？」

ヘクターはナイトテーブルを見て、ほんとうにもうないかどうか確認する。「くそ。おまえほんとにイヤな女だな」しかし空っぽの引出しを勢いよくしめながらも、ヘクターは笑っている。「で、またここに住むのか？　そういうこと？　ずっとうちに泊まるのか？」

「なんで？」

「それならマリファナを隠すのにもっといい場所を探さなきゃならないからさ」

「だったら」ジュリアナはいう。「そのピーターの居場所を教えてよ。二人でハイになれる分くらい買ってくるから」

ヘクターはスマートフォンを引っぱりだし、連絡先をクリックする。「ケチるなよ？ いい葉っぱを手に入れてこい」

第六章

ヘクターから教わった住所は二十九番プレイスから歩いて十五分のところだ。しかしべつの次元へ踏みこんでしまったようでもある。目的の家は白い大邸宅で、一〇号線から南へ一ブロック、ウェスタン・アヴェニューから東へ数ブロックの——多くは放置された——古い豪邸の並びにある。映画に出てきそうな家だ——古いホラー映画に。翼や塔のある石づくりだが、崩れかかっており、窓がいくつか割れている。家の一方に沿ってアーチ道がある。外側にはごちゃごちゃに足場が組まれている場所もある。建物を修理するためなのか、支えるためなのか、ジュリアナには判断がつかない。

ピーターは草木の生い茂った家のまわりの庭でジュ

リアナを迎える。もちろん白人で、ジュリアナが服装に目を向けると、こんなに窮屈そうなジーンズを穿いている男は見たことがないと思うほど細身のジーンズを穿き、ぴったりした格子縞のシャツを着ている。ピーターはマリファナを葉巻入れの箱から出して売る。ジュリアナは四分の一オンス買う。病院か薬局で買ったようなパッケージだ――処方薬のしるしと、なにか薬の種類の名前らしきものが、調剤ラベルみたいに印刷されている。

ジュリアナはそれをハンドバッグにしまう。

「パーティーを覗いてみる?」ピーターが尋ねる。「顧客から料金は取らないから」

ジュリアナは、なぜこんないまにも壊れそうな邸宅に入るのにお金を払うのかよくわからない、という目でピーターを見る。

「資金集めのイベントみたいなものだよ。ここを修理しようとしているんだ。だから、ふつうならお金を取る。だけどきみはもう払ってくれたからね」ピーターはシガーボックスを軽くたたいていう。

「覗いてみようかな」ジュリアナはいう。

ピーターのあとについて崩れそうな階段を昇る。ここからほんのすこし歩いた路地でひらかれているパーティーならいくらでも知っている。キャシーやその仲間たちが通りで働いている場所なら、正しく狙えば石を投げても当たるほどだ。しかしここ、ハーヴァード・ブールヴァード沿いやラ・サル・アヴェニュー沿いでは、パーティーといってもまったく別物だ。ジュリアナにはよくわからないたぐいのパーティーだ。

もしこの邸宅を住める家にしようと思っているなら、ずいぶん奇妙な取り組み方だ。床から天井にいたるまで、家のなかのいたるところに落書きがある。ただの思いつきで描いたものではなく、地元のグラフィティアーティストたちが〝ストリートアート〟と呼ぶような落書きだ。壁画に、ステンシルに、転写。ジュリアナにも見覚えのある有名人の絵。よくわからない政治家の顔。

ジュリアナは場ちがいに見えるし、自分でそう感じてもいる。ラフな恰好をしていた——だらしない恰好といってもいいくらい。ここへ来るまでにすれちがったような女たちと混同されたくないからだ。ジーンズだってふだん好むようなものではなく、ハイにもお洒落にも見えない古いやつを穿いてきた。シャツはサンタモニカ・ピアの土産物だ——夕暮れどきのカリフォルニアの波しぶきが胸いっぱいにパステルカラーで描かれ、桟橋が水平線に向かって消えていく柄のシャツ。

こんなにだぼだぼの服を着ていてさえ、ジュリアナは激しくうねる波のように見える。まわりが凪いだ海だから——昔のテレビ番組に出てくるママさんみたいな服を着た痩せぎすの女たちばかりだからだ。プリーツのあるジーンズとか、毛羽立った四角いセーターとか、フリルのついたブラウスとか、保健室の先生がかけていそうな眼鏡とか。ジュリアナはちがう世界を生きるようにできている——挑発したり、嘲ったり、これ見よがしにぶらぶら歩いたりする世界だ。

ジュリアナはおなかを引っこめ、肩を丸めて、自分のなかに引きこもりながらパーティー会場を歩く。あっちでもこっちでも、人々が使い捨ての赤いプラスティックカップからビールやワインを飲んでいる。人々の重みで階段がぐらぐら揺れる。二階の部屋の壁紙は巧妙に剝がされ、幽霊が壁のなかを這いあがってパーティーに加わろうとしているかのように見える。

そこらじゅうにアートがある。奥の寝室の一つでは、ドレッドヘアの若い男が壁画を描いている。人がまわりに集まって、男が奇妙なロサンジェルスを描くのを見物している。そのロサンジェルスでは大通りは川になり、漆喰の筋に沿って流れている。男はまわりのおしゃべりには無関心なまま作業をつづける。

壁画のまんなかには人の顔が描いてある。その少年ならテレビで見たことがある。ブルックリンで警察に殺された男の子だ。名前が思いだせない。しかしすぐに、少年の首もとのリボンに書いてあると気づく。ジャーメイン・ホロウェイ。この少年の話はいたるところで耳に入る。いとこの車から引っぱりだされ、あざだらけになるまで蹴られた挙句に撃たれたのだ。

　ジュリアナは左右に顔を動かす。壁画アーティストは、死んだ少年のいいところをすばらしく上手に捉えていた――やわらかい茶色の目、丸みのある高い頬骨。テレビで見たジャーメイン・ホロウェイは、ちりちりでボサボサの髪をしていた。コルク抜きみたいなカールのかかった髪が頭からあちこちに突きでていた。けれども壁画ではまったくちがうように描かれている。頭のてっぺんでべつの種類の爆発が起こっている――少年の頭から女が飛びだしている。脳みそを突き破り、王者のように堂々と全身を現している。両腕をあげ、金色のスポットライトと青いエネルギーの稲妻を浴びて。女の胸にはコンテストのクイーンのようなリボンがかかっている――イディラ。

　ジュリアナは廊下の先へ歩きつづける。廊下では人々がもたれるべきでない手すりにもたれ、互いを押しのけるようにして通り過ぎ、あらゆるものにコメントしながら、自分が見逃しているものはないかと首を伸ばしている。

　家の奥の大きな部屋に到着する――壁が落書きに侵食されていない唯一の部屋だ。人だかりができており、みんながなにを見ているのかわかるまですこし時間がかかる。

　ドアロをふさいでいる人々のせいでなかが見えないので、人ごみを肘で押し分けて部屋に入る。まんなかに女が一人立っている。女は全裸だ。体にブルーの塗料が塗ってある――上に行くほど薄く、下に行くほど濃い。足もとに大きなバケツがあり、女はときどきレードルで水をすくって自分の頭にかけ、塗料が流れ落ちるに任せている。

人だかりが動く。人々は女が二回か三回レードルの水をかぶるのを見ると、べつの場所へ移っていく。しかしジュリアナは釘づけになる。

なかにはこの女をセクシーだと思う人もいるだろう。細身のわりに胸は充分あって、髪が長い。お尻のカーブもきれいだし、おなかも締まっている。もしジュリアナとおなじ仕事をするなら、脚のあいだの繁みはなんとかするべきだ。しかし誰も彼女をそんな目で見ない——もし仮に見ているとしても、それは自分の胸の内に収めている。

ジュリアナが興味を持ったのは人々の反応ではなく、女自身だ。そこに立つ女の様子だ。見られることを受けいれつつも、自分をさらけ出してはいない。全身をさらしていながら、自分の一部を隠しおおせている。

ジュリアナは窓のそばに人のいない場所を見つける。裸の女たちならもう何年も近くで見てきた。チェックして、比較して、欠点を——たくさんの欠点を——見つけてきた。だが、感心したことはなかった。

カップルがジュリアナの隣に来る。二人は酔っぱらっている、いや、泥酔している。あるいは、いい方はなんでもいいが、とにかく声がスピーカーを通したみたいに大きくなっている。まえへうしろへとよろめき、大笑いして体を揺らしている。

裸の女にも聞こえているのかどうか、ジュリアナは確かめようとするが、女の顔にはなにも表れていない。またレードルの水をかぶるだけだ。

「こんなことというべきじゃないのはわかってるんだけど」カップルの女がいう。「これ、なんの意味があるの？」

「力《パワー》」止める間もなく、答えがジュリアナの口から飛びだす。

カップルはふり向いてジュリアナを見つめ、それからまたお互いを見つめる。「そうだ」男がいう。「力だ」

「あなたのシャツ、好きよ」女がジュリアナの胸の夕陽を指差していう。

ジュリアナは、支払いのできない男たちに向けるのとおなじ視線を彼女に向ける。

「ちがう、ほんとに」女はいう。「どこで買ったの？」

「サンタモニカ・ピア」ジュリアナはいう。

カップルは立ち去る。人が入れ替わる。裸の女はもうすぐ水を使いきりそうだ。顔、胸、おなかの上あたりまでの塗料がほとんど落ちている。女の足もとの床にはブルーの縞模様ができている。

女はさらに二回か三回、レードルで水をかぶる。

やがて見物人はジュリアナだけになる。女は一方へ首をぐるりと回し、バケツのうしろのタオルを拾って髪と顔を拭く。肩を揉んで、右へ、左へと背中を伸ばす。

ジュリアナはスマートフォンを取りだす。

カシャッ。

女はタオルから顔をあげ、ジュリアナを見る。

ジュリアナは電話をしまう。「ごめん」

「裸のまま部屋で二時間立っていただけだから。写真くらい撮られても、気にもならない」女はタオルを胸に巻き、髪をくるくる丸めて頭のてっぺんで留める。

「あなたもパフォーマンスアートをやってるの？」

「まあそんなところ」そういえるかもしれない。ジュリアナがやっていること、いや、やっていたことは、パフォーマンスアートと呼んでもいいかもしれない。

「たいていの人は意味がわからないと思うらしいけど」

ジュリアナは首を傾げ、詳しくしゃべったりしないで、それ以上説明しないで、と思う。自分にとってこれがどういう意味かはわかっているから、ちがう話は聞きたくないのだ。

「あなたのこと、知ってる気がする」女はいう。

「そうは思わないけど」ジュリアナはいう。

「ご近所さんじゃない？」

「四十七番ストリートの？」ジュリアナが寝泊まりしていた——深夜まで展開する生活を送っていた——アパートメントの建物には大勢の女が出入りしている。しかしこのほっそりした白人の女をそこで見たことがないのは確かだ。

「ジュリアナね、そうでしょ？　わたしは二十九番プレイス沿いの隣の家で育ったの」

ジュリアナが答えるまでにすこし時間がかかる。

「植物がたくさん植わった、あのきれいな赤い家ね」

女は胸に巻いたタオルをトントンと打ちながらいう。

「マレラよ——わたしのこと、覚えてないんでしょ？　小さいとき、よくあなたのことを窓から見てた。あなたはいつも——」

マレラは最後までいわない。その必要がない。二人とも、ジュリアナがいつもなにをしていたかは知っている。

ジュリアナも覚えている、まあ、すこしは。隣家の少女は一つか二つ年下だった。家のあいだのフェンスが城壁のように感じられたにちがいない。

「うちの両親はできるかぎり早い時期にわたしを遠くの学校へ送りだしたから、わたしはあまり家にいなかったし」マレラはいう。「うちの親はめちゃくちゃ用心深くて、病的に境界線を気にするから。戦乱の国からべつの戦乱の国へと渡り歩いた人たちにしては妙よね、わたしが生まれるまえの話だけど」

「あなたのお母さんはわたしを嫌ってた」

「アネケ？　あの人は誰のことも嫌いだから」マレラは髪の水けを絞る。

「両親の家に住んでるの？」

「いまはね。このへんのほかのアーティスト何人かとスタジオを探してる最中で。たまには立ち寄ってよ。

ご近所さんなんだから」

「たぶん」ジュリアナはいう。「そうだね」

「さてと、この青いやつを落とさなきゃ」マレラはいう。「じゃあ、ドアをノックしてね」

ジュリアナはマレラを見送る。マレラは勝負服を着るみたいにタオルで体を包んで出ていく。

第七章

ジュリアナはまだあのパーティーについて——流れる川の描かれた壁画や、青い塗料を滴らせていた裸のマレラや、パーティーが進行するにつれ塗料が流れてきれいになっていったマレラの体について——考えている。自動運転モードで家へ向かい、ハーヴァード・ブールヴァードからウェスタン・アヴェニューへ進むあいだも通りには注意を払わない。

花でいっぱいのペンキ缶につまずきそうになってハッとわれに返る。缶の隣にドライフラワーのブーケもいくつかある。祭壇だ。プラスティックのフレームに収まった写真をスマートフォンのライトで照らさなくても、キャシーが遺棄されていた場所のまんまえに立っているのだとわかる。

しゃがみこんで、缶の花に手を走らせる。花びらが汚れた水のなかへ滝のように落ちる。写真を手に取る。解像度の低い画像を引き伸ばした、ぼやけた写真で、祭日用に着飾ったキャシーと三人の子供たちが写っている。母親だ、娼婦ではなく。ただ、それでもこれはジュリアナが覚えているキャシーとはちがう。写真のなかの女は疲れきってよそよそしく、ジュリアナが自分の写真で捉えた熱狂的なエネルギーや猛々しい笑いとは無縁に見える。

「彼女のこと、知ってたのね？」

ジュリアナは写真を取り落とす。

肩に腕がかけられる。「びっくりさせるつもりじゃなかったんだけど」

ドリアン。当然だ。いつだってドリアンだ。

「こんなところでなにをしてるの？」ジュリアナは尋ねる。

「あなたとおなじ」

「ちがう。わたしはなにもしてないもの」ほんとうになにもしていなかった。ただの通りすがりだった。キャシーのことなんて考えてもいなかった。「出先から帰ろうとしてただけ」

ドリアンは身を屈め、写真を缶の隣に戻す。「だけどここにいる」

「ただの偶然。パーティーがあったの」ジュリアナは手を振ってハーヴァード・ブールヴァードのほうを示す。「アーティストとかが来るやつ」

ドリアンは写真をもう一度手に取り、プラスティックのフレームをシャツの裾で拭く。「あなたたち二人が一緒にいるところをよく見かけた。ずっとまえだけど」

「見てないでしょ」あれはちがうジュリアナだった。幼いジュジュビーだった。

「見たわ」ドリアンはいう。「キャシーは奔放で、あなたのことをもっと奔放にした」

ジュリアナは指で髪を梳く。「そう、キャシーのことは知ってた」

次になにが来るかはだいたいわかる——質問、疑問、詰問だ。

ジュリアナは手をあげて、ドリアンがなにかいいだすまえに止める。「キャシーのことはずっとまえに知ってた。でもそれだけ。キャシーとわたしは一緒に踊った。ちなみに、それがわたしの仕事だから。わたしはダンサーなの。ちがう、まえはダンサーだった。まあ、これはまたべつの話」ジュリアナは息をついて、考えをまとめようとする。「キャシーは——通りで働いてた。わたしとはちがう人生」

「キャシーもリーシャも亡くなった。そしてあなたは二人とも知っていた」

「そこに偶然以外の意味があると思うの？　わたしはたくさんの人を知っている。死んだ人だってたくさんいる。キャシーとリーシャだけじゃない。マリアナは過剰摂取で死んだし、ステイシーはなにかのがんだったし、リトル・ホアンは一〇号線で車を大破させて死んだし、ジミーはナイフで刺されて——」

ドリアンはジュリアナの手首に手を置いて黙らせる。

「ジュリアナ、お願いだから」

「お願いだからなに？」

「気をつけて」

ジュリアナは声をたてて笑う。笑わずにはいられない。自分の娘さえ守れなかったくせにわたしに気をつけろといってくるなんて、いったい何様のつもりだろう。

ドリアンはジュリアナの手首を握った手に力をこめる。「あいつはまだそのへんにいるから」

「誰が？」

「キャシーを殺した男。リーシャを殺した男」

ジュリアナはぐいと身を引き、ドリアンをうしろへよろめかせる。こんなに暴力的な反応をしてしまったことに、ジュリアナは自分でも驚く。「わたしが気をつけてないなんて誰がいってるの？　わたしの行動が滅茶苦茶だなんて？　いったでしょ、わたしはダンサーなの……だったの。どうしてそうじゃないと思うわけ？　どうしてわたしに気をつけなきゃいけないようなことがあると思うのよ？」

「ジュリアナ、お願いだから」

「お願いだからなに？」ジュリアナは首を傾げてつづける。「あの女刑事をわたしのところへ寄こしたのはあなた？」

「女刑事？」

　ジュリアナは手を自分の胸の高さにあげていう。

「このくらいの人」

「ペリー刑事？」

「そう、その人。あなたがわたしのところへ送ったの？　すごく迷惑だから。LAPDなんかにわたしの仕事のことをごちゃごちゃ訊かれるのはいやなの」ドリアンにきつく当たるのは簡単だ。傷ついたような顔つきや、懇願するような哀れな目つきが、そういう態度を求めているようにさえ見える。

「わたしじゃない」ドリアンはいう。

「嘘」ジュリアナはいう。ちがうとすれば偶然が重なりすぎている。ドリアンがサウスウェスト署にいたこと。あの女刑事がジュリアナの家に現れたこと。「提案があるんだけど。関係ないことに口出ししないで」ドリアンは自分の子供の殺人事件を解決する手助けさえできなかったのだ。キャシーの事件を嗅ぎまわるなど論外だ。

「関係ならある」

　ドリアンのこの苦痛に満ちた声。クソいまいましい絶望。そういうものの根っこには、いつだっておなじこだまが響いているのだ——もしリーシャが生きていたら、ジュリアナが道を踏み外すこともなかっただろう。もっと悪いのはこうだ——ジュリアナは道を踏み外し、助けを必要としていた、自力で這いあがることはできなかった。

「キャシーはイカレてた。イカレた働き方をしてた。それでまちがった男を相手にしてしまった。職業上の危険ってやつだよ。通りで働く場合にはついてまわる。慎重にやらないと、こういう場所で死ぬことになる」

ジュリアナは空き地のほうを向いてうなずいてみせる。

「リーシャは通りで働いていたわけじゃない」

ここが、ジュリアナが謝るべきタイミングだ。しかしジュリアナがほんとうにしたいのは、ドリアンの顔を平手で打って、そこに浮かぶ苦痛をはたき落とすことだ。それをしてしまわないように、ジュリアナは逃げる。いまはたまたまスニーカーを履いている。キャシーの祭壇から、キャシーが殺されるとか遺棄されるとかした薄汚い空き地から逃げる。これは置き去りにされる人生、忘れられ、埃まみれになる人生なのだ。

だが、ドリアンがついてくる。追いかけてくる。ジュリアナの名前を呼んでいる。

女二人が二十九番プレイスをウェスタン・アヴェニューに向かって走っているところは、さぞかし見ものにちがいない。若いラテン系の女が中年の白人女に追いかけられる図。サウス・セントラル・アヴェニューで毎日見られるような騒動ではない。

「ジュリアナ！」

ジュリアナは走るスピードをあげる。スニーカーを履いていれば逃げるのも簡単だ。通りの女たちが自分に不利な状況をつくっているのはこれが原因なのだ——仕事をする路地、時間、靴。

キャシーが殺されたのも靴のせいだったのだろうか？　それともべつの点で注意を怠ったのだろうか？

ドリアンが迫ってくる。しかしジュリアナにはまだ最後の力が残っている。ジュリアナは加速する。ウェスタン・アヴェニューで、停留所を離れようとしているバスがある。ジュリアナは合図を送る。ドアがひらき、ジュリアナを拾いあげると、バスは歩道で喘ぐドリアンを残して発車する。

ジュリアナはバス代を払うための小銭もTAPカードも持っていない。だから持っているものを使う。髪を振りはらい、肩をまわして胸を突きだす。運転手がなにを好むか、どうすれば見逃してくれるかはわかっている。

バスはアダムズ・ブールヴァードから坂を登って一〇号線へ向かい、その後一〇号線にかかる高架を越えてさらに北へ進み、ウェストアダムズ地区を離れてコリアタウンへ入る。ドリアンから離れること以外には計画もなく、行き先もない。ジュリアナはウィルシャー・ブールヴァードまで乗り、そこで運転手にウィンクをして降りる。

通りを渡って南行きのバス停に向かう。街灯にありきたりな広告用の旗がさがり、ジュリアナが関心を払ったことのないさまざまな文化イベントの宣伝をしている――美術館、芝居、べつの街でひらかれる催し。だが今回は、それがジュリアナの目を捉える。ウェスタン・アヴェニューの上に掲げられている写真が、ロサンジェルス誌から破りとってハンドバッグにしまったのとおなじラリー・サルタンの写真だからだ。一歩通りへ踏みだしてそれをもっとよく見る。

車が一台、ぎりぎりのところをかすめていく。

邪魔だよ、クソ女。

ふだんなら、誰に向かっていってんだよこのクソ女、戻ってきてこの顔のまんまえでいってみな？　とでもいい返すところだ。

しかしいまは気にしない。ウェスタン・アヴェニューの東側の街灯を見つめる――ポルノの撮影現場で撮った、ラリー・サルタンのべつの写真だ。ことを終えたばかりの女二人がソファで絡みあい、監督と一緒に笑っている。ジュリアナは向きを変え、南に目を向ける。旗が——撮影の合間の休憩時間を過ごす女たち、男たちの画像が——ウェスタン・アヴェニューの両側に並んでいる。

　写真を追いかけるように南へ進む。ジュリアナの仲間とそう変わらない女たちの写真だ——彼女たちの人生がアートになり、こういう通りだけでなく、美術館に展示されたのだ。女たちの写真を街じゅうが見られるように。見惚れることさえできるように。

　火事のいやなにおいが空気中に垂れこめる。灰の小片が蛾のように舞う。

　ジュリアナは広告の旗の下を家へ向かって歩く。街灯から街灯へ通りを渡り、急ブレーキの音やクラクションを鳴らされながら。山火事の灰がウェスタン・アヴェニューを吹き抜ける。写真家が捉えた場面を——女たちが自分をさらけ出す瞬間を、素《す》の自分がするりと入りこむ瞬間を盗むように切り取ったものを——ずっと見あげているせいで首が痛む。ジュリアナがスマートフォンに保存しているのとおなじ瞬間だ。

　ウェスタン・アヴェニューとワシントン・ブールヴァードの交差点で広告が終わる。ジュリアナはスマートフォンを取りだして、カメラを反転させる。フラッシュをつけ、広告の旗が写りこむようにしゃがむ。

　カシャッ。

第八章

スマートフォンが鳴っている。ブーブーいいながらドレッサーの上で跳ねている。またココだ。この四十八時間、ひっきりなしにかかってきていて、もうそれだけで仲間たちがどうしているか、なぜ電話に出るべきでないかがジュリアナにもはっきりわかる。

頭がマリファナで霞んでいる。ヘクターと分けた自分の分を一日で半分吸ってしまったのだ、ぶっといマリファナ煙草にして、実家の裏のコンクリートの庭で吹かして。電話はずっとバイブモードにしてあり、受けそびれた通話とか、ココやマリソルからのショートメールなんかを確認するためにときどきちらりと見るだけだ――いったいどうしたっていうのよ、クソ女？　あんたのせいでラビットは大変な騒ぎだよ。なんで電話に出ないの、クソ女？　キャシーみたいに殺されちゃったの？　心配させないでよ、この意地悪女。仲間たちとパーティーもできないほどお高くとまってるってわけ？

ラケルまでいくつかメッセージを寄こしていた。週末にミス・モリーとのところへ行きたければ連絡して。彼女は街に来てる。それから、ジュ――スキーに行きたいなら、雪が解けるまえにここへ来て。

電話を手に取り、バイブレーション機能を切って通知も誘惑もなくす。それから写真をひらいてスクロールし、以前の生活へのタイムマシンとして眺める。

ヘクターとイゾベルがベッドで眠っている。クリック。〈ファスト・ラビット〉の奥の部屋のぼやけた画像――目を大きく見ひらいた客が小部屋の一つで大の字になっており、顔にはジュリアナの爪の跡がある。着飾ったココがいる、お尻が正面のどまんなかにあって、唇をすぼめたギャングスタ風のふくれっ面は鏡に映っている。

　スマートフォンを自分から離して掲げ、一方に傾けてみる。目をとじて、この写真が美術館に飾れる大きさに引き伸ばされたところを想像しようとする。これをアートだと思おうとする。

　次々画面をタップする。写真を遡り、時間を遡る。何度も何度も。写真のなかには飛びだしてくるものがある。そういう写真はなにかが——全体のまとまり方とか、そこから伝わる物語なんかが——ほかの写真より抜きんでている。

「ヘクター」ジュリアナは呼びかける。「ちょっと来てくれない？」

　廊下から兄の重たい足音が聞こえてくる。ココが鏡に映っている写真までスクロールして戻し、電話を差しだす。「これ、どう思う？」

　ヘクターは値踏みするように見る。「いいケツしてる」

「写真をどう思うかって意味だったんだけど？」

「どうって？」

「これ、アートかな？」

　ヘクターは腕組みをする。気をつけないと、すぐにおなかの上に腕を乗せられるようになりそうだ。「これはそういうものなのか？」

　ジュリアナは兄の頬をスワイプする。「もちろん、そうだよ」

「おれは好きだよ」ヘクターはそういってジュリアナから電話を受けとる。すぐにスクロールしたりクリックしたりしはじめる。ときどきズームしてほかのものより長く眺める写真もある。

　ジュリアナは指をひらひらさせていう。「返して」

　ヘクターは体の向きを変え、ジュリアナの手が電話に届かないようにする。「ちょっと待って」

「いったでしょ、返して——」

ヘクターは電話から顔をあげ、ジュリアナの目をまっすぐに見る。ヘクターがこんな視線を向けてくるのは初めてだ。「これがおまえの人生なのか、ジュリ？」

「なにが？」

「こういう暮らしをしてるのか？ これだよ」ヘクターは電話を掲げる。ジュリアナには画像がきちんと見えない。見えるのはごちゃごちゃに折り重なった体だけ。体とレースと煙とコーヒーテーブルらしきもの。テーブルの上には粉や錠剤が散らばっている。

「ちがうよ、ヘクター。それはわたしのアート」ジュリアナは電話をもぎ取り、ヘクターを部屋から押しだす。

ヘクターがなにを知っているというのだ？ このクスリの写真だって、引き伸ばされて壁に掛けられ、みんなが見られるように展示すれば、誰もジュリアナを批判したりしないだろう。人生とは自分でつくるもののことだ。ただ起こっているだけのことがそのまま自分の人生というわけじゃない。

ジュリアナは一瞬のうちにドアを出て、暴動よけのゲートも出てバタンとしめる。イカレたアイデアを考え直す間もなく、すでに隣家のドアをたたいている。つかのま、火がついたように自信が湧く。ふだんならコカインで補給するたぐいのエネルギー、ジュリアナをジュジュビーに変える魔法が、あふれでる。

マレラの母親のアネケがドアをあける。ジュリアナを見て、アネケは目を細くし、口をすぼめる。「はい？」

「隣の家の者ですけど」

「知ってる」マレラの母親はいう。「見たことがあるから」

ジュリアナは黙ったまま立っている。自分がなにをしているのか、もうよくわからなくなっている。アネケの向こうを見る。家のなかのレイアウトは両親の家とまったくおなじだ。しかしアーマンドとアルヴァが木造部分をすべて白く塗った隣とちがい、マレラの家の内装はダークウッドでできている。ガラスのキャビネットと造りつけの家具もある。ジュリアナが覚えているかぎり、アーマンドが居間とダイニングから引きはがして捨ててしまったのとおなじものだ。マレラの家には黒っぽい織物をかけたソファと、それに合わせた椅子が何脚かある。引き戸の向こうに、家のほかの部分と合うようにつくられたダイニングテーブルが見える。

「なにか理由があってここへ来たの？」アネケが尋ねる。

男が廊下に現れる。中年の白人で、顎ひげが灰色になりかかっている。

アネケがふり返る。「ロジャー、わたしが相手をするから」

「隣の家の者です」ジュリアナはくり返す。

「それはもう知ってる」アネケはいう。

夫はまだアネケの背後に立っている。

「マレラに会いたいんですけど」ジュリアナはいう。

「どうしてうちの娘を知っているの？」

「立ち寄ってくれといってました」

「ここにはいないの」

「訊きたいことがあったんです」ジュリアナはいう。「マレラはアーティストでしょう、わたしには写真があって――」ジュリアナはスマートフォンを掲げてみせる。

アネケはドアをしめようとしながらいう。「いったでしょう、ここにはいないって」

「わたしが立ち寄ったことを伝えてもらえますか？よければうちの呼び鈴を鳴らして、と？」

「そうね」アネケはいう。

マレラの父親は咳ばらいをして口をひらきかける。

「あの子は――」

アネケが手をあげる。

「あの子に伝えるよ」父親はいう。

それに答えようとしたところでアネケがドアをしめ、ジュリアナをポーチに置き去りにする。ジュリアナは通りを渡り、煙草に火をつける。自分の家を一瞥する。アーマンドとヘクターがソファに座り、サッカーの録画試合を見ている。アルヴァは空港のレンタカー代理店に出かけ、遅番で働いている。従業員の一人から病欠の連絡があったからだ。

マレラの家の二階でなにかが動くのが目につく。カーテンがあけられ、窓辺にマレラが現れる。ジュリアナは明かりが消えるまでマレラを見つめる。それから煙草をもみ消す。

いま、マレラは階段を降りている。ジュリアナが見ていると、マレラは玄関ドアの小窓の前を通り、廊下へと姿を消す。家の正面のカーテンには細い隙間が空いている。一家が夕食の席につこうとしているのが見える。まるでダンスのようだ。マレラが大皿を運ぶ。母親がパンを持ってうしろにつづく。父親はワインのボトルを手にしている。

一家は席に座る。話もせずに食べているようだ。彼らの動きはリハーサルでもしたみたいに正確で、食事を楽しむというよりはまるで演じているよう。ジュリアナの家の食卓の騒ぎとは似ても似つかない——アルヴァがヘクターに食べ過ぎだといったり、すぐにサッカーを見に行っちゃうんだからとアーマンドに文句をいったり、ぜんぜん食べないじゃないのとジュリアナを叱ったりするような食卓とは。

マレラの誘いは気安く、軽はずみなものだった。ジュリアナは二度と隣家のドアをノックするつもりはない。マレラはいくつもの世界を、いくつもの人生を隔てた向こうにいる。

ハンドバッグのなかを掻きまわす。煙草を切らしてしまった。ウェスタン・アヴェニューの酒屋まで買いに行ったほうがよさそうだ。ジュリアナは向きを変え、立ち去る。
　マレラの母親がテーブルを離れるところは見ない。
　マレラが慌ててカーテンをしめるところも見ない。

第九章

〈ウェスタン・リカー〉にはいつもの一団がいる――駐車場でつぶれるまで甘いワインやモルトリカーを飲みつづける男たち。呂律《ろれつ》の回っていないスペイン語の誘い文句や、ちょっと止まって観賞させてくれという要求を無視して、ジュリアナはメンソールの煙草を一パックとワインクーラーを買う。それから商店街の駐車場の低い壁に腰をおろす。すぐ先にドリアンのフィッシュ・スタンドがある。

　北を見やる。丘陵の火事は見えないが、煙のにおいがする。メンソールの煙をロスの街のいがらっぽい空気と混ぜて深く吸いこむ。バスが通り過ぎ、半ブロック先で停まる。背面にラリー・サルタンの展示の広告がついている。最後に美術館に行ったのがいつだったか思いだせない。たぶん途中で抜けだした学校の遠足のときだったか。

「ジュリアナ？」

二センチを超える長さの灰が煙草の先からこぼれ落ちる。ジュリアナはそれを払いのけ、突然目のまえに立った若い女を見る。

「はい？」

「わたしを覚えてる？」

女は二十歳にもなっていなさそうだ。銅色の肌。真っ黒なストレートの髪に濃いピンクのハイライトを入れており、それなりにきれいだ。童顔だがきつい目をしている。「わたしがわからない？　しばらく会ってないもんね」

通りで商売をするには顔つきがあまりにも初々しいし、〈ファスト・ラビット〉で働くにはちょっと年が若すぎる。

「ジェシカよ」

名前を聞いてもジュリアナには心当たりがない。

「キャシーの長女」

思わず目が丸くなるのが自分でもわかる。確かにジェシカは祭壇の写真のなかにいた。ぼやけた写真で、もっと幼かったけれど。キャシーを母に持つ悲しみを隠してくれるはずの祭日用ワンピースに体を押しこめて。「お母さん——ひどいことになったね」

なぜもっとはっきりいえないのだろう？　なぜ自分も深く悲しんでいることを表に出せないのだろう？　なぜきつい態度になってしまうのだろう？

ジェシカは、もっとひどいこともあったし、といわんばかりに肩をすくめる。もしかしたらほんとうにそうなのかもしれない。キャシーが家に帰れない日が来ることはわかっていたのかもしれない。

「大丈夫？」

「まあね」

ジュリアナは吸っていた煙草を放り、次の一本を引っぱりだす。

　ジェシカは手を突きだしていう。「一本もらえる？」

　煙草をあげたくないわけじゃない。吸っているあいだ一緒にいるのがいやなのだ。しかしもう遅い。ジェシカはライターを渡してもらえるのを待っている。

　二人はウェスタン・アヴェニューに向かって一緒に煙を吐きだす。

「それで、家族は気を落としてない？」

「キャシーはもともとあんまり家にいなかったから」ジェシカはいう。「いつも働いてるか、どこかに出かけてるか。家にいてもハイになってるか、ウツになってるか、眠っているか、出かける準備をしているか。わかるでしょ」質問をしているわけではない。

　ジュリアナにもわかる。

「ひどい女だったけど、お金は持ってきてくれた」

　ジュリアナもこういう母親になるのだろうか？　夜のあいだに自分を浪費し、朝には気分が落ちこんで機嫌が悪くなるような。

「あの人はガンガン働いてた」ジェシカはいう。「いまはあたしと弟たちしかいないの。弟は二人ともまだ高校生。父親がどこにいるかなんて、誰が知るかって感じだし」

「おばあちゃんは？」

「死んでる。あたしたちはおばあちゃんの家に住んでるの。なんか胃の病気で。すぐに死んじゃった」

「お気の毒に」ジュリアナはいう。

「みんな気の毒がってくれる。だけど誰もなにもしてくれない。〈カールスジュニア〉で働いてるけど、あんなハンバーガーショップじゃぜんぜん稼げない」

　ジュリアナは煙草を長く一口吸ってからいう。「わたしになにかできることはある？」

　ジェシカは向きを変え、ジュリアナを正面から見つめる。「うん。ある。あなたは〈ファスト・ラビット〉で働いてるんでしょ？」

「もう働いてない」

「でもまえは働いてた」

「それで？」

「紹介してくれない？」

「紹介？」

「仕事を。お金になる仕事を。あなたがやってるみたいな仕事を」

あなたがやってるみたいな仕事。なぜ自分は真実を明かし、それがどんな仕事かいわないのだろう、とジュリアナは思う。なぜその仕事をほんとうの名前で呼ばないのだろう？　この子の母親がやっていた仕事を。

「あなたいったいいくつなのよ？」ジュリアナは尋ねる。

「二十一」

「嘘でしょ」まあ、年齢が問題になるわけではない。ラモンもディーンもほかのみんなもジェシカを受けいれるだろう。まっさらでやる気に満ちた新米を。「悪いけど」ジュリアナはいう。「力になれない」

「なれないの？　なるつもりがないの？」

「いったでしょ、わたしはもうあそこで働いてないの」この子をあの生活に引っぱりこむなんてとんでもない。キャシーがわたしにしたことを、わたしがジェシカにするなんて。お酒とか、深夜のパーティーとか、楽しいことばかりだよ、と話すなんて。待機用のテーブルで何時間か過ごし、奥の部屋へ何回か行くようになるのなんてすぐだ。そしてポケットにお金をいっぱい詰めこむことになるのだ、まるでぜんぜん大したことじゃないみたいに。やがてなにもかもが大したことじゃなくなり、これは行きすぎだという感覚もなくなる。

「なにかできることはあるかって訊いたじゃない。わたしは弟二人の面倒を見なきゃならないの。自分の面倒も」

「あれは誰かの面倒を見られるような仕事じゃないから」

「あなたにはもっと稼げるいい方法があるってこと？　あたしにはないから。どのみち、踊ってちょっと余分のサービスをするだけでしょ。それならかまわない」

「悪いけど」ジュリアナはもう一度そういう。まったく、冗談じゃない。ジュリアナはハンドバッグのなかを掻きまわして、気を紛らわせるものを探す。ジェシカのなめらかな腕に押しつけられるであろう手形や、ジェシカの胸を流れるであろう誰かほかの人間の汗の筋を想像しなくて済むように。

「母はいつも、あなたのことを助けたっていってた」

「それが彼女の言い分だったわけね」

「あなたの面倒を見たって」

　ジュリアナは通りに煙草を投げ捨てる。「あんたは自分がなにをいってるかまるでわかってない」

「なによ、クソ女」ジェシカはいう。

「あんたはなんにもわかってない」ジュリアナはジェシカを傷つけたい、怖がらせたい、こんな厄介な仕事から遠ざけておけるならなんだってしたいと思う。

　一瞬、ジェシカに引っぱたかれるんじゃないかという気がする。しかしジェシカはなにもいわずにウェスタン・アヴェニューを北へ歩いていく。

　ジュリアナはジェシカを見送る——若い女が夜のなかに去っていくのを。しかし一瞬後には追いかけている。ジュリアナはジェシカを捕まえ、肩をつかんでぐいと引く。「どこへ行くつもり？」

　ジェシカはジュリアナの手を払い落とす。火のついたような目をしている。「離してよ」

　ジュリアナも慣れたもので、こういうクソ女予備軍を——自分のほうが若くてきれいだからちょっと年上の女など簡単に出し抜けると思っている、自分はなんでもわかってると思いこんでいる若い女たちを——毅然とした態度で威圧する方法は心得ている。ジュリアナは正面に回り、ジェシカの手首をつかむ。「どこへ行くつもりかって訊いたんだけど？」

ジェシカは足を止める。「ブランディかビッグ・ピートを探しにいくつもり。もし知りたいならいっておくけど。あの人たちに助けてもらうよ、あんたにはそのつもりがないみたいだから。それか、もしかしたらべつの、なんて名前だっけ、カーロ？　カーロス？　ＣＣ？」

ジュリアナはジェシカの手首を離す。ビッグ・ピートなんか知りたくもないし、カーロだかカーロスだかＣＣだかが誰かということも知る必要はない。ブランディも。こんな遅い時間に若い娘がウェスタン・アヴェニューをふらふらしていれば、誰を探しているかは明らかだ。そしてもしそういう連中を探しあてたら自分の身になにが起こるかなど――想像したこともないようなひどい生活に、どんなにすばやく引きこまれてしまうかなど――この娘は知るよしもない。

「ああ、もう」ジュリアナはそういい、スマートフォンを取りだして、ココの番号が見つかるまでトントンとクリックする。見つかると、それをジェシカに見せる。「この女に電話して。わたしの友達。こっちから先に知らせておくから。彼女が〈ファスト・ラビット〉に入れてくれるはず、もしできるなら。だけどいまはバスに乗ること。あんたがビッグ・ピートとかブランディとか、誰だか知らないけどそういうろくでもない男を探してるところは見たくない。通りを渡るのが見たい。バスに乗るところが。あんたがバスに乗ったら、わたしはココに電話して、あんたができるだけ早く店に顔を出すからって話す。ココをがっかりさせないでよね」

ジェシカの顔にはショックと驚きが混じりあった表情が浮かんでいる。ジェシカは口をひらきかけるが、それより早くジュリアナが口をきく。「お礼はいい。

お礼なんか絶対いわないで。早く、通りを渡ってバスに乗って」

ジェシカは従う。ジュリアナは、ジェシカがすばやく車の流れを縫って道を渡るのを見送り、バスがジェシカを連れ去るまで待つ。その後、シャッターのしまった店先に崩れるようにもたれる。

よく考えもせずに、気がつくとラケルにテキストメッセージを送っている。考え直すまえにラケルがもうそこにいる。ちょうど角を曲がったところにいたからだ。ジュリアナが打ちのめされたような、呆然とした様子でいるのを見て、ラケルは小袋を一つおまけしてくれる。他人行儀はやめて、またみんなとパーティーに来てよ、といいながら。ジュリアナはお礼をいい、ラケルが車に戻るまえにもう小袋の一つをあけ、小指で少量のコカインをすくう。テクニカラーの世界が音をたてて動きはじめる。

気がつくと小袋の半分を吸っている。パーティーに行くでもなく、仕事もなく、なにもないまま、スニーカーと短パンで一時間以上ウェスタン・アヴェニューを歩きまわっている。それから家に向かって歩く。ココのアパートメントには行きたくないし、またジェシカにばったり会うのもいやだから。

北に目を向けると、丘陵で火花が散るのが——暗がりのなかの小さな赤い電極のようなものが——見えた気がする。あるいは目の錯覚かもしれない。

熱い、と同時に寒い。

ジュリアナは一人の女を一瞬だけあの暮らしから救った。彼女の気を逸らし、べつの場所へ送り、時間を稼いだが、やがて通りが彼女を呼ぶだろう。きっとそうなる。いつだってそうだから。通りは取り分を欲し、当然支払われるべきものを受けとりたがる。

ジュリアナはまた小指を粉に沈める。

ジェシカはいずれ、どうにかしてビッグ・ピートやCCのところへたどりつく道を見つけるだろう。あるいはべつの場所へいたる道を見つけるか。単に時間の問題だ。

　ジュリアナの頭はぐるぐる回っている。ウェスタン・アヴェニューにはテールライトとヘッドライトの流れができている。男たちはのろのろ運転でぶらつき回る、ジェシカのような女たちを求めて。ジュリアナのような女たちを求めて。欲望には終わりがない。満たされることがない。男たちはいつだって飢えていて、さらに多くを求め、通りが与えることになる。

　自宅のブロックに近づいている。

〈ファスト・ラビット〉が通りよりましだなどといって――いくらか趣味がいいとか、品がいいなどといって――誰を騙そうというのだろう？　ジェシカをそっちに送りこむのが立派な行為だなどと、誰に向かって冗談をいっているのだろう？

　二十九番プレイスから車が一台向かってくる。車はスピードを落とす。運転手が見ているのが――買物をしているのが、品定めしているのが――わかる。

　窓はスモークガラスだ。それでもジュリアナは、フロントガラスの向こうから闇が自分を見ているのを感じる。

　運転手がなにを欲しているかわかる。運転手が自分をなんだと思っているか、ジュリアナは知っている。運転手は正しい。ゲームのための衣装を着ていなくたって関係ない。ゲームはジュリアナのなかにある。ジュリアナがゲームそのものなのだ。

　ジュリアナは一時的に通りから女を取りあげた。だから引き換えに自分を差しださなければならない。ジュリアナでなければ、男はほかの誰かを見つけるだけだから。ジュリアナは髪を振りはらう。肩を引き、胸とお尻を突きだして、ジュジュビーを呼びだす。ジュジュビーは強いから。ジュジュビーなら、スモークガラスの向こうからこっちを見ている人物に怯えたりしないから。

ジュジュビーなら通りに捕まったりしない。鎧があるし、スーパーヒーロー並みにタフだから。

ジュジュビーは唇を舐める。

これは避けられないことだった。

結局ここに到達することは、まえまえから決まっていたのだ。

これはキャシーの仕事だった。

そしていまは。

車が近づいてくる。助手席側の窓があく。

ジュジュビーは闇に身を乗りだす。最初はなにも見えない。ハンドルのまえにいる男の息遣いが聞こえるだけ。

「やあ」男はいう。

聞き覚えのある声だ、と思う。ジュジュビーはドアをあけ、助手席にすべりこむ。

「ああ……」ジュジュビーはいう。「気がつかなかった」

「こっちもだ」男はいう。

「心配しないで」ジュジュビーはいう。「いまは仕事中だから」

「心配なんかしてないさ」男はいう。「まったく心配していない」

フィーリア、一九九九年

　待って。止まれ。見えてるよ。見えたんだよ。うちの窓の外に突っ立って、いったいなにをしてるんだよ？　あたしに見えてないとでも？　あたしがなんにも気づかないボケだとでも？　止まれっていっただろ。あたしがあんたをよーく見るまで逃げるんじゃないよ。あんたは——

　こん畜生。

　どこに行ったんだよ？　何度もここに戻ってきやがって、いいたいことがあるなら面と向かっていえってんだ。

　ちょっと、そこの役立たず、あんたたち、誰かが通りの向こうのあの木の下に立ってるのを見なかった？　見てないとかいってんじゃないよ。あたしは見たんだよ。誰かがあたしを見てたんだ。まざまざと視線を感じるんだよ、わかる？

　被害妄想だって？　とんでもない。自分がなにを見てるかくらいわかってるよ。被害妄想だ？　ふん。声を落とせだって？　そっちこそ声を落とせってんだ。

　畜生。あいつはきのうの晩もそこにいたんだよ。絶対まちがいない。誰かに見られてればわかるんだよ。わかる。

　眠れやしないんだから、ほんとうに。なに一つできやしない。なにかが背中にくっついてるみたいな感じがするんだ。そういっただろ——なにかが背中にくっついてるって。見られてるみたいに。どこにいてもそう。

　あんたは自分の用事に取りかかりなよ、いってるだろ、かまわないよ。ああ、どうぞ。

通りを歩いているときに自分の影に追われているように思えるのは、どんな気分かわかる？　自分自身の影が捕まえにくるように思えるのは？　自分がジャンキーになっちまった気がするんだよ。人が見てるまえで、一人で暴言を吐きつづけるような女になった気分。

まあ、あたしはイカレちゃいないけどね。自分が感じるとおりに感じてるだけ。

このあいだあったことを話そうか。店に向かって歩いてたんだ、いくつか必要なものがあってね。一日じゅう家にこもってたって、食べ物は必要なんだよ。なにか体力を保つような食べ物がね。前回確認したときには、誰かにつけられてるように感じることもなく、大型ごみ容器のそばを通るたびに誰かが飛びだしてくるんじゃないかと思うこともなく、コンビニまで行けたんだ。

ほんとうに行きたかったのは六十五番ストリート沿いの酒屋で、ヘネシーとポールモールを買いたかった――いつもの酒といつもの煙草だね、知ってるでしょ。必需品だよ。だけどまたあそこまで行くのはうんざりだった。酒を買うためにジェファーソン・パークまでの道を半分くらい歩かなきゃならないなんてさ。

だから酒はなしだ、あの場所に行くような危険は避けたいからね。あんなことがあったあとでは。

なにがあったかなんていわせるんじゃないよ。あんなクソみたいな出来事を詳しく話す気はないんだから。

で、今回は、米とかそんなものを買おうとしていただけ。スープとか。なにかやわらかいものを。だって噛むと傷が痛むんだよ。それが、あたしがしようとしてたこと。だけどそこでなにかにつけられてるような、あの感覚があったんだよ。いや、感覚以上だね。わかってた。つけられてるってわかってた。

それで、汗をかきはじめてね。それはもうびっしょりと。まるでプロバスケの選手かなんかみたいにさ。頭から雨が降ってたよ。あたしが雨を降らせてたんだ。

それから心臓が——心臓がまたひどいんだよ。猛スピードで針を突き立てられたみたいだった、どまんなかに注射を打たれたみたいだったよ。ものすごい速さで鼓動して、体から逃げていくんじゃないかと思ったくらい。指先までドクドク脈打ってたよ。

　あとは、息ができないの。喉がこう、とじちゃってね。

　パニック発作だって？　あたしがパニック発作を知らないとでも？　はっ。

　あたしに最後までしゃべらせてくれるの？　それともあんたは、あたしがとっくに知ってることをしゃべりたいわけ？

　それで、あたしは汗をかいて震えてるんだ——ウェスタン・アヴェニューを歩くこともできないくらい。そいつがうしろにいるのを感じるんだよ。もう一度あたしを刺そうとしてるみたいに。だけどあたしは歩きつづけることができないんだ、倒れそうだったから。心臓が通りに落っこちそうだった。で、そいつがさらに近づいてくるのを感じるんだよ。でもあたしは動けない。まったく動けない。心臓の鼓動が速すぎて、立ってることしかできないんだ。

　結局うずくまったよ、歩道のまんなかで。心臓発作かなんか起こしたみたいにさ。

　それでどうなったかって？　白人の女が通り過ぎていったんだよ。年寄りの、痩せたクソ女が。

　あたしが恐れていたのはそれだよ。ウェスタン・アヴェニューを歩いていく年寄りの白人女。いわせてもらえば、ああいう女こそ怯えるべきなんだよ。安全な囲いから遠く離れていたんだからね。

　だけどあたしの頭が混乱していた証拠だね。見るべきじゃないものが見えてる。聞くのも、感じるのもそう。

　世界じゅうがあたしを捕まえにくるような気がしてる。どの影も殺人を企んでいるような気が。

外に出るだけで重労働だ。

　オーケイ。もう充分聞いたっていうんだろ。あたしももう行くよ。家に帰る。窓からの見張りをつづけるよ。だけど気をつけて見てるんだよ、いい？　それで怪しいやつを見かけたら知らせて。

　あんた！　その木から離れて。暗くたって見えてるんだ。あたしのことを見てただろ。人を神経症みたいな気分にさせるんじゃないよ。さあ、早く。出てこい。

　これ以上この窓をあけさせるんじゃないよ。もっと身を乗りだせったって無理なんだよ。もう怪我はたくさんだ。リボンを切るみたいにばっさり喉を切られたんだから。このうえこの窓から外に落っこちるなんて冗談じゃない。

　自分の家の窓から落っこちる。まあ、それもいい死にざまかもね。殺されかけていながら生き延びたのに、ウェスタン・アヴェニューで首を折るなんてね。

　ひどい目にあったあと、自殺したって思われるんだろうね。

　あんたに話しかけてるんだよ。

　おい。あんたに話してるんだってば。木のそばにいるのが見えたんだよ。いまは向かいのカーポートにいるんだろ。あたしは騙されないよ。あんたなんかにはね。

　大きな声を出させるんじゃないよ。喉を切られたあとにしゃべるのがどんなに大変かわかってんのかい？想像することくらいできるだろ？

　いつまであたしを見張るつもり？

　顔は見えないけど、あんたがそこにいるのはわかってるんだよ。

　仕事の仕上げをしにきたの？　あれはあんたなんだろ？　あたしがまだ息をしてるから機嫌を損ねてる。最後までやり通せなかった自分に腹を立ててる。がっかりしてる。はっ、クソ食らえ。

いいやあたしは黙らないよ。外にいるやつとしゃべってるんだ。そっちこそ黙りやがれ。

今度あんたがそこにいるのを見かけたら、ＬＡＰＤに電話するからね。じつはいまも電話をかけてるところだよ、いやがらせを受けてるって知らせておこうと思ってね。あたしを殺そうとした男が、はじめた仕事を最後までやろうとしてるって、警察に知らせておこうと思ってさ。連中の代わりにあたしがひと働きしようか。自分であんたを捕まえようかね。

そこで待ってな。

いいたいことがあるなら面と向かっていえってんだよ。それよりはるかに悪いことをとっくにしてるだろ。

いま行くよ。

待ってなっていっただろ。階段を降りるのに時間がかかるんだ。喉にこんな縫い目があったりすると、そんなに速く動けないんだよ。

まだいるの？　こっちに出てきて、姿を見せなさいよ。

そう、逃げる気なんだね。待ち伏せしかできないの？　人の喉を切り裂く度胸はあったのに、いまは隠れてるの？　ふん。

いいや声を落としたりはしないよ。あたしにだって大声を出す権利くらいあるんだよ。

は？　あんたは誰？　奥さん、なにかいいたいことがあるの？　見世物を見に出てきただけ？　ああ、ただの通りすがり？　だったらどうぞ。さっさと通り過ぎて。あたしのことは気にしないで。さあどうぞ。早く。

ちょっと待って。奥さん、待ってってば。待って。

知ってる人じゃない？

あんたのことを知ってるような気がする。

戻ってきてよ、あたしが思いだせるように。

戻ってきてくれないの？

待って。あんたのことはこのあいだ見かけたよ。ちょうど心臓発作を起こしたときだ。ウェスタン・アヴェニューでうずくまってたときだよ。あんたはそのとき通りかかった。

このあたりには来たばっかりだって？　そうなの？新しい住人？

あたしはあんたを知ってるはずだと思ったけど？

奥さん、一つアドバイスしておくよ――このへんにはストーカーがいる。あたしを見張ってるんだ。ご近所同士だから、親切心から教えてあげてるんだよ。あんたに怪我をしたりしてほしくないから。いや、ほんとに。

ちょっと、奥さん！　そんなふうに逃げないで。もう一ついっておくことがある。聞いて。もう一ついっておくことがあるんだ、ものすごく大事なことだよ。他人のことに首を突っこむな。

第三部　エシー、二〇一四年

第一章

ものごとにはすべて答えがある。答えはたいていシンプルだ。ものごとを複雑にするのは人なのだ。複雑に考えると自分が重要になったような、頭がよくなったような気がするから。自分が解けないシンプルな問題に自分の考えを押しつけて、バランスをぶち壊しにするのは簡単だ。

たとえば警察。つねに動機を追いかける。しかし動機は気を逸らすだけだ。一日の終わりに結局問題になるのは誰がやったかだ。

″大量のハチミツ″というヒントがある。答えはハナバチかミツバチだ。選択肢が二つ以上あっても、正しい答えは一つだけだが。

犯罪はクロスワードとそう大きくちがわない。つねに解がある。問題はそれが見つかるかどうかだ。

小さなトリックに、気を逸らすものに、いつも目を光らせていなければならない。それが意図的なものであれ、偶然の産物であれ。

ブロックの先のあの男が見える？　自宅のまえに停めた車で寝ているあの男。

理由は？

妻とけんかした？　可能性はある。

酔っぱらって帰宅して、そのまま眠りこんだ？

答え：鍵を忘れてオートロックで締めだされ、錠前屋を呼ぶ金がなかった。

このとおり。シンプルだ。たいてい、人が思うほどおもしろくない。

複雑にしないこと。考え過ぎないこと。答えはそこにある。

　さて、これはどうだろう。姓はペリー。エシー・ペリー。誰もが彼女は大きな謎だと思う、エシー・ペリーらしく見えないから。人は彼女をおかしな目で見る、まるで難問であるかのように。彼女が自分を騙そうとしているかのように。ラテン系の女が白人女性の名前を持つことに――カントリークラブにいる女のような、テニスのダブルスのパートナーのような、地域の庭園委員会の委員長のような名前を持つことに――大きな謎があるかのように。人はそこになにか大きくて複雑な答えがあると想像する。

　答えはもちろん夫の姓だ。ひとこと尋ねればいい。エシーは？　まあ、エズメラルダが正しい名前だが、警官らしくないから縮めたのだ。

　訊かれれば話すだろう。すべてではないにせよ。エシーにはなにかを秘密にする習慣はない。ただ、みんながほんとうのことをすべて知る必要があるとは思わないだけだ。いわずにおくことがあってもいい。そういうことが必要にならないともかぎらない。

　いろいろあったにもかかわらず、エシーはなぜ夫の姓をそのまま名乗っているのか？　簡単だ。仕事用の名前だからだ。バッジにもその名前がついている。その名前を変えるなら、すべてを一からやり直すことになる。エシーがなにか隠しているのではないかと勘ぐられることにもなるだろう。

　ここにべつの疑問がある。マーク・ペリーは一晩じゅうなにをしていたのか？　眠っていたのか？　階下《した》の小さな書斎から物音がする。仮にその音が聞こえなかったとしても、マークがそこにいることをエシーは知っている。夫が最後に家を出たのがいつだったか、エシーは思いだせない。

　さて、最後の疑問だ。サウスウェスト署のほかの面々は、いつになったらパターンに気づくのだろう？　一年に満たないあいだにウェスタン・アヴェニュー沿いに三人の女の死体が遺棄されていたのに？　つながりがあると考えているのはエシーだけではないはずだ。しかしもっとある。最近の一連の殺人だけでなく、もっとまえの殺人が。とくにドリアン・ウィリアムズの娘の殺人が。エシーの頭がヒントを弄んでいるだけなのか（ずっとそうだといわれてきた）、あるいは、やはりただの偶然ではなく、なにかパターンがあるのか。

　連続殺人は仕事の増加に直結する。マスコミと、頭痛と、情報受付窓口に直結する。たぶん、みんなわざと見えないふりをしているのだ。あるいは、殺された女たちの職種のせいでつながりがあると見なされていないのか。しかしもう一人出ればサウスウェスト署にそんな贅沢は許されなくなる。エシーも、以前やっていた殺人課の仕事に戻りたくなりそうだ。しかしそれが実現しないことはエシーにもわかっている。

　ベッドを出るまえに、金曜日のニューヨーク・タイムズ紙のクロスワードを終わらせる。二十分かかる——ロサンジェルス・タイムズ紙なら十分でいける。中東のマッサージ師の名前は？　魔法のランプをこすった〝アラジン〟（マッサージ師〝rubber〟の語源は〝こする人〟）。朝のはじまりとしては間の抜けた行動かもしれないが、安心できる。答えが、解が、あるというのは。

　ラジオがついている。ローカルニュースだ。ジャーメイン・ホロウェイが殺された事件の結果、ロサンジェルス市内で〈黒《B》人の命を軽《L》んじるな《M》〉運動が起こり、それについて市長が記者会見をひらいたのだが、その最後の部分が流れている。事件があったのは東海岸だが、全国的な問題だ。その後、モーガン・ティレットに切り替わる。ＢＬＭの組織の一つである〈パワー・スルー・プロテスト〉の活動家で地元在住、自宅から話しているという。しかしエシーにわかるかぎり彼女は家にいない。すくなくともロサンジェ《エ》ルスにはいない。うしろから列車が地上を走る——シカゴの高架鉄道《ル》のような、ニューヨークの地下鉄のような——騒音が聞こえている。ロサンジェルスのメトロとは音の調子がちがう。ガタガタ鳴る音ではなく、吠え声のようなとどろきなのだ。モーガン・ティレットは番組のホストに向かって、最近起こっている抗議行動ははじまりに過ぎないと話している。警察や国じゅうがきちんと注意を向けるようにならないかぎり、これからも抗議運動が起こるだろう、といっている。

　ロサンジェルスの〝空気〟はどうか、人種間の緊張はロドニー・キングのときとおなじくらい高まっているのか、とホストが尋ねる。ティレットは声をたてて笑う。「わたしがいま座っている場所から見るに、街はいつ爆発してもおかしくありませんよ。大変なのはまだこれからです」

　まあ、モーガン・ティレットは嘘をついているわけだが。彼女はなにかを隠している。それがなにかは、エシーにはどうでもいい。列車の騒音がまた聞こえ、エシーの考えを裏づける。ここでも理由は問題ではない。事実だけが問題だ。

　エシーはベッドを出る。持っているスーツのうちの一着を身につける。自分でもどれがどれだか区別がつかないのだが。メイクをする——夏らしい色合いで。あなたの肌の色につけるには明るすぎる、といわれたことがある。前髪をまっすぐにして、髪の根もとを確認する。制服を着なくてよくなったときにカラーリングをはじめたのだが、失敗だった。以前のパートナーのデブ・ハーデンからは、髪を染めないほうがいいと——新しい外見はバッジに刻まれた名前にそぐわないだろうと——いわれた。デブのいうとおりだとエシーにわかったときには、もとの黒髪に戻すには遅すぎた。まちがいをおかしたことを認めたように——あるいは、もっと悪くすれば、恥じているように——思われそうだった。デブはエシーよりも状況をよく見て、先々を見通し、策を弄した。自分たちがなにに直面しているかわかっていた。

レーヨンのブラウスをたくしこむ。ズボンの裾も留める。自転車のチェーンに巻きこまれないように。

廊下から、保温器にかけたコーヒーの焦げたようなにおいがする。

書斎からコンピューターのモニター音が聞こえてくる。階段を降りると、壁に青い光が映っているのが見える。日本、上海、ロンドン、スイス、米国株式市場――こうした場所はもう何時間もまえから活動しており、それに合わせてマークもずっと起きている。

エシーは書斎のドア口を覗きこむ。何台もあるコンピューターの一つが発する明かりを浴び、もう何年も直射日光に当たっていない夫の顔は病的に青い。

画面を流れていく数字を眺める――記号、コード、暗号。金銭と数字の世界であり、エシーにとっては謎だ。

マークがやっているのは少額のトレードだ――出資は小さく、マイクロトレードというほどではないが、それに近い。

事故がマークの自信を奪った。賭けには出ない。たいていリスクを回避する。稼ぎはすくない。エシーの給料があり、小さな住宅の支払いは済んでいるので、多くは必要ない。車はない。外食もしない。とりたてていうほどのことはほとんどない。

ロサンジェルス、午前七時。ニューヨーク、十時。アジアの市場はすでに終わっている。取引日の六時間半。その後、マークは冷凍ピザを食べ、壜のメキシカンコークを一本飲み、ベッドに入る。エシーが帰宅する時間には眠っているだろう。

コーヒーポットを引きだす。保温器のどこにコーヒーが焦げついているのかが見える。署でこういうミスをしたときの批判が、思いだしたくもないのに頭に浮かぶ。

ペリー、またコーヒーを焦げつかせたのか？

ポットに水を入れ過ぎた？

スイッチを入れ忘れたのはおまえか？

あたかもコーヒーを淹れるのは女の仕事といわんばかり。そしてミスは全部エシーのせいといわんばかりだ。


　エシーの仕事はチェックされる。たとえそれがコーヒーとか、取調室の明かりのスイッチとか、カウンターに残された食べ物とか、どれほど取るに足りないことでも。チェックはほかのものにも及ぶ――継続調査報告とか、経費のシートとか、ファイルまで。夢のなかの出来事まで。追及の手は決してゆるまず、つねにエシーの不充分な点が確認される。


ペリー、あの件のつづきはやっておいてくれたんだろうな？

ペリー、報告書は出したのか？

ペリー、あのドキュメントは保存した？

ペリー、売春婦が何人か死んだ件でまだみんなの手を煩わすつもりなのか？

ペリー、おれたちの時間を無駄にする気か？

ペリー、殺人課の案件に鼻を突っこんでるのか？


　これではエシーが子供のようではないか。もっと悪く取るなら、新人のようだ。身長が百五十センチ程度なのもよくない。これもデブのほうが有利な点だ――エシーより十三センチ高い。

　もしかしたら、キャサリン・シムズが彼らの目を覚ますかもしれない。

　エシーはコーヒーをカップに注ぎもせずに、そのままポットを保温器に戻す。一滴もこぼさずに。

　キッチンの引出しからバッジを取りだす。輪ゴムやパスポート、ガムのパック、昔のIDカード、デブと一緒に写った写真――ロサンジェルス市警リーグのソフトボールの試合で撮ったもの――などと並べてしまってある。拳銃は掃除用具入れに置いた金庫のなかだ。鍵はめったにかけないが。マークが拳銃を手にしようと思えばいくらでもできる。それはエシーにもよくわかっている。

スマートフォンの電源が入っていることを確認する。これも殺人捜査から風俗取締に移ったおかげで許される贅沢の一つだ。眠っているときには電源を切れる。風俗取締担当はめったに呼びだされないし、徹夜仕事は手入れのときだけだ。

エシーは勤務先から近すぎる場所に住むのが好きではない。寝場所はどこかべつのところにあったほうがいい。仕事が家までついてこないように。しかし自転車か徒歩で通える程度でなければ駄目なので、サウスウェスト署から半径五キロ以内に住む必要がある。

路上ではスピードレースや運転中の逆上が多発し、低速車線では高齢者向けのバスが喘ぐように走っているので、ロサンジェルス市内の道路は自転車や歩行者が動きやすいようにはなっていない。年老いた人や怪我をしている人がゆっくり通りを渡れるようなスペースはない。クラクションを鳴らし、世界が自分の思いどおりのスピードで動かないことに苛立ちを表明する人々がいるだけだ。

車に乗らずに過ごす時間が長くなればなるほど、ドライバーたちがますます不快になってくる。ドライバー全員が。事故のまえでさえ、運転はすべてデブに任せていた。運転をしなければ、すくなくともハラスメントのうち一種類は避けられる。

ペリー、パトロールカーの使用手続きはしたのか？

ペリー、ハンドルの向こうは見えるのか？

ペリー、補助シートが必要なんじゃないか？

もうたくさんだ。

徒歩で移動するといろいろなことがわかる。車より自転車で回るほうが、担当地区がよく見える。ただ、犯人や目撃者や警官から苦情を受けることはある。もっと悪いことも起こる。

東西の移動にはジェファーソン・ブールヴァードが

最良のルートだ。アダムズ・ブールヴァードやワシントン・ブールヴァードよりも交通量がすくない。その後はウェスタン・アヴェニューから一本西寄りのサウス・セントアンドルーズ・プレイスを二十ブロック近く進む。信号の代わりに一時停止の標識があるような住宅街だ。

まだ早い時間だ。エシーの勤務開始まで一時間近くある。

ジェファーソン・ブールヴァードとウェスタン・アヴェニューの角に〈スターバックス〉があり、テラス席から交差点が見渡せる。通りを眺めるのにいい場所だ。

自転車に鍵をかけ、スモールサイズのブラックコーヒーを買う。

肌寒いが、屋外の席に座る。ロサンジェルスが充分に寒くなることはないので、手に入るものを手に入れて、ものごとは変わり世界は回りつづけるのだと思うしかない。

通りを見ていると三人の娼婦が通り過ぎる。エシーの知った顔ではない。巡回する女たち《サーキット・ガールズ》——チームで街のさまざまなエリアを回り、ときにはオーシャンサイドやストックトンのような遠方まで行かされる女たち——なのだろう。彼女たちはサウスウェスト署のレーダーには引っかからない。すくなくとも相応の年齢には達している、念のためにいっておけば。

エシーはスマートフォンを取りだす。ロサンジェルス・タイムズ紙の小さなクロスワードを二分で解く。

「ペリー刑事」

エシーは顔をあげる。シェリーだ。長いシフトを終えたところのようだ。四十代なかば。ありきたりの前科が一握り。ヒモはジェリコ。ギャングとのつながりはなし。ふだんはもっと北で働いている。

「長い夜だった？」

「早い朝」エシーはガムのパックをスーツのポケット

から取りだす。煙草は吸わない。ガムを嚙むと気持ちが逸れない。いまこのときに集中できる。

「先週は警察みんなで何人の男を逮捕したの？」

「シェリー、通りで働いてどれくらいになる？」

「きょう？」

「十年？」

　シェリーは肩をすくめ、そんなところかな、それかもっとかも、というように腕を振る。「それで、何人逮捕した？　男たちを何人くらい？　警察はわたしたちの収入に損害を与えてるの、それで、損害が与えられると——」

　エシーはガムをパチンと鳴らす。「あなたはどれくらい長く働いてるの？」

「警察がわたしたちのビジネスをぶち壊しにするようなことがつづくなら、わたしはもう働かない。まったくなにもしないつもり」

「こっちの地区で仕事をした？」

　シェリーのふだんの担当は一〇号線の向こう側で、だいたいオリンピック・ブールヴァードあたりまでだが、一〇一号線まで及ぶこともある。おそらく、南へ下った場所よりもランクが上の客が取れると思いこんでいるのだろう。

「目に入るものといったら赤と青のライトばっかりだった」シェリーはいう。

　エシーも手入れが好きなわけではない。手入れなど、威嚇射撃と変わらない。ＬＡＰＤが見張っているぞと知らしめているだけだ。

「じゃあ、担当地区が変わったの？　こっちでも仕事をした？」

「そうだよ」シェリーはいう。「ツアーを二つこなしたってわけ」

　エシーはウェスタン・アヴェニューの先を見やる。南へまっすぐのところに〈R&Cフィッシュ・スタンド〉が見える。あの女と死んだ鳥。まるでハチドリの件が自分のほんとうの問題であるかのように話していたあの女。死んだ鳥でいっぱいの箱を三つ持って署に現れた女がかつて娘を殺されていて、なおかつその娘はここ八カ月のあいだにウェスタン・アヴェニュー近辺で見つかった三人の被害者とほぼおなじやり方で殺されたわけだが、そんなことが起こる確率がいったいどれだけあるだろう？

　犯人が殺しをやめていた理由はなんだろう？　刑務所？　病気？　移住？　負傷？　誰かに見つかった？　年老いたから？　ホルモンに変化があった？　サディズムの方向性が変わったか、あるいは麻薬にはけ口を見いだした？

　それとも神を見いだしたのだろうか？　あるいはべつの解放を？　でなければ誰かに止められていた？

　もしかしたら中断などなかったのかもしれない。犯人はべつの場所でゲームをつづけていたのかもしれない。

　あるいは、ドリアンがいっていたとおり、単純な理由かもしれない。単なるまちがいだったのかもしれない——リーシャ・ウィリアムズは。それで犯人は急にやめた。だが、もしほんとうにそうなら——もしこれがすべてつながっているなら——犯人はなぜ戻ってきたのだろう？

「ペリー刑事？」

　シェリーはテーブルに身を乗りだしている。左胸にタトゥーがある——ホセ。右胸には十字架。その二つがまっすぐ目のまえにあるが、エシーには見えていない。それはフィッシュ・スタンドへ向けた視界を遮っているだけで、エシーの意識が向いているのはフィッシュ・スタンドのほうだから。

「お客の一斉検挙をずっとつづけるつもりなのかって訊いてるんだけど？」

「キャサリン・シムズを知ってる？　キャシーを？」

「これはそういうことなの？　あんなに手入れをして

るのは、キャシーの身に起こったことのせいなの？」

「手入れはあなたたちのビジネスが違法だから。それで、キャシーのことは知ってたの？　知らなかったの？」

「あの人はクレイジーだった。必死に暮らして、必死に働いてた。それしか知らない」

「キャシーを見た？」

「まさか。休暇取ってたんだよ。サン・ペドロのホテルにチェックインして。心配事は置き去りにして。それで、こっちからも訊きたいんだけど。まだ手入れはつづくの？」

「次回は放送でもしてほしいってわけ？」

どんなことになるかはエシーにも想像がつく。

ペリー、手入れがあることをレディたちに教えてるのか？

ペリー、ちゃんと隠してるのか？　それともおれたちが動くまえにバラしてるのか？


タイヤの軋る音は二、三ブロック先からでも聞こえる。だからエシーは、東西を走る主要な道路や南北を走る大通りからできるだけ離れて暮らすのが好きだ。エシーの家はクレンショー地区を過ぎた、ウェスト・アダムズ地区の外れの袋小路にある。薄汚れた行き止まりだ。

エシーは車に気づくまえにタイヤの音に気づく——道路をすべるゴムのたてる、長くつづく金切り声。心臓が一度ドキリと打つ。エシーはコーヒーをひっくり返す。

シェリーはテーブルから飛びのく。「ちょっと、やだ。熱いじゃない」

ウェスタン・アヴェニューの南行きの車線で赤信号を通り過ぎそうになったホンダ・シヴィックが急停車する。横断歩道にはみだしている。タイヤの焦げるにおいがする。エシーはナプキンでコーヒーを拭き、かえってテーブルの上に広げてしまう。

「もう。コーヒーのにおいをぷんぷんさせてたら、車を寄せてくる人がいると思う？」

「あなたはそろそろ仕事を切りあげる時間だと思う」エシーはそういいながら立ちあがる。滴るコーヒーはそのままにしておく。

シェリーはコーヒーの飛沫を腿から払う。「髪の根もとを染めなおしたほうがいいよ、刑事さん」

エシーの仕事は、シェリーみたいな女たちを生かしておくこと、通りをきれいにすることだ。そのために長々と張込みもするし、データを分析したり、犯罪の実地調査をしたりもする。それでも女たちは通りで働く。ドラッグは流通する。大規模な検挙や、大掛かりな手入れがあるにはある。だがそれも毎日のお定まりの手順だ。

事故のあと、エシーは風俗取締係に移った。なかば自分の発案のようなふりをしていたが、じつのところデブのアイデアだった。デブはいつだって水面下で動き、エシーのために問題を片づけ、ものごとを円滑に進める。いまのデブを見るがいい。強盗・殺人に関するロサンジェルス全体の責任者にまで昇りつめている。一方、エシーは娼婦の温床で娼婦を追い回している。警察の花形とはいえない。

エシーのような経歴の女は、すくなくとも一度は囮として使われる。しかしエシーは身長が低すぎるとトップから公式にいい渡されている——刑事になって北へ移ってくるまえは、パトロールをするにも、イングルウッド地区でドアをたたいて回るにも、売人に手錠をかけるにも、ピストル強盗を追いかけるにも、背が低いせいで困ったことなどなかったというのに。エシーの考えでは、身長が低いのは強みだ。誰も（警官も含め）エシーのことを警察だと思わないのだから。

ほんとうの理由はわかっている。精神的に不安定だと、事故のせいで心が壊れてしまったと思われているのだ。感情をコントロールできない、あるいはもしできるなら、それこそなにかが欠けているせいにほかならないと見なされているのだ。精神鑑定をパスしていようと関係ない。

エシーは自転車の鍵を外し、バックパックを肩にかけて職場へ向かう。

第二章

勤務の交替が終わる。エシーは、奥まったところにあるタンカーのような自分のデスクに向かう。エシーは計算屋として評判が高い。パートナーのリック・スペラはたいてい放っておいてくれるのでやりたいようにできる。リックに呼ばれるのはなにか大きな用事があるときだけだ。

エシーの席の向かいに置かれた予備の椅子で女が待っている。黒人。中年。どっしりした体格。エシーはガムの包みをあけながら部屋を横切る。

「やっと来た」エシーが席に着くと、女がいう。「ずっと待ってたんだよ」

女の髪は短く、濃いピンクのハイライトを入れたその髪を片側にきっちりつけた分けめから反対側へ撫でつけてある。鼻の上にはそばかすが散り、両耳に輪が二重になったイヤリングをつけている。つけまつげをしており、もともと大きな目がさらに大きく見えている。

エシーはキーボードをカチャリと打ち、コンピューターを起動する。犯罪取締システム《コンプスタット》とロサンジェルス・タイムズ。「わたしは八時に出勤する」

「それよりまえに来てる刑事もいたよ。だけどあんたと話すようにいわれた」

女は農民風ブラウスのような、ゆったりしたシャツを着ている。シャツにはヒョウとバラの柄がついている。女は襟をいじって、首の上のほうまでぐいと引きあげる。

「ペリー刑事」エシーは名乗り、手を差しだす。

「オーフィーリア・ジェフリーズ」

女の手はローションでやわらかくなっている。

「ここには移ったばかり？」

「何年かまえに」エシーはいう。

「あんたのことは見たことないけど」

通りでの商売から足を洗いたいと助けを求めるにしては年齢がいきすぎている。タレコミをするにはまともすぎる。しかしなにかある。なにかトラブルが。なにか生活上の困難が。

オーフィーリア・ジェフリーズ。エシーは名前を検索する。

「ふだんは内勤の巡査部長のところへ追いやられて、苦情を伝えたら帰されるんだけどね。メモさえしないこともある。たとえば前回の男なんか、べつの仕事をしながらあたしの相手をしやがってさ。片方の耳で電話を受けながら、もう片方の耳で身も入れずにこっちの話を聞いてた。なんでそんな目にあわなきゃならないんだろうね？」女はシャツの襟をぐいと引っぱる。また襟がさがると、鎖骨の上のほうの皮膚が黒く変色しているのがエシーの目につく。

　通称プーキー。客引き。麻薬の不法所持。治安妨害。どれもよくある前科だ。エシーはオーフィーリアの記録を下までスクロールする。「仕事関係の苦情？」

「仕事関係のなんだって？」

　エシーはスクロールしつづける。逮捕記録は唐突に終わる。「たとえば――誰かに手荒な真似をされたとか？　誰かに縄張りを盗られたとか？　誰かに――」

　オーフィーリアは一方の手をあげ、エシーのほうへ突きだす。まるで動かない自動販売機をたたくみたいに。「あたしはいったい誰のところへ送りこまれたの？」

　エシーはモニターから顔をあげる。オーフィーリアのブラウスがまた垂れさがり、両端のあがった傷痕が見えている――ジャック・オー・ランタンの笑った口のようだ。

「どういうこと？」

「あんたはなんのお巡りなの？」

「風俗取締係」

「なんなのよ」オーフィーリアは首を横に振る。「訊かせてもらいたいんだけど。あたしの苦情が風俗取締係となんの関係があるの？」

　答えようと口をひらきかけたところで、エシーの視線がちらりとモニターに戻る。十六年まえ。客引きでの最後の告訴。「ゲームを抜けたのね」エシーはいう。謎が解ける。複雑な謎ではない。元娼婦。理由はなんにせよ、仕事はやめた。

「そうだよ、抜けたんだ。匿名の断酒会でもらえるみたいなチップかなにかを見たい？　やめて何年になるかわかるようなものを？」オーフィーリアは首を傾げる。「昔の仕事がこれと関係があるかどうか、あたしにはわからないんだけど。会わせてもらえるのは風俗係の刑事くらいだって、わかってるべきだったね」オーフィーリアは胸のまえで腕を組み、エシーに傷痕がよく見えるようにする。「あたしはあんたに、なんでそんな白人のレディみたいな名前なんだいとは訊いてないだろ、ペリー刑事？　あたしの昔の仕事は、あたしがいまここにいる理由とは関係ないんだよ」

どんなことでもべつのものごととなにかしら関係はあるものだ、とエシーは思う。エシーが風俗取締係にいる理由は、殺人課を去った理由とおなじであり、エシーが車を運転しない理由とおなじでもある。「その胸はどうしたの？」これがオーフィーリアがゲームをやめた理由であり、エシーはいまそこに興味を引かれる。

「切られたの」

「いつ？」

「十五年くらいまえ」

エシーは画面上にまだひらいてあった逮捕記録を確認する。正確に指し示すことのできる瞬間――すべてを変えるできごと――というのはあるものだ。なぜ殺しをはじめたのか？　なぜ売春をはじめたのか？　なぜもうずっと家から出ないことに決めたのか？　なぜ仕事を変えることに決めたのか？　なぜ通りで働くことをやめたのか？　なぜ通りで働きはじめたのか？　なぜ盗みをはじめたのか？　なぜ助けを呼んだのか？　なぜリハビリに行ったのか？　なぜ運転をやめたのか？　なぜ意思の疎通をあきらめたのか？

エシーはコンピューターの載ったデスクを押して離れ、コンピューターが自分とオーフィーリアを隔てないようにする。引出しからペンとメモ帳を取りだす。

「それで？」

「それで、とはどういう意味？」

「なぜわたしを待っていたのか話して」

オーフィーリアが首を回すと、傷痕が大きく引きつれる。「ようやくあたしの話が聞きたいっていうの？」

エシーはペンをカチリと鳴らす。「聞きたくないなんていってない」エシーは肩越しにふり返り、執務室を見やる。何人かの巡査や刑事がエシーのほうを見ている。こういう視線の意味ならわかる――からかいの目だ、結果を見たいと思っているのだ。

「やれやれ」オーフィーリアは、これで決着がついたとでも思っているかのようにいう。「あのね、この話はもう何年もしてるんだよ。これで何回めになるかね？」オーフィーリアは指折り数える。「まあそんなことはどうだっていいけど」

エシーは懸命にガムを嚙む。話に気持ちを集中しようとして。オーフィーリアの傷痕のせいで心がどこかへさまよってしまわないように。

ドリアンの問題とおなじだ、とエシーは思う。ほんとうの関心事から目を逸らしているだけなのだ。誰が鳥を殺しているのか解明しようとすることで、誰が娘を殺したのかくよくよ考えずに済む。

エシーはガムをパチンと鳴らす。それはまたべつの疑問、べつの問題だ。だが払いのけられない問題ではある。

「聞いてる？」オーフィーリアは大きく目を剝いており、エシーは自分の意識が逸れていたことに気づく。

「つづけて」

「いったでしょ――いまもあんたにいったし、ここにいるろくでなし全員に何度もいったけど――あたしはストーキングされてるの」

「その男は知ってる人？」

「まったく、聞いてたふりさえしないんだね。その男を知ってるかって？　お嬢さん、男なんかいないんだよ。いまいったでしょ、女だって」

「わかった」エシーはそう答え、オーフィーリアに話をつづけさせるために紙になにかを書きつける。「女ね」

「おかしいと思わないの？」

エシーはペンをカチカチ二回鳴らし、ガムをパチンとつぶす。「思うべきなの？」

「さあね」オーフィーリアはいう。「おかしいと思うべきか？　刑事はあんたでしょ、あたしじゃなくて。なんでも手がかりにしたりパターンを考えたりするのはあんたの仕事でしょうに。白人女にとってはあたしをこっそり見張るのがふつうのことだとでも？　もう何年もつづいているんだからね」

「ちょっと訊きたいんだけど。キャサリン・シムズは知ってる？　キャシー・シムズ」

オーフィーリアの目が大きく見ひらかれる。「キャシー？　それはいかにも白人女らしい名前だね。それがあの女なの？」

「え？」

「あんたはその女があたしをつけ回してると思うの？」

エシーは自分のミスに唇を嚙む。思考が勝手に横道に逸れてしまった。オーフィーリアがついてこられるわけがない。まったく、自分の頭さえきちんと把握できていないじゃない、とエシーは思う。「ちがう。それとはべつの人。白人じゃない」

「知らないね。知ってるべきなの？」

「ちょっと思っただけ」エシーはそういいかける。

「その女も売春婦だからあたしが知ってるだろうと思った？　あたしたちはみんな特殊な派閥の人間だから？」

「キャシーがどうとか、ひとこともいってないけど」

オーフィーリアは胸のまえで腕を組む。「いわなくたってわかったよ。さて、あたしの用事に戻ってもいい？」

エシーはガムをパチンとつぶし、ペンをカチカチ二回鳴らす。「どんな外見なの、あなたをつけ回してる女は？」

「白人」

「それだけ？」

「姿を見せないんだよ。そこまでそばには来ない。顔とかなにかが見えるほどは。近寄ってくるなら問題なんかないんだよ、自分で文句をいえばいいんだからさ。問題は、あの女がコソコソしてるところなんだ。こういうことは全部、もう何年も警察に話してるんだけどねえ」

「その女はなにをするの？」エシーは尋ねる。

「なにをするかって？　どう思う？　あたしを見てるんだよ」

「どれくらいのあいだ？」

「一晩じゅうだよ。クソいまいましいことにね。ねえ」オーフィーリアは机の表面に手を押しつける。緊張して指に力が入っているのがエシーにも見て取れる。「警察に頭がおかしいと思われてるのは知ってるよ。六十五番ストリートくんだりまで歩いてきてあたしなんかのアパートメントの向かいに立つ白人女なんかいやしないって思ってる」

「どれくらい長くつづいているのかって意味で訊いたんだけど」

「期間ってこと？」

「そう、期間」

オーフィーリアは、年数を数えているかのように目をとじる。しかしほんとうは考えなくてもわかっているのだろうとエシーは確信する。「十五年」

「喉をどうしたのか、話してくれるつもりはないの？」エシーは尋ねる。

「さっきいったよ、切られたって」

「誰に？」

「犯人は見つかってない。未解決事件だよ。こっちが聞きたいよ」

単純に算数の問題だ。切られたこと。ゲームから抜ける決意。以前、いや、いまも誰かにつけまわされているという考え。心的外傷は奇妙なかたちで再発する。思考はいたずらをする。殺人未遂が、白人女性のストーカーのかたちを取って戻ってくる。本物の危険に気持ちを集中するよりも容易だ。

ヒント：切り裂き魔。答え：夜間のストーカー。

「毎晩って感じじゃなくて」オーフィーリアがいっている。「一晩じゅう姿が見えるわけでもなくて。ときどきなんだけど、それだけでもうんざりなんだよ。目をあけると、誰かが通りの向こうからこっちの窓を覗いてるのが見えるって、どんな気分だと思う？」

「それがその女だって、どうしてわかるの？」

「わかるからわかるんだよ。それがわかるだけの長い年月があったから。あんただって、これが何年つづいてるかっていま訊いたじゃないの。警察は記録をつけてるの？　それを見てみなよ。それとも、あたしの苦情はその場では書き留めるけど、すぐに捨ててるのかね」

「だけど女があなたを見ているのは確かなの？」エシーは尋ねる。

「絶対に確かだよ。あの女に監視されてることが、あたしにわからないわけがない。あたしの家のすぐ外にいるっていうだけじゃない。あたしのいつもの行動を、スケジュールを知ってるんだよ。店に行って、煙草を買って、みたいなことを。正面入口のドアを横切るのが見えるし、それにね、ちょっと飲みに出かけたとき、バーの裏の駐車場に誰が車を停めてたと思う？」

エシーは口をひらきかけるが、オーフィーリアのほうが早い。

「おなじ女だよ。暇を持て余した白人女ってタイプ。いっておくけど、ウェスタン・アヴェニューのあのあたりにいるとすごく目立つんだよ」

「それで、きょうはどうしてここへ来たの？」

オーフィーリアが椅子の背にもたれて腕を組むと、その拍子にブラウスが下に引っぱられて傷痕があらわになる。「あんたにはそれを訊くつもりがないのかと思いかけてたよ」オーフィーリアはシャツを直し、また身をおちつける。

エシーはガムを出す。視線がモニターのほうへさまよう。さっきは気づかなかったが、スクリーンの端にブラウザのウィンドウが立ちあがっている。南カリフォルニアの野鳥観察。あのハチドリの件。

「ペリー刑事？　聞く気があるの？　ないの？」

エシーは手でガムのパックを探る。

「あんたが関心を持ちそうにないのは読心術ができなくたってわかるけど、とにかく知らせておくよ」オーフィーリアはエシーが顔をあげるのを待ってからつづける。「きょうあたしがここへ来た理由は、その女があたしの監視をつづけているから。証明できる」

コツコツ。エシーはオーフィーリアが言葉をつづけるのを待つ。

「仕事に就いたんだよ。ちゃんとした仕事に。ようやくね。警察が重罪の前科をたくさんつけてくれたおかげで、市内の誰もあたしを雇ってくれないから、できることもあんまりなくてね。でもとにかく、ずっと南のイングルウッドにある教会で食事をつくる仕事をしてる。一日二食。制服もある。誇らしく思ったね。ところが仕事の初日にあの女が現れたんだ、なに食わぬ顔で通り過ぎやがったんだよ」

「それはほんとうに——」

またもやオーフィーリアは片手をあげ、エシーを遮る。「外見をちゃんと知らないのにどうしてあの女とわかるのか、って訊きたいんでしょ？　あの女の絵も描けないのにって？」

エシーはペンをカチカチ鳴らす。どうやって話を本題に戻そう？

「面通しをしても選べないかも。どんなふうかはわかってるんだけど。コソコソしてて。頭はいい。いつも距離を置いてる。クソいまいましい幽霊みたいなもんだよ、あたしに取り憑いてるの。ちょっと訊きたいんだけど。あんたなら、面通しのときに幽霊を選びだせる?」

　ヒント：歩く死人。答え：幽霊。

「それはない」エシーはいう。「わたしは幽霊を信じていない」

「あんたがなにを信じてるかなんて訊いてないよ。あたしが知りたいのは、あんたがどうするつもりかってこと。パトロール警官を送ってくれる? ウェスタン・アヴェニュー沿いのうちのブロックの手入れをして、あの女を追い払ってくれる? あの女が背後でうろついてる状態で毎日を過ごすのはもううんざりなんだよ。夜中に目が覚めて、なにかに見られてるときの気持ちがわかる? 酒を買いに出かけたら、怪しい女が通りかかったときの気持ちが? 新しく仕事をはじめたらそれも知られてたときの気持ちが? あんたたち警察に頭がおかしいだけだと思われてるのがどういう気分かわかる?」オーフィーリアはかぶりを振る。「他人からイカレてると思われるのがどんなことかなんて、あんたにはわからないでしょうよ。あんたは警察なんだから。イカレ頭とは正反対だって誰もが思ってるんだから」

「ほんとうのことを知ったらきっと驚くと思う」エシーはいう。

　この言葉がオーフィーリアをハッとさせ、リズムを乱す。オーフィーリアは眉をあげ、エシーがさらになにかいうのを待つ。

　しかしエシーはもう充分すぎるくらいいってしまった。署内をちらりと見まわす。同僚の警官たちにどう思われているか、すくなくとも同僚の一部にどう思われているかは承知している。あの二人の少女たちが通りでべつべつの大砲に撃たれたかのようにべつべつの方向に放りだされるのを目にしたあと、心の一部が壊れてしまったと思われているのだ。二人とも死に、一人はプリマス・ブールヴァード上で南北方向に、もう一人は六番ストリート上で東西方向に倒れていた。あれがエシーを打ち砕いたにちがいない。すくなくともエシーの一部を。一方、エシーがイカレたのはそのせいではないと信じている人々は、あの件で影響を受けないなんてどうかしてる、と思っているのだ――エシーにはもともとどこかおかしいところがあったにちがいない、と。感受性が強すぎるか、あるいは反対に、感情が欠如しているか。どちらにしても、エシーに勝ちめはない。

「じゃあ、あんたは頭がおかしいの、ペリー刑事？」

「わたしはそうは思わない」エシーはいう。

「だけど重要なのは、ほかの人たちにどう思われるかじゃないの」

「それを重要と感じるかどうかは自分次第」

オーフィーリアはエシーを指差していう。「それが、ほら、あれだよ、特権だっていってるの」

黒人女性がラテン系の警官に特権の話をするなんておかしなものだ。エシーは自分の葛藤を人と共有することに興味がない。自分はいまいる場所にいるのであり、大事なのはそれだけだ。「さて」エシーはいう。「あなたの住所を教えて」

「本気でいってるの？」

「あなたが住んでいる場所がわからなかったら、人を送って確認させることもできないじゃない」

オーフィーリアは、ウェスタン・アヴェニューを十ブロック南へ下ったところの住所を伝える。それから、不良品を売りつけられるんじゃないかと疑っているような目でエシーを見る。「ほんとうに誰かを送ってくれるの？　あたしの話を真剣に受けとめてるの？」

「わたしはあなたの話をちゃんと聞いた、そうじゃない？」

いまから目に見えるようだ。

ペリー、元売春婦だかなんだかが白人女につけられてると思っているからって、本気でウェスタン・アヴェニューの南にパトロール警官を送るつもりか？

ペリー、部署の人間の時間をこんなふうに使っていいと思ってるのか？

ペリー、おれは橋を持ってるんだが。金があるなら売ってやるぞ？

　エシーは手を差しだす。「わたしも様子を見に行くから」思考がけさ公共放送《NPR》で聞いた話題へと戻っていく。〈パワー・スルー・プロテスト〉のあの活動家はなにかを隠していた。エシーをおちつかない気分にさせる謎だ。彼女の名前はなんだった？　なにを企んでいたのか？　なにかある、とエシーは確信している。彼女が番組に出ることに同意した理由が。自分の居場所について嘘をついた理由が。それでいて世間に自分の身をさらした理由が。

　エシーは椅子を回してモニターに向きあう。NPRの朝の番組〈モーニング・エディション〉のサイトを呼びだして、くだんの話題を見つけ、書き起こしに目を通す。

　顔をあげると、オーフィーリアはいなくなっている。

　リンクをクリックして問題の女の名前を見つける。モーガン・ティレット。名前はいくつかのソーシャル・メディアと、二、三の新聞のインタビューでヒットする。エシーは二種類のソーシャル・メディアのサイトをスクロールし、〝いいね〟やハートマークや最近のコメントを記憶していく。いくつかの名前が浮かびあがる。そうした名前を相互参照し、高架列車のそばに住んでいそうな人物を探す。一人見つかる——クリス・ジャクソンとかいう人物がブルックリン在住で、ニューヨーク地下鉄F系統の地上部分近くにあるゴーワヌスのスーパーファンド用地で活動している。恋人はいないようだ。モーガン・ティレットの最新の二つのポストに〝いいね〟をつけている。このあいだの春にはシアトルでも一緒になったらしい。

　エシーはクリックしてモーガン・ティレットに戻る。婚約している。

嘘はこれだ。ロサンジェルスでなくブルックリンだ。あしたになれば、エシーはモーガン・ティレットの名前もクリス・ジャクソンの名前も忘れているだろう。

誰もがなにかを隠している。エシーも。オーフィーリアも。執務室にいる警官の半分は定期的に嘘をつく――小さな、取るに足りないようなことで。無意味な嘘。簡単に反証できるような嘘だ、コンピューターの画面を何回かクリックするだけで。そしてすぐに忘れる。容易に解いて片づけられる、よくある小さな嘘。

第三章

カトリック系の女子校の休憩時間。子供たちを薄汚い校庭へ送りだすベルに合わせて、エシーは昼休みを取る。校庭が通りに近すぎるのではないかと心配になる。これはセラピーだ。以前の上司から命じられて受けているカウンセラーとのセッション――エシーの共感力が強すぎるか弱すぎるかのどちらかだと決めつけてくるセッション――よりずっといい。

セッションでは極論を主張する役割を振られ、そのうえで論破される。精神分析の評価をごまかすのは簡単だった。ほかのさまざまなものごととおなじだ――答えのある謎とおなじ。ゲームだ。きちんと注意をはらえば、相手がなにを聞きたいと思っているか正確にわかる。

　少女たちは制服を着ている。海老茶色のスカートに白いポロシャツ、ブルーのセーター。素材は安っぽく、すぐに毛玉ができる。下級生の少女たちは飛ぶように階段を降りて校庭へ向かい、登れる遊具に突進する。上級生はお互いを意識しながら時間をかけてこれ見よがしに歩く。

　エシーは一週間かけてスクールカーストを見抜いた。誰がグループを仕切っているのか、誰がリーダーの座に昇ろうとしているのか。漏れ聞いたいくつかの会話を情報源として、おおざっぱにソーシャル・メディアをサーチすれば、たとえ偽名を使っていようと、数ブロック先の兄弟校にボーイフレンドがいるのは誰かとか、別格のものごと——慎重にふるまわなければ数年後にはエシーのデスクにやってきかねないものごと——に巻きこまれているのは誰かといったことはわかる。エシーにとってはどれも重要ではない。事実が明らかになったあとは、五時間もしないうちに半分くらい忘れている。

　エシーは遊具を眺める。十二歳の少女たちが大きく体を揺らし、横木から勢いよく飛びだし後方宙返りをしてコンクリートの地面に着地できるかどうか、お互いにけしかけあっている。少女たちが空中に飛びだすと——その瞬間はいつもスローモーションのように見える、まるでそれを止めて巻き戻すことができるかのように——エシーの神経は火花を散らす。着地の衝撃を思うと、電池を舐めたときのようなピリッとした刺激が胃から四肢へ伝わる。ブーンと飛ぶ。着地する。膝が曲がる。一瞬の沈黙。

　エシーの息が止まる。

　次いで歓声が起こる。

　そしてまた最初から。

　十代だったときに姉が早産したことがあり、エシーも病院へ行った。次々と合併症が起こるのを見た——

内出血、心停止。エシーが立っているそばで医師たちはグラディスの内臓を持ちあげて、傷物の果物かなにかのようにチェックし、どこが悪いかを見きわめてからもとの場所に押しこみ、縫った。グラディスの体は治癒した。これがエシーに、実際的な解決は安全なのだという錯覚をもたらした。

警察に入って十年半になるが、人間の体はエシーが好むタイプの謎ではない。明確な解がない、いや、そもそも解などないからだ。遠くから見ると、簡単に組み立て直せるかに思える。首がひどい角度に曲がった？　そっともとに戻せばいい。歪みを直し、再調整すればいい。曲がったところはまっすぐに。損傷ももとに戻して。

遊具のてっぺんに少女がいる。ジャングルジムの細い二本の横木の上で、バランスを取りながら立っている。体がぐらつくと、両腕をぐるぐる回してまっすぐな姿勢を保つ。誰が一番複雑な――そして大胆な――ジャンプができるかというゲームだ。とんぼ返りをしたり、ひねりを加えたり、開脚したり、キックをしたり。

少女は膝をぐっと曲げている。強く蹴って高く舞いあがるつもりなのだ。エシーが見ていると、少女は目をつぶる。見ないで飛ぼうとしているようだ。ピリッとした刺激がまた胃に起こる。衝撃の予感のせいで。衝突とその結果――解のない結果――のせいで。

エシーは息を止める。

スマートフォンが鳴る。パートナーの着信音だ。

少女が飛ぶ。後方へ。

ヒント：誇張表現。答え：飛翔。

宙に舞いあがるのはジャングルジムの上の少女ではなく、プリマス・ブールヴァードの少女だ。死ぬはずがないと思えるほど優雅に南へ飛んだ少女だ。

いつもどおり、着地までの時間は引き延ばされ、思考が雪崩を起こす余地が生まれる。

午後二時に会議がある。ロサンジェルスにおける人身売買を追う特別隊の捜査範囲がエシーの担当地区と重なるのだ。ぜひ参加したいと思っている。通りにまつわるものごとの裏でなにが起こっているのか、もっと情報がほしい。

三日まえ、アーリントン・ハイツをちょっと外れたジェファーソン・ブールヴァード沿いで電話に出たときに、小さな図書館の外の低い壁に落書きされたメッセージの話を聞かされた。〝わたしの名前はジェシーナ・リヴェラ。ここ、ロサンジェルスで意思に反して拘束されています。誰か助けてください〟。

英語はうまかった。うますぎる、とエシーは思った。しかし本物だったらいたずらとしてやり過ごすわけにはいかない。

エシーは電話に出る。「ペリーです」

少女は着地する。体がウエストのところで折り曲がる。胸が膝にぶつかる。少女はまえに体を伸ばして倒れる。

「エシー、スペラだ」

二年一緒に働いてもまだこんなふうに堅苦しく名乗りあう。

「遅刻ね、わたし」エシーはいう。

少女はつかのま地面に伸び、動かない。

「まだ大丈夫」スペラはいう。彼は喫煙者だが、それを隠している。マイクをよけてしゃべるので、エシーにはわかる。

スペラがしゃべっているのはエシーの意識にものぼっている。だが少女が動かない。

プリマス・ブールヴァードで車から降りたときにはなにも考えていなかった。最初の死体に触れたときには、その体を元どおりにできるのではないか、鋭角に曲がったところを直し、骨を全部あるべき場所に戻せるのではないかとなかば想像していた。

呆然としながら、少女は起きあがってよろよろと仲間のところへ向かう。そしてハイタッチで迎えられる。

「場所はわかったかい、ペリー? 復唱して」スペラはこうやってエシーを牽制する。復唱して。

「ぼくがいうまえから上の空だっただろう?」

エシーは校庭に背を向ける。「もう一度いって」

「ウェスタン・アヴェニューと三十八番ストリートの角」スペラはいう。「二十代の女性。われわれの担当じゃないかって話だ」

われわれの担当。スペラはお行儀がよすぎて、そのうえ若すぎて、NHI《ノー・ヒューマン・インヴォルヴド》という古い隠語を使えないのだ――警察が捜査に値すると見なさない人間の事件についていう隠語を。

「死んでるの?」

「そういわなかった?」

「わたしが聞いてるあいだにはいわなかった」

「死んでる」

「だったら殺人課が行くべきじゃないの?」エシーにもほかの部署の領域を侵害しないくらいの知恵はある。まあ、キャシーのことを尋ねるためにジュリアナを訪問したのは、まさにそういう行為だったわけだが。シェリーやオーフィーリアを相手にキャシーのことを持ちだしたのも。

「きみに現場へ向かってほしいそうだ」スペラはいう。「ぼくも向かってる」

「あの人たち、わたしが死体を見ても大丈夫だと思ってるの?」エシーは尋ねる。

「どういうこと?」

エシーはスペラの質問に答えないまま、電話を切る。

第四章

モーガン・ティレットの話にはもっとなにかある。セント・アンドルーズ・プレイスを三十八番ストリートへと自転車で進むうち——脇道よりも安全なのだ——エシーはそう気づく。情事のためという答えではしっくりこない。シンプルな答えを探せ、だが安易な答えに引っかかるな。ティレットは番組に呼ばれたのだ。なぜ非難を招くような真似をする？　見つかりたい気持ちがあったのだろうか？　見つかるはずがないとたかをくくっていたのだろうか？　ここにはゲームの要素がある。

　スマートフォンを探してポケットをまさぐる。データベースとトラベルログを確認するために、歩道に寄せて自転車を止めようとしたところで、画面上にスペラの名前が点滅しはじめる。エシーは電話をしまい、自転車の速度をあげる。

　角を曲がって三十八番ストリートに入る。黄色いテープはブロックの端からも見える。数年まえに平屋が火事になったあとにできた空き地が封鎖されている。一握りの警官が地元住民を遠ざけている。サウスウェスト署の刑事が周辺に立っている。まるでテレビドラマのスチール写真みたいに。

　エシーはガムを一つ剝く。

　そこに着くまえから、目にするはずのものについては予感がある——ウェスタン・アヴェニューの外れに遺棄された四番めの女だ。被害者の女は売春婦だと署ではいわれていたが、もっとなにかある、とエシーは思う。それに近い女もいる。娼婦だけでなく、カクテルウェイトレスも、ホステスも被害にあっている。女たちを結びつけているのは、職業よりもロケーションだ。

エシーはキャサリン・シムズの遺体も、それに先立つ二人の遺体も、直接見たわけではなかった。もしかしたら女たちの誰かを知っているかもしれない、担当のクライアントかもしれないということで、事後に殺人課から写真を見せられただけだった。

連続殺人？　そのとき、エシーはそう尋ねた。

おそらくちがう。運が悪かっただけだろう。二度あることは三度ある、だ。

連続殺人だと思う。エシーはそういった。

いや、満足しなかった顧客ってやつが三人いただけだろう、というのが殺人課の合理的な解答だった。

そのときはそれで終わった。

テープを張った場所で、殺人課から来たバークという名の禿げ頭の刑事がエシーに名刺を手渡した――エシーの名刺だ。「あんたの友達だ」バークはそういい、遺体のほうへぐいと顔を向ける。「スペラが、先日この女をしょっぴいたばっかりだといっていたが。なんであんたの名刺を持ってたんだか」

エシーはテープの下をくぐる。目を凝らして遺体を見つめるあいだ、ほかの刑事たちがそびえるようにそばに立っている。

喉を切り裂かれ、顔に袋がかけられている。

客引きのためのそぞろ歩きをしたり、クラブへ行こうとしたりする服装ではない。それよりは家で過ごそうとしていたように見える。短パンに、ぶかぶかのレイカーズのパーカーだ。

「ジュリアナ」エシーはいう。

「あんたのところの女の一人か？」まるでエシーがウエスタン・アヴェニューの娼婦を所有しているかのような、彼女たちには所有者が必要であるかのようないいぐさだ。

「〈ファスト・ラビット〉の従業員というだけ。周辺業ね、娼婦だったわけじゃない」エシーはしゃがみこむ。

「周辺業ね」バークはくり返す。白か黒かの問題を、エシーが複雑にしているといわんばかりに。「その名刺は女のポケットに入っていた」バークはパーカーのまえのポケットを指差す。ジュリアナの首から滝のように流れた血がそこで止まっている。

オレンジ色の髪がビニール袋の底からこぼれ出ている。巻き毛の一部はもつれて血で固まり、残りは雑草や泥土の上に扇形に広がっている。目はとじられ、顔は横に向けられている。くだらない騒ぎから目を逸らすかのように。もううんざり、とでもいうように。

ジュリアナをもとに戻す方法はない。解はない。謎さえない。

「つい先日、捕まえたばかりでした」スペラはいう。「クレンショー・ブールヴァード沿いの〈ミス・クリスタルズ〉の手入れのあとに」

エシーは鑑識の一人から手袋を受けとってはめる。手を伸ばし、その手でジュリアナの足を包む。爪先は固くなっている。ラテックスの手袋を通して、乾いた粘土のような感触が伝わってくる。

「ドラッグで活力を補給してるような感じだった」スペラはつづける。「街娼には見えなかった。純粋すぎるように思えた。しかしどんな仕事をしているかは問題じゃなかったんですね。これはみんなつながってる、でしょう?」

「みんなにかしら原因があるんだろうさ」バークはいう。

頭上でいきなり爆発的な鳥の鳴き声がする。顔を上に向けると、緑色のオウムの一団が近くのヤシの木に群がっているのが見える。オウムの色は鮮やかだ。ドリアンの箱のなかのハチドリのように。

なぜみんないつもまちがった質問をするのだろう? 誰が鳥を殺したのか、とか。被害者は街娼だったのか、ストリッパーだったのか、それとも雇われダンサーだったのか、とか。たとえばドリアンのあの鳥の箱を見てみるといい――鳥はみんな脱脂綿に包《くる》まれていた、まるでそうすれば死がいくらかましになるとでもいうように。ドリアンが鳥たちを取っておく理由は天才でなくたってわかる。

　ドリアンが何者か知るためには、コンピューターで数分調べるだけでよかった。もう数分かけたら、ドリアンの娘がここ八カ月のあいだにウェスタン・アヴェニューの外れで見つかった三人の女とおなじ死に方をしたことがわかった。二つのことがらがエシーの興味を引いた。それまでつづいていた殺人がリーシャを最後に止まったことと、ファイルをざっと眺めて目についた名前だ――ジュリアナ・ヴァーガス、生きているリーシャに最後に会った人物。〈ミス・クリスタルズ〉の手入れのときに連行されてきたのとおなじジュリアナだ。エシーがドリアンと話をしていたときに、疲れたような、それでいて生意気な態度でスペラのデスクのまえに座っていたあのジュリアナだ。いま、固く冷たい足がラテックス越しにエシーの手に握られているこのジュリアナだ。

　手もとの情報から判断して、エシーはジュリアナの逮捕記録にあった住所をすでに訪ね、徹夜明けだったココという名前のルームメイトから話を聞いていた。ココによれば、ジュリアナは〝キャシーっていう、通りで働くビッチが死んだこと〟がひどくこたえて、疲れきっていたらしい。

　輪ができる。きれいに描かれた輪だ。ドリアン――ジュリアナ――キャシー、そしていままたジュリアナに戻る。

「いよいよ連続殺人ね」エシーはいう。

　バークやそのパートナーのマティスからは反応がない。

「連続殺人でしょう」エシーはくり返す。

　バークがふり返る。「なんでだ？」

「だって四人めでしょう。キャサリン・シムズが殺されたとき、ケンターとポークが数カ月まえの似た被害者二人の写真を見せてくれた」

「あんたは殺人課じゃないだろ、ペリー」バークはいう。

「まえはそうだった」

「あんたの推理ゲームは必要ない」

「わたしのいってることは正しい」エシーはいう。「それはあなたにもわかっているんでしょう」バークの声のなかにそれが聞き取れる。自分が新しい情報を伝えているのか、それとも情報の裏づけを提供しているのか、エシーには確信が持てない。「去年の二人。それからキャサリン・シムズで、今度はジュリアナ。あなたにもわかってる、そうでしょう」

「おれを誘導するな」バークはいう。

「これは四番めの殺人なの」エシーはくり返す。「もしかしたら十七番めかも」

「十七番め？」バークの顔がゆるむ。この表情の意味ならわかる。エシーは自分の先を行っているわけではない。逸脱しているだけだ。エシーのことは気にしなくていい。話を聞く必要すらない。そういう顔だ。

「おれは仕事中に眠りこけていたんだろうな、それだけの数の死体を見逃すなんて。マティス、こういう死体を十七も見たか？」バークはジュリアナのほうへじりじりと爪先を近づける。

「これが誰だか知っているの？」エシーは地面を指差して尋ねる。

「ジュリアナ・ヴァーガス」バークはいう。

だけどそれ以上はなにも知らないんでしょう、とエシーは思う。リーシャ・ウィリアムズがおなじやり方で殺された夜にベビーシッターとして相手をしていた少女がこの女だと知らないんでしょう。あまりにも多くの偶然のせいで、パターンが生まれそうになっていることに気がついてないんでしょう。

「被害者はあんたの名刺を持っていた。なぜだ？」バークは尋ねる。

エシーは顔をあげ、ガムをパチンと鳴らす。殺人課の刑事の一人がそばに立ち、エシーの上に影を落としている。彼らに見えていないなら、まだ明かすつもりはない。「ジュリアナは〈ファスト・ラビット〉で働いていた」エシーはいう。「あの店の奥の部屋に関する最新情報を、彼女から聞きだせないかと思ったの。あなたたちはまだ、あそこがお行儀のいいただのストリップクラブだっていうふりをつづけているの？」

「住所は知ってるのか？」バークが尋ねる。

ボールをくわえていそいそ戻ってくる小犬のように、スペラがいう。「逮捕記録に載っています」

「もうそこには住んでない」エシーはいう。「家族のところへ戻ったから」

「家族に知らせてもらえないか？　あの共感がなんとかっていうセッションを受けたんだろ」バークはまるで便宜をはかっているかのような口ぶりだが、エシーにとっては苛立たしい。

エシーは犯行現場に背を向ける。肩越しに、バークとマティスが笑っているのが聞こえてくる。十七だってよ。

あの事故のときは、家族に知らせる必要はなかった。少女たちは家のすぐ外で遊んでいたのだ。衝撃に気がついて——エシーはそのときの音のことは考えられない——両親が外に出てきた。だから長々とドアまで歩かなくてよかった。ドアロに出てくる人は、自分がノックするまでは家族が生きていると思っているのだ、時は一時停止したままなのだ、と思いながら死の行進をする必要はなかった。

プリマス・ブールヴァードは、またべつの話だ。

手のなかに他人の運命を握っているように思いながら、拳をあげてドアをノックすることはなかった。だいたい、ハンコック・パーク地区の路上で子供が夜中にけんけん遊びをするなんて、そんなことを許す親がいるとは思えなかった。

第五章

午後三時。連続殺人という言葉を広めたくないとしても、もってせいぜい夕方のニュースまでだろうとエシーは思う。どんなに必死に否定したところで、エシーが正しいことはバークにもわかっていた。しかしエシーが正しくともそれは問題ではなかった。これはバークの事件であり、バークが話すべき物語だからだ。バークと、強盗殺人課の課長であるデブが協力して当たるべき事件だからだ。いま問題なのは、警官か、近隣の住民か、活動家か、被害者の親類がひとたび連続殺人という言葉を口にすれば、それが丘陵の山火事のように燃え広がってしまうことだ。

なぜ担当の課がこの言葉をいやがるのかは、エシーにもわかる。それが市民の恐怖と興奮を掻きたてるからだ。頭のねじのゆるい人々。寄せられる情報や持論。記者会見。霊能者。トークショウ。カラフルなニュース番組や、暴力的なアニメや、まことしやかなドラマ。犯罪捜査の本筋から気を逸らすものごと。絶えずくり返す殺人に関するタブロイド紙の恐怖譚。

　連続殺人という言葉が捜査課にどんな影響を及ぼすか、刑事たちをいかに変化させるか――いかに彼らの神経を逆撫でし、不安やストレスを引きだすか――も知っている。なにしろ誰かが自分の担当区域で好きに振る舞っているのだから。図々しく、乱暴に法律を破っているのだから。しかしもっと悪いのは、その誰かが一歩か二歩、いや、下手をしたらもっと先んじており、みずからの違法行為をひけらかし、警察を嘲り、ことによるとヒントを残しさえしたうえで、警察に自分を捕まえることはできないと確信している場合だ。水面下で推理合戦、頓智合戦がはじまる。やがて事件を割りあてられたチームは敵のイメージをつくりだす。自分たちと知的に対等で、陰に隠れてうまく立ちまわる人物だ。でなければ、どうして警察の追跡をかわすことができる？

　犯罪者が見落とされるのはたいてい、頭が切れるからではなく、あまりにも間が抜けているか、自分の心配もできないほど機能不全に陥っているからだ。いかに賢いかではなく、いかに無感覚でいられるかの問題なのだ。

　しかしいまや否定しようがない。四人の女。そのうちの二人はほんの数日の間隔で発見された。相違点よりも類似点のほうが多い。確実に連続殺人だ。

　エシーは自転車を引いて立ち去る。いつもながらの野次馬を通り過ぎる。人々は興奮して目を見ひらき、なにか見えないかと思いながら、この悲劇を自分の話のネタにすることに余念がない。

　今夜、会議があるだろう。捜査本部が立ちあがる。

ルールが定められるだろう。境界線が設定され、メディアに多くを伝えるのか、あるいはすこししか漏らさないのかが決められるだろう。それにもかかわらず、より多くが漏れ、より多くがでっちあげられるだろう。

　連続殺人はローカル産業のようなものだ。この最後の被害者のあと、捜査チームは性格分析官や地理分析官や遺伝子分析官を引きこむだろう。分析官たちは平均的な人物の複雑な絵を描いてみせるはずだ。たぶん人並み以下の人物。どこにでもいそうなやつ。顔を見てもすぐに忘れてしまいそうな男。群衆のなかにいたら、あるいは自宅のポーチに座っていたら見落としてしまいそうな男。

　エシーは自転車に乗り、木の根がアスファルトを持ちあげてできた道路のこぶをよけてこぎながら現場を離れる。一度揺れて大きく道路にはみだしてから、バランスを取り戻す。

　モーガン・ティレット。あの活動家のソーシャル・メディアをスクロールしたときに自分がなにを見落としたか、いまになって気づく。エシーはきわどい物語を探していた。街の外での情事を。

　モーガン・ティレットのほかの――地元ロサンジェルスの――友人たち、活動家たちからなるフィードをチェックしていなかった。離れた場所の知人を探しただけだった。それはまちがいだ。

　右に曲がってシマロン・ストリートに入ったところで、エシーは誰かとぶつかる。急ブレーキをかけたせいで、体がハンドルのほうへつんのめる。

　衝突のあとの瞬間は、ふつうの時間と空間の外にあるように思える――時間は引き延ばされてゆっくり流れ、空間は大きくなる。ブラックホールがすべてを内側に引きこもう、すべてを一度に呑みこもうとするのに似ている。過去からも現在からも手の届かない死角。原子爆発の直後や、平らな輪になって広がる音波だ。

　一瞬、あまりにも呆然としてしまい、まわりが見えない。心臓の鼓動が速い。頭のなかが真っ白になり、次いで真っ暗になる。それから少女が二人見える。一人は東西方向に、もう一人は南北方向に倒れている。

「ペリー刑事？」

エシーは目をあける。いや、それとも目はもともとあいていたのか？

「ペリー刑事？」

女がエシーの腕をつかんでいる。女の顔がエシーの顔のすぐそばにある。近すぎる。

「大丈夫？」

シマロン・ストリートと三十八番ストリートの角にいる。犯行現場をあとにして。家族に知らせに向かうところだ、とエシーは思いだす。

知っている女だ。白人。六十代。メイクはなし。白髪交じりのカーリーボブ。

ドリアン・ウィリアムズだ。

「大丈夫」エシーはいう。「わたし、あなたをはねたの？」

「ぶつかった」ドリアンはいう。「すこしだけね」ドリアンはエシーの肩越しに犯行現場のほうを見る。

「誰？」

ドリアンの顔には、エシーが好きになれない表情が浮かんでいる。くの字に折れ曲がった車を通り過ぎて娘のもとへたどり着くために、プリマス・ブールヴァードをものすごい勢いで駆けてくる母親の表情だ。

これはドリアンの悲劇ではない。

エシーには、ドリアンに伝えるつもりはない。

「立場上、勝手に話すわけにはいかないの。捜査中の事件だから」記者会見用の戯言《たわごと》だ。切って貼ったような拒絶。

「でも——」ドリアンは口をひらきかける。

でもはない。ドリアンにもいずれわかるはずだ。いますぐ知る必要はない。

「鳥はまだ死んでる？」エシーは尋ねる。

「え？」

「ハチドリ」エシーはいう。「また増えた？」

ドリアンは答えない。エシーを押しのけるようにしてそばを通り過ぎ、すでに犯行現場へ向かっている。

五分後、エシーは二十九番プレイスにいる。ジュリアナの家の欠けのあるゲートを背後にして、自転車をロックする。短い階段に向きあう。赤く塗られてからずいぶん経っているようだ。警察の者です。あのときもそういったのだ、自分と、止まったばかりのエンジンがパチパチ音をたてている車のそばを走り過ぎて子供たちのもとへ向かう両親に対して。

警察の者です。母親が南北方向の通りに横たわる少女を、父親が東西方向に横たわる少女を抱きあげたとき、二回そういった。

それでなにかが変わるかのように。

息を深く吸いこむ。思考をどこかほかの場所へ飛ばす。これはやらなければならない仕事というだけだ。口にしなければならない言葉というだけだ。ロサンジェルスでは、年間およそ三百件の殺人がある。これはただの仕事だ。

エシーはガムを一つ剝く。

ジーンズを穿き、〝ポーツ・オコール・ヴィレッジ、サン・ペドロ〟と書かれたTシャツを着た、がっしりした体格の女がドアをあける。スリッパを履いている。それでもエシーより十五センチくらい背が高い。

「はい？」

低く、鼻にかかった声だ。

警察の者です。この言葉がなにかを変えるわけではない。衝撃をやわらげることもなければ、死者を生き返らせるわけでもない。時間を巻き戻せるわけでもない。

エシーはバッジを引っぱりだす。

女は一方に首を傾げる。まえにもこういうことはあったのだろう。このドアをあけると警官や刑事がいて、誰かが彼女の娘を、あるいはもしかしたら夫を、探していたことが。

「なんでしょう？」

エシーがしゃべりだすまえの時間が平たく伸びる。口をひらくまで、エシーの存在はただ迷惑で厄介なだけだ。また警官か。また家族の誰かが問題を起こしたのか。

「ミセス・ヴァーガス？　アルヴァ・ヴァーガスですか？」

「はい」

ジュリアナの母親はじれったそうな声で答える。

「サウスウェスト署の者です」エシーはいう。「ジュリアナ・ヴァーガスのお母さんですね」

アルヴァのうしろに、ソファに座ったアーマンドが見える。前回ここへ来たときとおなじ場所にいる。

隣家の住人が植物に水をやっており、しぶきが通りまで届いている。これもやはり前回とおなじだ。アルヴァはしぶきのほうへ顔を向ける。ホースの水が止まり、繁みのうしろから女が姿を現す。痩せぎすの白人で、顔も細く、白っぽい髪をしている。白髪交じりのブロンドだ。

「なかに入りますか、刑事さん？」

暴動よけのゲートがエシーのうしろで音をたててしまる。肩越しに確かめると、隣家の女は自分の家とジュリアナの家のあいだの歩道に水を撒いている。

すでにこの瞬間を引き延ばしすぎている。これではまるでジュリアナの両親を騙そうとしているようだ。

「ミセス・ヴァーガス」エシーはいう。

「わたしは警察の者です」それはいまからいおうとしていることとはなんの関係もない。単にわたしが仕事上の立場から話していることを示しているにすぎない。起こったことを、なかったことにすることはできない。

「残念ながら、お知らせしなければならないことがあります。先ほどお嬢さんの遺体が発見されました。殺人事件のようです。いますぐ受けいれるのが大変なのは承知しています。車を呼んで、検死官のオフィスにお送りすることもできます。遺体を確認するために」

　自分の子供の死の現場に居あわせてしまったら、曖昧な部分は残らない。疑問の余地はない。じつはちがうのではないか、誰かがまちがえたのではないか、そんな可能性を考える時間はない。問題の遺体は自分の子供ではないと思うような時間はない。モルグや検死官のオフィスへの長ったらしいドライブもない。延々と否認している時間はない。

　警察の者です。事故だったんです。あのとき、エシーは言葉が口から出るのを止められなかった。たっぷり一分のあいだ、プリマス・ブールヴァードと六番ストリートの交差点に響いていたのは、エシーの声と、エシーの車のエンジンだかラジエーターだかなんだかが衝突後にたてていたシューシューいう音だけだった。

マークを見やると、車内に座ったまま目を大きく見ひらいていた。しかしその目はなにも見てはおらず、手はハンドルを握ったまま固まっていた。茫然自失の状態だった。エシーはしゃべりにしゃべって沈黙を埋めつづけたが、やがてその声は母親の悲鳴に掻き消された。マークは微動だにしなかった。

　エシーの最初のミスは、事故について言い逃れをしようとしたことだった。

　二番めのミスはデブに電話をしたことだった。

「あるいは、ご自分で運転して行ってもけっこうです」エシーはいう。

　アルヴァはエシーから目を離せずにいる。嘘を見抜こうとするかのように、疑り深い目を向けている。

「ジュリアナが？　ほんとうにジュリアナなの？」

「残念ですが」エシーはいう。

　アルヴァは首を横に振る。「あなたのいっていることが信じられない」

検死官のオフィスに着くまでは二十分か三十分。その後、モルグに移動して身元確認を済ませるまで、もしかしたらさらに十分ほどかかるかもしれない。つまりアルヴァには自分自身を騙していられる時間が最大であと四十分ある、とエシーは思う。

「それはわかります」エシーはいう。

アーマンドはさっきから動いていない。ソファに深々と身を沈め、腕を胸のまえで組んでいる。

「どうしてジュリアナだってわかるの？」アルヴァが尋ねる。

「被害者はぶかぶかのレイカーズのパーカーと、色褪せたショートパンツを身につけていました。髪はオレンジに染めた巻き毛です」

アルヴァは肩をすくめる。「誰であってもおかしくない」

「わかりました」エシーはいう。信じないのは簡単だ。「署まではご自分で運転しますか？」

アルヴァは夫を見やる。「おまえが行ってくれ」アーマンドはいう。「おれには証拠は必要ない。その女刑事がジュリアナだっていうんなら、わざわざ行くまでもない」

エシーはスマートフォンを取りだし、パトロールカーを要請する。

「妻には説明しないのか？　あんたがこのあいだもうちに来て、なにやら質問したことは」アーマンドがいう。

「そうなの？」アルヴァが尋ねる。

「先週殺された売女《プータ》について、ジュリアナに質問してたんだよ。たくさん訊いて、答えは得られずじまい」

「そうなの？」アルヴァはくり返す。

「キャシー・シムズのことでここに来ました」エシーは答える。

「あの子がトラブルに巻きこまれてるってわかってたの？」アルヴァは尋ねる。

そう、アルヴァにはわかっている。心の底ではわかっている。被害者は自分の娘だと受けいれている。できるかぎり長いあいだちがうと信じたいがために自分を騙しているだけなのだ。

「わかってたのに、なにもしなかったの？」

「キャシーは正真正銘の薄汚いプータだった」アーマンドはいう。

エシーは電話を確認する。パトロールカーを呼んでからまだ一分と経っていない。車が到着するまで、非難を全部背負いこむことになりそうだ。殺人者で、悪いニュースの運び屋で、ジュリアナを守らなかった刑事。通りをきれいにしておかなかった刑事。

アルヴァはエシーに近づき、すぐそばにのしかかるように立つ。「わたしの娘が殺されるのを、ただ放置したの？」

ストリッパー。セックスワーカーだった可能性もあり。ドラッグの常用。複数の男たち。〈ファスト・ラビット〉。〈サムズ・ホフブロイ〉。〈ミス・クリスタルズ〉。これからも長くなりそうだった逮捕記録。それが全部エシーの責任だろうか。

アーマンドは鼻を鳴らす。「なんだ、おまえもジュリアナだってわかってるんじゃないか」

アルヴァはくるりと向きを変え、拳をあげながらアーマンドに突進する。

エシーはうしろからアルヴァを捕まえ、アーマンドから引き離す。

「おれの娘をみすみす殺させたのはＬＡＰＤだ」アーマンドはいう。「おれに殴りかかる理由はないだろうよ」

第六章

つながりはそこにある。それがなにを意味するかについては確信がないが、それでもエシーにはつながりが見える。ジュリアナ・ヴァーガスは生きているリーシャ・ウィリアムズに最後に会った人物だった。そして今度は彼女自身がおなじやり方で殺された。バークと捜査チームはまだ過去の殺人と結びつけて考えてはいない。現在にばかり目を向けている。こぢんまりと整った解決を求める気持ちが強すぎる。十七もの死体が関わる問題など望んでいない。

　情報をどうするか？　この確信をどうするか？　どちらも容易に盗まれ、容易に壊されうる。情報をまちがったやり方でまちがった人々に明かせば、歪められ、破壊され、誤用され、濫用される。人々は情報だけを吸収するかもしれない。こちらの発見だけを自分たちが見つけたもののなかへ吸収し、発見者のほうはつまはじきにするのだ。あるいは、ずっと隠されたり棚上げにされたりするかもしれない。そうやってわざと忘れるのだ。

　下手なやり方で情報を伝えれば、事件から遠ざけられ、自分の頭がおかしいのだと感じるように仕向けられる。こちらにどれほど確信があるとしても。

　エシーには確信がある。そしてそれを失いたくないと思っている。

　だからこそヴァーガス一家の住まいからまっすぐに署の強盗殺人課本部に——デブが仕切っている場所に——向かっているのだ。

　事故のあと、デブはエシーの味方をしてくれた。すくなくともエシーはそう思っていた。エシーをかばい、彼女は優秀で信頼に足る警官だ、調子を崩してなどいない、いまも当てにできると、みんなに話した。デブにとってじつはわたしなどどうでもいいのだとは、エシーは露ほども思わなかった。だが実際には、デブはおのれの力量を証明していただけだった。自分は警察の身内で、自分には警官の血が流れていて、同僚のために全力を挙げて戦っているのだと誇示しているだけだった。

デブはエシーのためを思ってやっているのだといっていた。

おかしな厚意もあったものだ。

デブの階級はあがった。エシーは掃溜めのようなサウスウェスト署の風俗取締係から抜けだせずにいる。

報道陣が到着し、ちょっとした騒ぎが起こる。連続殺人という言葉がすでに漏れたのだろう。デブを捕まえるには幸運が必要だ。

デブがちょうど自分でオフィスのドアをあけ、エシーはびくりとする。デブは制服姿で、エシーがその理由に気づくまでにすこし時間がかかる。記者会見があるのだ。もうすぐ正式に連続殺人事件と発表される。デブがゴールデンタイムのテレビに映る。

「ペリー」デブはそういって握手をする。

五年間もパートナーだったのに堅苦しい握手で迎えられるわけか、とエシーは思う。

事故のあとしばらくは——ものごとがおちつくまでエシーが休暇を延長したあと、復帰して風俗取締係に降格されたあと——エシーとデブは一緒に飲んだ。週に一回、それがやがて月に一回になった。その後デブが昇進した。次いでまた昇進した。まもなく二人の軌道は大きく離れた。

デブの髪は完璧だ。エシーとちがい、もともとブロンドなのだ。「びっくりした」デブはいい、非の打ち所のない制服のまえを撫でつける。「タイミングが悪かったわね。連続殺人なのよ、もう聞いてると思うけど」

「わたしの担当だから」エシーはそれをデブに思いださせる。デブがドア口でこの会話を済ませたいと思っているのがひしひしと伝わってくる。デブには行くべき場所があり、動きを止めたくないと思っており、エシーがわざわざやってきて話そうとしていることがなんであれ、それで足止めを食うのはいやなのだ。「重要なことなの」エシーは以前のパートナーのそばをすり抜けてオフィスに入る。

　オフィスの壁には額に入った写真が飾られている。二人がパートナーとしてハリウッド署にいたころの写真で、ドラマ〈女刑事キャグニー&レイシー〉を地で行く二人組としてロサンジェルス・タイムズ紙に取りあげられたのだ。本物のやり手の女刑事として。もっとも、いまでもそうなのは一人だけだが。

　以前はざっくばらんな関係で、おなじカップから飲み物を飲んだし、サンドイッチを分けあって食べたし、化粧品を貸し借りした。二人分の書類や所持品がごちゃ混ぜに置かれたデスクに足を投げだして座ったりもした。それがいまでは、お互いに触れもしない。

　デブはオフィスのなかへ何歩か戻るが、ドアをしめはしない。「連続殺人に関すること？　あの女たちはあなたの担当だった？　知り合いだったの？　捜査に加わりたいってこと？」

　効率のいいことだ。可能性のあるすべての答えをあらかじめ並べてみせ、こちらは選べばいいだけ、とエシーは思う。

「加わりたいわけじゃない」エシーはいう。仮に望んだところで、そのとおりにはならないだろう。いまは。知っていることがあるとしても。エシーからすれば、すでに加わっているようなものだとしても。

「聞いて、ペリー、あんまり時間がないの。地元のマスコミ五社を待たせてる。あとでちょっと飲みに行けるかも」

「これからますます忙しくなるはずでしょう」エシー

はいう。

「犯人を捕まえたあとなら大丈夫」

「自信家ね」エシーはいう。「いいことだわ」ただし、それがはったりだということをエシーは知っている。

「それで、事件のことじゃないならなにを話しにきたの？　あなたが偶然の一致をどう感じているかはわかるけど。担当地区にいた女たちが死んで、それがニュースになるんだものね。それでここに来た」

「聞いて」エシーはいう。「わたしたちがハリウッド署にいた当時、ウェスタン・アヴェニュー沿いで殺人が多発したのを覚えてる？　娼婦がおもな被害者だったけど、そうじゃない人もいた。全員女だった」

「そうね」デブはいう。

「その件について、ＬＡＰＤは真剣に受けとめていないと抗議があった。大勢が激しい憤りをあらわにした」

「ええ、わかってる。心配しているのがそれなら、もうそういうことは起こらない。わたしたちは捜査本部をたちあげた。この件は公然と、正しく取り扱われることになる。総力を挙げて」デブは髪に手をやる。それから指で目の下を片方ずつこする。

「見た目は完璧よ」エシーはいう。

それからエシーは先をつづける。「当時、あのシリアルキラーには名前がなかった。事件はほとんど公にならなかった」

「そうね」デブはいう。「今回は報道するから。心配しないで」

エシーはスマートフォンを出したくなる。気を逸らしたくなる。「心配はしてない。ただ、当時の女たちのことを考えていたの」

「その女たちがどうかした？」

エシーはガムを一つ剝く。いまはこれに集中しなければ。「犯人が突然殺しをやめたのは妙だと思わない？　本格的に捜査がおこなわれたわけでもないのに、殺人が止まったなんて」

「ペリー。いまわたしたちが相手にしているのは活動中のシリアルキラーなの。二十年近く未解決だった事件を蒸し返すタイミングはいまだと、ほんとうに思ってるの？」

「十五年」

「何年でもいいけど」

「おもしろいものを見つけたの。昔の事件とのつながりを」

「なんなの……？　あなたは風俗取締係でしょう」

「最後の被害者が誰だかちゃんとわかってる？」

デブは息をつく。あきれたようにぐるりと目をまわしたいと思っているのがエシーにもわかる。その代わりに、デブはドアをぐっとひらいて押さえる。「飲みに行く時間をつくるから。あなたはもっと出かけたほうがいい。あなたの頭がどんなふうに働くかは知ってる。決まったパターンのくり返し」

エシーは手をあげていう。「犯人はおなじ男」

「おなじ？　誰と？」

「誰かは知らないけど、あなたがご自慢の捜査本部を使ってすぐにも逮捕しようとしてる男と」

デブはオフィスのなかへ戻り、ドアをしめる。「ペリー。一度だけ警告しておく。この事件に首を突っこまないで。ものごとをややこしくしないで。境界を踏み越えないで」

エシーはスマートフォンを取りだし、リーシャ・ウィリアムズが死亡した事件の記事を見つける。そして、リーシャが生きているところを最後に目撃された場所が詳述されている部分を拡大する。ジェファーソン・パーク地区で少女のベビーシッターをしていた。「それが」エシーはいう。「ジュリアナ・ヴァーガスだったの」

デブは睨むようにしてスマートフォンを見る。「こんなことをしてる時間はない」デブはいう。「階下に行ってメディアに発表するところなんだから。現在、四人の女性を殺害したシリアルキラーの捜査中だって。わたしが今回の件を、サウス・ロサンジェルスから来た何百人もの女たちがパーカーセンターでデモをしたときの古い事件なんかと結びつけると期待してるなら、あなたはわたしが思ったよりずっと頭がおかしいってことね」

「そもそもあなたはなぜわたしの頭がおかしいと思ったの？」

デブは鋭く息を吸いこむ。「わかるでしょ」

「わからない」

「昔起こったことのせいよ」

「なにが起こったっていうの？」

デブは息を吐いて、よそゆきの顔をつくりなおす。

「聞いて、ペリー。未解決の事件をどんなにたくさん解決したところで、なにかが元どおりになるわけじゃないの」

エシーはガムをパチンと鳴らす。「なにを元どおりにする必要があるの？」エシーの思考が飛びそうになる。思考があのときのプリマス・ブールヴァードへ駆け戻りたがっている。デブが現れて、すべてを管理しはじめたときへ。誤った管理をしはじめたときへ。デブがあの事故を自分の現場、自分の事件にしはじめたときへ。デブがエシーを誘導しはじめたのもそのときだったが、エシーは気づきもしなかった。

デブは襟を直す。「あなたがここでなにをしようとしてるかはわかってる」

昔のパートナーがまたエシーを誘導している。「わたしは自分の仕事をしようとしているだけ」エシーはいう。そしてスマートフォンの画面上にリーシャ・ウィリアムズの写真を見つける。「彼女にはあなたが注意を向ける価値はないと思うわけ？」

「いまはね」デブはいう。「この女性が殺されたのは十五年まえでしょう」

「つながりがあるの。わたしにはわかる」

デブは深く息を吸いこむ。「あきらめるつもりはないんでしょうね」

エシーは口をひらいて答えかけるが、デブがそれを遮っていう。「だけどわたしには、あなたにさせるつもりのないことが一つある。あなたにはもう、わたしが尻拭いをしなきゃならない面倒を起こしてもらいたくない。あなたは警察に残れただけでも幸運なのよ」

「幸運?」以前のパートナーの目をしっかり捉えながら、エシーはいう。

「あの二人の少女が死んでいくのを目にしたことで――」デブはいったん口をつぐみ、思わせぶりに咳ばらいをする。「あの少女たちを殺してしまったことで、あなたのものの見方が変わってしまったのは理解できる。だけどもう限界。ここはあなたの力の及ばない場所なの」

「わたしのものの見方?」

「膨大な数の質問が階下でわたしを待っている」デブはハンドルを回してドアを大きくあける。「あなたのことはわかってる。世界が自分にとって意味をなすようなつながりを探して、思考が回りつづけるのよね。それを止めるためにわたしにできることはなにもない。だからどうぞ、ご自由に」デブはドアの脇へよけ、エシーを通す。

エシーは廊下を半分歩いたところで足を止め、デブを先に行かせる。

あなたのものの見方。デブの言葉が頭のなかで鳴り響く。あなたのものの見方。まるでエシーの視界が、ものごとを見る方法が、あの事故のあとに変わってしまったかのようないいぐさだ。あの事故のせいで以前とはちがうものの見方を、あるいはなにか特定の見方を強いられているとでもいうのだろうか。

第七章

エシーが戻ると、サウスウェスト署はざわついている。報道関係のバンが何台か外に停まっている。昨今、ニュースが伝わるのはとても速い。会議室を覗くと、最近の被害者の写真四枚がボードに貼られている——クリセル・ウォーク、ジャズミン・フリーモント、キャサリン・シムズ、ジュリアナ・ヴァーガス。

デブのいうとおりだ。あきらめるつもりはない。解くべき問題が、謎がある。そしてエシーの思考がどんなふうに働くかは二人ともわかっている。もしかしたら、デブもそれを当てにしているのかもしれない。

エシーはデスクのまえに座り、メモ帳をぱらぱらめくる。視線がある名前の上に落ちる。オーフィーリア。

エシーは手を喉に当てる。けさの面談のあいだ、こちらに笑いかけているかのように見えたあの傷痕のあった場所に。全身に震えが走る。シャツの襟を掻きあわせ、肌を覆う。

オーフィーリア。姓はなんだった？ エシーはメモを探る。オーフィーリア・ジェフリーズ。最初は逮捕記録しか見つからない。

事件報告を見つけるのに一時間かかる。フィーリア・ジェフリーズ。オーフィーリアではない。首の傷でマーティン・ルーサー・キング病院に運ばれた。五十九番ストリートとウェスタン・アヴェニューの角で発見された。手術後に事情聴取。襲撃者は特定されず——白人か、もしかしたらラテン系だったという。被害者は娼婦だった。

だから仕方がないとでもいうのだろうか。

エシーは報告書のページをめくる。たいして見るべきところもない。追跡調査はなし。

オーフィーリアの事情聴取をした警官の名前に見覚えがない。おそらく異動したか、退職したのだろう。探しても仕方がない。当時、この事件は重要視されなかった。捜査は行き詰まり、過ぎ去った。

病院にいるオーフィーリアの写真がある。傷は縫われているが、まだ生々しい。エシーはまた首に手を当てる。

この切り傷。

ジュリアナとまったくおなじ。それに――

記録を当たる。ファイルを出してもらう。写真が落ちる。リーシャの頭部のアップだ。袋をかぶせられ、窒息させられ、首のつけ根に十五センチに及ぶ三日月形の傷がある。胸元は血濡れになっている。ジュリアナとまったくおなじように。エシーが見たほかの写真の女たちのように。エシーは日付をメモする。オーフィーリアが襲われる六カ月まえだ。

リーシャのファイルをぱらぱらめくり、次いで周辺時期のほかの未解決事件のファイルを引っぱりだす。寄せられた情報、手がかり、行き止まり。逮捕、釈放。どこにも行きつかない混乱。

地元の活動家やコミュニティのまとめ役の名前もいくつか見つける。警察に対し、行動を起こせ、仕事をしろ、サウス・ロサンジェルスで女たちが狩られている事実を公表せよと迫った人々だ。誰かが注意を払ってくれることを求めて、誰かが――みんなが――耳を傾けることを要求して、警察署や市庁舎でデモをした女たちの名簿だ。

これを全部読んでいる時間はない。コピーを取るだけの時間しかない。取ったコピーはバッグに詰めこむ。

その後、フィーリア・ジェフリーズ襲撃の事件報告を確認する。リーシャ・ウィリアムズが殺された六カ月後。もしかして、リーシャが最後ではなかったのでは？　リーシャがなにをしているどんな人間だったかは、実のところ重要ではなかったのでは？　エシーのほうが正しくて、ドリアンがまちがっているのでは？

答えはもっとずっとシンプルなのでは。

エシーはこの日の朝に書き留めた住所を再確認する。出ていきがてら、巡査部長のデスクに立ち寄る。クレムソンという名の古株だ。何十年も受付に座っている。

「けさ来た女性だけど。わたしを待ってた人」エシーはいう。オーフィーリアがやってきたとき、クレムソンは勤務中ではなかったが、記録を確認してくれる。「彼女を知ってる？」エシーは古いページからコピーした写真をクレムソンに見せる。「十何年かまえから出入りしてるみたいなんだけど」

クレムソンは読書用眼鏡をかけて目を細くする。

「ああ」

そして写真をエシーに返す。エシーはデスクをたたきたくなる。この男はなぜ明らかな質問をわざわざ口にさせるのだ？「それで？」

「もう何年もここに来てる。いつも一つ二つ苦情をいっていくんだ。あの女をあんたのところまで通したなんて驚きだよ」

「どんな苦情？」

「ああいう連中がどんなふうかは知ってるだろう。ドラッグのせいだよ。被害妄想が出るのは」

「それで、彼女の被害妄想は具体的にはどんな内容なの？」

クレムソンは〝なんでわざわざそんなことを訊く？〟とでもいいたげに眉をあげる。「どこかの白人女につけまわされてると思ってるのさ。もう何年もつづいてる。おれならおちつかせて、家に帰すんだがね」

「どうして彼女のいうことを信じないの？」

クレムソンは声をたてて笑う。「おもしろいことをいうね、ペリー」

午後五時。空は薄いブルーで雲はない。しかしスモッグか、煙か、なにかうねりながら流れていくものがある。ウェスタン・アヴェニューでは車の流れが悪くなっているが、エシーは自転車で隙間を縫って進むことができる。

　オーフィーリアのアパートメントの建物は通りの角にある。スタッコ塗りの箱型の二階建てで、バルコニーはなく、階下《した》はカーポートになっている。窓はどれもウェスタン・アヴェニューからの煤煙で灰色になっている。

　ヒント：南カリフォルニアの間抜けな感じの建築。

答え：ディングバット。

　ひどいデザインにつけられたひどい名前だ（dingbatは、一九五〇年代、六〇年代に流行した本文先述のような建築物の名称だが、「馬鹿、間抜け」の意味もある）。

　エシーはブロックを見て回り、ストーカーが使いそうな見通しのきく場所を探す。いくつかある。べつの建物のカーポート。ウェスタン・アヴェニューをはさんだ対角線上にある建物の引っこんだドアロ。大きなイチジクの木。

　ドアベルが並ぶ横に消えかけた表札がいくつかあるが、大半はなんの表示もない。

　男が二人、ドアの右のほうにいる。ぼうぼうに生い茂った繁みのあいだにキャンプチェアを置いて座っている。「誰か探してるのか？」

「オーフィーリア・ジェフリーズ」

「嘘だろ、おい」一人がもう一人にいう。「聞いたか？」

「聞いた」

「結局のところ、イカレてなかったのかもな」

「どういうこと？」エシーは尋ねる。

「あんたがフィーリアにいやがらせをしてるっていう白人の女かい？」最初の男がいう。

　男の友人はビールのふたを外す。「いつもそればっかりいってるよ。窓から怒鳴ったり、通りで騒いだり。

白人の女がこれをした。白人の女がここにいた。あたしの家の窓の外に白人の女が立ってるのは、みんなにも見えてるんだろ？」

最初の男は自分の膝をぴしゃりとたたく。「まったくね。で、その白人の女がいままさにここにいて、呼び鈴を鳴らしてるとはね！」

まるでこれが世界一おかしなことであるかのように、二人は声をたてて笑う。

「で、あんたはなんだってフィーリアをつけまわしてるんだ？」最初の男が尋ねる。

エシーはため息をついて、ジャケットからバッジを引っぱりだす。「これがその理由」エシーはいう。「さて、どれが彼女の家の呼び鈴？」

自分がほんとうに署から来た刑事であることをオーフィーリアに納得させるのに、すこし時間がかかる。男たちもおしゃべりをやめない。

なんだってフィーリアはあんたを信じないんだ？ もしかしたらあんたがストーカーなんじゃないのか。

白人女につけまわされてるっていってたけど、やっと姿を現したわけだ。

ようやくブザー音が鳴り、なかに通される。

オーフィーリアの部屋は二階にある。

「嘘でしょ」オーフィーリアはドアをあけながらいう。「ちょっと、嘘みたい」オーフィーリアは青緑色のベロアのトレーニングウェアを着ている。フードのついた上着のファスナーは傷痕を覆うくらいあげてある。

オーフィーリアはエシーの先に立って室内へ入る。アパートメントは狭く、雑然としてはいるがそれなりに片づいている。あらゆるものの上に額入りの写真がある。枕や動物のぬいぐるみも目につく。

一方の壁際は大きなメディアセンターになっており、フラットスクリーンの古いコンピューターや読み古した本――自己啓発書が大半――が並んでいる。その向かいはスライドウィンドウで、分厚いカーテンが引いてある。室内は頭上の電灯とハロゲンライトで照らされている。

「珍しいこともあるもんだ」オーフィーリアはいう。「あたしが必死にお願いしたからって、LAPDが家庭訪問をしてくれるなんてね」

　エシーはバックパックをあけ、署でコピーしたものをまとめたファイルを取りだす。「どこかに座れる？」

「必要なことはなんだってできるよ、あんたがあたしの苦情を真剣に受けとめてくれたってわかったんだから」オーフィーリアはファスナーをいじる。「だけど、どうして？」

「座りましょう」エシーはいう。「あなたと話しあいたいことがいくつかある」

「たとえば？」

「お願いだから」エシーはそういい、ファイルで海老茶色のソファを指す。

「じゃあ、その話ってのはあたしをつけまわしてる白人女のことじゃないんだね？」

　エシーはソファに腰をおろす。オーフィーリアも自分につづいて座ってくれればいいのにと思いながら。そうはならないとわかると、エシーはファイルをひらいて、二十年近くまえに殺された女たちの写真を引きだす。そしてその写真をテーブルの上に扇形に広げる。

　エシーが見ていると、オーフィーリアは写真を一瞥する。「いったい誰なの？」

「座ったら？」

　オーフィーリアは胸の上で腕を組んでいう。「どうしてあたしの家まで来て死んだ女たちの写真を並べてるのか、まずそっちから話したら？」

　悲しみを受けいれるための五段階のように、これから段階を踏むことになるのだろう。否認。苦痛。議論。受容。

　とにかく座ってくれればいいのに、とエシーは思う。

「オーフィーリア、これは一九九六年から一九九八年までに撮られた写真なの」エシーは一枚をトントンと指差しながらいう。「これは一九九七年の十二月に撮られた。あなたが襲われる一年ほどまえ」

オーフィーリアの手が勢いよく胸骨を押さえる。

「襲われるっていうのは殴られたりあざをつけられたりすることだよ。あたしは襲われたわけじゃない。喉を掻き切られて、死んだものと見なされて路地に放置されたんだ。まあ、死ななかったけど」

エシーはべつの写真を指差す――リーシャだ。「そしてこの写真は、あなたの事件の六カ月まえ」

「この女たちがあたしとなんの関係があるっていうの？」

「警察は、あなたの事件の追跡調査をした？」

オーフィーリアは声をたてて笑う。「どういう意味さ、追跡調査って？」

「何度も質問をしに来た？　容疑者のリストを見せられた？」

「連中がやったことを教えようか。まったくなんにもなし。病院で供述を取って、あとは消えた」

「ここには来なかったの？　あなたから情報を聞きだそうとしなかった？」

オーフィーリアはまた笑う。「情報を聞きだそうだって？　当時、あたしがどんな仕事をしてたか知ってるだろ？」

「記録は読んだ」

「あたしがどんな情報を連中に聞かせるっていうんだい？　警察を相手にするときは、職業上の危険のようなものとして話したよ。ときどき喉を掻き切られるくらいは仕事のうちだから、みたいに」

エシーはポケットからガムを一つ取りだし、口に放りこむ。

「煙草がほしいんじゃないの、刑事さん」

「ぜんぜん」エシーはいう。

とにかくオーフィーリアに座ってもらいたい。そのほうがニュースを切りだすのが容易だ。

ガムをパチンと鳴らす。近親者に死を告げるときと似ている。

「オーフィーリア」エシーはいう。「この写真の女性は全員、十八年まえからサウス・ロサンジェルスで犯行を重ねていた連続殺人犯の被害者なの」

「そうだろうさ」オーフィーリアはいう。

わかっていないのだ。まだ。

「この女たちを殺した男が、あなたを襲った犯人と同一人物だと思う」

オーフィーリアの手が傷痕をさっと押さえる。

「あなたが唯一の生存者かもしれない」

「ふん」部屋の模様替えをしたほうがいいんじゃないかと誰かからいわれたかのように、オーフィーリアはいなす。「だったら、今回の訪問はあたし自身の苦情とはなんの関係もないんだね」

「誰が自分を襲ったか、探そうとしたことはないの？　追跡調査をしたことは？」

オーフィーリアの手がまた傷痕へ飛ぶ。「警察が来ると思ったよ。でも来なかった」

「それで、自分ではなにもしなかった？」

「ここいらの男ってのは、そういう滅茶苦茶をするもんさ。それでたいていは逃げおおせる。どのみち、誰があたしの話なんか聞くっていうんだい？　一回二十ドルで息子をしゃぶるような淑女だからね」オーフィーリアはドアノッカー形のイヤリングの一方をつけなおす。「いっておくけど、いまはもうそんなことはやってないよ。それで、犯人は捕まったの？」

「いいえ」エシーはいう。「まだ」

「だからここに来たの？　あたしに質問をしたいの？　全部話してあげるよ。あたしは酒屋の外にいた。どこかの男が家族向けの車を寄せてきた——ステーションワゴンとかそんな感じの、まっとうな男が乗りそうなやつだよ。白人だったかな。思いだせない。ほんとうのことをいえば、思いだしたくなんかないんだよ。確かなのは黒人じゃなかったってことだけ。南アフリカのワインをちょっと試してみたくないかって訊かれた。次に気がついたときには車内を転げ回ってたよ。頭も死ぬほどぐるぐる回っててさ。それからこの痛みが来て、一瞬、自分が首から息をしてるのかと思った」オーフィーリアの手が傷痕へ飛ぶ。「路地に着いたとき、最初は目が見えなくなったと思った。あとから気がついたんだ、顔の上半分くらいを袋で覆われてるって。鼻のあたりまでさ」

「ビニール袋？」エシーはファイルを取りあげ、すばやくめくる。その説明は抜けている。

「事情聴取をした刑事に袋のことは話した？」

「たぶん。いや、もしかしたら話してないかも。あたしがなにをいったかなんて、誰も知りやしないよ」

いまやエシーは確信している。オーフィーリアは一連の殺人の早い時期の被害者の一人だ。ただ、誰も結びつけて考えなかった。オーフィーリアはビニール袋のことをいわず、刑事たちはわざわざ訊いたりしなかったか、訊くのを忘れたか、あるいは訊かずにいるほうが簡単だと思ったのだ。

オーフィーリアは写真をちらりと見おろす。一枚を手に取る。次いでもう一枚。さらにもう一枚。「おなじろくでなしがこの女たち全員を殺したの？」

「わたしたちはそう思っている」

「あたしの喉を切ったのとおなじやつ？」

「パターンに当てはまってる」

「それで、その男はあたしのあとに何人殺した？」

「あなたが最後だったと思う」

「最後なわけないだろ。あたしは死ななかったんだから」

「だから犯人はやめたのかも」

オーフィーリアはやわらかく響く声でまた笑う。

「だったら、あたしがあんたたちの役に立ったわけだ。犯人を追いかける手間を省いてやった」

「そういう見方もできる」エシーはいう。

「じゃあ、あんたはわざわざそれをいいに来たんだね？　あたしがそのクソいまいましいシリアルキラーに殺されかけたってことを」

「あなたには知る権利があると思ったから」

「そんな権利なんかクソ食らえだよ」オーフィーリアは咳ばらいをしてつづける。「いまあたしがしてほしいのはね、刑事さん、誰かが――たぶんあんたが――あたしのいうことを真剣に受け取めて、あたしをつけ回してるあの女に接近禁止命令を出してくれることだよ。あのカーテンを見てよ。あれを最後にあけたのがいつだかわかる？　あたしにもわからないよ」

エシーは新しいガムを取りだす。思考が飛びそうになっている――モーガン・ティレットへ、ハチドリへ、見込みのない希望を持ちつづけるジュリアナの母親へ。

「で、それくらいやってくれるんだろ、刑事さん。LAPDからはずっと不当な扱いを受けてきたんだからさ。あたしのために接近禁止命令を取ってくれるんだろう？」

「もしわたしにその人の名前がわかれば――」エシーはいいかける。

「もしあんたに名前がわかれば？　もしあたしに名前がわかってたら、あんたとこんな話はしてないよ。あたしが自分で片づければいいんだから。その名前がわからないから、警察に頼るしかないんじゃないか」

方法はいろいろある。パトロールカーを回す。張り込みをする。だが幽霊に対する苦情のような厄介事のために承認がおりることはないだろう。

べつの戦略もある。心的外傷後ストレス障害《PTSD》のカウンセリングやセラピーを受けてもらう。悲しみや恐怖は異なったかたちをとって表れることがあると、オーフィーリアに示すのだ。

エシーはペンとメモ帳を取りだす。「じゃあ、それがはじまったのはいつ？」

「あんたの頭は金魚並みなの？　きょうの朝、全部話したでしょうに」

エシーはメモをぱらぱらめくる。オーフィーリアのいうとおりだ。全部書いてある。白人女性、潜んでいる、中年（たぶん）、酒屋と新しい職場ですれちがった。オーフィーリアが襲撃を受けた直後にはじまった。それから、下線と丸をつけたのは――PTSD、あるいは被害妄想？　この言葉が丸で囲まれている。下線も引いてある。感嘆符も三つ加えてある。心というのは驚くべきものだ。一つの暴力を抑圧すれば、それを想像上の脅威に置き換える。

エシーはペンをカチリと鳴らす。「それなら、彼女を最後に見たのはいつ？」

オーフィーリアは満足そうな目でエシーを見ていう。

「おととい」

「わかった」エシーはそういうと、写真を集めてファイルにしまう。「ちょっと見てくる」

「で、いまはたまたまいなかったら？」

「また見にくる」

「あんたのことはちゃんと見てるよ、刑事さん」オーフィーリアはいう。「約束はちゃあんと守ってもらうからね」オーフィーリアはエシーの先に立って玄関へ向かい、ドアをあけて押さえる。「警察の馬鹿どもはあたしに借りがあるんだ。あんたたちのことだよ。あたしに借りがある」

ドア口でエシーは立ち止まる。「一つだけ確認させて。ビニール袋の話は確か？」

「絶対に確かだよ」そういって、オーフィーリアはバタンとドアをしめる。

第八章

「あんたほんとに警官なのかい？」

「あんたみたいに背の低い警官は見たことないよ」

「幼稚園の警官かなんか？」

オーフィーリアの家の外にいた男二人は、エシーが上にいたあいだにすっかりできあがっていた。午後の一杯がそのまま夕方の飲んだくれに移行し、二人とも声が大きくなり、言葉もぞんざいになっている。当然、女の警官にならなんだっていえる。かっこうの餌食だ。

「だけどほんとに、もしかしたらこの人がフィーリアにつきまとってるあの白人の幽霊なんじゃないか」

「あんた、フィーリアにつきまとってるのかい？」

「あんたがあの幽霊じみたストーカーなのか？」

エシーは階段の脇のカップやら壜やらの山にガムを吐く。そしてバッジを引っぱりだす。「これ、ピコ・ブールヴァード沿いの百円ショップで買ってきたの。ほしい？」

警察のバッジを身に着けていると彼らのあいだに入りこむのは難儀だ。これでもまだ笑みを引きだせる保証はない。

「そんなにわたしに注目しているなら、いくつか質問に答えてくれてもいいんじゃない？」

「ＬＡＰＤに入るのに身長制限はないのかい？」

「じつはないの」エシーはいう。「たとえわたしが九十五センチしかなくたって、あなたたちを逮捕して署に連れていくことはできるってわけ」

「まあまあ、おちついてくれよ」一方の男がいい、手をあげてみせる。「おれは無実です、警官殿」

エシーは一息つく。エシーの考えでは、オーフィーリアのいう白人のストーカーはまぎれもなくＰＴＳＤ

だ。襲われたあとに付随して起こった被害妄想のようなものが精神を蝕んでいるのだろう。自分にコントロールできなかったものごととは対照的な、コントロールできるなにかがあると思いたいのだろう。しかしエシーは自分が確認しておくからといってしまった。そしていまここにいる。そういうことだ。

「ここはあなたたちのおきまりの場所なの？」エシーは男二人に向かっていう。

「毎日毎日ここにいるよ」

「まちがいない」

「オーフィーリアがストーカーの話をするのを、もうどれくらい聞いてる？」

「どれくらいって、ずっとだよ」

「それで、あなたたちは誰かを見かけたことはないの？」エシーは尋ねる。

「たくさんの人を見かけてるよ」

「ここは大通りだからな」

「混みあった通りだから」

「なんたって市全体を走ってる通りだからな、北から南へ」

「そうね」エシーはいう。

「だからすごい数の人がいる。ものすごく大勢の人が」

「わたしが訊きたいのは、あなたたちが特定の人を見たかってことなんだけど。たとえば、そう、中年の白人女性は？」

「いま一人見てる」

「まさにこの二つの目で」

もしスペラがしゃべっているのだったらこうはならないはず、とエシーは思う。「どういう意味で訊いてるかはわかってるんでしょう。誰かがこの建物を見張ってるのを見かけたことは？」

「そんなこと気をつけて見ちゃいないよ」

「おれには関係ないしな」

「みんなやりたいことをやればいいさ」

もう聞きだせることはなさそうだ。空は紫色で、徐々に黒くなりはじめている。通りでの商売もそろそろはじまるころだ。

エシーは自転車のロックを外す。キャンプチェアの二人組にどんなコメントを投げかけられようと、もう耳を貸さない。どれもいままでにいわれてきたことだ。何千回も。

そう、自分は確かに警官だ。というより、刑事だ。いいや、コスプレをした子供じゃない。いいや、ママのバッジを盗んできたわけじゃない。

周辺をぐるりと回る――いったん六十六番ストリートまで南下して、セント・アンドルーズ・プレイスへと曲がり、北上ののち六十四番ストリートに入る。ウエスタン・アヴェニューに戻ったら南下。次いで大通りの東側でもおなじことをする。デンカー・アヴェニューを北上して、またオーフィーリアの建物を通り過ぎる。

男たちは家に入った。椅子もなくなっている。もしかしたらいい過ぎたと思っているかもしれない。あるいは、もう満足して次の行動に移っただけか。

交通量が増えてきている。歩行者はほとんどいない。

エシーはスマートフォンをチェックする。三十分ほどそうやって待つつもりだ。それから引き返す。自分が発見したつながりをどう裏づけるか考えながら。

ウェスタン・アヴェニューと六十四番ストリートの角の街灯のそばで、自転車にまたがったままアスファルトに一方の足をついて止まる。容易に想像がつく。被害者を生き延びさせてしまったため、ゲームをあきらめる。怯えている。被害者が覚えているのではないかと、なかば妄想する。答えは全部そこにある、きれいにはっきりと。

背後でかん高いブレーキ音が鳴り、道路でタイヤのゴムが焦げるにおいがする。金属がこすれる音。エシ

一瞬ののち、女は姿を消す。

ーは衝撃に備えて身構える。ぶつかってこないのがわかると、エシーは肩越しに一瞥する。小さなハッチバックの車がバスの横腹をかすめたのが見える。オーフィーリアの家の真正面だ。エシーはひょいと歩道に乗り、引き返して、バスの損傷の程度を見ながら通り過ぎる。

ハッチバックの運転手が車を降りている。この運転手の責任なのだから、彼が変にいいがかりをつけないといいのだがとエシーは思う。そうすれば、バスはこのまま運行をつづけられる。エシーは自転車を標識に立てかけ、通りへと歩く。ハッチバックを一瞥し、次いでその屋根の向こう、正面の建物の下のカーポートを見やる。

すると、女が見える。白人の女がそこに立って見ている。事故をぽかんと眺めているのではなく、オーフィーリアの窓を見あげている。エシーはバッジを取りだす。道路を渡る必要がある。だが交通量が多すぎる。

第九章

エシーは自転車に飛び乗る。赤信号を無視して突っ走り、近づいてくる車にクラクションを鳴らされる。それでもスピードを落とさない。

自分に猛烈に腹が立つ。デブやほかのみんなが事故のあとにエシーにしたことを、エシーもオーフィーリアにしていたのだ――オーフィーリアの身に起こったことを理由に彼女を信じなかった。どれだけの血が首から流れたかはわからないが、彼女がその血と一緒に正気まで失ってしまったかのように思って。

オーフィーリアは、白人の女が自分をつけまわしていると、ずっといっていた。

誰もオーフィーリアを信じなかった。

しかしみんなまちがっていた。エシーはその女を見たのだ。オーフィーリアを見ている白人の女を。もしかしたらオーフィーリアが喉を切られてからずっと彼女を見ていたかもしれない誰かを。過去と現在を結びつけるかもしれない人間を。この事件にまつわるすべてをデブと強盗殺人課の面々に突きつけてやることのできる人物を。

帰宅して、居間の窓を覗きこむ。モニターの明かりがまだ部屋を照らしている。マークは起きている。一日の取引は終わったが、まだ仕事を終わらせてはいないのだ。たぶん、いつも貪り読んでいるヒステリックな投資ブログに没頭しているのだろう。ゴールド。政党。彼らが次に投資するものが流れているのだ。

エシーは鍵をあけようとしてためらう。そしてスマートフォンを取りだす。

またソーシャルメディアをひらく。モーガン・ティレットの五人の友人たちのプロフィールに戻る――親友ではないが、多くの共通点を持つ五人だ。おなじものに〝いいね〟をつけていたり、おなじ場所を訪れていたり、おなじ申し立てをしていたりする人々。カリフォルニア在住の二人は最近搭乗手続きをしている。一緒に、ではない。しかし二人ともブルックリンへ向かっている。それから、べつの一人がサンディエゴからクイーンズへ行ったのを見つける。

集合している。

みんなで集まっている。

抗議行動か。訴訟か。

そう、ここに答えがある。

なぜ活動家がニューヨークにいることを隠しているのか？　なにかの行動を計画しているからだ。それをほのめかすことさえしていたではないか。モーガン・ティレットはなんといっていた？　わたしがいま座っている場所から見るに、街はいつ爆発してもおかしくありませんよ。ロサンジェルスのことではない。ブルックリンだ。なにか大きな活動があるのだ。

エシーは電話をしまう。モーガン・ティレットを頭から追いだす。

人はつねにものごとを複雑にする。エシーもそうだ。オーフィーリアは嘘をついていない、というのが簡単な答えだった。だがエシーはそれを無視した。

オーフィーリアは何年のあいだ苦情を申し立ててきた？　十五年？　誰も耳を貸さなかった。誰一人。エシーさえ。自分もサウスウェスト署のほかの面々とまったく変わらない。そう思うと胃がでんぐり返る。

話を聞いてもらえないのがどういうことかはよくわかっているのに。ヒステリーとして片づけられるのがどういうことかは。きょうもそんなことがあったばかりではないか。連続殺人よ。犯人はまえとおなじ男。

そしてにべもない拒絶。

衝突事故の現場でも、誰もエシーを信じなかった。エシーが運転していたわけじゃないのに、誰もそうは思わなかった。デブは現場に到着すると主導権を握り、エシーをコントロールした。わたしがあなたのために全部なんとかするから。わたしが解決するから。

だが解決すべきことなどなかったのだ。

エシーは運転していなかった。マークがハンドルを握っていて居眠りをしたのだ。

しかしデブは自分にいかに警官の血が流れているか、自分がいかに警官のなかの警官であるかを示したかった。自分が必要なことをやってのけるさまを見せたかった。ほどなく、デブはもともとありもしなかったゴタゴタを片づけていた。そしてあっというまに、身内を守るためなら法律さえものともしない警官たちのクラブの仲間入りを果たしていた。

運転していたのはマークでなくエシーだったと――エシーが車から飛び降りて、六番ストリートとプリマス・ブールヴァードの交差点でべつべつの方向に跳ね飛ばされた少女たちに駆け寄ったとき、マークが場所を移って運転席に座り、エシーの警察バッジを守ろうとしたのだと――新人から幹部までの誰もが思ったのは、デブがしたことのせいだった。あまつさえデブは、それがＬＡＰＤの不祥事にならないようにうまく処理したと思われているのだ。デブだ、デブのせいだ、みんなデブのせいなのだ。

マークはアルコール検知器に引っかからなかった。

エシーにはその検査を受けさせないようにと、デブが現場の警官たちに要請した。火のないところにわざわざ煙を立てたのだ。マークが運転していたというエシーの言葉を信じたふりをするようにと、デブは彼らを指導した。そうすることでエシーを救ったのだと考えるように、思い悩んだりしないようにと指導した。

身内として、エシーを救ったのだと。

だが、実際にマークが運転していたのだ。自分が運転するといい張ったのだ。ビッグベア・レイクからずっと運転して疲れきっていたのに。音楽を大音量でかけて。窓をあけて。エアコンもつけて。マークがずっと運転していたのだ。そして居眠りをした。

デブのせいで、エシーがほんとうのことを話しても誰も信じなかった。いまやみんなが覚えているのは、エシーがやってもいないことを隠蔽した警官たちのほうだ――エシーがバッジを持ったままでいられるように、ものごとを正した警官たち。これが真相だ、あの夜なにが起きたのかという疑問に対する答えだ。

今度はエシーの番だった。話を聞かなかったのは、信じなかったのは、エシーだ。オーフィーリアがほんとうのことをいっていると信じられなかったのはエシーだ。

ほかには誰が耳を貸してもらえなかったのだろう？

ほかに何人の女たちが話をしようと、手がかりを、答えを与えようとしてきたのだろう？

その数はめまいがするほど多いにちがいない。サウスウェスト署にかかってくる電話。イカレたやつら、頭のたがのゆるんだ人々、承認欲求を満たしたいだけの人々の発言に紛れてしまった真実。何人があきらめただろう？何人が電話をかけるのをやめただろう？そして自分の問題をどこかほかの場所へ持ちこんだ？それとも、持ちこめる場所などなく、問題を抱えたまま暮らしている？

あした、いや、あさってになれば、署には洪水が押し寄せるように電話がかかってくるだろう。シリアルキラーについていいたいことのある人々から。隣人を信用していない人々、隣人になにかしら恨みを抱いている人々から。持論や意見のある人々から。

そういうすべてのノイズのなかに、たった一つの真実が紛れこんでいるかもしれない。たった一つの事実が。なにかを知っている誰かが。

いままでずっと耳を貸してもらえなかった誰かが。オーフィーリアみたいな誰かが。

エシーはバックパックをひらき、ファイルを取りだす。スマートフォンの背面のライトを作動させる。

ファイルのページをぱらぱらめくる。余白に書きこまれたメモにライトを当てる。見る。探す。

いた、彼女だ。エシーには確信がある。寄せられた情報のなかの、電話をかけてきた人々のなかの一つの声。誰一人耳を貸さなかった、あるいは信じなかった人。一連の古い殺人事件と現在の殺人事件を結びつけることができる人。

フィーリア、二〇一四年

このあたりでは新顔かって？　そんなトンチキな質問は初めてだよ。まったくね――いまもくだらない、馬鹿げたことを訊かれてきたばっかりだっていうのに。あたしがこのあたりでは新顔かって？　この酒を噴きそうなことをいわないで。

あのね、あたしはここいらの通りを、あんたが数えることもできないくらい何度も行ったり来たりしてるんだよ。あんたのいうその数を何倍かにしてもまだあたしがここにいる時間のほうが長い。

このバーにはほとんど入ったこともないけどね。

なんて名前だっけ？　ルピロズ？

ルピーオズか。タコスも出してるんだね。なかなかがんばってる。

　もっと早く来ればよかった。何年もまえ、まだこのへんの通りで働いてたときに。そうだよ、あんたが思うとおりの意味だよ。

　あのね、あたしは戻るつもりなんだよ。ここを地元にするんだ。まあ、厳密にいえば地元住民じゃないんだけどさ。あたしが一〇号線より南で飲んでるところなんか、あんたが見つけることはないだろうよ。百万年経ってもね。

　だけどいわせてもらえばね。これが見える？　この傷痕が？

　顔をそむけるんじゃないよ。嚙みつきゃしないよ。この傷は十五年まえのなんだから。

　仕事で車に飛び乗ったんだよ。まあ、正確には仕事じゃなかった。正確にいえば働いてなかった、そのときは金を稼ごうとは思ってなかったってこと。よくあることだと思いながら、その男の車に乗った。

　よくあることとはね、まったく。そのろくでなしがあたしの喉を切り裂いたんだよ。あたしは車から転がりでて、なんとか失血死せずに済んだ。病院で息を吹き返した。

　そんな目で見るんじゃないよ。あたしの話を聞いたからってなにかが伝染するわけじゃなし。

　それが一つの警鐘になった。くそったれな警鐘。それがあったから通りで働くのをやめた。引退した。人をたぶらかすような真似はもう終わり。おいしい稼ぎももう終わり。

　いまはべつの仕事をしてるよ。あたしみたいな経歴だと死ぬほどむずかしいんだけどね。前科はタトゥーより悪いんだから。

　あたしのスローガンを教えようか。過去は過去。知ってるよ、オリジナルだとか、そんな大したもんじゃないってことは。だけど真実だ。過去は過去。ただしそうじゃないときもある。

あたしがあの夜のことをしょっちゅう考えると思う？

冗談じゃない。

考えないよ。

そのほうが気が休まるからさ。

だけど、聞いてよ。きょう、女刑事があたしのところに現れたんだ。それで最低中の最低のことをあたしにいうんだよ。

ちょっとクイズを出そうか？　警察が、あたしに切りつけた男のことでなにか一つでもしてくれたと思う？　犯人を見つけたと思う？　連中が追跡調査のためにわざわざあたしのところへ来たと思う？　答えるチャンスは一度だけだよ。

それで、その女刑事があたしの家に現れた。あたしはべつの用件で来たと思ったんだけど、ちがったよ、あの女はあたしのクソみたいな人生を吹っ飛ばすような爆弾を持ってきたんだ。

この傷痕が見えるだろ？　いや、今度はちゃんと見なよ。なにがあったかあたしが話し終えるまで目を逸らすんじゃないよ。

このクソ——ここにあるこの傷。あんたがそれを見てるのを眺めたいんだよ。

このクソ。このクソみたいな傷痕。誰がつけたかわかる？

位置について。用意。シリアルキラーなんだよ、この傷をつけたのは。

あんたを騙そうってわけじゃない。わざわざバスに乗って延々と北上してこの界隈にやってきたのは、あんたをからかうためじゃない。あんた相手にほらを吹くためじゃない。ほんとにシリアルキラーなんだよ。

あたしに切りつけた当時、十三人の女を殺したシリアルキラー。それであたしがなんて呼ばれるかはわかるだろ。生き残り《サバイバー》だ。

待って、ちょっと待って。まだあるんだよ。つづきがね。先にもう一杯ちょうだいよ。

当時、警察が犯人を捕まえたと思う？　とんでもない。

だけどこの話の一番無茶なところを教えようか？　最悪の部分を？　そう、最悪の部分があるんだよ。

警察は知ってたんだ。ＬＡＰＤは知ってたんだよ。当時から知ってた。病院であたしを見たときもわかってたんだよ。

連中がそれをあたしに話したかって？　そのことを口にしたかって？

ぜんぜん。ぜんぜんなんにもいわなかった。

十五年のあいだ、あたしにこんなことをしたのがシリアルキラーだったって、誰かさんはずっと知ってたんだ。警察のクソが捕まえ損ねたシリアルキラーだよ。

十五年のあいだ、誰一人それをわざわざあたしに知らせようとはしなかった。まるであたしには時間を割く価値もないといわんばかりに。あたしなんかものの数に入らないといわんばかりに。あたしには知る権利もないといわんばかりに。

喉を切り裂かれたっていうのに、あたしにはなに一つ知る権利もないんだよ。

確かに、あんまり覚えてない。だけどいくらかは覚えてることもある。そうだね、たとえば、男の車とか。男が黒人じゃなかったこととか。まずはそこからだろ。それに、男は顎ひげを生やしてた。だけどそれ以上は訊かないで。あたしはただ生き延びただけ、それだけなんだから。わざわざ知恵を貸すなんてごめんだよ。なにがあったか、あたしに説明させるのはやめて。

いっておくけど、あたしは生き残りなんだよ。いまも生きてる。ただ、生き延びるってのがどういうことかわかっていなかった。それが嘆かわしいんだよ。

どこかの男があたしを被害者にしたってだけで充分悪いのにね。ＬＡＰＤまで追い打ちをかけるようにあたしを連中の被害者にしなくたっていいのに。

そんなクソには我慢がならないんだよ。
まったく我慢ならない。

第四部　マレラ、二〇一四年

第一章

マレラ・コルウィン作〈死体No１〉：コンピューター制御、２チャンネルビデオによるインスタレーション、金属製の棚に据えつけられた25インチモニターにより7分間のプログラムを放映する。所要時間：8分32秒。ビデオ及びモニターを使用、カラー映像、音声あり。アーティスト奨学寄付資金の一部であるサンディエゴ州立大学カンパニーレ基金より依頼。アーティスト本人所有。

〈死体No１〉は腐敗の物語、命がいかに生きるのと反対の状態へ移行するかを示したものである。てっぺんのモニターは生命力の研究で、エルサルバドルのラ・リベルタ県外れの水中で泳ぐ女たちを見せている。まんなかのモニターでは、おなじビーチの桟橋の脇に集められたごみを低速撮影したものを映す。コルウィンは宿命論者だ。水を生命力ではなく、腐敗の場所と捉える。海はふつうは再生と活動の場だが、ここでは罠であり、命を吹きこむのではなく抜き取るものである。一番下のモニターは腐敗の再現である。女性の裸体が青い塗料のシャワーを浴びるにつれ、皮膚や体が侵食され、彼女の美、彼女のこの世界での居場所が破壊されていく。

マレラ・コルウィン作〈死体No２〉：ビデオ及びモニターを使用、カラー映像、音声あり。所要時間：17分36秒。アーティスト本人所有。

〈死体No２〉は固体性の危機を提示する。一人の女性が暗い通りを走っている。そしてつまずく。さらに走りつづける。女性は走っているうちに自然に還る。衣服がなくなる。彼女は野生動物で、逃げようとしているところだ。倒れるまでどれくらいかかるだろう？　彼女の体が屈するまでどれくらいかかるだろう？　女性はばらばらに砕ける。体が土に還る。彼女の旅はまたはじまる。

　マレラ・コルウィン作〈死体No３〉：３チャンネルビデオによるインスタレーション、三台のプロジェクターを使用。映写サイクル：５分。ビデオ及びモニターを使用、カラー映像、発見されたもの《ファウンド・オブジェクト》を含む。アーティスト本人所有。

〈死体No３〉は女性性と脆さの循環を示す作品であると同時に、力と征服の研究でもある。三つのモニターは発見された一連の写真を順ぐりに映しだす。生きている人間には決して手の届かない危機の瀬戸際にいる女性たちの写真だ。自分たちの世界にいるかぎり、この女性たちは自信のオーラをまとっている。外に出るとバランスが攻撃され、バランスを打ちたてようとするまさにその場所で、女たちの力は盗まれる。しかし循環はつづき、支配者と弱者がくり返し入れ替わる。

　小さな展覧会だ。ワシントン・ブールヴァード沿いのギャラリーに三点。しかし力のある作品で、内覧会の模様がすでにロサンジェルス・タイムズ紙に載り、いくつかの無料週刊会報に載り、いつものブログにも掲載された。とにかく、これが最初の個展であり、大学を出て二年の人間にしては悪くない。

　しかし、もっと強烈なものにできた可能性は残る。いつだって。そこが問題なのだ。もっとガツンとくるものにしたかった。マレラとしては、人々に震えあがって帰ってもらいたいのだ。逃れることのできない恐怖を家に持ち帰ってもらいたい。

人々に実感してほしいのだ――通りを歩いているときにあとをつけられる感覚を。見られている感じを。もっというなら、つけられるだけでなく捕まったときの感触を。アートからただ立ち去るのはあまりにも安易だ。

接続と回路をチェックする。三つめの作品のモニターから見つめ返してくるいくつもの顔をじっと見る。

これは急いでつくったものだった。四十八時間で編集と準備をし、その間ほとんど寝なかった。じつはちょっと問題もある。写真はマレラのものではない。自宅の外の通りで見つけたスマートフォンのなかにあったものだ。画面ロックがかかっておらず、ひらかれた本のようにただそこにあった。

写真をすべて見終わるころには、もう心は決まっていた。ダウンロードして、自分のアートに取りこむのだ。その写真は自分で捉えたなによりも生々しかった。薄汚れていて正直で、わかりやすく、それでいて不吉で、パフォーマンスとビデオを使ったインスタレーションでのみ再現できそうだった。これらの写真は、マレラの創造力がとうてい及ばないほどの真実を含んでいる。マレラの作品はどうかといえば――まあ、せいぜいいくつかの物語を伝えられるくらいで、しかもその物語は自分自身のものですらない。写真の女たちとその雑多なパワー。自信が褪せて空虚さが露呈するところ。力が溶けて失望へと変わるところ。見る者に対する挑発。対立と誘惑。強さと自暴自棄なところ。これはもうアートだ。

マレラは自分が誰のカメラを見つけたのかも、誰がこの写真を撮ったのかも知っていた。ジュリアナだ。そしてジュリアナが死んだ――殺された――ことも知っていた。

昨夜、ニュースになっていた。どの局もその話でもちきりだった。サウス・ロサンジェルスのシリアルキラー。ジュリアナは被害者のうちの一人だった。

マレラは記者会見も見た。ここ八カ月のあいだに、サウス・ロサンジェルスで四人の女の死体が発見されている。テレビでいっていたことの大半はろくに聞かなかった。この一件とは距離を置く必要があった。そうしないと、やりたいことができなくなる。

テレビに映った顔のうち二つに見覚えがあった——ジュリアナ・ヴァーガスとキャサリン・シムズ。

だが連続殺人だろうとそうでなかろうと、マレラにはジュリアナの電話に入っていたあの写真が必要だった。あの写真には、マレラがどうしても自作にほしいと思っていた切れがある。自分のインスタレーションで表現するのは不可能だと思っていたものに、あの写真が生命を吹きこんでくれる。日常のなかの暴力——通りにあふれ、窓の隙間から染みこんでくる暴力。どこにでもある恐怖。怒り。そしてそういうものを超える力。たとえ儚い力だとしても。

それはいまもここにある。ギャラリーの静けさのなかにいてさえ、マレラの内側で泡立っている。リサイクル品のモニターのブンブン唸る音と、年代物のプロジェクターが小さくカチリカチリと鳴る音くらいしか聞こえないなかで、マレラの思考は黒く点滅する。手が拳になる。それを壁にたたきつけるのを、すんでのところで思いとどまる。代わりに自分の腿を殴る——肉の下の尾根のような骨まで届くほど深く。満足のいく衝撃が足首の神経まで駆け降りる。

マレラは息を吐く。闇が晴れる。

壁にダメージを与えなかったことに安堵する。展覧会はあしたからだ。

夜になってもまだ先週発生した火事の煙のにおいがする。だが、いまは空気中にべつのにおいもする。土のにおい。かすかな腐敗臭。空気の重さからも雨が迫っているのがわかる。

　雨は街の時間を止めるだろう。車はスリップして停まり、ふつうに交通が流れていた場合よりも多くの事故が引き起こされるだろう。人々はパニックに陥るだろう。ニュースでは、空から落ちてくるもののことばかりを――大げさに、終末が訪れたかのごとく――報じるだろう。インランド・エンパイアの砂塵が巻きあがるだろう。扇状地が洪水に見舞われるだろう。土砂崩れが起こるだろう。

　マレラはバックパックのファスナーをチェックして、コンピューターがきちんと守られているのを確認する。荷物をごそごそ手探りし、保護スリーブについたヴェルクロのマジックテープを調整する。手がなにかすべすべしたものに当たる。マレラのスマートフォンではない。ジュリアナのものだ。

　思わず手が引っこむ。まるで暴力的な死が感染するとでもいうように。この電話をなんとかしなければ。このなかからほしいものはもう手に入れたのだから。

　雨はまだ降ってこない。よかった、歩きだから、とマレラは思う。ギャラリーは、マレラが育った通り、マレラが寝に帰る場所――それに耐えられるときだけだが――から遠くない。

　たいていは街のあちこちを転々としている。アーティスト仲間のロフト。サンディエゴ州立大学にいたころのクラスメイトの実家。ときにはギャラリーに寝泊まりすることもある。

　渡り労働者。怒っているときの母親はマレラをそう呼ぶ。マレラはその響きが気に入っているが、怒りは好きじゃない。

　マレラがこの界隈を歩きまわっていることを知ったら両親は震えあがるだろう。たとえ自宅から一・五キロに満たない場所であっても。マレラが小さかったとき、両親は戦争で荒廃した国々――ハイチ、ホンジュラス、エルサルバドル――を渡り歩いた。しかし両親が怖がっているように見えるのはロサンジェルスだけだった。二人はできるかぎりマレラを近隣から引き離し、一種の孤立状態にしておきたがった。中学生の二年間は、ずっと北のオーハイにあるおばの家で過ごした。その後、サンタ・バーバラ郊外の全寮制の学校に奨学生として進学した。夏はいつもＹＭＣＡが主催する海のそばのキャンプに送りだされた。自宅のあるブロックで遊んだことがない。近所で自転車に乗ったりもしなかった。近隣の人々を知らなかった。裏庭で誕生日パーティーをひらくこともなかった。家の外が意識にのぼるのは、週に一度おこなわれる父親のサイコロゲームのときだけだった。マレラはそこに参加することを許されなかった。引っ越しはしなかった。そんなお金はなかったから。家は所有していた。家そのものは悪くなかった。

　ジェファーソン・パーク地区には十七年近くいるのに、マレラはよそ者であるように感じている。自宅の裏庭が怖いなんて馬鹿げている。

　両親の異常な点は無視して、自分の新鮮で賢明な目で世界を見ればいい、自分のほうが新しい生き方に通じていて、世間でなにが起きているかも知っているのだから、とマレラは自分にいい聞かせる。しかし恐れは忍びこむ。マレラは二十二歳になるまでセックスをしなかったし、しかもその経験は軽い暴力のように感じられ、動揺だけが残った。

　ギャラリーから家へ帰る方法はいくつかあるが、どれを取ってもサウス・ロサンジェルスを北へ結びつける陸橋のひとつを使って一〇号線を渡ることに変わりはない。まず、ウェスタン・アヴェニューがある。広くて汚れた道路にはひっきりなしにバスが行き交い、ホームレスが侵入車線の脇でキャンプをしている。それからアーリントン・アヴェニューがある。やや狭く、たいてい車が詰まっている。グラマーシー・プレイスもある。三つのうちでは一番静かに一〇号線を渡れる道で、キニー・ハイツの優雅な通りへとつながる。ほかにも人けのすくない歩道橋がいくつかある。蔓の生い茂るフェンスに囲まれているので、あらゆる種類の違法行為ができるかっこうの隠れ家になっている。こういう道は問題外だ。

マレラはグラマーシー・プレイスを選ぶ。一番近い、最短ルートだからだ。しかし細い道なので人通りがすくなく、人目が行き届かない。

午後八時だ。眼下のフリーウェイの流れもゆるやかになっている。陸橋の上は暗い。ワシントン・ブールヴァードの明かりは北へ離れたところにある。家に着くまで、もう店舗のまえや混雑した交差点は通らない。ここは住宅街で、人々は自分の時間を過ごしており、かまわないでもらいたいと思っている。

陸橋を半分ほど渡ったところで、背後から早歩きの足音が聞こえてくる。

知らない人ばかりの部屋に裸で立っているのは簡単だ。青い塗料で体を覆い、その体に水を浴びることなどたやすい。セックスや欲望など問題外だ。求めないし、必要としてもいない。与えもしない。その部分は剝ぎとったうえで、自分自身を見せる。誰にでも見えるようにそこに立つことで、マレラは人々が求めるものではなくなる。人々が必要とし、手に入れたいと思うのはセックスだ。暴力的なやりとりだ。

マレラは車道に降り、車が通り過ぎるのを待ってから、陸橋の東側へ渡る。

マレラのうしろの人物もおなじようにする。

人体が壊れる過程はいくつかある。

たとえば溺死して、あるいは溺死させられて、日の光を一度も見たことがない深海生物のような色に変わることがある。フジツボの付着した汚らしい岩のあいだにはさまって、一日かそれ以上のあいだ何度も岩にぶつかり、やがて誰かが岩から外すころにはほとんど人体には見えず、猥褻なかたちをした有機物か、膨張した宇宙人のような姿になっている。

　べつの方法もある。喉を裂かれ、三日月のような深い切り傷ができることもある。頭部はビニール袋で固定される。路地に放りだされて、生きている人間ならありえない角度に四肢が曲がるかもしれない。サウス・ロサンジェルスをうろつく野生化した動物に齧られたり嚙みちぎられたりするだろう。ネコとか、ネズミとか、あるいはもっといやな生き物に。

　ウェスタン・アヴェニューでキックボードを転ばせたり、バンの底に引っかかって半ブロックくらい引きずられたりするかもしれない。車体の下から持ちあげられたら、べたつく血が糸を引いて、最初は髪の毛のように見えるかもしれない。

　以上は、マレラが間近に見たことのある例だ。

　もちろん、ほかの原因もある——衝突、感電、落下。マレラが聞いたり、読んだり、警告されたりしたことはあっても、見たことはないような、言語に絶する暴力行為。

　背後の足音が近づいてくるのが聞こえる。

　初めて見た死体がパッと頭に浮かぶ。エルサルバドルのラ・リベルタ県にいたころ、家族で住んでいた家の裏で、女がぷかぷか水に浮かんでいた。死体が岩にぶつかってこすれていた。

　水のなかの女は娼婦だった。桟橋の先端で仕事をしていたのだ。暇な時間帯にヒモが観光客から金を巻きあげる場所だ。死体は一晩で浅瀬の岩場に打ちあげられた。マレラは寝室の窓からそれを見つけて、水のなかにぷかぷか浮かんでいるのはイルカだと思い、浜辺へ駆けていった。

　そのころには人だかりができており、大勢の目のまえで魚の腹のように白い女の体が顔を下にして岩場にはさまり、波に引っぱられて前後に揺れていた。女はエレクトリックブルーのミニスカートと、蛍光色のホルタートップを身に着けていた。

世界はこんなふうに仕返しをしてくるのよ。マレラが泣きやむと、アネケはそう説明した。

自分をあの瞬間に引き戻したのは車の流れだとマレラは気づく。通りの騒音が潮騒のように聞こえるのだ。

その年のうちに娼婦がもう二人死んだ。しかしマレラは死体を見なかった。浜辺のそばに警官が駐在することになった。商売に障る、と男二人がいっているのが聞こえてきたが、海辺の商売なんてマンゴーやココナツを売るくらいのものじゃないか、とマレラは思った。

その後、一家はロサンジェルスに移った。マレラの父親はちがう学校でちがう仕事を見つけた。スペイン語の話者に第二言語として英語を教える仕事だった。アネケはNGOの仕事をやめ、マリブにある介護施設で働きはじめた。

この男に捕まったら、どんな感じがするのだろう？公立学校の正面の影になった場所に引きずられていくのだろうか？イナゴマメの木が黒くてベタベタする染みを歩道につけている場所だ。その汚れのせいでそこを歩く人はいないから人目もない。なにが起こるだろう？ことが済んだら、男はマレラを脇へ放りだすだろうか？放りだして殺すか、あるいは一〇号線につながるごみだらけのスロープに転がすだろうか？

下からむせぶような音が聞こえる。

マレラはぐるりとふり返る。目のまえにいるのは中年のラテン系の女だ。マレラは悲鳴をあげる。顔は見知らぬ女の顔から何センチも離れていない。

「いったいなんだっていうのよ？」女はそういい、足早に通り過ぎる。あとに残されたマレラは、鈍いエンジン音を響かせながら東へ向かうトレーラーを見つめる。まだクラクションが鳴り響いている。

第二章

二十九番プレイスに着くころには、マレラは息を切らしている。自宅はカーテンがしまり、端から漏れる細い明かりだけが見えている。そこを通り過ぎて、バックパックからスマートフォンを引っぱりだすと、隣家のゲートをあける。蝶番が軋んで大きな音をたて、マレラはびくりとする。

　鉄の暴動よけゲートを大きく鳴らしたあと、マレラはノックをする。

　ジュリアナの母親がドアをあける。マレラは彼女の名前を知らない。彼女の向こうに花やリース、キャセロール料理、クッキーのトレーなどが見える。マレラはお悔やみを示す贈り物をなにも持ってこなかった。

「はい？」

「隣の家の者です」マレラはいう。

「知ってる」

　マレラはスマートフォンを差しだす。

「これはなに？」

「電話です。たぶん、お嬢さんの。わたしが見つけました」

　マレラの母親はスマートフォンをを受けとり、手に持ってひっくり返す。「ヘクター」ふり返って家の奥へ呼びかける。「ヘクター！」

　若い男が現れる。がっしりした体つきだ。隈ができ、目が落ちくぼんでいる。

「ヘクター、これ、あんたの妹の電話？」

　母親がべつの言語をしゃべっているかのように、ヘクターは彼女を凝視する。

「この電話が？　ジュリアナのかって？」

「どうしてこれがジュリアナの電話だと思うの？」母

親はマレラに尋ねる。

　ヘクターは母親から電話を受けとろうとしない。

「ボタンを押してみなよ、ママ。たぶんあいつの写真が画面に出るから」

　母親は、こんな物体は初めて見たとでもいうように手のなかのスマートフォンを見つめる。「どのボタン？　どうやるの？」

「ママ、そのボタンだよ。それ」ヘクターは、母親が上下逆さまに持っている電話のてっぺんを指差していう。だが母親は自分の手を見つめるばかりだ。「入って」ヘクターはそういい、マレラが通れるようにドアを大きくあける。

　家のなかはしおれた花と腐りかけた食べ物のにおいがする。暖炉の上には、華美なフレームに収まったジュリアナの写真が並んでいる。

「これはなんなの？」ジュリアナの母親はスマートフォンを掲げていう。

「ジュリアナの電話だろ」ヘクターがいう。

「どうしてここに？」

「隣の家の女の子が持ってきた」ヘクターはいう。

「彼女はどうやって手に入れたの？」

　ヘクターは初めてマレラをまっすぐに見て尋ねる。

「どうして妹の電話を持っているの？」

「見つけたの。わたしたちの家のあいだで」

「いつ？」

「二、三日まえに」

「二、三日まえ？　そのあいだずっと妹の電話を持っていたのか？」まるでマレラが電話ではなく妹その人を隠していたかのように、ヘクターはいう。

　言い訳や嘘が頭のなかに押し寄せる。しかしどれもあからさまに嘘くさく思える。

「ごめんなさい」マレラはいう。「写真から判断するしかなかったから」写真のことを口にすると、罪悪感が満ちてくる。「ジュリアナのことはよく知らなかったし」

「写真」ジュリアナの母親の声がして、マレラとヘクターはふり返る。「ジュリアナは自分の写真がすごく気に入ってた」母親の視線が写真からテーブルへ移る。「食べ物がたくさんあるの。すこし持っていってちょうだい。わたしたちだけじゃとても食べきれないから」

「いえ、大丈夫です」マレラはいう。

ジュリアナの母親はようやくホームボタンを見つけ、スマートフォンを起動する。ジュリアナの顔が画面にパッと現れる。「ジュリアナだわ。わたしの娘。もう何年も隣に住んでるのに、うちの娘を知らなかったの？」

マレラの喉が詰まる。しかしジュリアナの母親はマレラの答えを待たずにいう。「たぶん二十年くらい。二十年もあったのに、うちの子を知らずにいたなんて。あの子はこの世界にいるには奔放過ぎた。この場所はあの子を退屈させた。あの子は山火事みたいなものだった。わたしたちはエルサルバドルから来たの。だけどジュリアナはここで生まれた。アメリカで生まれたのはいいことだった。アメリカ人になれるのは。わたしのアメリカ人の娘。アメリカ人の女《グリンガ》。故郷にいるわたしの姉妹はあの子をそう呼ぶのよ」

マレラが顔に浮かべた笑みが、話を聞くにつれだんだん固まっていく。

「ジュリアナにとってはすべてが小さすぎた。この家も、学校も、友達も。あの子にはもっと必要だった。わたしの故郷の隣人たちが、春にサトウキビ畑を燃やすようなものね。その火は飢えているの。その場にとどまったりはしない。わたしたちの土地を必要として、わたしたちの畑を飲みこむ。それとおなじだった、ジュリアナも。与えられるものだけじゃ足りなかった。もっと手に取ろうとした。それがあの子だった。きれいで。破壊的で。爆弾ね」

ヘクターは母親の腕に手を置くが、母親はそれをふり払う。

「あの子のことではいろいろと心配した。男。ドラッグ。車。ギャング。警察。あの子はそういうものを全部わたしのところへ持ちこんだ。全部玄関からこの家へ引っぱりこんだ。ジュリアナに似た女の子たちは通りでも見かける。バスに乗っていたり、あちこち出入りしていたり。タトゥーとぴっちりした服とメイクと整った髪の女の子たち。酔っぱらっていたり、煙草を吹かしていたり、自分の父親といってもいい年の男にエスコートされていたり。よかった、あれはうちの娘じゃない、と思ったものよ。だけど結局おなじなのよ。うちの子もタトゥーをたくさん入れていた。うちの子もチェーンスモーカーだった。うちの子もマリファナのにおいをさせていた。うちの子もセックスと、もっと悪いもののにおいがした」ジュリアナの母親は声を詰まらせる。「この世で一番いやなにおいがなにかわかる？　サトウキビ畑で燃える死体よりいやなにおいはなにか？　自分の娘から立ちのぼってくるどこかの男のにおいよ。わたしにはそのにおいがわかった。それに娘の体についたあざも見えた——あの子が自分でつけたものも、誰かほかの人間につけられたものも。目が赤くなっているところも、唇から血が流れているところも見た。わたしから隠すことはできなかった。あの子は隠そうともしなかった。わたしが何回聞かなきゃならなかったと思う？　あの子が大丈夫なふりをしようとして、わたしに話しかけてくるのを。だけどそういうときの話はまるで筋が通ってなかった。ただしゃべってしゃべって、しゃべりまくれば体のなかにためこんだものを出せると思ってるみたいだった。しゃべりつづけていれば、全部消えてなくなると思ってるみたいだった。

それから、ある日突然、自分の娘が自分の娘のように思えなくなるの。別人みたいになる。別人の髪の毛。

別人のタトゥー。別人みたいなにおい。別人みたいなしゃべり方。テレビに出てくる女の子たちみたいに見える。逮捕される女の子たち。もっと悪いことに、低俗な雑誌や低俗な映画に出てくる女の子たちみたいに見える。そういうとき、どうしたいかわかる？　わかる？」

　マレラは自分が答えるべきなのかどうか、確信が持てない。

「あきらめてこういいたくなるの。〝あれはうちの子じゃない。どこかのイカレた女の子《チカ》がうちの子を盗んだんだ、取り憑いたんだ。あのチカのことは気にかけなくていい、見たことのない子だから〟って。自分の娘だと認めたくないの。認めるつもりがないの。認めまいと努力するようになるの。何度も。だけどそれはうまくいかない。だってあの子はまだわたしの娘だから。あの子が自分自身に対してどれだけひどいことをしても。どれだけひどいことを、何回しても」

　ヘクターが静かに咳ばらいをして、マレラの視線を捉える。そして片手でドアのほうを示す。ジュリアナの母親は気づかずに言葉をつづける。

「悪い女の子たちがいるでしょう。どこにでもいる。悪い、悪い娘たちが。そうすると人は母親のことを考えるの。母親がなにかまちがいをおかしたんだ、母親が滅茶苦茶にしたんだって。たぶん、ちゃんと祈りを捧げなかったんだろう。たぶん、神を無視したんだろう。たぶん、悪魔を受けいれたんだろう。たぶん、酒を飲んだり、煙草を吸ったり、ドラッグをやったりしたんだろうって」

　マレラは一歩うしろにさがる。「たぶん、犯罪をおかしたんだろう。たぶん、盗っ人なんだろう。あるいは殺人犯なんだろう。たぶん、子供を堕ろしたことがあるんだろう。たぶん、大勢の男と関係を持ったんだろう。だって母親が悪いに決まってるだろ？　ああいう悪い、悪い娘たちの母親なんだから。だけどちがうのよ。わたしはお祈りをしてる。夫の面倒だって見てるわ、殺してやりたいと思うときでさえね。息子の面倒も見てる。それにジュリアナの面倒だって。なにがあっても。わたしは正しいことをしてる。なのにそれでも、ジュリアナが山火事みたいな娘なのはわたしのせいだって、人はそういう目で見るの。あの子があらゆるところから注目を集めて、自分の体を男たちの好きなようにさせてるのはわたしのせいだって。あの子が死んだのはわたしのせいだって。ここに食べ物があるでしょう？　どうしてこんなにあるかわかる？　みんな、あの子のことをなんていったらいいかわからないからよ。だから食べ物を持ってくるの。なんていっていいかわからないのよ、だってわたしのせいだと思ってるから。あの人たち――」

　鉄のゲートがマレラのうしろでバンと音をたててしまる。ポーチに出る。それからステップを三段降りて通りに立つ。でこぼこの歩道に。さっきまで誰かに首を絞められていたかのように、マレラは空気を求めて喘ぐ。

第三章

マレラの家。夕食どき。雨はまだ降りはじめていない。だがもうすぐだ。街が息を詰めている様子でわかる——木々が動きを一時停止して、身構えている様子で。

家のなかも、動かない時間と霧のなかにはまりこんでしまったように見える。ロジャーはソファに座り、一度も使ったことのない暖炉を見つめている。ロジャーがそれを眺めている姿を見た人は、暖炉で炎がはぜていると思うだろう。ロジャーがまた自失の状態にあり、暗い場所にいるのをマレラは知っている。そのせいでアネケの気分がさらに暗くなることも。

アネケはキッチンにいて、ビーフカレーをつくっている。母親の怒りが煮込み料理に入りこんで荒々しく刺激的な味になることも、マレラは知っている。

マレラがここに来たのは二日まえだ。隣家とのあいだの通路でジュリアナのスマートフォンを見つけたのも二日まえ。その後は新しい作品をオープニングに間に合わせるため、にわかに仕事が忙しくなった。

マレラは父親の肩をぎゅっと握る。ロジャーはふり向いてまっすぐに目を向けるが、視線はマレラを通り過ぎていく。ヘッドフォンをつけており、その先には第一世代のｉＰｏｄがつながっている。オーディオブックの単調な音声がマレラの耳にも届く。戦争の歴史。何千ページにも及び、何百時間もかかる。詳細、データ、統計資料、死者数、経度と緯度。何日もたてつづけにくり返し聞き、やがてなにごともなかったかのように鬱状態から浮上するのだ。

マレラはキッチンに戻り、手を母親の腕に置く。アネケはひるんだように身を引く。

「今回はどれくらいつづいてる？」マレラはそう尋ね、頭を父親がいるソファのほうへ傾げる。「どれくらいああやって聴いてるの？」昔は三週間もぶっつづけに聴き、ヘッドフォンを外すのはシャワーを浴びるときと、第二外国語として英語を教える授業をするときだけ、などということもあった。

「いままでどこにいたの？」アネケは尋ねる。「いい、やっぱりいわないで。知りたくない」

マレラの家は、ジェファーソン・パーク地区のなかでは数少ないクラフツマン様式の二階建てのうちの一軒だ。マレラの部屋は二階にある。寝室の窓からは、隣の家のなかが見える。

隣家には明かりがついている。ブラインドはすべておろしてあるが、ジュリアナの兄の部屋だけはちがう。ヘクターはベッドの端に腰かけ、両手を膝のあいだに挟んで頭を垂れている。隣に女がいてぽんぽんと背中をたたいているが、ヘクターはそれを払いのける。女はベッドの上でうしろにさがって、ヘクターのためにすこし場所を空ける。ヘクターの肩が上下している。

カーテンの向こうの明かりで居間が影絵になる。マレラにはジュリアナの両親の影が見える。マレラはときどき、二人の荒げた声、芝居がかった怒りの声を盗み聞きすることがある。ものが割れる音や、ドアを乱暴にしめる音は、マレラの家のなかまで届く。英語とスペイン語の混じった悪態や非難。あの二人は外聞をはばからず怒りをあらわにする。激しい怒りは火花を散らし、爆発し、やがて消える。彼らは怒りを使い果たす。燃やし尽くす。その後、テレビを見るか、あるいは、なんであれやろうとしていたことのつづきをやる。

それよりもっと悪いものはなにか？　捉えにくい暴力だ。マレラの家のなかの隠された怒りだ。

アネケは娘を寝かしつけるとき、いつも声をひそめてしゃべった。歯の隙間から絞りだすようにして、マレラがいかに悪い子だったか話し、マレラの一日の罪をあげつらった――おもらしや、なくしものや、裏表に着た服や、忘れものなど。マレラがなかなか返事をしなかったり、しゃべるときの声が小さすぎたりした回数を数えあげた。マレラがわざと反抗的な態度を取った証拠をつらつらと並べ、そんなことでは少年院に行くことに――あるいはもっと悪いことに――なると脅した。

　マレラがなかなか眠らなかったり、寝具をもっと心地よくしようと手足をバタバタさせたりすると、アネケはすばやくつねったり、脚をぴしゃりとたたいたりした――悪い娘、不愉快な子、いうことを聞かない子。アネケが声を荒げること、怒った声を出すことは決してなかった。ただ、毎日の寝かしつけの本や歌の合間に非難をすべりこませるのだ。

　母さんはおまえを愛しているんだよ、とロジャーはマレラに話した。愛の大きさに挑まれているんだ。愛は彼女を圧倒してしまうんだよ。おまえが世のなかに出てどんな道を進むか心配なんだ。

　うちの母さんも隣家の人たちみたいに金切り声をあげてくれればいいのに、とマレラは思った。自分の怒りを人に見られることを受けいれればいいのに。マレラがそれを恥ずかしいと感じなくて済むように。

　母さんを心配させるのは世のなかのほうだよ、おまえじゃなくてね、とロジャーは娘にいって聞かせた。

　隣家を見ると、居間のカーテンに映る人影がパントマイムを上演している。ジュリアナの母親は両腕を頭上にあげている。父親はじっと立ち、妻の悲しみ、あるいは怒りを吸収する壁になっている。

　つねったりたたいたりできないくらいマレラが大きくなると、アネケは方針を変えた。母親はマレラを、ジュリアナの家を見おろせる寝室の窓辺に連れていった。あんなことが自分の身に起こってもいいの？　ジュリアナみたいになりたいの？

アネケはこのお説教のタイミングを、ジュリアナが見える瞬間に合わせるのを好んだ。マレラより一つ年上なだけの少女が、年上の男が無謀な運転をする車に乗りこもうとして、クロップトップを調節したりミニスカートをぐいと引っぱったりする瞬間に。

女の子はあんなふうにして駄目になっていくのよ。

夕食を出すとき、アネケは皿やスープボウルをテーブルにたたきつけたりしない。すべてが品よくおこなわれる。ロジャーがヘッドフォンをつけたままテーブルについている事実にも触れない。

バルジの戦い。一九四四年十二月。アントワープ。奇襲。バストーニュ。四十一万人。戦車千四百台。千六百のなにか。千のなにか。

情報の断片がマレラの耳に届く。父親の視線は固定されている。壁を見ている。と同時に壁が見えていない。マレラは父親の腕をぽんぽんと軽くたたき、食べ物に注意を引く。ロジャーはまばたきをし、ちらりと下を見て、食べはじめる。

もっと悪いことになる可能性だってあった、とマレラは思う。ロジャーの憂鬱には酒やドラッグや長く姿を消したりすることは絡まない。暴力的にも攻撃的にもならない。その代わり、戦争の歴史の世界、丸ごと覚えておかねばならない物語に没頭するのだ。だいたい、ちゃんと聴いているかどうかさえ、マレラは疑問に思っている。

ロジャーの憂鬱のせいでアネケの怒りは増す。だからマレラはまた父親の腕に触れ、もう一口カレーを食べて、ふだんの家族の食事のようなふりをつづけてと促すのだ。

母親の顎に力が入るのが見える。

「放っておきなさい。かまわないで」

マレラは手を引っこめる。

「食べなくたって、飢えたりはしない」アネケは深く息を吸ってつづける。「バーバラとグレンダが、あなたの展覧会の記事を読んだんですって。二人とも感心してた」

　アネケはたいていのニュースを勤務先の女たちからの又聞き、あるいは又聞きの又聞きで仕入れる。アネケが助手として働いているのはマリブの介護施設で、そこでは新聞や地元のニュースやボードゲームが時間をやり過ごす手段なのだ。

「死体についての作品だって聞いたけど」そう話すアネケの口のまわりは固い。

「女たちについての作品だよ」マレラはいう。

「ポジティブなものだといいけど」アネケはいう。

「つまり、趣味のいいものってことね」

「醜悪なものならもう世界にあふれているから」

「それ、聞いたことある」マレラはいう。

「施設の女性たちは花の絵を描くの。静物のクラスが新しくできたわ」

「わたしは花の絵は描かない」

「それ、聞いたことある」アネケの答えに、マレラは力ない笑みを浮かべる。

　母親の話を友達にしないというのは、マレラの習慣になっていた。

　あんたのお母さん、意地悪女だね。

　お母さん、すごく支配欲が強いよね。

　お母さん、悪夢そのものじゃん。

　だが、友達は理解していなかった。マレラがいい学校に入るのを助けてくれたのはアネケだったし、マレラがもし望んだ場合、州外の大学へ進学する資金をどう調達するか考えてくれたのもアネケだった。さまざまな夏期講座を見つけてくれたのも、週末をつぶしてロサンジェルスを遠く離れた冒険にマレラを連れていってくれたのもアネケだった。マレラがアートを勉強するつもりだと宣言し、その後美術学の修士号を取るために大学に残ったときも、アネケはまばたき一つしなかった。

「子供のころでさえ、花の絵なんて描いたことなかった」アネケはいう。「怪物と迷路ばかり描いてた」

マレラはカレーを一口食べる。チリが舌を焼く。それをしばらく口のなかにとどめ、風味と痛みを増大させる。

「からすぎたみたいね」アネケはいう。

口に火がついたようになっているので、マレラは答えられない。

つづく沈黙を打ち破るように、ジュリアナの家の玄関ドアがバタンとしまり、次いで錆びたゲートがガタガタと大きな音をたてながらひらいて、とじる。

「あの日、彼女を見た」マレラはいう。

「誰を？」

「ジュリアナ」

アネケのフォークが口のそばで止まる。

「あの人たちになにか持っていった？」

「誰に？」アネケはいう。

「ジュリアナの両親」

「なにを持っていくの？」

「キャセロール料理とか。クッキーとか？」

「なぜ？」

「お悔やみのジェスチャーとして。それがするべきことじゃないの？」

「クッキーではあの人たちの助けにならない」

子供のころ、頭のなかがまず空白になり、それから黒くなったのをマレラは思いだす。なにがきっかけになるのか——なにがスイッチを入れるのかは、自分でもよくわからなかった。突然、なにもかもがまちがっているように感じられるのだ。理由がわからないところが最悪だった。

自分が犬で、誰かがしつこく毛を逆撫でしているところを想像してもらいたい。あるいは、衣類を全部うしろ向きに着て、靴を反対に履いたところを。あるいは、どこで鳴っているのかわからないかん高い電子音がつづくところを。なにかがおかしい、ひどくおかしいのだ。

それで、マレラは反応した。ものを投げ、ものを殴った——おもちゃや、動物のぬいぐるみを。世界を正常化しようと必死の試みをつづける両親に八つ当たりさえした。

これが外で起こったことはなかった。家のなかだけだった。

対応したのは、アネケではなくロジャーだった。マレラの憂鬱を貫いたのは、パニックに陥ったような父親の目が発する白いハイビームと、おちつけと何度もいってくる——懇願する——声だけだった。

しかしマレラはおちつけなかった。それは不可能だった。穴が深過ぎた。マレラはどんどん沈んでいた。父親は覆いかぶさるように立っていた。手の届かない場所にそびえていた。父親が懇願してくることが、マレラにはできなかった。止まれ、といわれても無理だった。

その後、罰を与えるために、父親はマレラの部屋に彼女を連れていった。ドアにもたれて座ることで逃げ道をふさぎながら、マレラが動物のぬいぐるみを投げるのを眺めた。暴力を振るうことはなかったが、父親のまなざしが、おちついてもらいたいという思いの必死さが、マレラを怯えさせ、かえって暴れるのをやめられなくさせた。

廊下からは、母親がわめく声が聞こえてきた。マレラをなだめるからなかに入れてと懇願し、自分ならものごとを正し、混乱を止められるからと主張していた。

ロジャーは絶対にアネケを入れなかった。マレラは荒れくるったまま、それでもずっと父親から目を離さず、父親は自分になにを、なぜ求めているのだろうと考えていた。それが父親を引っぱりだして現実に戻すためのマレラなりの方法なのだ。沈黙した、穏やかな外見を打ち砕いて、父親を現実の父親にするための。

　ちょうどそんな子供のころとおなじように、夕方ギャラリーにいたときとおなじように、マレラは内側に変化を感じる。明かりが弱まり、目の焦点が合わなくなるのを感じる。これからすこしのあいだは自分でも抑えがきかなくなる。

　マレラはテーブルの向こうに手を伸ばし、ロジャーの耳からヘッドフォンを引きはがすと、古ぼけたｉＰｏｄとまとめて部屋の向こうへ投げつける。

　反応するのはロジャーではなくアネケだ。立ちあがって、スープボウルを床にたたきつける。

「放っておけといったでしょう。放っておきなさい。放って――」

　外に出ると、マレラの頭はすっきりする。服にカレーがついている。母親の様子を覗くと、食器を洗っている。父親は、また戦争の物語を聴いている。

第四章

「もっと強く」マレラは体を二つ折りにして喘ぎながら、額から汗を垂らしている。「もっと強く」

「もういい、コルウィン、出ろ」

　ジェファーソン・ブールヴァード沿いの格闘技のジムでは、柔術からボクシングまであらゆる種目を扱う。こういうジムはロサンジェルスじゅうにあるが、とくにサウス・ロサンジェルスでよく目につく。店舗の床にマットを置いて、さまざまな格闘技の装備が並べてある。昼間は子供たちがテコンドーや空手や柔道を習い、自己鍛錬をする。大人は夜にやってくる。

　そしてマレラが呼吸を戻そうと苦闘しているこの場所のように、終業後に違法のフリーファイトがおこなわれるジムもある。きょうはレディズ・ナイトだ。

一ラウンド一分。

総当たり戦。

勝者が残る。

料金を支払って参加する。

マレラは三十ドル払った。それでこうして、負けようとしている。

「もっと強く」マレラはもう一度いう。

対戦相手はリズ・アセヴェドー、ロングビーチ出身の元プロボクサーだ。引き締まった、流れるような体つきをしている。まるで筋肉のついたサヤマメだ。顔は卵形、長い黒髪はうしろでまとめられてつやつやのポニーテールになっている。目は川底の石のように冷たい。アセヴェドーはやたらと大柄なわけでも野蛮なわけでもない。黒曜石から彫りだされたみたいになめらかだ。誰のグローブも彼女には触れることさえできないように見える。仮に誰かがなんとか当てたら、きっと金色のあざができるのだろう。

アセヴェドーは必殺のファイターで、つねに勝つ。

「出ろ、コルウィン」アセヴェドーはいう。これは彼女のショウだ。レディズ・ナイトはアセヴェドーが主催している。アセヴェドーが支配している。

ブザーが鳴るまであと十秒あるが、アセヴェドーは情けをかけてラウンドの終わりを告げた。マレラは初心者だ。そもそもここに混じるべきではなかった。ボクシングをはじめてまだ一年だし、その間ほとんどサンドバッグを相手にしていただけだ。だが料金を払ってここにいる。

マレラがまた異を唱えるよりまえにブザーが鳴る。

レディズ・ナイトには五人の女がいる。ラウンドとラウンドの合間にしゃべることはほとんどない。まにあわせのリングのなかの動きをただ見つめ、次の出番のために気分を高揚させるのだ。

マレラはまだ一回リングにあがっただけだ。すぐにアセヴェドーと当たり、アセヴェドーは腹部への数回の軽いジャブで即座にマレラをロープ際に追い詰めた。終了の宣告までに、つらいことなどなにもなかった。所定の場所で跳びはねながら筋肉をゆるめていると、相手のグローブが腹筋のどこに当たったかがわかる。だが満足感はまったくない。充分な衝撃がなかった。アセヴェドーは手加減して生ぬるいパンチを寄こし、マレラに自分自身の弱さを思い知らせただけだった——マレラはいまも壊れやすいままだ。その事実がマレラを激昂させる。

マレラは残忍なまでの攻撃を強く望んでいる。それが解放につながるからだ。待っている状態が終わるからだ。リングのなかではマレラはそれをコントロールできる——それをいつ起こすかを決められる。痛みはマレラの思うがままになるはずなのだ。

だが、アセヴェドーはそれを与えてくれなかった。いまやマレラの体の内側全体が緊張し、行き場のないエネルギーでいっぱいになっている。腹へのきついパンチだけがそのエネルギーを解放できる。

マレラはぴょんぴょん跳びつづける。スパンデックスの短パンとクロップトップを身に着けている。マレラは一番下手で、新米で、ちょろい相手《パウダーパフ》で、残りの全員からお遊戯みたいなパンチとあきれられる相手だ。マレラは彼女たちが一息つける相手で、小休止できる相手で、勝ちの保証された相手だ。

今夜のジムでは、みんながシリアルキラーのことをしゃべっている。そのせいで闘いが加速し、より激しくなっている。

そいつがあたしに手をかけてきたら殺してやるよ。切り裂くだけじゃ満足しない。窒息もさせるんだって。

被害者の一人を知ってるよ——キャシーっていう女。キャシー・ガッデム・シムズ。つるんでたことがあるんだ、お行儀が悪かったころに。

マレラはリングから目を離さずにウォームアップをつづける。アセヴェドーは、マレラがキャスパーという名前しか知らない女と対戦している。キャスパーは黒人で、元プロアスリートみたいな体つきだ――分厚い筋肉と、ぎっしり詰まったパワー。強くて正確なパンチをくり出すが、体の重さが動きを抑制し、アセヴェドーが頭部に向けて放つすばやい打撃をよけきれずに苦戦している。ブザーが鳴るころには、キャスパーの闘志は消えている。

　室内には闘いのにおいがする――汗と、デオドラントスプレーと、鉄のようなにおい。マレラは血を連想するが、血を流している者はいない。音楽が大音量で流れている――パワーロックに、怒気を含んだスラッシュメタル。狭いジム内に充満するアドレナリンに見合う音楽。

　今夜のアセヴェドーは、残りの女たちをさっさと片づける。かなりがんばっているし、それが見えている。

ふだんなら女たちは待っているあいだしゃべらないのだが、今夜はちがう。

どうしたの、あのクソ女?

誰かが怒らせたんでしょ。それかホルモンのせいか。

男に捨てられたとか?

生理中とか?

　女たちはジムではちがうしゃべり方をする。外の世界では抑えこんでいるものごとを言葉のなかに持ちこむ。毎日たたきのめしたいと思っているような相手の言葉を自分の声に乗せる。

あたしがあのクソ女をやっつける。

あたしがあの女を殺《や》るよ。

このいまいましいリングはあいつが所有してるわけじゃない。

　いや、しているのだ。最後の一センチまで。リングはアセヴェドーのもので、彼女が好きなようにするための場だ。ほかの女たちはただのおもちゃで、ぐらぐら揺れる〝おきあがりこぼし〟だ。もっと、もっとと何度でも戻ってくる。

女たちは喘ぎ、ラウンドとラウンドのあいだに回復しようとする。次の勝負のための気力を奮い起こそうとする。女たちのうち、二人は途中でやめる。

その後、またマレラの番が回ってくる。

あんたの番だよ、ルーキー。

パウダーパフ・ガールの時間だよ。

あんたがやっつけるつもり？　見なよ、パウダーパフがやっつけるつもりだよ。

マレラはさっとリングにあがる。グローブのマジックテープをきつく留め、手の甲で額から髪をどける。両手をあげて顔を守り、詰め物のうしろからアセヴェドーを覗く。アセヴェドーは退屈そうに見える。〝さっさと終わらせよう〟とか〝もっとむずかしい相手を連れてきてよ〟といった顔をしている。

ベルが鳴る。

突然、マレラには大音量の音楽しか聞こえなくなる――ギリギリと鳴るギター、強打をくり返すドラム、デスボイス。ジュリアナとキャシーの顔が見える。きょうの早い時間に見たテレビの報道番組の画面からマレラを凝視していた二人の顔。

なにを待ってるんだよ、パウダーパフ？

マレラは一方のグローブで顔を覆ったまま――ほんの何回か受けたキックボクシングのクラスでそう習ったのだ――もう一方の手で弱々しいジャブをくり出す。パンチはまったくアセヴェドーに届かない。そのアセヴェドーはといえば、ひらりひらりとよけるばかりで時間を稼いでいる。まるでマレラに対してパンチを出すのさえめんどくさいとでもいうように。

マレラはアセヴェドーのストライクゾーンに踏みこむ。すばやくコンボを出してみる――ジャブ、クロス。どちらも当たらない。手間賃として腹にソフトなパンチをもらう。

そんなもんなの、ルーキー？

おばあちゃんでももっと強く当てるよ。

　ふだんなら、サイドに並ぶ女たちは静かにしている。だがアセヴェドーの獰猛さが女たちに火をつけていた。みんなアセヴェドーを倒せないものだから、マレラを言葉で攻撃することで妥協しているのだ。

　マレラはまたコンボを試す。フック、フック、クロス。クロスがアセヴェドーの前腕をかする。アセヴェドーは驚いて顔をあげ、すこし苛立った様子を見せる。眉をあげる。石のように冷たい目のなかに暗い閃きが宿る。クロスを出そうと腕を引く。マレラにそれを逃れる術《すべ》はない。マレラは衝撃に備えて身構え、顔を打撃の軌道から逸らす。パンチはやわらかくマレラの顎に当たる。なにもなかったかのように。ふざけて顎を突いただけのように。もてあそばれているみたいに。

「くそ」マレラはいう。「そんなやわなパンチなんかクソ食らえ」

　アセヴェドーは肩をすくめる。

　マレラはグローブをあげ、相手に詰め寄る。無謀なパンチを連発するが、どこにもたどり着かない。アセヴェドーは全部よけて、肩へのゆるい打撃でマレラのバランスを失わせる。

「もっと強くだよ、クソ女」マレラはいう。

　パウダーパフは強いやつがほしいんだってさ。

　パウダーパフは固いヤツをもらったことがないんだってさ。

　パウダーパフはたたきのめされたいんだってさ。

　この連中にもわかっていればいいのに。アセヴェドーの力を抜いたパンチが当たるたびに、マレラはさらに本物を強く望むのだ。一つ一つがからかいであり、嘲りだから。一つ一つが拷問だから。

「もっと強くっていってるんだよ、クソ女」マレラは唾を吐く。

「聞こえてる」アセヴェドーは息を切らしてもいない。

ほとんど動いてもいない。冷静沈着そのもの。

マレラはまたもや行き当たりばったりの攻撃を仕掛ける。アセヴェドーはグローブをぐっとあげ、マレラを押しやって転ばせる。

マレラは一度弾んでから倒れて動きを止める。ブザーが鳴る。

憤激で体のなかに火がついたようになっている。怒りは熱く、しょっぱく、苦く、吐きだしてしまいたいのだが、同時に味わっていたくもある。「もっと強く当てろっていっただろうが」マレラは怒鳴る。

「力を温存してるの」アセヴェドーはそういいながら、グローブとヘッドギアを外してポニーテールを直す。

空気のなかになにかがある――ゆるんだワイヤーがくるくるほどけるような感触が。ひどく不快な流れが。自分たちの通りに出没して狩りをする暴力的ななにかに対する反応が。女たちは荒っぽくなっている。アセヴェドーはさらに荒っぽい。そしてマレラの意識はぐるぐる回りながら黒くなっていく。

マレラはパッと跳ね起きる。そしてすばやい一つづきの動きで振りかぶってアセヴェドーのこめかみにパンチを当てる。不意打ちを受けて、アセヴェドーはたたらを踏む。当てることには満足感がある。グローブを通して肉と骨とアセヴェドーの頭蓋骨の固さを感じるのは、ほんのすこしでもアセヴェドーの脳みそを揺さぶったと感じるのは、気分がいい。しかし、それでもマレラが切望する解放は与えられない。

一瞬、なにもかもが静止する。アセヴェドーは凍りついて無感覚な黒い目でマレラを見つめ、サイドに並ぶ女たちはぽかんと口をあけて立っている。出かかった言葉を唇に貼りつけたまま。

それからすべてが爆発する。鮮やかな火花が頬に炸裂する。素手のパンチで皮膚が切れる。

マレラはよろよろとあとずさる。胸にわだかまっていたものが全部――プレッシャー、心配、不安、困惑が全部——飛びだしていくのを感じる。なぜならそれが——暴力が、攻撃が——起こっても、それでも自分はここにいるからだ。自分はいまもマレラで、うしろに倒れながら、破裂した頰から口へ流れこむ血を味わっている。そして笑っている。声をたてて笑っている。

第五章

マレラは通りにいる。パンチ・ドランクでふらふらしながらジェファーソン・ブールヴァードを歩いている。頰から血が流れている。ズキズキ痛む。独自に鼓動を刻んでいるように。口のなかに生ぬるい金属の味がする。マレラは唇を舐める。

指を頰に当てると、こぶのように腫れ、しかも深い傷ができているのがわかる。大きくはない、たぶん二センチ足らず。こんなに小さな傷からどれだけのものが解放されるかを思うと驚くほかない。どれだけの怒りが、緊張が、不安がここから逃れていくかと思うと。

雲でぼやけた空を見あげる。降りはじめるまえに雨を感じとる。また一瞬の間がある。ロサンジェルスの街が息を止めているかのような、身構えているかのような。その後、土砂降りが来る、空から注ぐ滝のような土砂降りが。

マレラは首を傾げ、顔についた血と汗を雨水で流す。雨は目にも入り、口を満たし、全身に染みこんでいく。

ジェファーソン・ブールヴァードとウェスタン・アヴェニューの車が、なにかの演出ででもあるかのようにいっせいにスピードを落とす。アスファルトをきれいに流す大量の水のなかを、車のライトがすこしずつズルズルとすべるように動く。

雨は面になって降ってくる。

ロサンジェルスはぼやけた明かりの固まりになって、落ちてくる水の向こうで揺れている。マレラは自分が目を細くしているように感じるが、実際には大きく見ひらいている。

側溝に水が満ちてくる。下水道をすごい勢いで水が流れる。決して回収されることのないごみが旋回しながら流れていく。ソーダのカップ、食品用の発泡スチロールの容器、包み紙などが川になって縁石沿いを押し流されていく。

マレラはぐしょ濡れになっている。雨と汗のせいで体が冷える。濡れた衣服が糊のように体に貼りつく。

家には帰れない。ドアを入った瞬間に、あの解放がなかったも同然になってしまう。あざができ、血も出ている頬は、解決ではなく問題になるだろう。

マレラはウェスタン・アヴェニューを北へ進んで一〇号線を渡る。高架下の車の流れは、雨に糊づけされてしまったかのように止まっている。東へ向かう車のテールライトがくっきりと赤く輝いている。西へ向かう車は、白いヘッドライトだ。マレラは二十四時間営業のタコスショップを通り過ぎる。仕切られた座席エリアと大きな駐車場のある独立店舗だ。ホットピンクとグリーンで描かれたタコスとブリトーのマンガのようなイラストが窓から見える。傷のある窓ガラスや、落書き、傷んだプラスティックのテーブルなどを見ると、ずいぶん長いあいだここで営業しているのだとわかる。しかしマレラがこの店を見るのは初めてだ。

まえを通るとき、歩くペースを落とす。ぬいぐるみのいっぱい入った機械がある。運がよければクレーンでぬいぐるみを釣りあげることができるゲームだ。それから画像のぼやけた古いテレビがある。一人で食べている女がいる。たっぷりとした黒髪に雨粒がついている。女がフォークでケサディーヤを口に運ぶたび、金色の大きなイヤリングが揺れる。

マレラはこういう場所に入ることをずっと禁じられてきた。空腹なわけではないが、マレラは店内に入り、雨が筋になって流れる窓ガラスから、ウェスタン・アヴェニューをすべるように走っていく車を眺める。

ふと、ここをまえに見たことがあるような気がする。確かに覚えがある。マレラは席に座る。

女が注文窓口の向こうから身を乗りだしていう。

「食べないなら座らないでください」

マレラは、ほんの一分くらいいるだけだからとでもいうように手をあげてみせる。

「お嬢さん、食べないのにここに座ってもらっては困るのよ。雨が降ってるからってだけで、ウェスタン・アヴェニューにいるすべての女が店内に入ってきたらどうなると思うの？」

マレラは一人客をちらりと見る。そしてなぜ自分がこの場所を知っているか気づく。ジュリアナの写真だ。あのなかの二枚が——もしかしたらもっとあったかもしれないが——ここで撮られたものだった。どちらも一人の女が写っていて、報道のおかげで、いまではマレラもそれがキャサリン・シムズだと知っている。染めたブロンドの短いカーリーヘアで、なにかおかしくてたまらないことがあるみたいに笑っていた。

カウンターの向こうの女がさらに上半身を乗りだしていう。「お嬢さん、そっちまで行って追いだすような真似をさせないで」

だがマレラはすでに立ちあがり、ドアを出ていくところだ。

左に曲がってワシントン・ブールヴァードに入り、ギャラリーへ向かう。小さなシャワーのついたバスルームが奥にあるから、そこで体をきれいにできるし、寝袋もある。その寝袋は、マレラが自分で認める以上に役に立っている。

雨がひどく、とにかく滝のような土砂降りから逃れることしかできない。雨は乾ききった土地に安堵をもたらすことなく、ただ騒動を引き起こしているだけだ。

マレラは髪を振り、何回か上下に跳んでからギャラリーの鍵をあける。ドアのそばで服を脱ぎ、靴もそこに残す。明かりをつけずに奥へ駆けこむ。小さなシャワーのお湯で体が温まる。小さいタオルの一枚を使って体を拭き、オフィスにしまってある洗濯物袋からきれいな服を一組引っぱりだす。

寝袋を広げる。だが、奥の部屋でキャンプをする代わりに、寝袋を正面の部屋へ運ぶ。〈死体No3〉のプロジェクターのリモコンを見つけ、スイッチを入れる。画像が現れるまでしばらくかかる。写真はばらばらにスライドするように調整してある。無秩序な印象を出しつつも、急かされていると感じることなく一つの画面から次の画面へ視線を移せるように。

カシャッ。

左側——殴られてあざのできた眉まわりのアップ。その下の目は、メイクが筋になって流れ、瞳孔がひらいている。

まんなか——五人の女が鏡のまえで場所を取りあっている。カメラに背を向け、Tバックや、ミニスカートや、メンズのトランクスを身に着けている者、なにも身に着けていない者と、いろいろいる。鏡に映った女たちの顔は挑みかかるよう。どれだけきれいになれるか、自分で自分を試している。アイメイクやリップグロスで武装している。

右側——一人の女がバーでサンドイッチを食べている。女の背後にはストリップクラブのポールがある。仕事の合間の盗まれた一瞬。

カシャッ。

まんなか——乱れた黄色の巻き毛の女が、ちょうどカメラから顔をそむけたところ。髪は飛び、胸についたネコの鉤爪のタトゥーが見えている。女はリラックスした顔で、写真用に表情をつくったりポーズを取ったりはしていない。

右側——三人の女のうしろ姿。マイクロミニのショートパンツ、ミニスカート、危険なほどのハイヒールといった恰好でお互いに腕を回しながらウェスタン・アヴェニューを歩いている。まるでこの通りが黄色いレンガの道で、これからオズの魔法使いに会いに行くみたいに。

左側——更衣室。化粧道具が床に落ちている、ハロウィーンのお菓子が飛び散ったように。一人の女がマスカラのピンク色のチューブを握りしめたまま眠りこんでいる。女の顔は穏やかで、まつげは黒く固まっており、濃い色のペンシルで唇の輪郭が描かれている。

カシャッ。

右側——二人の女の肩越しに撮られた写真。二人が並んで座って一台のスマートフォンを覗きこんでいるあいだに、べつの女がカメラのほうへ身を乗りだしたところ。女の胸は寄せられてMのかたちになり、口はすぼめられてOのかたちになっている。

左側——キャサリン・シムズが街角に立っている。丈の短いダウンジャケットに、ジーンズといえないくらい裂けめの多いジーンズを穿いた恰好で、顔をツンとあげ、目をとじている。湯気の立つコーヒーカップが顔の半分を隠し、反対の手にはドーナツ。横に停まった車のことは無視している。

まんなか——コーヒーテーブル。白い粉の筋のついたCDケースが二枚載ったトレー、口紅のついた吸殻でいっぱいの灰皿、トントンと煙草の灰を落とす手、飲み物を取り替える手、ペーパーバック——『トワイライトⅣ』——を持ち去る手。

カシャッ。

まんなか——またもやキャサリン・シムズ。メキシコ風ファストフードの店のテーブルについて、頭をのけぞらせ、大きく口をあけて、爆発したみたいに笑っている。うしろの男が物欲しそうな目で彼女を見つめている。

左側——ソファに二人の女がいる。半分だけ服を着たような、あるいはほとんど着ているともいえないような恰好で、お互い背を向けあい、それぞれ手にしたスマートフォンに見入っている。

右側——高級感のあるコーヒーショップの窓にジュリアナの姿が映っている。髪がゆるく広がっている。タイトなジーンズに、もっとタイトなホルタートップ。

店内のカウンターでは、フランネルのシャツを着てポークパイハットをかぶったカイゼルひげの男が、袖をまくりあげてコーヒーを淹れている。

カシャッ。

左側——胸に鉤爪のタトゥーのある女がベッドにいる。一方の手に『トワイライトⅣ』、もう一方の手に煙草を持っている。ナイトテーブルの上の目覚まし時計には午前四時三十四分と表示されている。

まんなか——ビーチ。砂の上にシートが広げられ、シートの上に女たちが広がっている。まえの写真にも出てきた女たちだが、ビキニを着ているとなぜか無垢で慎み深いように見える。

右側——ジュリアナがウェスタン・アヴェニューでしゃがんでいる。カメラの正面にいて、指でなにかのサインを掲げている。ジュリアナの上には、ロ《L》サンジ《A》ェ《C》ルス・カウン《M》ティ美術館《A》で開催されたラリー・サルタンの展覧会の垂れ幕がある。ジュリアナはまるで通りを、街を、ラリー・サルタンを所有しているみたいな表情で写っている。

第六章

ギャラリーは満員だ。人々がやってきた。正しい筋の人々が。マレラは一度に全員と話をしている——あちこちから引っぱられて、一つの会話がべつの会話へと流れこむ。雨に濡れた足跡が床につき、ドアのそばには傘から広がる水たまりがある。みんなが土砂降りのことを話題にする。終末の大洪水だ、と。

　もっと大きなギャラリーのオーナーも、ロサンジェルス・タイムズ紙の批評家も、オンラインの有名サイトの批評家もいる。ごくふつうのチーズの大皿や生野菜があり、まあまあのワインを置いたテーブルがある。

　マレラは黒いジーンズにタイトな黒のタンクトップを合わせ、黒い着物風ジャケットをはおっている。

作品について、いわなくてもいいことまで説明する自分の声が耳につく。この作品は独り歩きできない――それが問題なのだ。深みを与える声を必要とする。そうとわかっていても、説明は薄っぺらく響く。

マレラは展覧会がニュースに食われてしまうことを心配していた。まず、このあたりの通りを徘徊するシリアルキラーがいる。それに、ブルックリン・ブリッジで抗議行動があった。

あれこそがアートだ。本物のパフォーマンスアート。マレラもそれは否定できない。

モーガン・ティレット――ロサンジェルス在住、〈パワー・スルー・プロテスト〉の活動家――率いる抗議者の一団が、昨夜、ブルックリン・ブリッジの塔の一つに登った。グループはテントを張った。横断幕も。そしてジャーメイン・ホロウェイ殺害に対する抗議をおこなった。ジャーメインの母親のイディラも一緒だった。イディラは拡声器を持ってスピーチをした。

そのスピーチは夜気に放たれ、橋のあいだで反響して川を下り、街に響き渡った。スピーカーとアンプが設置されていた。閃光灯や発煙機もあった。一団が繰り広げたのは完全にヒップホップのライブだった。風の吹きすさぶ橋のてっぺんで、ニューヨークのスカイラインを背景にして、自分たちの怒りの歌で街を――世界を――吹き飛ばした。支配した。

その後、イディラが手紙を読んだ。カリフォルニアの女性から受けとった、決して闘いをやめないでと書かれた手紙だった。橋の上の一団は、〈暴力はまわりじゅうにある〉という歌でパフォーマンスを締めくくった。彼らが歌うにつれ、街じゅうでシュプレヒコールが湧きあがった――暴力はまわりじゅうにある。声は通りという通りに響いた。オフィスビルからの声。彼らがフェリーやツアーボートにもぐりこませておいた人々が発する声。地下鉄であがる声。一団はバワリー界隈からタイムズスクエアやセントラルパークまでを行き来する自転車タクシー《ペディキャブ》の運転手たちにもお金を渡して、シュプレヒコールを通りへ運ばせていた。抗議者の一団は街を捕まえ、三十分間捕まえたままでいた。

暴力はまわりじゅうにある。

iPhoneで撮ったビデオ映像が急速に拡散した。ニュース映像がその裏づけとなった。

目を逸らすことはできなかった。逃れることは不可能だった。自分のなかに、自分のてっぺんにあったから。どこにでもあったから。ショウはモーガン・ティレットとイディラ・ホロウェイをまんなかに据えてつづいた——ロックスターや象徴のようなものだ。記憶に残る女たち。

マレラはワインのグラスを手に取る。二杯めのこれが勇気を与えてくれる。もしかしたら、この作品は自分で思うほど悪くないかもしれない。もしかしたら、次のレベル、次の一作につながるかもしれない。もしかしたら、これでブレイクできるかもしれない。

マレラの大学時代の友人たちもここにいる。美術界の友人たちだ。新進気鋭のアーティスト。すでに認められているアーティスト。小さなスペースにしてはすごい出席者数だ、ことに雨が激しく窓を打っていることを考えると。

スキッド・ロウ出身の有名な若い壁画家もいる——亡くなった息子の頭から再生するイディラ・ホロウェイを描いた人物だ。ダウンタウンのロサンジェルス現代美術館《MOCA》で中庭のインスタレーションを担当している知り合いも来ている——あらゆる意味で〝成功した〟女だ。彼女が〈死体No3〉を眺めているところを、マレラは見守る。カップソーサーくらいある大きさの眼鏡レンズにジュリアナの人生の写真が次から次へと反射するあいだ、彼女の目にはなんの表情も浮かんでいない。特殊な力の働く障壁かなにかのように、写真は女に当たって次々跳ね返る。やがて彼女は顔をそむけ、アシンメトリーな髪型の男がいった言葉に声をたてて笑う。

どうして平気で笑えるのだろう？　マレラはワインを置く。

フェミニストのブログの執筆者の一人に脇へ引っぱっていかれ、女性の体とその対象化についてたっぷり質問される。

あなたの作品は〝客体としての女性〟を称えているんですか？

解放がテーマなんですか？

単に過酷な現実に取り組んでいるだけなんですか？

美にまつわる慣習を壊そうとしているんですか？

マレラはきつい質問のために心の準備をする――〈死体No3〉の写真はどこで入手したんですか？　しかし誰も訊いてこない。

マレラはもう一杯、ワインを飲む。

べつの批評家がいる、見たことのない顔だ。ブロンドでぎざぎざの前髪をした背の低い女で、銀行の支配人みたいなスーツを着ている。マレラは女がどこから来たといっていたか聞いた覚えがないし、女のほうも取りたてていわなかった。しかしメモ帳を手にしており、ギャラリーにいるほかの人々とちがって、作品にちらちら目を向けるだけでなく、ほんとうに見入っている。そしてペンをカチカチ鳴らす。

「ここにある作品全部について、いくつか質問をしてもいいですか？」女はプロジェクターやモニターを身振りで示しながらいう。

「もちろんです」マレラは答える。

カチッ、カチッ。それからペンで分厚いメモ帳をトントンとたたく。

「あなたの使った素材《マテリアル》について考えていたんです」

「大半がプロジェクターとコンピューターとモニターです。ある一時期をよりよく反映するもの、あるいは、伝える媒体と内容のあいだに対話が生じるようなものを使おうとしています。砂のようにざらついた質感を出せるものを」

「その一時期というのはいつのことですか？」

マレラは計算して答える。「九〇年代なかばです」

「なぜその年代なんですか？」

マレラは女が顔をあげるのを待って、しっかり視線を捉える。「わたしにとってかたちにしやすいからです、成長期なので――わたし自身の。このころ、女であることに自覚を持ったように思います」

「なるほど」女はまた走り書きをする。マレラの答えにはまったく興味のなさそうな声だ。「では、このモニターとかなんとかが、〝発見されたもの《ファウンド・オブジェクト》〟なんですね」

「え？」

女は〈死体No3〉をちらりと見やっていう。「最後の作品にはファウンド・オブジェクトを含むと書いてあるから」

やはり来た、マレラの恐れていた質問が。

「ああ」マレラはいう。「そうですね。モニターのうち一台は通りで見つけました」まったくの嘘というわけでもない。友人のスタジオの奥にある、路地に向けてひらかれた倉庫で見つけたのだから。「捨てられたテクノロジーを利用するのが好きなんです。単に過去へのリンクを想起させるだけでなく、過去そのものを出して見せられるので」

女はこれを書き留めない。だが、ペンをメモの上で浮かせたまま待っている。ペン先を一回メモにトンと当て、先を期待している。

「それから、写真のうち一部――これも見つけました」

女は唇をすぼめる。同意を示す小さなしぐさだ。

「というか、ネット上で調達したんですけど」

「調達した？」

マレラは肩越しにふり返る。このインタビューを終わらせたい。「ブリコラージュと呼ばれるものです。借りてきた素材を集めたり編集したりして、自分自身の物語を伝えるんです」

　女は今度は〈死体No３〉を身振りで示していう。

「では、これはあなた自身の物語なんですか？」

「みんなの物語です」マレラはいう。「そう思いませんか？」

「わかりません」女は答える。「もう一つだけ。あなたの作品の着想の源はなんですか？」

　マレラは深く息を吸いこむ。答えを準備してあるのはこういう質問だ。大げさな演説が口をついて出る。

「女性の体が破壊されていくさまには以前からずっと興味がありました。というより、おそらく、女性の体を破壊する世界のありように。女性はほかのなにによりも、暴力の——身体的な暴力、心理的な暴力、感情的な暴力の——ターゲットであると思うからです。世界じゅうのほかのなによりも」

　女は首を傾げる。「でも、なぜ？」

〝いわなきゃわからないの？〟という表情に見えるといいのだがと思いながら、マレラは眉をあげてみせる。ほんとうのところ、マレラにもなぜかはよくわからないし、自作を通してそれを理解できる状態に近づいたとも思っていない。「男たち、そして一部の女たちは、なぜ女を痛めつけたいと思うのか？」マレラは深く息を吸いながら、答えをひねり出そうとする。「ええと、まず、身体的な力関係がありますよね——大きさの問題です」

　女はペンを止めるが、顔をあげはしない。手をあげてマレラを制止する。「なぜそれに興味があるのか、という意味で訊いたんですが」

「ああ」

「どうしてこうした極端な暴力に興味を持つようになったんですか？」

　極端な暴力。マレラは笑みが浮かびそうになるのを抑える。それこそこの作品の主題であり、ようやくそれが理解されたからだ。これはアートでも、パフォーマンスアートでも、感情やできごとの再現でもない。これは暴力そのものなのだ。

「わたしたちが生きる世界では避けられないものだからです。そうじゃありませんか？」

「そうなんですか？」

女は挑むように訊き返し、マレラに気詰まりな思いをさせる。マレラと目を合わせようともしない。

「つまりね、まわりを見てくださいよ、テレビやニュースの映像を」マレラはいう。

「では、あなたはニュースで見たもののせいでこういうものすべてに関心を持ったのですね」女はペンをカチリと鳴らし、なにかを走り書きする。

思わず手が出て、マレラはペンをメモからはたき落としそうになる。「ちがう」これはマレラの作品で、マレラの人生だ。よくある煽情的なテレビ番組からコピーしたわけでも、『LAW&ORDER：性犯罪特捜班』の見過ぎで影響を受けたわけでもない。マレラの作品は噂や又聞きの情報から生まれたものではない。マレラがでっちあげた物語でもない。これは現実なのだ。

女は力のこもったマレラの手ぶりに驚いて顔をあげる。

「これはそれ以上のものです」マレラはいう。「実際に起こったことです」

女は深く息を吸いこむ。マレラがようやく興味深いことをいったと思っているかのように。マレラが詳しく説明するまえに——もし説明できていたら自分はなにをいっただろうと考えると、正確なところはマレラにもわからないのだが——気づくと二人は人々のまんなかに立っている。誰かが静粛を求めて手をたたく。女はうしろへさがり、マレラだけを聴衆のなかに残す。

マレラは全員に取り囲まれてギャラリーの中央に立

つ。手にしていた飲み物を大きく一口飲む。みんなが待っている。

スピーチは用意してあった。死体と物体の共通点、生命と腐敗の共通点の話、それから、支配されることと服従することのあいだの線引きについての話をするはずだった。だが、あのぶっきらぼうな女との会話のせいで全部頭から吹き飛んでしまった。

「八歳のときに、サン・サルバドルの外れにあった自宅の裏で、海に浮かんでいる女の死体を見ました。膨張して、青くなっていて、海の生き物のように見えました。殺されて、水中に捨てられたのです。彼女を殺したのが誰であれ、そいつが仕事をはじめて、海が仕上げをしたわけです。世界はわたしたちの体を破壊しようと待ちかまえていて、わたしたちにあるのは自身を守るはずの体だけです」

人だかりのなかに、ついさっきまで話をしていた女の姿を探す。まえのほうでまだなにかメモしているところを見つける。

「起こりうるすべてのことを考えはじめると夜も眠れなくなります。肉を切り裂かれるのがどんなに簡単か。無傷でやり過ごせる日があれば、それだけですごいことです。人生はミリ単位で計られます。車がギリギリでぶつからなかったりとか。時間とその計測はどうでしょう？　人けのない通りで見知らぬ人と出会うのは？　相手の気が散っていたら？　相手があなたを見ていなかったら？　あるいは、相手があなたのなかに見つけたいと思うものが、相手に見えなかったら？　相手の気分が乗っていなくて、あなたをやり過ごしてしまったら？　そしてあなたの代わりに、次に通りかかった女性を捕まえようとしたら？　そういう巡り合わせが自分の身にいままでどれくらいあったと思いますか？　何百回？　何千回？」

正面に陣取った客人たちが身じろぎをして、足から足へ体重を移動させている。彼らが目を逸らしたい衝動に抗っているのがわかる。スマートフォンをチェックしたい、自分たち同士でおしゃべりしたいと思っている。さっさと話を切りあげてもらいたいと思っているのが伝わってくる。マレラは彼らに居心地の悪い思いをさせているのだ、マレラのアートがそうさせる以上に。だいたい、マレラがつくったものを目にしながら、どうして食べたり、飲んだり、笑ったり、しゃべったりしつづけることができるのだ？　そこからわかるのは、マレラの作品にまだ強度が足りないということだ。ダレン・アーモンドのアウシュヴィッツのバス停とはちがう。モンゴメリーにある〈平和と正義のための国立記念碑〉と題された、枷をかけられた半裸の一家の像とも、ひざまずいてバックの体位になったローマ教皇とも、学童時代のヒトラーともちがう。人々にショックを与えて黙らせたり、経験したことのないような恐怖を呼び起こしたりはしない。いままでに感じたことのないようななにかを感じさせたりはしない。

マレラは黒い波が捕まえに来るのを感じる。気をつけていないと、手にしたプラスティックのカップを握りつぶして飲み物をこぼしてしまう。顔をしかめて黒い波に抵抗する。頬の切り傷が疼く。あざがすばやく脈打つのを感じる。痛みのおかげで地に足がつく。しっかりと。

「それから、この近辺でも女たちが殺されています。ニュースは見ましたよね？」

すこし間を置く。

「自分とはなんの関係もないと思いますか？　もしかしたら、そういう贅沢を味わっている人もいるかもしれません。きっと快適なことでしょう。わたしにとってはちがいます。まず、昔、隣家でベビーシッターをしていた女性が殺されました。それに隣人もです」

長くしゃべり過ぎなのはわかっているが、マレラは自分を止められない。

「あなたがよく知っているつもりの場所が、じつはそうではない。あなたの家は、あなたの家ではない。わたしのアートは、アートではない。努力してはいますが、まだどこにも行きついていないのです。暴力を伝えるのはむずかしい。暴力はあまりにも強烈だからです。正しく伝えることには痛みが伴います。見る人にも苦痛を与えます。わたしはこの作品でみなさんに苦痛を与えたいのです」

　マレラはすこしよろめく。それから、乾杯をするかのようにグラスを掲げる。まわりじゅうの全員がためらいがちに手をたたく。

「とにかく――」マレラはいう。しかしもうそれ以上言葉をつづける必要はない。パーティーは終わったのだ。

　誰かに手を引かれてギャラリーの奥へ行き、腰をおろす。水のボトルを渡され、飲むとワインの酸味が洗い流される。顔を両手で支えながら、小さなオフィスのドアからパーティーを見つめる。客人の大半が、ジュリアナの写真を映すモニターのまわりに集まっている。スマートフォンを取りだして写真や動画を撮っている人もいる。メモを取っている人さえいる。

　ジェファーソン・パーク地区から来た女たちも何人かいる――中年の黒人。地元贔屓の人たち。彼女たちは目立っている。だが、まちがいなく、作品を正しい目で見る人々だ。彼女たちの視線があっさり通り過ぎることはない。まるで自分のことのように呑みこむのだ。

第七章

なんとなく居残っている人、遅れてきた人がまだ何人かいるが、ギャラリーはほぼ空《から》になっている。床や窓台や、〈死体No1〉のそばにさえカップが散らばっている。マレラはあした二日酔いになるであろうことを早くも感じている。

ギャラリーのドアがひらくたび、両親が応援に駆けつけてくれたのかと目を向ける。だが、ただ人々が帰っていくだけだ。

居残り組の何人かが別れの挨拶をしにオフィスへ立ち寄る。地元の女が一人、質問を浴びせてくる。どうやってアーティストになったのか。うちの娘にちょっと話をしてやってもらえないか——コミック本のイラストを描きたいのだが、助言を必要としているから、などと。マレラは女を追いだしたい一心で、自分の電子メールアドレスを教える。

あしたは、後援者になってくれるかもしれない二名——美術品の収集をはじめたというテレビの台本作家たち——の訪問がある。それで一区切りだ。展覧会は一カ月つづくが、マレラの役目はひとまず終わる。

ドアがひらく。ぎざぎざの前髪をした、小柄なあの女だ。マレラが立ちあがれずにいるうちに、女はギャラリーのフロアを横切り、小さなオフィスに入ってくる。

「まだほかに知りたいことがあったの？」マレラは尋ねる。

女は名刺を差しだす。エズメラルダ・ペリー刑事、LAPD。

「刑事？」

「座ってもかまわない？」ペリー刑事は尋ね、机の反対側の椅子を引きだす。

「どうぞご自由に」マレラはいう。

　ペリー刑事は、粉々にしたがっているかのような勢いでガムを噛んでいる。

「刑事さん、アートに関心があるの？」

　刑事はメモ帳をひらいている。ガムをパチンと鳴らしていう。「あなたはロサンジェルスで育った」

「全部プロフィールに書いてある」マレラはそういい、展覧会の報道資料を手渡す。

「これにはロサンジェルスで育ったと書いてあるけど、中学校はオーハイだったでしょう」

　マレラは眉をあげる。「それはプロフィールに書いてないんだけど」

「それで、オーハイ育ちなの？　それともロサンジェルス？」

「数年だけおばと一緒に住んでいたの。こっちよりいい学校に通うために」

　ペリー刑事は顔をあげる。「頬をどうしたの？」

　マレラの手がパッとあざに触れる。「ボクシングで」

「オーハイのあとは、全寮制の学校へ行った」

「メキシコのロス・オリーボスでね。その後、サンディエゴで大学と大学院に行った」

「ロサンジェルスに戻ったのはいつ？」

「悪いんだけど、刑事さん、いったいなんの話？」

「ボクシングはどれくらいやってるの？」

　突然の方向転換にびっくりして、マレラは首を横に振る。「週に一回か、二回くらい」

「強いの？」

「ヘボ」

「なぜやっているの？　護身のため？」

　暴力をコントロールするため。暴力を思うがままに経験するため。これがほんとうの答えだが、マレラはこういう。「そんなところ」

ペリー刑事はメモ帳を机の上に置く。「わたしはここで起こった出来事を時系列順に並べようとしている。あなたがロサンジェルスにいなかったのは、一九九八年から二〇一三年まで？」

「だいたいそんなところ」

カチッ。パチン。カチッ。パチン。ペリー刑事にとっては、完全にガムとペンがリズムセクションになっている。

「聞いて、マレラ、わたしはアートのことはよくわからないけれど、このファウンド・オブジェクトというのはとても気になるの」

「オブジェ・トルヴェというフランスの技法から取ったもので、ふつうはアートと見なされないものをアートに変えるの。基本的には、文脈をつくりなおすことでそれをする」

ペリー刑事はスマートフォンを取りだして、画面をタップしはじめる。「ボクシングはどれくらい長くやってるの？」

「なんですって？」

「ボクシング」

トン、トン、トン、トン。

「一年半くらい」

「ロサンジェルスに戻った直後にはじめたということ？」

「そうね。なに――？」だがペリー刑事の次の質問のほうが早い。

「あなたはどこで暮らしているの、マレラ？」

「自宅よ、たいていは」

「べつの場所にいることもあるのね？」

頭痛がつづいている。頭蓋骨が縮んで脳を圧迫しているように感じる。「あなたが二十五歳だったら両親の家で暮らしたいと思うの？　わたしはあちこちに出入りしてる」

ペリー刑事はスマートフォンから視線をあげる。

「あなたは自分の展覧会で死んだ女たちの写真を展示してるってわかってる？　殺された女たちの写真を」

　マレラは口をひらく。

「あれがあなたのいうファウンド・オブジェクト？」

「写真家のクレジットをつける必要があるとかそういうこと？」

　刑事はスマートフォンに目を戻し、インスタグラムに投稿中のティーンエイジャーさながらに画面をタップする。「二十五歳なら、ネットやソーシャルメディアには詳しいんでしょう。逆画像検索をどうやるかもきっと知ってるはずね」刑事はまた画面をタップする。彼女の指が画面のガラスに当たる音がマレラの神経に障る。「誰もが写真は二次元だと思っている。だけどソーシャルメディアではそうじゃない。とくにきょうみたいな日はちがう。みんながカメラを持っていて、いっせいにすべてを記録しているようなときは。こんなふうに考えてみて――一方から撮った写真があるなら、たいていそのおなじ瞬間にべつの誰かが反対から撮った写真もあるはずだって。あとはただそれを見つければいいだけ」ペリー刑事はくるりと電話の向きを変えてマレラに手渡す。

　フェイスブックの写真が表示されている。見覚えのある背景だと、マレラはすぐに気づく。ジュリアナの写真の多くに写っているのとおなじアパートメントだ。場面にも覚えがある。深夜の騒ぎの残骸が散らばったテーブルは、マレラが作品の一部に使った写真にもあった。ドラッグに煙草、酒、『トワイライト』のペーパーバック。ただし、この写真は角度が反対で、まえのものが奥にあり、テーブルの向こうではジュリアナがスマートフォンを構え、目のまえの散らかり具合を捉えている。

　マレラは写真をスクロールする。このアカウントはココという女のものだとわかる。ココはジュリアナの写真の多くに出てくる。乱雑で、気の抜けたような写真ばかりで、ジュリアナが撮った写真のような鮮やかさを備えたものは一枚もない。

「写真はどうやって手に入れたの？」ペリー刑事が尋ねる。

とうとう捕まったとき、殺人者たちもこんなふうに感じるのではないかとマレラは想像する。安堵。解放。

「見つけたの」

「どこで？」

「通りで」

「正確には、通りのどこで？」

「ジュリアナは隣の家に住んでる」

「住んでいた」

「だからわたしたちの家のあいだで。縁石のそばの木のまわりにちょっと草が生えてるの。その草の上」

「証拠品を手にしているかもしれないとは思わなかったの？」

「その電話を見つけたときには、ジュリアナが死んだことを知らなかったから」

「じゃあ、彼女が死んだ夜に見つけたのね？」

「たぶん」

「証拠という概念を理解してる？　一人の女が殺され、あなたはその女のスマートフォンを通りで見つける。ジュリアナの両親はすぐに連絡をくれるだけの分別を持ちあわせていた」ペリー刑事はメモ帳をとじ、電話をしまう。「それでいまは、あなたの作品のなかでジュリアナが永遠に生きつづけると思っているわけね」

「そうは考えていなかった。ほんとうに」

刑事はくずかごにガムを吐きだし、次の一つを剥く。

「これは現実なの。わかるでしょう。あの写真のなかの女たちは実際に死んでいる。ほんとうに殺された。彼女たちを殺した人物はまだ見つかっていない」刑事は立ちあがり、ドアへ向かう。そしてギャラリーを途中まで進んだところでふり返る。「なぜあなたはこういう写真に興味があるの？」

「それにはもう答えたと思うけど」マレラはいう。

「答えようとはした、だけど答えなかった。まあいいわ。いつかあなたにもわかるでしょう」刑事はそういって、またドアへと歩く。しかしドアをあけたところでもう一度足を止める。ドアは半びらきで、雨が吹きこんでくる。「マレラ」刑事はつかのまその名前を宙に浮かせ、風雨に打たれるに任せる。「マレラ、誰がジュリアナを殺したか、心当たりはある？」

質問がギャラリーを横断する。特殊効果でスピードを落とした弾丸にも似て、マレラにはそれが自分の胸に衝突して呼吸が奪われるのを観察する時間がある。

「わたし――わたしは……」なぜわたしが？ 隣人を殺した人物に心当たりなどあるはずもないのに。

「あるいは、誰がほかの人たちを殺したか」ペリー刑事はいう。「もしかしたら、誰がキャサリン・シムズやジャズミン・フリーモントを殺したか知っているんじゃないかしら」

「なぜ――？」マレラは口をひらきかける。

「ただ、訊いておこうと思っただけ」刑事はまたメモ帳を取りだして、すばやくオフィスまで戻ってくる。

「あと一つだけ」刑事は電話番号を走り書きした罫紙を差しだす。「この番号に見覚えは？」

「わたしが子供のころから使ってる、うちの両親の固定電話の番号」

「だと思った」それ以上答えを待たずに、ペリー刑事は雨の通りへ出ていく。

第八章

雨が窓を強打する。まるで窓ガラスを割る意志があるかのように。ギャラリーは暗い。光源はモニターが発する光と、ワシントン・ブールヴァードを急ぐ車から届くヘッドライトの筋だけだ。あしたになったら、マレラは〈死体No3〉のラベルにジュリアナの名前を書き足すつもりだ。〝協力：ジュリアナ・ヴァーガス〟と。

マレラは明かりを消す。ギャラリーに一人でいるところを外から見られたくない。

通りは暗い。窓には雨の筋がついている。外はほとんど見えない。

ワインのボトルを見つけ、捨てられたカップに中身を空ける。家に帰りたいかどうかは自分でもよくわからない。両親が来なかったことについてはこのまま触れずにおくのがおそらく一番いいだろう。

ペリー刑事の質問がギャラリーのなかに漂っている。

モニターは唸りをあげ、ときどきカチリという音もする。ビデオは何周もループしつづけている。ジュリアナの人生が流れていく。

誰がジュリアナを殺したか、心当たりはある？

その質問がドアをあける。不安を呼び起こす。マレラが自分のアートに望んだとおりのことを、刑事の質問がやってのける。自分の場所にいれば大丈夫という感覚をひっくり返される。

マレラはギャラリーのなかを見まわし、四隅を確認する。それから視線を通りへさまよわせる。しかし窓の向こうは見えない。一人きりで、自分が展示されているように感じる。

フロアでなにかが動く。心臓の鼓動がつかえる。しかしそれも、アイドリング中の車のヘッドライトがギャラリーの内側に影をつくりなおしただけだとわかる。

　マレラはインスタレーションの電源も落としたいと思う。だがそうすると自分が暗闇のなかに残されることになる。

　不安は気まぐれだ。昨夜、一人で作品に取り組んでいたときには勇気と誇りしか感じなかった。映像はどれも力強く、マレラは自分自身も力強いように、すべてが自分の意のままであるように感じていた。だが、いまは死んだ女たちが目につく。死んだ女たちの絶望が、不運が、やたらと目につく。

　もっと悪いことに、マレラは作品のなかで自分を被害者に仕立てているのだ。通りを追われ、追い詰められるところを撮影した。自分の不安をアートに変えれば、それを征服できる、優位に立てると思ったから。

　ところが支配などまったくできていなかった。いまも、そして作品をつくっていたときも。

　それは幻想、見せかけだ。ボクシングのときとおなじ。ジムにいる一時間は、迫りくる暴力に対して優位に立っているようなふりができる。自分の意思であえて服従することで、暴力をコントロールしているような気になれる。しかしそういうハイの状態は、通りに一歩踏み出したとたんに終わる。

　視線を〈死体No２〉の上にとどめる。マレラが通りを追われるさまを、追う側の視点から見せる映像がくり返されている。服を脱がされ、あざをつけられ、血まみれになり、体じゅう傷だらけになって、やがて倒れこむ。マレラは視線を〈死体No３〉に転じる。左側には、ラリー・サルタンの垂れ幕の下にいるジュリアナの顔が映っている。

　スマートフォンにあった写真のうち最後のほうの一枚で、ジュリアナがちゃんと写った数少ない写真のうちの一枚でもある。

　最初にマレラの目を捉えたのもこの写真だった。これのおかげで、ジュリアナの写真は偶然の産物ではなく、意図して撮ったものだとわかったのだ。ジュリアナは写真家で、アーティストなのだと。ジュリアナは作家でもあり、これは回顧録なのだと。

マレラが自分の作品をこのかたちにしようと思いついたのも、この写真あればこそだった。

しかし刑事から混乱するような質問をされたいま、写真のなかにべつのものが見えてくる。死の行進をする女が、死への秒読みが見えてくる。

この写真のあと、ジュリアナはどれくらい生きていたのだろう？ コンピューターのファイルを覗いて確認することもできる。だが知りたくない。

ジュリアナの挑むような目を見て、マレラは自分のまちがいに気づく。ジュリアナが通りを所有しているのではない。その反対だ。

カシャッ。写真が消え、べつの写真が映る。白いシーツの敷かれたベッド。女がうつぶせになって眠っている。女の右には半分食べられた〈ウィンチェルズ・ドーナッツ〉の箱がある。左側ではコーヒーカップがひっくり返り、薄い茶色の液体がシーツの上に広がっている。

女の脚は剝き出しだ。着ているのは短いローブで、その下にTバックの青緑色のレースがかすかに見えている。

このレースの一片が――この気配が――見る者を窃視者に変えるのだ。見てはいけないものを見ている気分にさせる。視線をもっと上へと誘い、もっと見たいと思わせ、肉欲と対峙させる。

マレラも見つめる。そうせずにはいられない。視線は眠る女の脚のあいだのくぼみから上へ、ローブの裾へと移動する。そこではレースが影のなかの明るい光に見える。マレラの目はそこにとどまり、覗きこみ、写真がここまでしか映していないことに不満を覚える。

マレラがこの女の体を凝視し、見るべきでない部分まで見たいと思っているところに、男の顔が現れる。顔がはっきりしたかたちを取り、完璧に写真のまんなかに収まる。男の目はこぼれたコーヒーの黒さに紛れてはいるが、確実にそこにある。男は写真から外を凝視している。幻が、まっすぐにマレラを見つめてくる。

　マレラは悲鳴をあげてモニターから顔をそむける。心臓が早鐘を打っている。

　だが、暗く猛烈な雨を見透かし、マレラは自分のまちがいに気づく。男はモニターから見つめているのではなく、通りからギャラリーのなかを覗きこんでいるのだ。その顔がマレラのまえで光を発する画面に捉えられ、反射している。

　気は進まないが、マレラは目のまわりに影をつくり、睨むように目を細くして暗い通りを覗く。誰もいない。モニターをふり返ると、いまはひび割れた鏡を見ながらメイクを落としている女の写真が映っている。見えるのはその写真だけだ。

　もう一度窓を確認するが、誰も見えない。

　ギャラリーのドアがガタガタと鳴る。誰かがノックしながらドアハンドルを引いている。

「マレラ！」

　マレラは自分の名を呼ばれて仰天する。

「マレラ！」

　つかのま、空耳かと思う。

　息を深く吸い、目の上にひさしをつくってガラスの向こうを見ようとする。

　ロジャー。父親だ。雨のなかに立っているせいで、灰色になりかけたぼさぼさの髪が頭にぺったり貼りつき、顎ひげから水が滴っている。「マレラ、ドアをあけてくれるつもりはあるかい？」

　一瞬、父親が現れたことにあまりにも驚いて、動けない。一日まえには例によってすっかり鬱状態で、食べることもほとんどできなかったし、マレラや母親を認識することさえおぼつかなかったのだ。それなのにいま、こちらの世界に戻ってきて、マレラの名前を呼んでいる。

マレラは不器用な手つきでデッドボルトをいじる。

ロジャーは一陣の風と雨とともに入ってくる。

「見逃したね」ロジャーはいう。「時間の感覚がなくなっていて」

「いいよ。来てくれたんだから」

ここで待つようにいって、マレラは奥からタオルを取ってくる。父親が髪や肩から雨をふり払い、顎ひげからも水を払い落とすのを見守る。マレラが頭上の明かりをつけると部屋が息を吹き返し、モニターの色が後退する。

ロジャーはタオルから顔をあげる。目が活気に満ちている。

「それで」ロジャーはいう。「これがそうなんだね。これがおまえのつくっている作品か」

前回父親と二人きりになったのはいつだっけ？　とマレラは思う。覚えていない。いつもアネケが一緒だった。

ロジャーはタオルをマレラに手渡し、インスタレーションに目を向ける。

「ママは来たがらなかったの？」

ロジャーは部屋の向こうをじっと見ている。「これがそうなんだね？」

「ママは？」マレラはもう一度尋ねる。

「ここにあるものについて全部教えてくれ。おまえがつくったんだろう？」

「ママは来たいっていわなかったの？」

「さあ、知らない」ロジャーはいう。「黙って出てきたから」

「もっと近づいて見るほうがいい」マレラはいう。「ここからだと、ただモニターとスクリーンがいくつかあるだけに見えるから」

父親からは反応がない。聞いていなかったかのようだ。ロジャーは入口を離れ、インスタレーションのそばへ向かう。まずは〈死体No1〉から見る。積み重ねられた三つのモニターのまえに立つ。エルサルバドルの昔の家の裏にあったビーチを父親は覚えているだろうか、とマレラは思う。

　現地までの旅費は、サンディエゴ州立大学で受けとった助成金でまかなった。中央アメリカのアート作品に対し資金の提供があったのだ。ラ・リベルタに戻ったことは、両親にはいっていなかった。

　父親はそれぞれの作品のまえで儀礼的に数分ずつ立ち止まってすぐに帰るのだろうとマレラは思っている。しかしロジャーはじっと見ている。見つづけている。たっぷり五分、〈死体No1〉のまえから動かずに、当然払うべき注意を払いながら、目がそれぞれのモニターに映る映像を順繰りに吸収していく。根気がある。コレクターや批評家のような目をしている。

「気に入った？」こんな未熟な質問をするつもりではなかった。アートについて、気に入ったかどうかなど訊くものではないと、マレラにもわかっている。自分が用意した食事とか、編んだスカーフなんかとはわけがちがう。人を喜ばせるためのものではないのだ。

　ロジャーは答えない。ひたすらモニターに目を向けつづける。

「パパ？」

　マレラはロジャーを揺さぶりたい気持ちになる。

「パパ？」

「これはなんだ？」

　マレラはロジャーの視線を追って一番下のモニターを見る。

「このビデオに映っているのは誰だ？」

「一番下の？」こんな質問に答えなければならないことが、マレラには信じがたい。これ以上ないほど明らかではないか、よりによって父親にとっては。「わたしだよ」

「なにが?」

「画面に映ってるのが。それはわたしだよ」

ロジャーはモニターから目を離さない。「おまえか」

「エルサルバドルにいたころ、水のなかで女の人が死んでたのを覚えてる?」

ロジャーはモニターからふり返る。「だけどあれはおまえじゃなかった。まったくちがった。あの女は近づきすぎた、ただの淫売だった」

淫売。父親の口からこんな言葉を聞いたのは初めてだった。セックスワーカーとか、売春婦ならあっても、淫売などと聞いたことはなかった。「なにに近づきすぎたの?」

ロジャーは答えない。「それじゃあ、世界じゅうがおまえの裸を見たわけだ」ロジャーはそういう。「気に入らないな」

正確には、世界じゅうではない。しかしマレラは訂正したりはしない。

もし両親にも、友人にも、そのほかの人々にも裸を見られるのは受けいれがたいと思ったなら、マレラはこの作品をつくらなかっただろう。マレラのアートは体から性的な特性を取り除き、彼女の弱みを取り去るものだ。画面上にあるのはマレラの体ではないといえる。いや、そもそも体でさえない。青い塗料で腐食を表しているのだ――放置された邸宅の修繕費を集めるイベントでやったパフォーマンスの逆バージョン。祝祭でも、招待でも、嘲りでもない。その反対だ。その余波だ。

これは腐敗や侵害の兆候を罵倒し、拒絶し、撃退するはずのものだ。父親がしているような見方をするものではない。ロジャーの目は飢えている――レードル一杯ごとにマレラが青い塗料で覆われていくことを、期待外れだと思っている。

「おまえの体はほかの誰のものでもない」ロジャーは

いう。

「ママみたいなことといってる」

マレラはモニターから何歩かさがり、もっとよくロジャーの顔を見る。

ロジャーは目のまえのビデオを、マレラがあの写真を見たときとおなじ目で見つめている——ベッドでうつぶせに寝ている女が写った、青緑色のレースの閃きのせいでもっと奥を見たいと思わせる写真、青緑色のTバックが汚らしい欲望を掘り起こすあの写真を。

ロジャーはそれを、アートを見るときの目で見ていない——評価したり、批判したり、考察したりしていない。一人でいるときに見るもの、欲望と嫌悪の混じった不純な思考を自分に許すときに見るものとして見ている。

「パパ？　パパってば」

車のタイヤがスリップし、かん高い音をたて、バシャバシャと水をはねかす。ブレーキが軋る。

「パパ」

ロジャーは顔をあげる。目がモニターを離れて外の世界に向かい、マレラにピントを合わせるまでに、すこし時間がかかる。

「おもしろい」ロジャーはいう。

ロジャーの声は遠く、こだまのように聞こえる。風と雨がつづけざまに窓をたたく。ギャラリーの外の世界がずっと離れてしまったように思える。ギャラリーと、インスタレーションと、マレラと、父親だけが存在しているように思える。

ロジャーは奇妙な目でマレラを見ている。ロジャーが次の作品に移ってくれればいいのにと思いながら、マレラはモニターの奥の壁のほうへ戻る。なにかが神経に響いている。衝撃を予感させる、前兆のようなものが。

ロジャーの視線がマレラの体の上をさまよう。画面上の女と目のまえの娘を一致させようとしているのか、それともなにかほかのことを考えているのか、マレラにはよくわからない。

「パパ？」

マレラは胸のまえで腕を組み、肩を丸めて、なるべく内側に引っこもうとする。

娘がしり込みするにつれ、ロジャーの顔が暗く曇る。

「パパ、なにを見てるの？」

「おまえだ」ロジャーはいう。「おまえを見ている」

マレラはもじもじと壁に寄る。父親の凝視に動かされる。「やめて」マレラはいう。「そんなふうに見ないで。その作品は性的なものじゃない」マレラはつけ加える。「思考を刺激するものなの。大事なのはそこ」

ロジャーはまだ見つめている。

「パパ！」マレラは大声でいいながら、壁を離れ、両手を腰に当てて不機嫌なティーンエイジャーのように顔をしかめる。「やめてってば！」

ロジャーはまばたきをして、息を吸う。「すまん」ロジャーはいう。「おまえの作品にはわれを忘れさせるようなところがある」

「オーケイ」マレラはいう。「それならよかった」

ロジャーはようやく〈死体No２〉へ移る。

マレラは父親がビデオを眺めるのを見守る。

「それもわたしだよ、パパ」マレラはいう。「現実じゃなくて、お芝居なんだけどね。でも映画みたいなものじゃない。なにかであるはずのもの。そこにあって、再現してるわけじゃなくて、象徴してるっていうか」マレラはぺらぺらとしゃべり、自分のおしゃべりでギャラリーの沈黙を埋める。不安を掻きたてるロジャーの視線を——彼が画面上の画像からもっと多くを求めていることを語る視線を、マレラがロジャーのなかのなにかを目覚めさせたことを告げる視線を——言葉で覆い、言葉で囲み、言葉で貫こうとする。

「おまえはなにから逃げているんだ？」ロジャーは尋

ねる。

「そうね、これは抽象概念なんだけど現実でもあるの。暴力は、わたしたちのまわりじゅうにある。性的な暴力。身体的な暴力。わたしはそれを体現しているの。女たちが日々身近に感じている不安を、安全の欠如を、再現している。わたしたちが餌食であることを」

「餌食？」ロジャーはいう。「そんなふうに考えたことはなかったな」

「ここでやろうとしているのは、不安を征服すること。わたしは不安をコントロールしたいの」

「だけど餌食になっている」ロジャーはいう。

「そうだね」

「それではコントロールできない。絶対に。ほら」ロジャーは画面を指差す。「おまえは負けている。誰であろうと、おまえを追っている者が勝っている。いつだってそいつが勝つんだ」ロジャーは勝ち誇ったようにいう。

「まあ、これはそいつについての作品じゃないから」マレラはいう。

「気に入ったよ」ロジャーはいう。

パパはそれを気に入るはずじゃないんだけど、とマレラはいいたい。動揺するはずなんだけど。

「よかった。ありがとう」

マレラはそういって無理やり笑みを浮かべる。

ロジャーは三つめの作品に移る――〈死体No3〉だ。

風がさらに強く窓をたたく。明かりが明滅し、モニターがチカチカする。しかしすぐもとに戻る。

ロジャーは全部のモニターを一度に見られるように一歩さがる。ゆっくりと時間をかけ、一つの映像が何周かするまで見てから次へ目を移す。マレラは時計を見る。車がヒュッと音をたてて通り過ぎる。頭上の明かりがジジッと鳴るのが耳につく。

「パパ？　パパ？」

雨が窓を連打する。

「パパ？」

「この女たちのことはどうして知っているんだ？」

「だってジュリアナは隣に住んでたし――」

「ジュリアナ」ロジャーはいう。「しかしおまえはあの娘を知らないだろう」

「会ったことならある」

「しかし知らないだろう。知らないのはわかっている。おまえはこのなかの誰も知らないはずだ。キャサリンも知らないだろう」

「どうして彼女の名前を知っているの？」マレラは尋ねる。

「これはおまえの世界じゃない。暗い、暗い場所なんだ。とても暗い場所」

「それは問題じゃない」マレラはいう。「美はどこにでも見つかるの。あるいは、すくなくとも力は見つかる。すくなくとも、どちらか一つの気配は見つかる」

ロジャーは聞いていない。世界にこれ以外のものが存在しないかのようにモニターを見つめている。マレラはロジャーを引っぱたいて空想の世界から引きずりだしたいと思う。その代わりにオフィスに入って水のボトルを見つけ、ロジャーに手渡す。マレラが見ていると、ロジャーはトランス状態のままそれをあけて飲む。

「この女たち」ロジャーはいう。「この女たちを見ろ」

ポケットのなかでスマートフォンが鳴りだし、マレラは跳びあがる。深呼吸をして、さらにもう一度深呼吸をしてから、おちついた声を出そうと努めつつ電話に出る。画面に目を向けながら。電話は母親だ。

「家族の再会ね」電話を耳に押し当てながら、マレラはいう。

「マレラ？」母親の声はこわばっている。

「すくなくとも両親のうちの一人はわたしの展覧会のことを覚えてた」

「お父さん？　ロジャーがそこにいるの？」

アネケの声には鋭さがあり、マレラはそれが気に入らない。「どうしたの、ママ？」

「いまから行って、連れて帰るわ」

「大丈夫だよ、ママ」

「マレラ、いまから行って、連れて帰るから」

「パパを自由にさせてよ。わたしの作品を楽しませてあげて」

　だがアネケはすでに電話を切っている。

　マレラは電話をしまう。いまの会話に気がついていたとしても、ロジャーはなにもいわない。

「この女たち」ロジャーがそういうのは三回めだ。

「彼女たちはここにふさわしくない」

「ただのアートの展覧会だよ」

「しかしふさわしくない。彼女たちはここにいるべきじゃない。ここに。おまえと一緒にいるべきじゃない」

「どういう意味？」

「この写真はどこで手に入れた？」

「これは共同制作なの」

「だが、どこで手に入れた？」

　マレラはため息をつく。「ジュリアナのスマートフォンを見つけたんだよ」

　ロジャーはここで初めてモニターから視線を外す。突然ビジネスライクになり、声もくっきりと明瞭になる。「どこで見つけたのか正確に教えてくれ」

「うちを出てすぐのところ。歩道の木のそば」

「いまも持っているのか？」

　胃のあたりがおちつかなくなる。指がチリチリする。

「もう返した」

「マレラ、おまえはなにをしたんだ？」

　ロジャーは画面の列を見おろす。しゃがみこんで一つずつ順番に見る。そしてまんなかの画面に手を伸ばし、ガラスに指を押しつける。しばらくそのままにする。マレラは画像が流れるのを、ロジャーの顔を映しながら流れるのを見守る。「この女たちはここにふさわしくない。どこにもふさわしくない」

自分が息を止めていたことにマレラは気づく。いまだけでなく、もう何年も止めていたことに気がつく。待っていた。ずっと待っていたのだ。

暴力はほかの場所にあるわけじゃない。母親と一緒に階上《うえ》にあるわけでも、通りにあるわけでもない。ここにある。

そしてマレラにはまだ心の準備ができていない。

フィーリア、二〇一四年

そう、あたしだよ。また来たんだよ。だからなに。ここに用事があって来たんだ。刑事と話をさせてもらいたい。これはでっちあげの戯言《たわごと》なんかじゃない。大事なことなんだよ。証拠がある。供述を取ってくれる人が必要なんだ。

は？　駄目だっていうつもり？

こいつを見なよ。このくそったれな傷痕——これがなんだか知ってるでしょ。ちゃんと仕事をしてないのは警察のほうだろう。

それをいまここで詳しくしゃべってほしいの？　騒ぎを起こしてほしいわけ？　あたしは喉を切り裂かれて放置されて死にそうになったのに、ＬＡＰＤはなんにもしやしなかった。

だけど聞いてよ。あたしはいまここでそういうあんたたちの恥をぶちまけようっていうんじゃないんだよ。形勢逆転だ。あんたたちに協力するつもりだよ。助けになるつもり。そうだよ、聞こえただろ。あたしはあんたたちを助けるつもりなんだよ。

なんだって？　あたしなんか役に立たないって思ってるんだね。悪いけどね、内勤の巡査部長殿。失礼していわせてもらうよ。

あたしの話を聞きたがってる人がいるんだよ、あたしを殺そうとした男についての話をね。覚えてることがあるからさ。ちょっとばかり記憶を呼び起こしたんだよ。

誰かを呼ぶまえに、それがなんなのか知りたいって？　なんなの、あんたは門番なの？

いいよ、じゃあいわせてもらうよ。

あたしに切りつけた男だけどね、ワインを飲んでたんだ。南アフリカのワインだっていってた。その駄ボラには笑ったよ、だって南アフリカにワインなんかあるわけないだろ、キリンにでもつくらせてるってのかい。だけどそいつは笑うのをやめろっていったんだよ。おれの妻も南アフリカから来たんだって。

なんでそんな目で見るんだよ？

それを思いだしたんだよ。ようやく思いだしたんだ。これで誰かを呼んで供述を取らせる気になっただろ。

ねえ、この近辺でシリアルキラーが野放しになってるんでしょ。なのに、上に話を持っていく価値があるかどうかここで決めるなんて、あんた何様のつもり？　あとで気に病むことになるよ？

ありがとう。

ありがとう、仕事をしてくれて。

ありがとう、受話器を取りあげてくれて。

ちょっと待った。誰に電話してるの？

殺人課？

殺人課なんてクソ食らえだ。

これが殺人未遂だってのはわかってるよ。だけどあたしが会いたい刑事は風俗取締係にいる。ペリー刑事だよ。ペリー刑事を呼んで。

なんでかって？

前回あたしがここに来たときには、喜び勇んであの人のデスクへ通してくれたじゃない。それが今回は、なんでだって？

だったらなんでか教えてやるよ。あたしの話を真剣に聞いたのがあのレディだけだからだよ。ほんとうの話。だからこの話をあの人のところに持ってきたんだ。

あの人を呼んで。

待ってるよ。

第五部　アネケ、二〇一四年

第一章

地面が沼地のようだ。雨のせいで泥が草の上まで持ちあがっている。ここはローズデール墓地のなかでも上等の一角ではない。ワシントン・ブールヴァードとカタリナ・ストリートが近すぎる。カタリナは汚らしい住居の並ぶ不潔な脇道で、決して撤去されたり切符を切られたりすることのないキャンピングカーの住人たちが汚物を垂れ流している。人は子供の墓を選ぶときにすべてをきちんと検討するわけではないのだとアネケは思う。こまかい点を看過してしまうというのがよくわかる。しかしそれでもヴァーガス一家はもっとよく考えるべきだった。これではパターンの存在が露呈するだけだ。一つのことに不注意な人は、べつのことにも不注意なものだ。悪いことが起こるには理由がある。

ドリアンはもっといい場所を選んだ。坂を登ったところにある眺めのいい場所を。夏には日陰ができ、晩冬や春には緑が生い茂る場所だ。

低くなったここはまた話がちがう。ぬかるんで泥だらけの地面と、流れ落ちてくるごみでぐちゃぐちゃの場所。

だが、すくなくともジュリアナの両親はローズデール墓地を選んだ。出し惜しみして、ずっと南へ下った場所に決めたりはしなかった。

まあ、ローズデール墓地も二十年まえほどきれいなわけでも、敬意を払われているわけでもない。先週あった近隣の自治会で、墓地内に娘の遺灰を撒いた女についての報告があった。その女は由緒ある墓の一つを自分のものであると主張したそうで、彫りこまれた名前の上にスプレーペンキでいたずら書きをしたらしい。

前回アネケが葬儀のためにここへ来たのは、十五年まえのリーシャ・ウィリアムズのときだった。哀れで小さな営みだった――母親と、黒人の老夫婦と、リーシャの学校の友達が何人か集まっただけ。花束がいくつか供えられていたが、ジュリアナの墓に立てられたけばけばしいリースや花の十字架のようなものは一つもなかった。

きょうの葬儀は悪趣味で節度を欠いている。悲嘆と信仰をこれ見よがしに披露している。

ジュリアナの友達を見るといい。ミニスカートやタイトなワンピース、膝上丈のブーツ、ホルタートップ、不自然な色の髪に模造宝石といった恰好で、胸の谷間は丸見え、顔には黒いメイクが筋になって流れている。悲しみの表現に品がない。下卑た言葉と大げさな悲嘆が入り混じっている。

アネケはこの区画の数少ない木のうちの一本を選んでその下に立ち、一団から距離を置いている。低い位置にある冬の太陽は、危険なほど暑くもなく、ひどく明るくもない、健全な黄色い球体として空にある。雨は昨夜のうちにやみ、空は晴れ渡っている。

人は雨を浄化剤のように思う。塵や汚れを洗い流してくれると思う。洗礼と似ていると思う。アネケはもっと分別がある。ことにいままで暮らしてきたような場所――エルサルバドル、中央アメリカ、インド、タイなど――では、泥は病気に直結する。墓地の周辺を眺めれば、嵐で浮かびあがった汚物や悪臭に気づくはずだ。街の下腹部が抱えていたものだ。雨はなにも洗い流してなどいない。洗われ、浄化されたものなど一つもない。雨はものの本質を、表皮の下の汚れを、隠されていた暴力を剥き出しにするだけだ。

神父はスペイン語と英語を交互に使っている。ジュリアナの母、アルヴァは、夫と息子に支えられて立っている。アネケの印象では、アーマンドは泣くような人ではない。狡猾なのだ、あの男は。アーマンドがサイコロゲームでいんちきをするのを、二階の窓からもう何年も見てきた。結果をあらかじめ決めるために、サイコロをコントロールして投げるのだ。片方のサイコロを、もう片方を止めて動かなくするように使う。安っぽいがある程度の腕の要るいかさまで、ロジャーやほかの面々に告げ口をしたことはない。あれがわからない程度の間抜けなら、お金を取られればいいだけだ。

隣のけんかも聞いてきた——アーマンドがアルヴァに向かってわめき、不快なテレビ番組の出演者みたいな粗暴な怒りをぶつけるのを。あの男はもっと敬意を払うべきだ。妻に対してだけでなく、隣人に対しても。それをしないのは身勝手で不作法だ。だからこそ壁があるのだ、すべてを内側に収めておくために。そしてカーテンをしめる。静かにしている。秩序を保つ。

アネケは一家を、娘が道を踏み外すままにさせてしまった彼らを、気の毒に思っている。すべて彼らのせいだといっているわけではない。だが取るべき手順や、娘が一家のために努めるべきことがあったはずだ。アネケにいわせれば一家そろって恩知らずなのだ。

みんなわかっていない。ジェファーソン・パーク地区から娼婦を一掃しようとするアネケの活動は——アネケが地域の自治会で明かした、写真の共有、オンラインでの掲載、市民パトロールといった計画は——ここをより品のいい住宅街にするためというだけではない。自分の家の資産価値をあげるための努力ではないのだ。女たちを救うため、歓迎されていないと感じさせてべつの仕事へ移るよう仕向けるためにやっていることだ。まわりを見てもらいたい。ここは誰かが通りで働くような場所ではない。

アネケは胸の上で腕を組み、唇を引き結ぶ。右のまぶたがピクピク引きつるのを感じる。その震えを抑えようと、より強く唇を結ぶ。歯がギリギリこすれあうほど強く。

ドリアンは、経年によって青みがかった古い黒のワンピースを着て、一家の右のほうに立っている。こんな経験をするのは一度で充分だろうに、彼女はまたここにいる。まるでみずから苦痛を招いたかのように。

ドリアンの娘は——あの娘のことはほんとうに残念だった。あの子はほかの女たちとはちがった。アネケでさえそれは知っていた。しかしどんなふうに生きたかは問題ではない。どんなふうに死んだかだけが問題なのだ。

せめて自分がなにをしているか、ドリアンにきちんとわかっていればいいのに。あの女たちに食事を与え、ここに根づかせ、居心地よく感じさせることでどうなるのか。アネケはドリアンに教えようとした。だが注意を払う者はいない。誰もアネケの話を聞かない。

十五年にわたり世界じゅうのNGOで働いて、アネケはそれを教えられた。十五年間、母親たちに衛生管理や健康を害するものについて説明してきたが、彼女たちはうつろな顔で見返してくるだけだった。とりすました白人のレディに、自分たちの体がどんなふうに働くか、自分たちがその体を使ってどんな仕事をするかが理解できるはずがない、とでも思っているのだろう。

ロジャーはそうした貧困地域のコミュニティで学校教師をしていた。そちらのほうがましな仕事だったが、アネケには学童を教える忍耐力はなかった。

いまでは、そうしたことすべてに対して忍耐力をなくしてしまった。だからロサンジェルスにおちついたとき、高齢者のケアに移った。ロサンジェルスの街はたいていの場合、自分たちがいた第三世界のコミュニティよりすこしはましに思えた。すくなくとも、マリブの断崖の合間にある高温消毒された施設では、自分の棟の人々に教えなければならないことはなにもない。

だいたい、あそこの住人にはもう学ぶべきことなどない。彼らに必要なのは、日々を平穏にやり過ごすためのカードゲームや、工作や、日中の退屈なダイジェスト番組だけだ。

誰かが自分の話を聞いているかどうか、自分の指示に従うかどうかを気にしなくて済むのはほっとする。一滴の水から、一溜まりの泥から、ピンの一刺し程度の血液から病気にかかることがあると話すのはもうたくさんだ。警告が無視されて怒りが募り、幻滅やないがしろにされた恨みで満たされるのはもううんざりだ。

マリブの女たちはアネケに会うといつも喜んでくれる。世界が目を見張らせるほどの驚きを与えてはくれず、自分は無敵でもなければ守られているわけでもないとすでに知っている人々だ。もう終わった人々、避けられない結末に向かって惰性で進んでいる人々だ。

アネケは手で押さえてまぶたの痙攣を止めようとする。皮膚が熱い。まるで皮膚まで怒っているかのように。

いま、彼らは讃美歌を歌っている。最初はスペイン語で、それから英語で。会葬者が一ヵ所に集まっている——遺族、あの女たち、それにドリアンまで。みんな手をたたきながら、ジュリアナが守られますようにと神に向けて歌っている。

神などいないのに。それをアネケから教えてもいい。アネケの父は伝道者で、母は国際赤十字の看護師だった。二人はヨハネスブルクの外れで出会った。二人はすぐに家族となり、一方は説教をし、もう一方は癒しを与えようとしながら、国から国へと移り住んだが、一度として——どんなスラムでも、飢餓地域でも、戦争で荒廃した町でも、難民キャンプでも——神の気高さや恩寵など片鱗すら見つからなかった。アネケの目についたのは混沌と絶望だけだった。

だからこそ、自分の家には気を配らなければならないのだ。整頓された状態を保ち、ルールを決め、慣習を浸透させる。混沌の侵入を許さず、悪いものを寄せつけないために、できることはすべてする。

しかしアネケの父親はちがう見方をした。神を信頼し、神の祝福を宣言し、集まってくる人々に信じることを求めた。まるで必要なのは信じることだけだとでもいうように。

神が光のなかにあなたを置かれますように。
神があなたの心にあなたの家族を置かれますように。
神の美があなたの目に映りますように。
神の御心があなたの言葉に反映されますように。
そして神の叡智があなたの心から流れますように。
そうすればあなたのまわりの人々が神の気高さを目にし、
目にすれば信じるでしょう。

毎日こんな言葉を唱えていた。ときには一時間ごとに。ときにはもっと頻繁に。それでもアネケに神の気高さが見えたことはただの一度もなかった。こういう言葉のおかげで高揚した、もしくは向上したことなど一度もなかった。こういう言葉がなにかを解決したことはなかったし、アネケにわかるかぎり、誰かを安全に守ったこともなかった。

赤ん坊が次々に死んだ。

母親たちも死んだ。

男たちは殺された。

男たちは殺した。

だが、それでも——

神の御心があなたの言葉に反映されますように。
そして神の叡智があなたの心から流れますように。
そうすればあなたのまわりの人々が神の気高さを目にし、
目にすれば信じるでしょう。

信じる。絶望と荒廃、人々のあらゆる死にざまに直面してなお信じろというのか。病気に蝕まれながらも信じろ、わが家が粉砕され、爆弾が降り、まわりじゅうが瓦礫になっても信じろというのか。

そんなことにはかまわずに、アネケの父親は祈った。信徒たちも父親の言葉を復唱した。あれから何十年も経ったいまも、父親の祈りはまだアネケの記憶にこびりついている。夢に現れ、でこぼこ道を走るときに車がたてる騒音や、濁流となった川の唸りに混じって聞こえる。停止と前進をくり返すフリーウェイの渋滞のなかに聞こえ、マリブの波が砕ける音のなかにも聞こえる。そしてその言葉は不可能なことを命じる。信じろ、と。

ローズデール墓地にいる神父が独自の祈りをはじめる。カトリック教会の従来どおりの祈りだ。アーマンドとヘクターは、神父が立っている場所までアルヴァを連れていく。アネケが見ていると、アルヴァは二人の手を払いのけ、まえへ進みでて、助けなしで立つ。そして神父の手から小さなスコップを受けとり、身を屈めて墓の脇の小山から土をすくう。人々に目を見せるために、アルヴァはサングラスを外す。アルヴァの口が何回かひらいてはとじる。

なにをいえるというのだろう？　口にされる必要のある言葉などあるだろうか？

ヘクターがアルヴァの背中を撫でる。アルヴァは深く息を吸いこむ。そのとき、アルヴァの目がアネケを捉える。葬儀の進行から距離を置いて立っている一人の人物に視線が固定される。おかげでどういうわけか力が湧いたとでもいわんばかりに。

「理由は決してわからないでしょう」アルヴァはそう話しはじめる。まっすぐに立ち、もう一度さらに姿勢を正そうとする。視線はアネケから離れようとしない。

「理由は決してわからないでしょう」アルヴァはまた

おなじことをいい、咳ばらいをする。「神がわたしたちのもとからジュリアナを連れ去った理由は決してわからないでしょう」

二人の女のあいだの距離が狭まる。口をあけた墓はない。会葬者の一団もいない。悪趣味なリースも泥だらけの地面もない。アルヴァとアネケだけが存在している。

「神がわたしたちのもとからジュリアナを連れ去った理由は決してわからないでしょう」アルヴァはくり返す。まるでアネケが答えを用意しているかもしれないと思っているかのように。「わたしたちには決して――――」

アネケは首を横に振る。「あなたがそう信じたいのだとしても」アネケの声は明瞭に、誇らしげに響く。「神はそれとは関係がない。まったくの無関係よ」

会葬者たちがふり返る。ジュリアナの友人のうち何人かは、笑っているのを隠そうともしない。一人がアネケを腐れマンコと呼び、爪を剝き出しにしてアネケのほうへ向かうが、友人二人に制止される。

アネケのまぶたの痙攣はすでに止まっている。アネケは引き結んだ口をゆるめ、墓地の外の舗装道路へ向かう。

アネケはおちついている。言葉を発し、その言葉が聞き届けられたのだ。足は目的を持って正確に地面を打つ。誰かがうしろから追いついてくるのが聞こえてもふり向かない。

ゲートに到達すると、手で腕をつかまれる。アネケは歩くペースを落とす。ドリアンに引き止められ、アネケは袖にかけられた指を見おろす。

「あんなことをいう必要はなかった」

「そう？　神についてのあんな戯言《たわごと》、あなたも信じていないんでしょう？」

「ええ」ドリアンはいう。

「だったら、わたしたちのあいだにも一つは同意できることがあるわけね」アネケはいう。「きょうは、わたしやあなたがなにを信じているか表明する日じゃない」

アネケはドリアンの手から腕を抜く。「そうなの?」

「ジュリアナの家族の日、あの人たちが哀悼の意を表するための日でしょう。あなたもそれに敬意を払うべきだと思う」

「あなたに叱ってもらわなくてもけっこうよ」アネケはいう。「敬意ならちゃんとある。彼らの娘の人生に対して、彼らよりも敬意を持ってる」

ドリアンは大きく目を見ひらく。「あの人たちを責めてるのね」

「わたしはただ、もっとべつのやり方をするべきだったといってるだけ」

第二章

アネケの家にはルールがある。ルールは世界を軸の上に保つ。すべての食事を座って取ること。朝食はジュース、コーヒー、パン、バターくらいで、もしかしたらチーズとフルーツがつくこともあり、場合によってはゆで卵も出る。昼食は火を使わないもので、たいていサンドイッチとサラダ。ときどきスープがつく。夕食は簡素な儀式だ。テーブルはいつもきちんとセットする。水のグラス、ワイングラス、リネンのナプキン。食事中にワインを一杯。食後にシェリーかブランデーを一杯。

夕食のまえには、つねに一時停止する時間がある。その短いあいだに、すべて整っていることを確認する。

アネケが管理することで達成した、神とは無関係の恩寵だ。

　アネケには祈りに代わる独自の決まり文句がある。

　自分の家を守ること。

　自分の家族を守ること。

　境界線を保つこと。

　秩序を保つこと。秩序は自分のなかに反映される。

　プライバシーを守ること。

　体面を保つこと。そうすれば自分のためにすべてが保たれる。

　階上《うえ》では、ベッドが整っている。洗濯物はたたんである。しわになるので、決してかごに入れっぱなしにしない。

　窓はしめたままにする。なかのものを外に出しても、あるいは外のものをなかに入れても、意味がない。些細なことだ。ほかにもある——議論の余地のないものごとは。境界線を引き、堅持しなければならないものごとは。

　多くを尋ねず、決めてしまえばいいことだ。もしなにか一つをゆるがせにすればどうなる？　アネケはよく知っている。ルールやシステム、それに自尊心を欠いて暮らせばどうなるか、アネケはじかに見てきた。テントのなかでも、通りでも、スラムでも、威厳を保つ方法はある。

　このロサンジェルスで、この国際的な大都市で、人々が自分をよりよい状態に高めることができずにいるのを見ると、驚きが止まらない。人々は自分の周囲のものごとを、環境を、変えたり改善しようとしたりしない。

　体面を保つこと。

　秩序を保つこと。

それができれば充分なことをしたといえる。

　ロジャーが家にいる。あしたは早く家を出て、第二言語として英語を教えるチャーター・スクールへ行く――フリーウェイの進入車線の下に押しこまれたような野蛮人を収容する建物だ。文化と文化のはざまに捉われた子供たちのわめき声でカオスが生じている。この仕事はロジャーに合っている。厳しく管理された授業も、実用的であるところも、ロジャーに向いている。目標はより上手に、より明瞭に、より知的に話せるようになることで、文学や歴史といったもっと抽象的なものを扱う授業とは正反対だ。言語を教えることに関しては、解釈することも、即興でなにかをつくりだすこともない。毎年おなじクラスで、おなじワークブックを使い、おなじテストをするだけだ。

　すくなくとも前日の黒い憂鬱からは抜けだした。重厚な戦争の歴史への興味を失い、ヘッドフォンを外して、マレラのアートの展覧会を見に雨のなかを出かけていった。ロジャーが出かけたときには、アネケは心配になった。

　アネケは心配している。これは松葉杖のように手放せないものだ。混沌が忍びこんでくる裂けめだ、心配事のある心の無秩序なありさまは。

　だが、ロジャーはいるはずの場所にいた。

　いまは裏庭で生け垣の剪定をしているのが、アネケの耳にも届いている。金属の刃のシャキシャキいう音が、頭のなかに感じている緊張を増幅させる。

　お茶を淹れるために水を火にかける。湯が沸くと、目安時間の二倍ほど茶葉を浸してしまう。

　隣家では通夜があるだろう。静かに、恭しくはじまっても、すぐに大騒ぎのパーティーに発展し、人々は大音量の音楽に負けじと声を張りあげてしゃべり、ブロックじゅうが一晩じゅう眠れないだろう。まるで死が祝われるべきものだとでもいうように。

裏庭の植木ばさみの音が神経に障る——シャッシャッという音が。誰かがキッチンの窓をあけていたことに気づく。

　あしたになれば、ロジャーは教える仕事に戻る。一日じゅう家で一緒にいるのはどちらにとっても負担が大きい。家が縮んでしまったように思える。アネケはたいていなにかしら口実を見つけ、雑用で出かけたり、ウェスタン・アヴェニューで働く女たちの見まわりをしたりする。

　キッチンのレースのカーテンを通して夫の姿を見る——鈍い灰色の髪や、植木ばさみを動かす安定した手の動きを。蔓が雨のように足もとに降る様子を。墓地とおなじく、庭も泥だらけの草やずぶ濡れの植物でいっぱいだ。しかしロジャーは几帳面だから、家のなかに水滴の跡をつけたりはしないだろう。

　ロジャーはアネケの初めての恋人で、アネケに出会いがあることを母親があきらめたずっとあとに付き合いはじめた。アネケは二十六歳で、フィリピンのお粗末なNGOで女性のための保健相談員として働いていた。ロジャーはリパにある小さなインターナショナルスクールで英語を教えていた。退屈で、冒険心のない男だった。そこに惹かれた。危険を追い求めたりしなかったし、父親のような伝道者でもなかったし、いままでに見てきた男たちの誰ともちがった。ロジャーは人々を助けたいとか、世界を変えたいとは思っていなかった。

　アネケは紅茶のカップを両手で包むようにして持ち、リビングへ行く。

　ここにいてさえ、ロジャーの剪定の音が気に障る。暗闇が張りつめたものをゆるめてくれればいいと思いながら目をとじる。三回の深呼吸で苦痛を吐きだす。サン・サルバドルにいたころ、妊娠中に片頭痛が激化したときに全身療法のセラピストが教えてくれたやり方だ。ぜんぜん効かないのだが、ずっとつづけている。

苦痛が自分に、あるいは誰にでもコントロールできるものであるかのように。

マレラは昨夜また帰ってこなかった。アネケは嵐のなかを運転して、ウェスタン・アヴェニュー沿いのギャラリーまでロジャーを拾いに行った。娘のことも、帰れるまで待つつもりだった。だがマレラは取り乱したような目をしていた。不安と認識と反抗が入り混じった目つき。

一緒には帰らない。絶対一緒には帰らない。

これが全部、オープニングパーティーに出席しなかったせいなのだろうか？　そんなことでここまで怒っているのだろうか。

マレラはあれから電話に出ない。ここに現れもしない。だがいずれは来るだろう。アネケには確信がある。愛の鞭や手痛い教訓を通して、マレラにより高い水準を要求することを通して、アネケは娘のために安全な居場所をつくりあげたのだから。二十九番プレイスのこの家に、娘が帰ることのできる、帰ってくるはずの避難所をつくったのだから。

だったら、家で会いましょう。アネケはあのときもそういった。

ドアにノックがある。アネケはすこし紅茶をこぼし、こぼした水分を払いのける。ドアまで行き、厚い鉛枠ガラスの向こうを見る。最初は誰もいないように見える。いたずらか。それとも、姿を見せることを考え直した誰かか。あるいはなにかの配達か。見おろして、荷物がないか確認する。

ドアのまえに子供が、いや、若い人が立っている。頭がほとんど窓まで届いていない。

「はい？」

「ミセス・コルウィンですか？　ドアをあけてもらえませんか？」

子供の声ではない。

「どういう用件ですか？」

アネケは訪問者が一歩さがるのを見る。子供ではまったくないし、ティーンエイジャーですらない、大人の女だ。訪問者はスーツのポケットに手を伸ばし、扉の窓になにかを掲げる。「LAPD」女はいう。「ペリー刑事です。入ってもいいですか？」

　アネケはドアをあける。

　ペリー刑事はアネケの顎くらいの身長だ。室内を見まわし、濃い色に着色した木材や、趣味のいい時代につくられた家具や装飾を眺める。

「それで」ペリー刑事はそういい、ガムを一つ剝いて口に放りこむ。パチン、パチンと鳴らす音が不快だ。刑事は初めて見るかのようにアネケに目を向ける。

「あなたはアネケ・コルウィンですね？」

「はい」

　刑事の態度に、こちらのほうが当惑する。なぜここにいるかよくわかっていないような、きちんとした目的もなく来てしまったかのような雰囲気だ。「座りませんか？」と刑事はいう。

「どういう用件かと訊いたんですが」アネケはいう。

　この家に入って一分も経たないのに、この刑事はすでに警察がすることのなかでアネケが一番嫌いなことをした――アネケの言葉を無視した。刑事はまだアネケの質問に答えていない。

　これもこの家のルールの一つだ。なにかを知りたいなら、尋ねること。答えを聞くのが怖いなら、尋ねるな。

「かまわなければ、座りたいんですが」刑事はスマートフォンを取りだし、画面をたたきはじめる。カチッカチッという音が、シャッシャッというロジャーのはさみの音と交互に聞こえる。

「いいですか？」ペリー刑事は一方の手を払うように動かしてソファを示す。アネケの家なのに、まるで刑事のほうがアネケを招いているかのように。

　アネケはリビングのほうへ動こうとはしない。おそらく身長のせいだろう、こんなに強引に座りたがるのは。座れば場に高低差がなくなる。アネケは他人の不安に応じて行動する必要性をまったく感じない。

「長くはかからないんでしょう」アネケはいう。「あなたは鳥のことで来た、そうでしょう？」

家のなかをきちんとした状態に保つこと。

世界を整頓された状態に保つこと、そうすれば自分の世界は秩序ある場所になる。

ペリー刑事は電話に目を戻し、タップするのに合わせてガムを鳴らす。「なんですって？」

「あのくだらないハチドリのことで来たんじゃないの？」

アネケはときどき、厚かましくも自分の仕事を確認しに戻ることがあった。ドリアンのレストランの裏であの小さな生き物が汚泥にまみれているのを目にすると満足を覚えた。それでもドリアンには、それがなにを暗示するかわからなかった。ドリアンはあの女たちに食事を出しつづけた。女たちは店に行きつづけた。

自分のまわりを安全に保つこと。

秩序を維持するための手段を講じること。

自分を通して秩序が反映されるように、秩序を維持すること。

刑事は電話からちらりと視線をあげていう。「ハチドリ」そんな言葉は初めて聞いたといわんばかりだ。

「ちがう」刑事はまた画面をたたきはじめる。

ペリー刑事の爪がガラスに当たる音がひどく腹立たしい。アネケは手をまぶたに当て、はじまってもいないうちから痙攣を止めようとする。

刑事は画面をタップしつづけている。「ドリアンはあれを取っておいてるんですよ。靴箱に。ああいうふうにするために、オーブンに入れて低温で焼いてるんだと思います。なぜそんなことをするんだと思いますか？」

「わかりません」

「あなたならわかると思う」ペリー刑事は電話をポケットのなかに落とす。「さて、座っていいですか？」アネケの返事を待たずに、刑事はソファの向かいのウィングチェアに腰をおちつける。

「毒を与えました」

　混沌を寄せつけないために、しなければならないことがある。小さな犠牲を払うこと。リスクをおかすこと。

「鳥のことはどうでもいいんです」刑事はガムを噛むのをやめる。スマートフォンの画面をスクロールしてもいない。いま聞こえている唯一の騒音は、ロジャーのはさみのシャッシャッという音だ。


　アネケは手をこめかみに当てる。

「大丈夫ですか？」ペリー刑事が尋ねる。

「夫が庭の手入れをしているんです。あの音に我慢がならなくて」

「なにも聞こえませんけど」刑事はいう。それから裏庭へ目を向ける。「家にいるんですか？」

「いったでしょう、庭の手入れをしているって」

「ええ」ペリー刑事はいう。「いいましたね」そしてメモ帳を取りだし、めくってひらく。

「ほかに選択の余地がなかったんです」アネケはいう。

「なんのことですか？」

「ドリアンはあの女たちに食事を出すのをやめるべきだった。鳥は犠牲だったんです。イサクのような」

　庭からの音が大きくなっている。植木ばさみがかん高い叫びをあげている。アネケはあいている窓がないかもう一度確認しようと動きかけるが、全部しまっている。

突然、刑事の集中力がカミソリのように鋭くなる。タップすることも、ガムを噛むことも、スクロールすることもやめている。刑事は脚を組み、身をまえに乗りだして、初めて会話をしようとしている。「わたしは鳥のことで来たわけではありません。あなたがやったべつのことで来ました。一九九八年の七月十六日に、あなたは電話をかけましたね」

アネケは笑う。「電話？」

刑事はメモ帳にはさんであった紙を引き抜いてひらく。「何百ページも書類を読んで、これを見つけたんです」そういって紙を差しだす。

アネケはその紙を受けとる。電話番号の横の余白に自分の名前が走り書きされているのが目に入る。

世界に秩序をもたらすこと、そうすれば秩序が家までついてくる。

「折り返しの電話はなかった、そうですね？」

アネケはまた笑う。「十五年まえの通報の追跡調査をしているの？」

「もう一度試しましたよね、一九九九年に？」

「疑わしきは罰せず、というでしょう。あのときは、警察にも仕事をするつもりがあると思ったんです」

「あなたは名前を残さなかった。だけどこれはあなたでしょう、ちがいますか？」刑事はタイプ打ちされた小さなメモのコピーを差しだす。「女性の通報者、以前電話をかけたが折り返しの電話がなかった。夫に関して情報がある。折り返し電話をもらえれば情報を提供するとのこと」

「さっきもいいましたけど、わたしはあなたがたが自分の仕事をするのを待っていたんです。結局、折り返しの電話がなかったので、わたしの情報は重要ではないのだと思いました。わたしがまちがっていたのだろうと」

家族にもつねづね話していることだ。答えが聞きたくないのなら、質問をするな。失望するだけのためにわざわざ心をひらくな。アネケは誰にも尋ねられなかった質問に答えようとしたが、その報いとして誰からも注意を払われなかった。それが確認できてよかった。

ペリー刑事はペンをカチカチと二回鳴らす。「それで、なにをいおうとしていたんですか？」

アネケは庭のほうへ首を傾げる。「ほんとうにあれが聞こえない？」

「聞こえません」

「わたしがいいたかったことは、あのとき問題にならないようだった。だからいまもそうでしょう」

「あなたはウェスタン・アヴェニュー周辺の殺人について話そうと電話をかけた」

「ええ」アネケはいう。

アネケは立ちあがって、ロジャーに金切り声を浴びせたいと思う。こんなにうるさい音をたてて、わたしたちの安らぎの場所をかき乱すなんて。そんなことをするほど馬鹿じゃないはずなのに。

ドアをとじたままにしておくこと。

家族について外でしゃべらないこと。

自分の問題は内にとどめておくこと。

自分の世界の秩序を保つこと。

「あなたの夫に関することだった」

アネケは二回まばたきをする。

「あなたの夫、ロジャーに関することだった」ペリー刑事はいう。

アネケは室内を見まわす。なにもかもが驚くほど整っている。暖炉の上にぴしりと並べられたルックウッドの花瓶。ミッションスタイルの額も等間隔にかけてある。モリスの壁紙の継ぎめを探しても見つからない。シートとシートのあいだに線がない。

「ミセス・コルウィン、あなたは夫に関する話をするために署に電話をかけたんですか？　それともちがうんですか？」

アネケは目をとじる。

なにかをずっと待っていると、それについてすべて忘れてしまうことがある。待つことに蝕まれ、その後は待つことが自分の一部になり、もっとあとになると待っているのを気にも留めなくなる。日々必要なものごとに吸収され、看過されるようになる。最後には、もう待たなくなる。長いあいだ待っていたものごとを、ほとんど忘れている。

そうなって初めて、それが起こる。

ようやく解放される。

空虚な感じはもうしない。植木ばさみの音がやむ。アネケは自分がソファから浮いているように感じる。宙に浮かび、仰向けのまま飛ぶこともできそうな気がする。「かけました」

「リーシャ・ウィリアムズは隣家のベビーシッターだった。ジュリアナ・ヴァーガスは隣家の住人だった」

アネケは目をとじたままでいる。暗闇のなかは平穏だ。刑事がしゃべるのをやめてくれればいいのに、とアネケは思う。

「ミセス・コルウィン？　ミセス・コルウィン？　彼はあなたが電話をかけたのを知っていましたか？」

アネケは目をあける。「わたしから話しました。夫が訊いてきたので、話しました」

「では、彼がやめたのは、あなたが電話をかけたから？」

アネケは部屋じゅうを見まわし、本来あるべき場所から外れているものがないか探す。このごたごたを一時中断できるように。

「それとも、彼がやめたのは、オーフィーリア・ジェフリーズのせいですか？」

「誰のことかわかりません」

「知っていると思いますよ。生き延びた人です」

あれはロジャーのミスだった。そうやって無秩序が入りこんできた。

「だからあなたは電話をかけた」ペリー刑事はいう。

「わたしは自分の世界を秩序ある状態に保ち、秩序はわたしを通して反映されます」

ペリー刑事はすばやくカチカチとペンを鳴らしながら、室内をざっと見渡す。「それが彼の行動の引き金になるのですか、無秩序が？」

「あなたは世界を見ていないでしょう、刑事さん。あの混沌と絶望を見ていない。あの不潔さと貧困を、人々が——女たちが——生き延びるためにしなければならないものごとを見ていない。ひどく厭わしいものですよ。それでも助けようとはするんですけど」

「それが、ロジャーがしていたことなんですか？　助けていた？　世界を浄化していたんですか？」

アネケは声をたてて笑う。「なにか筋の通った理由を探しているのね。なにか立派な理由を。ロジャーは混沌に、堕落に惹かれたんです。そしてそんな自分がいやでたまらなかった。だからしなければならないことをした」

「彼が女たちを殺したのは、自分が惹かれてしまうのをどうすることもできなかったからだというんですか？」

「ロジャーは弱いんです。弱点がある。だけどそれを自分でも理解している。それに、世界のどの部分に維持する価値があるか、どの部分が腐敗につながるだけかわかっている。秩序を保つ方法を知っているんです。わたしたちの娘のために秩序を保つ必要があることもわかっている」

「あなたたちの娘」刑事はいう。「マレラ」

まるでアネケに思いださせる必要があるみたいないいぐさだ。

「あなたは署に電話をかけた直後に娘をよそへ送りだ

した。でもいまは戻っている」

なぜこの女は、とっくにわかりきっていることしかいわないのだろう？

いまや刑事はアネケの目を見ている。全力で注意を向けられるとおちつかない。「わたしはずっとまちがったことを自問していました」刑事はいう。「というより、疑問の一部を見逃していた。どうして殺しをやめたのかばかり考えていたせいで、またはじめた理由に思いいたらなかった」

「それはわたしにもわかりません」

「わかるでしょう」ペリー刑事はいう。「マレラですよ。娘がそばにいると、あの女たちに欲望を抱く自分にさらに嫌気が差すんです」

アネケのまぶたがピクピク動く。頭がずきずきする。

「いったでしょう、わたしにはわからないって。わたしは精神分析医ではありませんから」

「あなたは彼を止めようとした。このことを話そうとして署に電話をかけた」

「そして誰も耳を傾けなかった」

ペリー刑事はすばやくスマートフォンを取りだしてクリックする。なにかを探している。「モーガン・ティレットが逮捕されたのは知っていますか？」

「誰？」

「ブルックリン・ブリッジのアーチのてっぺんで抗議行動をした女性です。不法侵入で逮捕されました」刑事はスマートフォンの画面をクリックしつづける。

「彼女も電話をかけたんです。言葉を発することなく、わたしたちに伝えていたんです。誰も彼女がいおうとすることに耳を貸しませんでした」

「モーガン・ティレットという人のことは知りません」アネケはいう。

ペリー刑事は包み紙にガムを吐きだし、また新しいガムを剝く。「わたしのパートナーが外にいます。捜査令状が出ています。あなたはロジャーと話をしに行ったほうがいいでしょう」

第三章

ダイニングテーブルの端に指紋がついている。布張りの椅子の背に糸くずが引っかかっている。シンクのなかにあるスポンジは、まだ絞っていない。

アネケはレンジの横のカウンターに紅茶のマグを置く。勝手口のドアをあけて庭に出る。コンクリートの大きな一画があって、両側に草の茂った花崗岩の小道がそのまわりを囲んでいる。一方の壁にはブドウの蔓が這い、もう一方の壁はバラの繁みに覆われている。

右奥の隅には壊れた噴水と、サイコロゲームのとき以外には誰も座らない野ざらしのベンチがある。サイコロゲームは、外のものが入ってくることをアネケが許す唯一の機会だ。男たちの集まりだから、という理由で納得している。安全な場所。しかし集まりにはそれ以上の意味がある。

家に秩序があれば、人々はやってくるだろう。
人々は敬意を払うだろう。
人々を寄せつけないのは暗闇だけだ。
人々が来るなら、暗闇はない。
人々が来るなら、家には秩序がある。
人々はわたしたちのなかに反映された秩序を目にし、
秩序は彼らのなかにも反映されるだろう。
人々が来るなら、世界を正しく保てているということだ。

　祝福の祈りというよりは論理的証明のようだが、アネケはこれを土曜日ごとにくり返した。庭にいる男たちを自室の窓から眺めながら。

　ロジャーは自分たちの家とジュリアナの家のあいだに植わったピンクのキャベッジローズを刈りこんでいる。おなじ植木ばさみを使っているが、そんなにうるさい音はしない。アネケが見ていると、ロジャーは植木ばさみを小さな剪定ばさみに持ち替える。

「ロジャー」

　チョキチョキ。ロジャーの動きは慎重で几帳面だ。手袋をせずに作業しているが、とげをうまくよけている。

「ロジャー」

　アネケは激しい憤りを飲みこむ。

「ロ――」

　ロジャーがふり返る。ロジャーの目が自分に焦点を合わせるのを、アネケは見る。

「バラを刈っているんだよ」

　なにをいうべきだろう？　いうべきことなどあるだろうか？

「なにか用事？」ロジャーは邪魔されるのを嫌う。アネケはそれをいやというほど知っている。ロジャーの緻密さ、神経症じみた細かさには代償が伴うのだ。

「お昼は食べたの?」

ロジャーは一方の手に持った剪定ばさみと、もう一方の手に握ったバラの茎を見る。

「サンドイッチをつくっているんだけど」アネケはいう。「一つ持ってきてあげる」

「人が来てるのか?」ロジャーはいう。「誰かとしゃべっていなかった?」

「あとで説明する」

小さな手仕事には安らぎがある。シード・ブレッドのかたまりを取りだす。スライスチーズも。少量のキュウリとハムも。

足音が聞こえる。男の重たい足音と、それより軽い女の足音。

サンドイッチを二つつくり、斜めに切る。ランチプレートを二枚出して、それぞれに紙ナプキンを敷き、サンドイッチを載せて外へ運ぶ。

ロジャーは皿を受けとる。

「今年はこれで終わり?」アネケはそう尋ねながら、ロジャーが刈りとってかごのなかに入れたバラを見る。

「そうだね」ロジャーはいう。「今シーズンはよくもった。それに、くり返し咲きの品種がまたすぐに花をつけるよ」

「エルサルバドルでは、バラを育てるのがどんなにむずかしかったか覚えてる?」

「ハマナス《ロサ・ルゴサ》はちがう。あれは簡単だった。海洋気候が合っているんだね」

「あそこは、美しいものが育つには汚すぎる場所だった」アネケはいう。

「ハマナスは育った」

アネケはロジャーがサンドイッチを食べるのを眺める。アネケ自身は食欲がない。

警察は階上《うえ》でなにを探しているのだろう? なにが

見つかっただろう？　二階には、アネケが知らないものなどなにもないのだが。

「水のなかにいた女を覚えてる？」アネケは尋ねる。

　ロジャーはサンドイッチを食べ終え、ナプキンを手にして顎ひげについたパンくずを払っている。「いや」

「エルサルバドルの家の裏の海にいた女よ」アネケはいう。「溺死した女」

「ああ。あの女か」

「マレラはクジラかイルカだと思った。それで家から飛びだして見にいった」

「忘れてたよ」ロジャーはいう。

「岩のそばで悲鳴をあげているマレラを見つけた。あの子は声がかれるまで叫んでた」

「それも忘れてた」

「マレラは忘れてない」アネケはいう。

「わからないよ」ロジャーはいう。「子供がなにを覚えているかなんて」

　アネケはロジャーの皿に手を伸ばす。アネケが一方の端を持ち、ロジャーがもう一方を持っている。「あなたはあんなものをあの子に見せるべきじゃなかった」

「ビーチまで走るのを止めなかったのはきみだろう」

　アネケは毅然とした目でロジャーを見据える。まぶたに痙攣する気配はない。「いったでしょう、あなたはあんなものをあの子に見せるべきじゃなかった。マレラはまだ子供だったんだから」まだ二人で皿を手にしたまま、アネケはなおもいう。「信じてもらっていい、あの子は忘れてない」

「ぼくはなにも――」ロジャーはいう。そして皿から手を放す。

「あなたがやった」アネケはいう。「そうでしょう」

　ロジャーは小さな剪定ばさみを拾い、脚立に昇って、残りのキャベッジローズを刈りに戻る。

「うまくやってとわざわざいう必要はないでしょうけど」アネケはいう。「でも、お願いするわ。警察が来てる。いま、階上の部屋を捜索してる。出ていくときは静かに出ていって、騒ぎにしないで。それから、バラは完璧な状態にしていってね」

つかのま、ロジャーのはさみの音が止まる。あきらめの一瞬。「なにも見つからないよ」ロジャーはいう。

「わかってる」アネケはいう。

「きみが電話をかけたの？」

「いいえ」

ロジャーはふり向かない。「すくなくとも今回はちがうってわけか」

「そう。今回はちがう」

ロジャーは最後のバラを切り落とす。アネケは皿を屋内へ運ぶ。廊下の奥を見やると、ペリー刑事ともう一人の刑事が階段の一番下にいる。

「なにか見つかりましたか？」

「ミセス・コルウィン、あなたは教会に通っていますか？」ペリー刑事が尋ねる。

「父は伝道者でした」

「それはイエスという意味ですね」

「いいえ」アネケはいう。「わたしは教会には行きません」

刑事の向こうに目をやると、通りで赤と青のライトが旋回しているのが見える。

「あなたの所持品のなかにこれを見つけました」ペリー刑事は紙切れを差しだす。じっくり見なくても、それがイングルウッドの教会から持ってきたプログラムだとわかる。「これはフィーリア・ジェフリーズが働いている教会です」

「フィーリア？」

「オーフィーリア・ジェフリーズ」ペリー刑事はいう。「あなたが彼女を知らないなどといってわたしの時間を浪費するつもりなら、ロジャーと一緒に署へ連行して、ストーカー行為の重罪で告発します。ドリアンの鳥を毒殺したことも加えれば、幇助と教唆で刑務所に入るのに充分な罪になる」

アネケは深く息を吸い、手をまぶたに当てて、痙攣がはじまるまえに抑えようとする。だが驚いたことに、まぶたは微動だにしていない。「オーフィーリアのことは知っています。知り合いというわけではありませんけど」

「だけどあなたは彼女をつけ回していた」

「見張っていたんです」

「なぜ？」

「わたしは自分の世界の秩序を保っているんです、ペリー刑事」

「自分を殺そうとした人間をオーフィーリアが覚えているか、あなたは知りたかった」

「自分の世界の秩序を保っているだけです。自分の世界の秩序を保てば、秩序はわたしについてくるんです」

ペリー刑事は眉をあげる。「そうなんですか？」そしてチラシを証拠品袋に押しこむ。「必要なものはすでにお嬢さんからもらいました——指紋のついた水のボトルです。指紋はジュリアナのスマートフォンについていたもの、及び十年以上まえに殺された女たちから回収された証拠品についていたものと一致しています。DNA検査の結果が戻ってきたら、二人の被害者からべつべつに採取した二つのサンプルとおそらく一致しているはずです。いまからスペラ刑事にロジャーを連れてきてもらいます」ペリー刑事はパートナーのほうを向いてうなずき、パートナーは裏庭へ向かう。

アネケはキッチンを見まわし、次いで廊下の奥、玄関の窓の外へ目を向ける。窓はくるくる回る赤い光で洗われている。勝手口のドアがひらいてしまり、またひらく音が聞こえ、スペラ刑事に促されてロジャーが入ってくる。

アネケは夫の横に立つ。うしろ手に手錠をかけられていなければ、なにか変わったところがあることに誰も気づかないだろう。

「心配ありません。妻というのはつねに知らなかったと主張するものですから」二人が通り過ぎるときにスペラ刑事がいう。「近隣の人々もご同様だ」

玄関のドアがひらく。半ダースもの警察車輛が二十九番プレイスを行き来しているのが廊下にいるアネケからも見える。

隠れるつもりはない。アネケはロジャーのあとについて外に出て、夫が連行されるのを見守る。やったことを否定しても仕方がない。

ポーチに出る。近隣の人々も外にいる——みんな。ゲートのうしろにとどまっている者も、歩道まで出ている者もいる。新たなバンがセント・アンドルーズ・プレイスからやってくる。スペラ刑事はロジャーの身柄を、覆面パトカーの後部ドアをあけて押さえている年配の刑事に任せる。ロジャーは身を屈めて車内に入る。刑事はドアをしめる。窓はスモークガラスなので、車で連れ去られるロジャーの姿がアネケには見えない。

アネケは通りを隅から隅まで眺める。

ブロックの向こう端に、マウンテンバイクに乗ったペリー刑事が見える。ロジャーを乗せた覆面パトカーを追っている。パトロールカーがシマロン・ストリートへと曲がる直前に、ペリー刑事は車から離れ、急なUターンをしてアネケの家へ戻ろうとする。アネケは玄関まえで立ち止まる。

警官二人が、家の正面の歩道の一角をテープで囲っている。べつの二人が私道に指令所のようなものを設置している。

ペリー刑事は自転車をフェンスに立てかけ、同僚のそばを通り過ぎる。そして家のまえの階段を駆けあがり、アネケを壁に釘づけにする。「全部知っていたんですね」

刑事のフルーツガムのにおいがする。

アネケはペリー刑事のそばにそびえるように立つ。

「知っていることと、信じていることはちがいます」

「それに、信じてもらえるかどうかも別問題」ペリー刑事はいう。

「そのとおり。だったらこの世界ではどれが一番重要なのか、教えてちょうだい、刑事さん」アネケは刑事の視線を受けとめる。

アネケは家をきちんとした状態に保った。ちがうとは誰にもいわせない。

第四章

捜査はもうペリー刑事が仕切っているわけではない。ほかの刑事に取って代わられてしまった。入れ子人形のように、サイズはちがえど似たり寄ったりの刑事たちに。バークという名の大柄で赤ら顔の男が責任者だ。ドアロにのっそり立ちはだかり、四角い日光を遮っている。

刑事たちはカーテンをしめ切り、すべての明かりをつけている。

虐待され、侵害されているのと変わらない――警察の人員が家じゅうに広がり、ものを手に取り、引出しをあけ、ソファやカーペットやタオルから繊維をつまみ取っている。まるで繊維に罪があるかのように。警官たちが重い足取りでずかずかと階段を昇り降りするせいで、窓枠が揺れている。

アネケはキッチンへ行き、小さなコルク板に貼った介護施設のシフトの予定を見る。あしたは六時に勤務に就くことになっている。

固定電話から〈西海荘〉に連絡を入れる。夜勤をしたいと申しでても、誰も文句はいわないだろう。

魔法瓶にスープを入れる。アネケは入所者に出す食事は口にしない。ハンドバッグの中身がすべてそろっていることを確認し、車のキーを手に取る。

バークがまだドアのまえに立っている。

「どちらへ?」

「仕事に出かけます」アネケはいう。

バークは腕時計を確認する。「いま?」

「仕事にも行かずに、ここにいてあなたがたを監視していたほうがいいんですか?」アネケは尋ねる。

刑事は動かない。アネケが家を出ることを妨げる理由を考えだそうとしているようだ。

「あなたがたがわたしを逮捕する予定がないなら、わたしは仕事に出かけます。質問があるなら、あした署に出向いてお答えします。前回確認したときには、自分の仕事をするのは法律違反ではありませんでしたけど」

バークは道をあける。

近所の人々はまだ外にいる。通りは警察車輌と報道関係のバンで渋滞している。撮影班があてもなく家から家へとカメラを動かしている。アネケの車は私道に停めてあり、覆面パトカーに出口をふさがれている。その車のキーを持っている刑事を探すのに数分かかる。

自分の車——五年もののホンダ——のそばに立つ。近所の人たちに見られないように顔を隠したりはしない。どうせ顔は知られている。記者たちからも隠れない。スマートフォンを取りだし、マレラの名前をタップする。けれども電話をかけるまでもなく、娘はそこに、私道の端にいる。

マレラはロジャーと似ている。ロジャーの茶色い髪、ロジャーの浅黒い肌、ロジャーのたくましい体つきを受け継いでいる。ロジャーはマレラのなかにいる。これからもずっと。マレラはそれを死ぬまで身に着けていなければならない。父親の罪とともに。

マレラは一睡もしておらず、シャワーも浴びていない様子だ。

「シャワーを浴びたほうがいい」アネケはいう。「身なりを整えないと」

娘の口がひらいて、とじる。空っぽのくるみ割り器のように。目の下に隈ができている。

「お父さんは逮捕された」アネケはいう。

「知ってる」マレラの声は震えている。

「あなたが警察に水のボトルを渡したって聞いた」

「パパは怖かった。きのうの夜、ギャラリーに来たとき」

「あの人は以前から怖かった。気がついていなかったの？」

「ママは気づいてたの？」

アネケは痙攣を止めようと手をまぶたに当てる。

「ママ」マレラの声がだんだんしっかりしてくる。生意気なほどに。「気づいてたの？」

「質問をくり返すような話し方は教えなかったつもりだけど」

「パパにどこかおかしいところがあるって知ってたんでしょう、ちがう？　知っててなにもしなかった」

「わたしがなにをして、なにをしなかったかなんて教えてもらわなくてけっこう。わたしはあなたをこの世界から守った」

マレラは胸のまえで腕を組む。「ママはわたしをよそへ送りだした。それがママのしたことでしょう」

「あなたのためにね」

マレラは目を大きく見ひらく。「わたしをパパから遠ざけていたのね」

「わたしはしなければならないことをしたの」

「パパがわたしを傷つけると思ったの？」

「リスクは負えない。なにか望ましくないことがあなたの身に降りかかるような危険はおかせない。だからあなたが距離を取れるようにした」

　マレラが暗い目つきをする。ロジャーとよく似た暗い目つき。

「あの人はあなたの父親だから」アネケはいう。「いずれあなたにも理解できるでしょう。わたしは、今夜は仕事に行く。夜勤。あした帰宅するころには家宅捜索も終わっているはず。家で一緒にお昼を食べましょう」

　車のドアをあける。アネケは娘の安全を守った。成功だった。仕事は成し遂げられている。よりにもよってマレラにまちがいを正されるいわれはない。

　ハンドルのまえに座り、車のドアをしめて、繭にこもる――警察無線の音、人々の囁き、人々の噂、報道陣に話を聞かせニュースになろうと声高にしゃべる声、それらすべてを遮断する。

　マレラは私道の端に立っている。アネケがエンジンをかけて車を軋ませながらバックしはじめるまで、マレラは動かない。

　二十九番プレイス上で車体をまっすぐにしようとしたところで、アーマンド・ヴァーガスがポーチに立っているのがアネケの目につく。二人の撮影スタッフが同時にアーマンドに駆け寄る。どちらも貪欲に独占記事を狙っているのだ。しかしアーマンドはそちらを見ていない。フロントガラス越しにまっすぐアネケを見つめている。足がぐっとブレーキを踏むと、体がまえにつんのめる。アネケは深呼吸をする。それから姿勢を正して、ギアがまだバックに入っていることを確認する。

アーマンドを見返しながら、車を通りへ乗り入れる。

車が順調に流れているのはマリブへつながるパシフィック・コースト・ハイウェイに到達するまでで、そこから先は流れががっちり止まっている。〈介護施設・西海荘〉があるのは海辺ではなく山を登ったところで、入所者は談話室の床から天井まで届く窓から太平洋の輝きを垣間見ることができる――彼女たちが二度と訪れることのない外の世界からのちょっとした思わせぶりだ。

救急隊が一般車輌を強制的に二車線のハイウェイに戻している。渋滞の先頭に到達すると、目のまえの道路が岩や瓦礫の交じった泥の川になっているのが見える。その流れにつかまって乗り捨てられた車がいくつか、車線を外れてでたらめに放りだされている。

ロサンジェルス郡の消防士二人が道路を封鎖している。アネケがすぐにＵターンしないのを見て、一人がホイッスルを吹き、反対車線に移動して来た道を戻るようにと身振りで示す。

アネケは待つ。窓の向こうから消防士の声が聞こえてくる。「マーム、道路は閉鎖です。Ｕターンしてください」

アネケは窓をあける。空気にはまだ火事の煙のにおいが残っており、カビくさく湿った雨のにおいと混じりあっている。家と人体が燃えるにおい。「仕事なんです」

「道路は閉鎖です。峡谷の人たちは避難しています」

「仕事に行くんです」

「職場はどこですか？」

アネケは丘陵の上を指差す。

「マーム、エリア一帯に避難勧告が出ています。Ｕターンしてください」

アネケは指示どおりにする。しかしウィル・ロジャース・ステート・ビーチで道路を横断して丘を登りはじめる。〈西海荘〉に到着するまでに、ふだんより四十分よけいにかかる。封鎖された道路をいくつかと、瓦礫の除去作業をしている道路整備係を二人、それに反対へ向かう車の流れを迂回しなければならない。

車を停め、看護師の休憩室へ向かう。糊のきいた制服に着替える。ちょうど夕食どきで、勤務交替の時間だ。入所者の大半がすでに談話室で椅子に座り、食堂へ案内されるのを待っている。アネケが見ると、揺り椅子と車椅子がガラスの壁のまえにずらりと並んでいる。太陽がいまにも海に沈むところで、水面を淡いピンクと明るく冷たい青に染めている。

「泥が流れてるって聞いたわ」アネケが食堂へと車椅子を押していると、その椅子に座っている女がいう。

「火事のあとにはいつも土砂崩れが起こる」

夕食の席も災害の話題でもちきりになる。地震と山火事と土砂崩れ。〈西海荘〉では終末の話題がいつでも出番を待っている。入所者たちはみな預言者であり生存者でもある。運命を予測する人々だ。彼女たちは地震雲を見ればわかるし、介護施設が海に転げ落ちそうになればそれとわかるのだ。郡一つ離れたところの火事もにおいでわかる。

感染症やその大流行にも用心している。

彼女たちはさまざまな悲劇を生き延びてきた人々を知っている——家族全員を失った人、飛行機墜落事故にあった人、三種類のがんや、心臓発作や、手足の切断や、離婚を乗り越えた人を。強圧的な政権や家庭内暴力から逃げてきた人々を知っている。信頼できないハウスキーパーや、ものを盗むベビーシッターと対峙してきた人々を知っている。

テレビやラジオのことは誰よりもよく知っている。すべてを見て来た彼女たちに恐れるものはなにもない。

彼女たちは引退し、外の世界に背を向けている。〈西海荘〉の壁と窓の外の世界が変わらず滅茶苦茶で乱雑で混乱した暴力的な場所でありつづけても、手を出さない。

アネケは彼女たちを称賛する。

夕食はトレーに載って出てくる——切りやすいように、嚙みやすいように、消化しやすいように、こぢんまりとまとめられて。

トレーを動かしながら、一人の女がアネケの手をぽんぽんとたたく。「元気そうね、あなた。磁器みたいにきれい」

そういう彼女自身の手はティッシュペーパーのような皮膚で覆われ、静脈がミミズのように浮きでている。すでに腐敗しつつあるかのように。

夕食後は紙コップに薬を入れて出す。アネケは錠剤を眺める。信頼は、人間のおかす最大のまちがいだ。薬を取り替えるのも、入れ替えるのも、過剰に出すのも簡単だ。無頓着なまま進んで差しだされる手に、アネケは次々とカップを渡す。

女たちは談話室に戻る、あるいは戻される。夜のイベントは動物ビンゴだ。彼女たちの脳の働きを活発にしておくための活動だとされている。実際には死ぬほど退屈なんじゃないかとアネケは思う。雄鶏、ヒヨコ、ブタ、雌鶏と、くり返しおなじ名前を呼ぶことで催眠術をかけて従順にさせているのではないか。

雄鶏。ヒヨコ。牛。牛。アヒル。

ビンゴと誰かがしわがれ声でいう。

そしてまたくり返す。

女たちの多くが参加できない。単にやろうとしない者もいる。そういう人たちは窓のまえに集まってぽかんと口をあけながら暗闇を覗きこむか、あるいはテレビを囲むかだ。テレビでは地元局の毎晩のダイジェスト・ニュースや安っぽいクイズ番組を吸いこむように見る。

べつの看護師がリモコンを持っており、チャンネルをKTLAのニュースに替える。画面の中央にロジャーが現れる。

何年かまえの写真で、アネケとロジャーがサンディエゴにマレラを訪ねていったときに撮ったものだ。うしろのほうに、いかにも人工的な雄大さを備えたホテル・コロナドが見える。

写真はアネケの寝室のテーブルに置いてあったものだ。ロジャーの顔をニュースで見ても腹は立たない。しかしこの写真が映ったことには激しい憤りを覚える。誰がこれをマスコミに渡したのだ？　誰にそんな権利があるのか？　家から持ちだしたのか？　フレームから抜いて？　受領証は置いていったのか？

ほかになにを持っていかれたのだろう？　ほかになにがなくなったり、乱されたりしているのだろう？　指紋はどれくらいついた？　足跡は？　家が自分のものに戻ったと感じられるようになるまでどれくらいかかるだろう？　犯行現場ではなく、自分の家に戻るまでに？

どうしてこんなことが起こったのだろう？

どうして外のものがなかに入ってきたのだろう？

アネケは秩序を維持した。

アネケは自分の役割を果たした。

だが、人生はつづく。つづかなければならない。あの女は生きるのをやめるだろう、ロジャーは妻の人生にも終止符を打ったのだと人々が思っているのをアネケは知っている。

ニュースの写真が替わる。アネケの家の写真だが、ゲートのそばやポーチに群がる野次馬と警察車輌のせいで見知らぬ家のように思える。

それから、格子状に並んだ写真が画面に映る——全員が女で、大半がラテン系か黒人だ。四人に赤いマーカーでしるしがつけられている。ロジャーの最近の被害者だ。

全部で十七人いる。十七人の女たち。つかのま画面上に写真がとどまり、アネケはリーシャと、ジュリアナと、何年もまえにジュリアナの友人だった女を見分ける。惜しいところでビンゴにはならない。

胃がせりあがる。アネケはバスルームへ急ぐ。すれちがいざまに、車椅子の女がアネケの手をつかむ。

「こうなるって感じていたわ」

アネケは手で口を覆ったままでいる。

「悪は周期的にやってくる。だけどここにいれば手出しはできない」女はいう。「ここにいれば、わたしたちは安全よ」

テレビは今度はウェスタン・アヴェニューから数ブロック離れたサウスウェスト署を映している。スーツと制服を着た職員による記者会見が進行中だ。うしろのほうから、マイクに向かってしゃべっているブロンドの女性の声にかぶせるようにしてべつの複数の声があがる。カメラが回って、マーティン・ルーサー・キング・ブールヴァードの向こうにいるデモの一団を映す。抗議者たちはロウソクや、厚紙の看板を手にしている——スローガンの書かれた看板もあり、殺された女たちの画像を貼った看板もある。

母親だ。母親たちがシュプレヒコールをあげている。母親たちが警察に抗議している。母親たちが正義を求めている。母親たちが娘の写真を掲げている。

母親の一人がまえへ進みでる。ドリアンだ。

レポーターがドリアンの顔に向けてマイクを突きだす。

「十年以上にわたる事件が解決したからといって、それですべて終わりではありません。不正をただす必要があります」

ドリアンの声は大きく、怒気がこもり、確信に満ちている。その声を聞いて、アネケはおちつかなくなる。

「なぜわたしたちの娘を殺した犯人がこんなにも長いあいだ野放しになっていたのか、なぜわたしたちの娘の死に関して警察は何もしなかったのか、明らかにする必要があります。なぜ関心を持たなかったのか。なぜ目を逸らしたのか。なぜ警察は、私たちの娘のことを大した問題ではないと思うのか」ドリアンはリーシャの顔が映ったポスターを掲げる。「これがその理由です」ドリアンは大声で叫ぶ。「娘の肌の色のせいです」

ドリアンのうしろで、ほかの母親たちも声をあげる。わたしたちの娘を軽んじるな！

アネケは手首が強く握られるのを感じる。下を向くと、さっきの車椅子の女がまだ手をつかんでいるのが目に入る。「彼女、もう一人のあの人みたいね」

「誰？」アネケは尋ねる。

「ニューヨークのあの女の人みたい。ブルックリン・ブリッジのてっぺんに登った人」

「六十歳であれよ」べつの女がいう。「その歳であんなことするなんて、想像してみてよ」

「ホロウェイの母親」アネケの手首をつかんでいる女がいう。「彼女を見てると、ホロウェイの母親を思いだす。この人もきっと、これからまだまだ大騒ぎするでしょうね」

それを合図にしたかのように、ドリアンがカメラのほうへ進みでる。「わたしたちはどこへも行きません。わたしたちは黙りません」ドリアンは背後の建物の壁を指差していう。「見えますか？　あそこに記録を刻みます。わたしたちの娘全員の姿を壁画にしてあそこに残します。警察の人たちが毎日見なければならないものです。彼らは毎日のように、わたしたちの娘を見捨てたことを思いだすでしょう。毎日のように、わたしたちを見捨てたことを思いだすでしょう。絶対に忘れさせません」

母親たちがこれをくり返す。「絶対に忘れさせない」

映像がスタジオに戻る。

アネケは車椅子の女の手をふりほどき、バスルームに駆けこむ。

明かりは消したままにしておく。両手を冷たい磁器のシンクに押しつける。水を流し、両目にバシャバシャとかけて、格子状に並んだ女たちの写真を目の奥から消そうとする。全員の顔を見るまえのほうがおちついていられた。母親たちを見るまえのほうがおちついていられた。

ロジャーのなかの熱情と暴力を掻きたてた十七人の女たち。抑えきれないほどの極端な感情をロジャーに起こさせた十七人の女たち。

いや、ほんとうはもっといるはずだ。いるにちがいない。エルサルバドルの女と、彼女のようなほかの女がきっといたはずだ。

アネケは目に拳を押しつける。

望んで、思いこむことはできる。世界は暴力に満ちているけれど、それは自分とは関係ないと空想することはできる――近くで死んでいく女たちは抽象的な悪の表れで、自分からは遠いできごとだと思うことはできる。そうしないと圧倒され、自我が完全に分解してしまい、被害者の一人と変わりないくらい切り裂かれてしまうから。実際、想像を絶するではないか。ああいう暴力が目のまえに存在して、朝食の席で向かい側に座り、ベッド脇の明かりを消そうと手を伸ばす先にいるなど――まあ、そんなことは不可能だ。

しかしあの女たちの顔を見たいま、アネケはずたずたに引き裂かれたような気がする。バチンとテレビを消して、画面の映像を遮断したい。

そうする代わりにアネケは顔を洗いつづける。さらに水が冷たくなって、目がチクチク痛みだすまで。

ここに長くはいられない。年老いた女たちを五分以上放っておくわけにはいかない。

家のなかを整然とさせておくこと。人もだ。

談話室に戻るとドア口に消防士がいて、勤務中のもう一人の看護師と言いあいをしている。「避難してくれっていうのよ」もう一人の看護師がアネケにいう。

アネケは各々の活動に夢中な女たち、車椅子にはまりこんだ女たちを見る。

「消防車と救急車に乗せてお連れできます」

「どこへ連れていくの？」アネケはいう。

消防士の無線がパチパチと雑音をたてる。

「どこへも行きませんよ」

アネケはふり返る。さっきバスルームへ向かう途中にアネケの手をつかんだ女が、車椅子で背後に近づいてきていた。

「どこへも行きません」女はくり返す。

アネケは手を女の肩に置く。「この人のいうとおりです。わたしたちはここにいます」

消防士の無線がまた大きな雑音をたてる。「ここで身動きが取れなくなるか、あるいはもっと悪いことが起こる可能性もありますが、それはわかっているんですね」

「もっと悪いことについて教えてもらう必要はありません」アネケはいう。

第五章

「やれやれ、あんたは見つけるのが大変な女だね」

アネケは目をあける。談話室のリクライニングチェアで居眠りをしてしまった。夜明けの最初の閃光が焼けた丘の斜面を照らし、焦げたシダ植物や炭のようになった地面を浮かびあがらせる。インターコムはアネケの横のテーブルの上にある。静かな夜だった——呼び出しも、緊急事態もなし。それで眠ってしまったのだ。

「見つけるのが大変な女だっていってるんだよ。こんな黒焦げの丘の上でいったいなにをしてるの？」

遠くから聞いたことがあるだけの声だが、アネケはこの声をよく知っている。

時計を一瞥する。午前六時。「仕事よ」アネケはそういい、身を起こす。

「眠ってたように見えるけど」

アネケはリクライニングチェアのフットレストを押しやる。椅子に座ったままくるりとふり返って、談話室の入口に立っているオーフィーリア・ジェフリーズを見る。

「あなたはここでなにをしているの？」

オーフィーリアは首を反らして笑う。薄明かりのなか、部屋の反対側から見てさえ、ぎざぎざの傷痕がはっきりと目につく。「あたしがここでなにをしてるかって？　いったいここでなにをしているのか。傑作だね。十五年ものあいだあたしの行く先々に現れておきながら、そのあたしに向かってなぜここにいるのかときたもんだ。決まってるだろ、ここにいたいからいるんだよ」

アネケは立ちあがる。二人のあいだの距離を詰めて、施設じゅうの人々を起こしてしまうまえにオーフィーリアに声を落としてもらいたい、あの耳障りな笑い声を小さくしてもらいたいと思う。

「それからもう一つ」オーフィーリアはいう。「あたしがここにいるのは、あんたに会いたいからだよ。疑問をたくさん抱えてるんだ」オーフィーリアはあたりを見まわす。「ここにコーヒーはある？」

「ある」

アネケは談話室のテーブルのそばへ行き、コーヒーマシンに容器をはめる。「どうやってわたしを見つけたの？」

「このゲームの探偵役はなにもあんただけってわけじゃない。ニュースであんたの家を見た。おかしいったらないよね。二週間まえなら、誰もあたしと話そうとしなかったはず。頭のおかしい黒人女がまたイカレた戯言《たわごと》かよってね。ところがいまじゃみんながペラペラしゃべる。みんなこの騒ぎに加わりたいんだよ。彼女は年配の人たちの施設で働いてるよ、マリブの山のなかのね。あとは天才じゃなくたってわかった。電話一本だ。それだけだったよ。大変だったのはここへ来るまでだ。娘のオーロラが、インターネットで借りられるとかいう車を一晩じゅう運転してくれた。カーシェアってやつ。途中で落っことしてもらったよ。あのクソ道路が封鎖されてるのは知ってるだろ。あんたたちは、ほら、なんていうの、丘の上の開拓者の一団みたいなものだよ。地上最後の人々っていうか」オーフィーリアは咳ばらいをする。「これでわかるだろう、あたしがどれだけあんたと話がしたかったか。暗闇のなか、歩いて丘を登ってきたんだからね」

コーヒーがカップに落ち切る。アネケは乳成分不使用のクリームを加えて、オーフィーリアにカップを手渡す。

「クソまずい粉末クリーム？」

「それで、どうしてわざわざここまで来たの？」アネケは尋ねる。

「だってあたしがあんたなら、あしたには街を出るからさ。二度と姿を見られないように。あたしならそうするね。だからそうなるまえに話をしたかった」オーフィーリアはアネケの肩越しに談話室を覗く。「椅子を勧めるつもりはある？」

「いいえ」アネケはいう。

オーフィーリアは首を傾げる。「お好きなように」そしてコーヒーを一口飲み、顔をしかめる。「泥水だね」そうはいうが、とにかく飲む。「おかしいよね、あたしがどうやってあんたを見つけたか訊いてくるなんてさ。ほんとに問題なのは、あんたがどうやってあたしを見つけたかってことなのに」

「わたしがどうやって――」アネケがいいかける。

「ええと、十五年くらいまえ、あんたはあたしの家の外に姿を現しはじめた。ときどきね。それから酒屋と食料品店にも。その後はあたしの職場にも。で、もう一度はっきり訊くけど、どうやってあたしを見つけた?」

「あの人があなたの財布を持っていた」

「嘘だね。あたしの財布は病院にあったよ」

アネケはこの女にいろいろ説明することには興味がない。「わたしがあなたの家に戻しておいたの。それを誰かが持っていったんでしょう」

「だったら、どうして何回も戻ってきたの? なんで何年もあたしのまわりをうろついてたんだよ?」

アネケは深く息を吸いこみ、手をまぶたに当てる。痙攣が起こりそうだ。止める術《すべ》はない。顎にぐっと力を入れ、引き結んだ唇の隙間からしゃべる。「あの人が浮気してると思ったから」

「は? なんだって?」

「聞こえたでしょう」

「夫が浮気してると思った」オーフィーリアはコーヒーをこぼすほど激しく笑う。「で、ほんとうのことがわかると、今度はなに——あたしがあんたの夫の身元を明かさないように見張ってたの? 大したもんだ、ものすごい〝愛〟だねえ」

「わたしがほんとうのことを知っていたと決めてかかるのね」

オーフィーリアの手が傷痕をパッと押さえる。「それとも、もっと滅茶苦茶な話かもね。もしかしたら、なにか償いができると思ったとか。遅すぎた守護天使みたいに、あたしを見守ってるつもりだったとか。あたしを守ろうとしたとか?」

「あなたを?」アネケは鋭い笑い声を漏らす。「あなたを守ることに興味はなかった」

オーフィーリアは腕からコーヒーの滴を払う。「だったらなに?」

アネケは胸のまえで腕を組み、侮蔑をこめた目で相手の女を見据える。「嫉妬していたの」

「は——?」オーフィーリアの眉が持ちあがり、口が

Oのかたちにひらく。

「聞こえたでしょう」アネケは背中を強打されたかのように呼吸ができなくなる。告白したせいで息が止まり、自分の弱さと恥ずかしさに押しつぶされそうになる。

「いままでにもくだらない戯言《たわごと》ならいくつか聞いてきたけど、これはそのなかでも一等賞だね。嫉妬していた？　嫉妬ねえ」オーフィーリアは下卑た笑みを浮かべる。「あんたの顔をよく見せてよ。どれどれ。緑色になってる？　ホウレンソウの束みたいに？　そのへんの葉っぱみたいに？」

「なにをいってるの？」

「ただ知りたいだけだよ、十五年もあたしを見張るほどの嫉妬でどれほど緑色になるものか。だってさ、きっと史上最強の緑にちがいないよ」

アネケにはオーフィーリア・ジェフリーズという人間のことがわからない。なに一つ。アネケがオーフィーリアに対して感じていたのは憐れみでもなければ悲しみでもなかった。嫉妬ですらなくなっていた——嫉妬を超えていた。「あなたにはわからない」アネケはいう。「ただの嫉妬じゃなかった。憎しみだった」

「耳の穴かっぽじってよく聞いてるからさ、夫が殺そうとした人間にどうしたら嫉妬できるのか説明してもらえませんかね？」

「自分をコントロールできなくなるほどの強烈な熱情をあの人のなかに掻きたてた、そういう女を憎むのはそんなにおかしなこと？　あなたには理解できないかもしれないけれど、それは裏切りなのよ」

「大勢の人間を殺したこと。あいつがあんたにしたことのなかでも、それがなにより悪い」

アネケは声をたてて笑う。どれだけの人に聞かれてもかまわない、何人の老婦人を揺り起こすことになってもかまわないと思う。「ああ」アネケはいう。「そこが最初のまちがいよ。ロジャーがあなたを選んだのは、ただ殺すだけのためだったと思うの？」馬鹿ね、というようにアネケはかぶりを振る。「夫はあなたや、あなたみたいなほかの人たちが体現してる堕落に惹かれて、そのことで自分自身を憎んでいたの。だからわたしもあなたを憎むのよ」

「だからあんたはあいつの好きなようにやらせた——女たちを殺すのを放置した。女たちが憎かったから」

わたしは自分の家をきちんと保つ。
わたしは家族をそばに置く。
わたしは自分の世界の秩序を保つ。
わたしは混沌を寄せつけない、わたしを通して秩序が反映されるように。

〈西海荘〉のなかのどこかで、人々が起きだしている。アネケは女たちのうちの誰かが自室から出てくるまえに、あるいは朝の最初の緊急事態に呼ばれるまえに、オーフィーリアを追いだしてしまいたい。

「聞いて」アネケはいう。「わたしは自分にできることをした」

「つまり、何をしたの？」

アネケはオーフィーリアのほうへ進みでる。「警察に電話をかけた。夫のことを通報した。でも誰も追跡調査をしなかった。わたしに必要な証拠はそれだけだった」

「なんの証拠？」

「ちょっと訊きたいんだけど。あなたはわたしのことで警察に行った？」

「行った。もちろん行ったよ」

「で、警察はなにをした？」

「なにも」

「それであなたは自分の頭がおかしいと思った？　なにもかも自分が想像ででっちあげたと思った？」

「ときどきはね。だけどあんたが何度も戻ってきたから」オーフィーリアはいう。「想像できないようなことは、想像せずにいるほうがたやすい。生き延びるために必要なのはそれよ。さて、話が済んだなら、わたしは働かなければ」

オーフィーリアはプッと口もとを膨らませ、首を横に振る。「まだ済んでない。まだぜんぜん済んでないよ。あんたとのことは絶対に終わらせるつもりはない。わかってるだろ。自分に対してなら好きなだけ嘘がつける。ニュースにだって嘘を流せる。だけどあたしは真実を知っている。で、あんたが生きているかぎり毎日思いださせてやる。あんたは知っていて、あの女たちを殺した」

個室へ通じる廊下から音が聞こえる。アネケとオーフィーリアがふり返ると、入所者のうち二人の姿が見える。一人は歩いて、もう一人は電動車椅子で近づいてくる。

「あら、どこから来たの？」立っているほうの女がオーフィーリアを見ていう。

「丘の上まで飛んできたの？」車椅子の女が尋ねる。

オーフィーリアは拒絶するような、年配の女たちの好奇心に対する街の女特有の憎しみをこめた目をちらりと二人に向ける。それから視線をアネケに戻す。

「もう一度いっておく。否定はさせないよ――あんたは知っていた。わざわざクソみたいに苦労してこんなところまでやってきて、あんたにいいたかったのはそれだよ。あんたは知っていた」

アネケが言葉を返せずにいるうちに、オーフィーリアは消えている。

「汚泥を掻き分けてこんなところまで来て、汚い言葉を吐きたかったわけね」入所者の一人がいう。

「なにを知っていたの、あなた？」もう一人が尋ねる。

第六章

アネケはあの女たちが憎かった、それはほんとうだ。彼女たちが憎い。嫉妬が結晶化して憎悪になった。ロジャーは女を殺すたびにアネケの一部も殺した。

「知っていたって、なにを？」車椅子の女が尋ねる。女はアネケの袖を引っぱっている。「何を知っていたの？」

ここの女たちは、骨を一本与えれば一日じゅう齧っているだろう。〈西海荘〉は些細なものごとに対する執着が横行する世界だ。ルームメイトに手紙が何通届いたか。姪の出産まえパーティーに呼ばれなかったのは誰か。誰かのペーパーバックが盗まれたとか。ここへ来る回数が一番多いのは誰の息子かとか。

きょうはその対象がアネケを訪ねてきた女のことになるのだろう——あの女の望みはなんだったのか。アネケは何を知っていたのか。

女たちは囁きを交わすだろう。噂話をするだろう。きょう一日飽きないような話に改変するだろう。

しかしここの女たちにはわからない。絶対に。それに、アネケがどういう人間かわかってしまったら、そちらのほうがまずいだろう。アネケは知っていたって？　なにを知っていたの？

オーフィーリアを見つけて連れ戻し、彼女に、みんなに、説明する必要がある。アネケは知らなかった、知っているはずがなかった。なぜなら、知ったらアネケにとってはすべてが終わるからだ。知っていたはずがない、知っていたらアネケは生きつづけることなどできなかったのだから。知っていたはずがないのだ。もし知っていたら、警察が折り返しの電話をかけてきたはずではないか。

「すぐ戻りますから」アネケはそういい置いて、女たちがアネケになにかやってほしいことがあるかどうかも確認しないままドアへ向かう。

私道を端まで歩き、ゲートをあける。

〈西海荘〉は丘のてっぺん近く、急な上り坂の途中にある。南へ下りはじめたばかりのオーフィーリアの姿が見える。

「待って」

車のキーを持っていないので、アネケは徒歩であとを追う。通りには最近の雨でゆるんだ砂利や石がごろごろしている。空気はまだ焦げて湿ったにおいがする。

「待って」アネケはまた声をかける。

オーフィーリアはでこぼこになった場所で足をすべらせる。「あたしを追いかけてるの？　またあたしのあとをつけてるの？」

「待ってっていったでしょう」

「で、あたしはあんたのいうとおりにしなきゃならないの？」オーフィーリアは大声でそういうが、その場にとどまる。

アネケは通りの反対側を、足の踏み場を選びながらゆっくり下る。

「あんたがあたしのあとをつける理由なんか、もうそんなにないと思ったけど。すべてが明るみに出たいまとなってはね。なのにあんたはここにいる」

「話を聞いてほしい」アネケはいう。

「あんたがなにをいわなきゃならないのか、想像もつかないよ。あたしは自分がしゃべるためにここまで登ってきたんだ。それはもう済んだ」

「聞いて」アネケはいう。

「あのねえ。忘れなよ」オーフィーリアはいう。「クソみたいな戯言《たわごと》なんか聞かないよ」オーフィーリアは坂を下りはじめる。「誰かほかの人間に説明すればいい。あたしはただ面と向かってしゃべりたかっただけ。あんたの顔を見て、あたしにはわかってるってことを知らせたかっただけ。好きなだけ自分に嘘をついてればいいじゃないか。だけどあたしは知ってるんだよ」

　まぶたがあまりにも速くパタパタと痙攣するので目が見えづらい。アネケはつまずきながらも追いつづける。この女が憎い。この女やほかの女たちがわたしの娘を危険にさらし、夫のなかのなにかを掻きたてて危険を家のそばにもたらすのがいやでたまらない。

「待ちなさい」アネケはいう。

「待ってたまるかってんだ。ようやく自由になったんだからね。あんたから自由になり、あんたの夫から自由になり、あいつがあたしにしたことから自由になった」オーフィーリアはいう。「十五年もこんなクソいまいましいものを抱えて生きてきたんだよ。二十年近く変人みたいに、自分の頭が自分のものじゃないみたいに感じつづけるのがどんな経験かわかる？」

　アネケにはわかる。十五年よりもっと長い。不確かな状態。疑念。払いのけずにいられないほどそばまで寄ってくる恐怖。それだけでも天秤が傾き、バランスを失うには充分だ。用心していないと狂気の領域に送りこまれてしまう。

　だが、アネケは用心した。

「でもいまは自由だ。裁判になったら、傍聴席の最前列に陣取ってやるよ、証人台に立っていないときはね。あたしはあんたの夫について証言することになるだろうよ。だけどそれでも、ご存知のとおり、あたしが咎めるのはあんただよ」

　オーフィーリアは坂を下りつづけ、アネケは追いかける。前方に道路が侵食されている場所がある。オーフィーリアはそこをよけて、かすかに盛りあがった土手をよじ登り、シダ植物と瓦礫のなかを進む。すぐにアネケも進路を変えなければならない。オーフィーリアがやったとおりにする代わりに、アネケは道路のまんなかを下りつづけることを選ぶ。

　うしろを確認する。ずいぶん遠くまで来てしまった。

朝の諸々がはじまるまえに〈西海荘〉に戻る必要がある。

「お願いだから止まって」

「いや、絶対止まらないよ」オーフィーリアは大声で返す。斜めに傾いた場所を歩きながら、数歩うしろにいるアネケを見おろす。「止まるつもりはない。歩きつづけるだけ。でもさ、あんたには感謝しなきゃね。あたしに新しいはじまりをくれたんだから。新しいくそったれなはじまりを」オーフィーリアは宙に手を投げだしていう。「あたしは生まれ変わった！」

どこかよくわからない遠くで音がする――怒濤の勢いで流れる川の唸りにも似た音がアネケの耳に届く。

「あたしは自分を自由にするためにここまで来た。あんたは」オーフィーリアはつけ加える。「あんたの試練はいままさにはじまるところだ」

オーフィーリアは足を止める。しゃべるのもやめる。オーフィーリアの顔が凍りつく。口をOのかたちにして、白目が見えるほど大きく目をひらいて。

アネケにとってはオーフィーリアを捕まえるチャンスだ。歩くペースをあげ、道路の一番固い部分に残ったアスファルトの筋をたどって下り坂を急ぐ。

オーフィーリアはまだ動かない。笑っている。

遠くで唸りをたてているものがなんであれ、音はどんどん大きくなっている。

アネケは見るより先に感じる――泥の激流に足首をつかまれる。まえへよろける。一瞬、泥の流れをよけることができるんじゃないかと思う。オーフィーリアのように高いところへ跳びあがるのだ。しかしその一瞬はすぐに過ぎ去る。

泥がふくらはぎを捉える。

泥が膝を捉える。

泥がアネケを引き倒す。

アネケは前方へ投げだされ、ひらいた口に汚泥や瓦礫が流れこむ。鼻もねばつく不快な流れで満たされる。

アネケは転がって仰向けになる。咳きこみながら。喘ぎながら。

両目を拭う。いまではオーフィーリアより下にいる。オーフィーリアはいまも土手の上に立って見ている。

泥がアネケを運ぶ。つかのま、飛んでいるように感じられる。浮かんでいるように。アネケは目をとじ、運ばれるがままになる。

波打ち際に浮かんでいたエルサルバドルの女もこんなふうに感じたのだろうか？　岩にぶつかり、水に浮かぶのはこんなふうだった？

気にかけるのをやめたのはいつだろう？

あの女が海に放りこまれるまえだっただろうか？

それとも、闇がロジャーの目をよぎり、黒い津波が虹彩を呑みこんだとき？

泥は下へ流れる。

マリブの丘陵が上へ上へと遠ざかる。勢いよく流れていくなかで、泥が侵入する家もあれば、ただ通り過ぎる家もある。

世界はこんなふうにのろのろと消え去っていくのだろうか？

アネケは回転し、流れの一方の端からもう一方の端へ押しやられる。平穏すら感じる。

あの女たち。美しく奔放で、手に負えないあの女たち。飼いならすことのできない獰猛さを、自分でも理解できない熱情を剝き出しにして、ロジャーが愛したあの女たち。ロジャーをひどく苦しめ、悩ませたあの女たち。嘲り、顔を歪めて死んでいくあの女たち。ロジャーが愛し、憎み、殺したあの女たち。

あの女たち。ウェスタン・アヴェニューをうろつくすべての女たち。

アネケは彼女たちの安全を守ろうとした。努力はした。世界はこれ以上、何を求めていたのだ？

泥がアネケの顔を覆う。ロジャーのまなざしのように黒く。一つ、また一つと、アネケからなにかが失われていく。視覚、嗅覚、今度は聴覚だ。泥の唸りがもう聞こえない。泥はアネケの耳を埋め尽くした。静けさのなか、アネケは下へ流れつづける。

神があなたを光のなかでお守りになりますように。
神があなたの家族をあなたの心に留めますように。
神の美があなたの目に映りますように。
神のやさしさがあなたの言葉に反映されますように、
そして神の叡智があなたの心臓から流れますように、
あなたのまわりのすべての人々に神の気高さが見えますように。
見えて、信じられますように。

こうやって失われていくのだ。

一度に一つずつ。

それぞれが消えていくときに、覚えておく時間は充分にある。時を超越した心の広がりのなかで抱きとめ、それが手をすり抜けて逃げだすまえに、ひっくり返してすべての角度から眺めるのだ。

知っていたことをすべて後悔するだけの時間は充分にある。

それから暗闇が訪れる。

フィーリア、二〇一四年

　やれやれ、オーロラ。ずいぶん時間がかかったねえ。まあいいよ。あんたが働いてるのは知ってる。お金を節約してるのも知ってるよ。それに、今回は待つのもべつにかまわない。あの丘をずっと歩いて下ってきたけど、それでもね。いいんだよ。かまわない。だってさ、あれを見てよ――あの水。忘れてたろ。ここに、街の端にあんなでっかい海があるなんてさ。

　これを教訓にするといい。最高に驚くものを見たよ。女が泥の川に流されていくところを見たんだ。

　いいや、止めなかった。あたしが手出しすることじゃないからね。ヴェガスによくある流れるプールでボートに乗ってるみたいだったからさ。人さまの心の平安を乱すなんて、そんなことできやしないよ。

　だけど彼女はそうやって流されていった。

　泥で死ぬこともあるのは知ってる。

　あたしは安全なところにいた。

　あたしにとってはまったくの新世界だ。窓を大きくあけて、新しい一日を歓迎するよ。新しいスタートを。すばらしきスタートを。

　そんな目で見るんじゃないよ。ルームミラーで見えてるよ。あたしが変われないと思ってる目だね。あたしがこの先もずっと騒々しいパラノイアで、家のまえの通りでビクビクするだろうと思ってるね。

　すこしのあいだ話を聞きな。あたしがつらい暮らしをして、いろいろとひどいものも見てきたからって、あんたに教えられることが一つもないわけじゃない。

　まあ聞いて。

　あたしの頭のなかには特別な場所があるんだ。たぶんあんたの頭のなかにもある。その場所は自分だけのものなんだよ。もちろん、あんたのなかにあるものは全部あんたのものであるべきだよ。だけど長く生きてるとそれが変わってくる。外の世界に蝕まれる。外の世界がやってきて、ちびちび削り取っていくんだよ、歩道に落ちてるパンをネズミが齧るみたいにさ。すこしずつ、すこしずつ。

そんなふうになるんだよ、あんたの脳みそは。で、他人は自分が齧った場所に毒を残していく。

どこへ向かってるんだい？　峡谷を抜けていくつもり？

これはマルホランド・ドライヴ？　なかなか大したもんだねえ。あたしはかまわないよ。くねくね曲がって行けばいい。回って、逸れて。丸一日かかったっていい。丸一週間かかったっていいよ。あたしには残りの人生があるからね。じつはきょう取り戻したばっかりなんだけど。だからたっぷり時間をかけていい。眺めのいい道路を走りなよ。

だけどちょっと待った。あたしの思考を脱線させないでよ、頭のなかの特別な場所の話だよ。あたしのも齧り取られた。植物を想像してよ、葉っぱを茂らせて実なんかもついてるやつ。そこへ鳥の群れが一つ、また一つとやってきては実を盗み、葉を引きちぎっていく。残されたものはただの雑草だ。

あたしの頭はそれだった、雑草だった。ウェスタン・アヴェニュー周辺の路地にはびこってるようなやつさ、植物っていうよりは汚染物質みたいに。

ここ十五年のあいだ、世界はこの植物を食べにくるハゲワシの群れでしかなかった。あたしは黙って食べさせた。黙って丸裸にされたんだよ、なんにもなくなるまで。

よく聞いて。あんたはその植物の面倒を見なきゃ駄目だよ。まわりじゅうに除草剤を撒くんだ――そんなものは健康によくないとか安全じゃないとかいうやからに耳を貸すことはない。必要なことをやるだけだ。反対のことをいうやつに説得されたりしないこと。じゃないと自分が雑草の束になって終わるだけだよ。それでむしられて、投げ捨てられる。

あたしはね、自分の植物を育て直してるところなんだよ。輝きを取り戻すまで育てるんだ。ものすごく大変だけどね、確実に。

だけど聞いて。その植物を死なせるのは簡単なんだよ。自分の内側を死んだままにしておくのは。自分の考えさえ奪われたままでいるのは。

これがどんなふうにはじまったかは覚えてる、だろ？　病院に見舞いに来たね。あたしはすごく怒ってた、あんたがなかなか煙草を持ってきてくれなかったからさ。そんなに頻繁には来なかった。あんたにはあんたでやることがあったから。

責めてるわけじゃないよ、ベイビー。いまのあたしたちはいい関係なんだから。なんの問題もない。世界があたしをひどく滅茶苦茶にした。いや、しようとした。

あたしはそれを打破しつつある。

窓をあけるつもりだよ。顔を突きだして風に当たるんだ。

あそこに並ぶ家を見てよ、馬鹿みたいにデカいね。あのゲートの内側の人たちは幸せなのかね。自分たちは安全だと思ってるんだろうか。

まだ煙のにおいがするね。あれは——もう一週間か。煙と、あのクソみたいな山火事と、雨。くすぶってる。このあたり一帯、ドラゴンの息みたいなにおいじゃないか。

だけどここもきっと元に戻る。街は耐える。街は持ちこたえる。

ちょっと待って。戻って。

戻ってっていったんだよ。車を停めてほしいんだ。あそこの、なんていうの、見晴らしのきくところまで戻って。

　車を降りるよ。一緒においで。

見てよ、オーロラ。この景色を見て。太陽が昇ってきてるよ、あらゆるものの上に。完璧だね。

　眼下のあれこれを見てごらん。街が動きつづけてる。

　忘れてたでしょ。街がどんなに大きいか。この丘を下って、あの通りを渡って、あの先はなに、ウェストハリウッド、ビヴァリーヒルズか。それも通り過ぎて。ピコ・ブールヴァードを渡って、もっと南へ下ればあたしたちの森だ。

　あんたにもあれを見てもらいたいんだよ。まあ見てごらんよ。

　めったやたらに広いじゃないか。

　大きいなんて言葉じゃ足りないくらい大きいね。まったく想像もつかないくらい大きい。心に入りきらないくらい大きい。あたしの気持ちがわかる？

　でもわかってほしい。わかろうとしてみてほしい。

　大事なことなんだよ。あんたにも見てもらいたい。街を見てもらいたいんだ。そして知ってほしい。なかにいるんじゃなく、踊らされるんでもなく。街を理解してほしい。感じてほしい。

　それで、これだけは覚えておいてもらいたい。

　あたしたちはあの場所の一部なんだ。

　あたしたちは街の一部なんだよ。

　あたしたちが街を所有してる。

　街はあたしたちのものなんだよ、オーロラ。

　ちがうなんて、誰にもいわせるんじゃないよ。

謝　辞

本書があるのは、わたしの担当編集者ザック・ワグマンの専門的な指導と多大なサポートのおかげである。ザックは、これがわたしの頭のなかの漠然としたアイデアに過ぎなかったころからずっと支持してくれていた。いつものことながら、エコブックスの面々にも感謝している――ダン・ハルパーン、ミリアム・パーカー、ミーガン・ディーンズ、ドミニク・リア、ケイトリン・マルルーニー＝リスキー。それからすばらしいエージェント、〈インクウェル・マネジメント〉のキム・ウィザースプーンと、ジェシカ・ミレオにも。

偶然でも意図したものであっても、サポートとインスピレーションを与えてくれた、アラフェア・バーク、ミーガン・アボット、ルイザ・ホール、リー・クレイ・ジョンソンに感謝を捧げる。ここに書ききれないくらいたくさんの方法で助けてくれたジェニファー・プーリーにも特大の感謝を。

スーザン・カミルにはこれからもずっと感謝の気持ちを持ちつづけると思う。いまもわたしの文筆生活を見守ってくれていることでしょう。

この本を（それにわたしのすべての著書を）最初で最良の読者たち、エリザベス＆フィリップ・ポコーダと共有できるのはいまでもうれしい。二人はずっとインスピレーションの源であり、感嘆の的でもある。

そしてもちろんジャスティン・ノーウェルと、奔放ですばらしいわたしたちの娘ロレッタ・ポコーダにも感謝を。ロレッタがつねに信頼されますように。

訳者あとがき

本書に登場する女性たちが一読忘れがたいことは保証する。社会の隅にいる女性たちの心に滑りこむとき、一分の隙もない優雅さをまとって魔術師の手際で複数のキャラクターの声を捉えるとき、そして一筋縄ではいかない、意外性のある、読みだしたら止まらない物語をつくりだすとき、アイヴィ・ポコーダは最高の力を発揮する。鮮やかなプロットと見事な語りの小説である。

――アッティカ・ロック（作家）

本書は、二〇二一年エドガー賞（MWA賞）最優秀長篇賞の最終候補作の一つで、惜しくも受賞は逃したものの、自身も作家であるアッティカ・ロックが寄せた賛辞のとおりのページターナーです。

ゆるくつながる連作短篇集のようなつくりで、亡き夫から引き継いだフィッシュフライの店を営むドリアン、ストリップクラブのダンサーとして働く写真家志望のジュリアナ、ある出来事をきっかけに降格された刑事のエシー、大学を出たばかりのアーティストのマレラ、その母アネケ、そして首もとに傷痕のあるフィーリアの六人が語り継ぐかたちで物語が進みます。六人をつなげているのは、十五年ほどまえにロサンジェルス市内のウェスタン・アヴェニュー周辺で起こった連続殺人事件で、彼女たちはこの事件の影響を直接・間接に受けながらその後を過ごしています。被害者はおもにセックスワーカーの女性という、切り裂きジャックを彷彿とさせるこの事件は、被害者の数が十三人に達したところで止まり、未解決のまま捜査が打ち切られました。ところが十五年ののちに、またおなじ手口の事件が発生します。犯人は同一人物なのか？　なぜ犯行が中断ののちに再開されたのか？　いや、ほんとうに中断されていたのか？

ミステリとして面白くなるのは、刑事エシーが語る第三部以降でしょうか。この辺りから犯人探しに本腰が入りますが、同時に、個々の視点人物のストーリーもやはり丁寧に描きこまれていきます。女だから、若いから、セックスワーカーだから、トラウマで心が弱っているだろうから、ラテン系だから、黒人だから……といったさまざまな理由で社会から見えないことにされている者たちの声を、著者はくり返し拾いあげます。

ウェブ上のインタビュー記事によると、著者が何度も書き直したのは第一部のドリアン篇で、書くのに苦労したのは第三部のエシー篇だったとか。じつは、著者の筆が進まなかったり、著者自身があまり好きでなかったりする部分は、（作業時にその事実を知らなくても）翻訳のスピードも上がらないことがままあるのですが、今回もそれで、翻訳に時間がかかったのも第一部と第三部でした。

さて、国内初紹介の作家なので、アイヴィ・ポコーダについてすこしご紹介しておきます。著作リストは以下の通りです。

1. *The Art of Disappearing* (2009)
2. *Visitation Street* (2013)
3. *Wonder Valley* (2017)
4. *These Women* (2020) 本書

ほかに、アイヴィ・クレア名義で、元プロバスケットボール選手のコービー・ブライアントとの共著*Epoca: The Tree of Ecrof* (2019) があり、こちらは小学校中学年以上向けのファンタジーで四部作になるはずだったそうなのですが、ヘリコプターの墜落事故でブライアント氏が亡くなったあと、中断しているようです。

プロのスカッシュ選手で世界ランキング三十八位、本人によれば悪くはないが飛び抜けてよいプレーヤーでもなかったというアイヴィ・ポコーダが作家に転身したのは、ともに出版関係の仕事をしている両親の影響が大きかったようです。第一作は三十九社に断られたのち、ようやく出版にこぎつけたとのことで、その後、大学院で創作を学び直しています。つづく第二作をミステリとして扱い、デニス・ルヘインに推薦文をもらって表紙に載せたのは編集者の判断でした。

第四作の本書には、ＭＧＭによるテレビドラマ化の話が出ていました。〈ハンドメイズ・テイル／侍女の物語〉のプロデューサーを務めたブルース・ミラーが手がけると報じられたのが昨年の五月で、その後続報を見かけないのですが、こちらも気になるところです。

HAYAKAWA POCKET MYSTERY BOOKS No. 1972

高《たか》山《やま》真《ま》由《ゆ》美《み》

1970年生，青山学院大学文学部卒，
日本大学大学院文学研究科修士課程修了，
英米文学翻訳家
訳書
『ローンガール・ハードボイルド』コートニー・サマーズ
『ブルーバード、ブルーバード』アッティカ・ロック
（以上早川書房刊）他多数

この本の型は、縦18.4センチ、横10.6センチのポケット・ブック判です。

〔女《おんな》たちが死《し》んだ街《まち》で〕

2021年10月10日印刷　　2021年10月15日発行

著　者　アイヴィ・ポコーダ
訳　者　高　山　真　由　美
発行者　早　川　浩
印刷所　星野精版印刷株式会社
表紙印刷　株式会社文化カラー印刷
製本所　株式会社川島製本所

発行所　株式会社　**早川書房**
東京都千代田区神田多町2－2
電話　03-3252-3111
振替　00160-3-47799
https://www.hayakawa-online.co.jp

（乱丁・落丁本は小社制作部宛お送り下さい
送料小社負担にてお取りかえいたします）

ISBN978-4-15-001972-3 C0297
Printed and bound in Japan

ハヤカワ・ミステリ〈話題作〉

1933 あなたを愛してから
デニス・ルヘイン
加賀山卓朗訳
レイチェルは夫を撃ち殺した……実の父を捜し、真実の愛を求め続ける彼女の旅路の果てに待っていたのは？　巨匠が贈るサスペンス

1934 真夜中の太陽
ジョー・ネスボ
鈴木　恵訳
夜でも太陽が浮かぶ極北の地に一人の男がやってくる。彼には秘めた過去が――『その雪と血を』に続けて放つ、傑作ノワール第二弾

1935 元《がん》年《ねん》春《はる》之《の》祭《まつり》
陸　秋槎
稲村文吾訳
不可能殺人、二度にわたる「読者への挑戦」気鋭の中国人作家が二千年前の前漢時代の中国を舞台に贈る、本格推理小説の新たな傑作

1936 用心棒
デイヴィッド・ゴードン
青木千鶴訳
暗黒街の顔役たちは、ストリップクラブの凄腕用心棒にテロリスト追跡を命じた！　年末ミステリ三冠『二流小説家』著者の最新長篇

1937 刑事シーハン／紺青の傷痕
オリヴィア・キアナン
北野寿美枝訳
大学講師の首吊り死体が発見された。他殺と見抜いたシーハンだったが事件は不気味な奥深さを……アイルランドに展開する警察小説

ハヤカワ・ミステリ〈話題作〉

1948
雪が白いとき、かつそのときに限り
陸 秋槎
稲村文吾訳

冬の朝の学生寮で、少女が死体で発見された。その五年後、生徒会長は事件の真実を探りはじめる……華文学園本格ミステリの新境地。

1949
熊の皮
ジェイムズ・A・マクラフリン
青木千鶴訳

アパラチア山脈の自然保護地区を管理する職を得たライス・ムーアは密猟犯を追う！　アメリカ探偵作家クラブ賞最優秀新人賞受賞作

1950
流れは、いつか海へと
ウォルター・モズリイ
田村義進訳

元刑事の私立探偵のもとに、過去の事件についての手紙が届いた。彼は真相を追うが――アメリカ探偵作家クラブ賞最優秀長篇賞受賞

1951
ただの眠りを
ローレンス・オズボーン
田口俊樹訳

フィリップ・マーロウ、72歳。私立探偵はとっくに引退して、メキシコで隠居の身。そんなマーロウに久しぶりに仕事の依頼が……。

1952
白い悪魔
ドメニック・スタンズベリー
真崎義博訳

ローマで暮らすアメリカ人女優は、人気政治家と不倫の恋に落ちる。しかしその恋は悲劇を呼び……暗い影に満ちたハメット賞受賞作

ハヤカワ・ミステリ〈話題作〉

1953 **探偵コナン・ドイル**
ブラッドリー・ハーパー　府川由美恵訳
十九世紀英国。名探偵シャーロック・ホームズの生みの親ドイルがホームズのモデルのベル博士と連続殺人鬼切り裂きジャックを追う

1954 **最悪の館**
ローリー・レーダー＝デイ　岩瀬徳子訳
〈アンソニー賞受賞〉不眠症のイーデンは星空の景勝地を訪れることに。そしてその夜殺人が……誰一人信じられないフーダニット

1955 **果てしなき輝きの果てに**
リズ・ムーア　竹内要江訳
薬物蔓延と若い女性の連続殺人事件に揺れる街で、パトロール警官ミカエラは失踪した妹が次の被害者になるのではと捜査に乗り出す

1956 **念入りに殺された男**
エルザ・マルポ　加藤かおり訳
ゴンクール賞作家を殺してしまった女は、出版業界に潜り込み、作家の死を隠ぺいするため奔走するが……一気読み必至のノワール。

1957 **特捜部Q**　―アサドの祈り―
ユッシ・エーズラ・オールスン　吉田奈保子訳
難民とおぼしき老女の遺体の写真を見たアサドは慟哭し、自身の凄惨な過去をQの面々に打ち明ける――人気シリーズ激動の第八弾！

ハヤカワ・ミステリ〈話題作〉

1958 死亡通知書 暗黒者
周 浩暉
稲村文吾訳
予告殺人鬼から挑戦を受けた刑事の羅飛は、省都警察に結成された専従班とともに事件を追うが——世界で激賞された華文ミステリ！

1959 ブラック・ハンター
ジャン＝クリストフ・グランジェ
平岡 敦訳
ドイツへと飛んだニエマンス警視は、富豪一族の猟奇殺人事件の捜査にあたる。映画化された『クリムゾン・リバー』待望の続篇登場

1960 パリ警視庁迷宮捜査班 魅惑の南仏殺人ツアー
ソフィー・エナフ
山本知子・山田 文訳
個性的な新メンバーも加わった特別捜査班は、他部局を出し抜いて連続殺人事件の真相に辿りつけるのか？ 大好評シリーズ第二弾！

1961 ミラクル・クリーク
アンジー・キム
服部京子訳
〈エドガー賞最優秀新人賞など三冠受賞〉治療施設で発生した放火事件の裁判に臨む関係者たち。その心中を克明に描く法廷ミステリ

1962 ホテル・ネヴァーシンク
アダム・オファロン・プライス
青木純子訳
〈エドガー賞最優秀ペーパーバック賞受賞作〉山中のホテルを営む一家の秘密とは？ 幾世代にもわたり描かれるゴシック・ミステリ